丛　坤◎主编

黑龙江民间文学丛书

牡丹江卷

黑龙江大学出版社

HEILONGJIANG UNIVERSITY PRESS

图书在版编目（CIP）数据

黑龙江民间文学丛书．牡丹江卷／丛坤主编．-- 哈
尔滨：黑龙江大学出版社，2017.6（2021.7重印）
ISBN 978-7-5686-0127-6

Ⅰ．①黑… Ⅱ．①丛… Ⅲ．①民间文学－作品集－牡
丹江市 Ⅳ．① I277

中国版本图书馆 CIP 数据核字（2017）第 155657 号

黑龙江民间文学丛书·牡丹江卷
HEILONGJIANG MINJIAN WENXUE CONGSHU MUDANJIANG JUAN
丛 坤 主编

责任编辑　魏　玲
出版发行　黑龙江大学出版社
地　　址　哈尔滨市南岗区学府三道街 36 号
印　　刷　三河市春园印刷有限公司
开　　本　787 毫米 ×1092 毫米　1/16
印　　张　29.75
字　　数　425 千
版　　次　2017 年 6 月第 1 版
印　　次　2021 年 7 月第 2 次印刷
书　　号　ISBN 978-7-5686-0127-6
定　　价　80.00 元

本书如有印装错误请与本社联系更换。

编辑说明

　　《黑龙江民间文学丛书》各分卷所收文章多为民间百姓口口相传之作，有的故事流传时间久远，在流传过程中于不同地区可能演变成不同的版本。本丛书立足于选编内容的完整性及多样性，为了能向读者全面展示黑龙江各地区的民间文学，均予以收录。并且在收录、出版过程中，不做具体分类，各文章按照名称首字汉语拼音进行排序。

　　黑龙江地区具有独特的方言体系，在整理收录各文章时，均原汁原味将其展示，以体现丰富多彩的东北方言，并未做其他多余的文学美化装饰。

　　民间文学更侧重民间性，口语特点强烈，在编辑本套丛书时，我们只是对其中某些明显讹误进行订正，从而保存故事在民间流传时的口语形态，保留了其趣味性、地方性、故事性。

　　特此说明。

黑龙江大学出版社

《黑龙江民间文学丛书》前言

黑龙江省地处祖国北疆,具有独特的地理环境;气候上的特点是四季分明,冬季漫长。每当冬季来临之际,万物肃杀,大地一片银装素裹。正如《红楼梦》中那句人皆可诵的诗句:"落得一片白茫茫大地真干净。"黑龙江省的历史也如同它的气候一样,更迭起伏,在历史的长河中总是出现诸多空白,让今天的史学工作者费尽猜测。

一、孕育黑龙江民间故事的生态环境

黑龙江省位于中国东北部,地处欧亚大陆东部、东北亚的中心区域,是亚洲与太平洋地区陆路通往俄罗斯和欧洲大陆的重要通道。因境内最大的河流黑龙江而得名。

(一)得天独厚的自然条件

黑龙江省地处北纬43°26′—53°53′,东经121°11′—135°05′,位于欧亚大陆东部,太平洋西岸,是中国位置最北、纬度最高的省份。全省土地总面积47.3万平方千米,仅次于新疆、西藏、内蒙古、青海、四川,居全国第6位。

黑龙江省与俄罗斯水陆相连,边境线总长2000余千米。黑龙江是中俄两国界江,全长4440千米(海拉尔河为源),干流全长2821千米,其中中国境内流域面积89.1万平方千米。两岸植被完好,至今仍保持着原始生态环境,是世界上四大无污染水系之一。这条粗犷、寂静的大河山远水长,岛屿星罗棋布,是开发界江国际旅游的珍贵资源。

黑龙江省地貌形态差异明显,境内西、北、东三面有逶迤起伏的大兴安岭、小兴安岭和张广才岭、老爷岭等两大山区。在地图上,黑龙江省的形状很像一只展翅飞翔的天鹅。南北长约 1120 千米,东西宽约 930 千米,地势大致是西北、北部和东南部高,东北、西南部低。地貌类型比例:山地、丘陵占 60.5%,余为平原、水面及其他。

黑龙江省地处欧亚大陆东缘,深受日本海海洋季风的影响,南北相距 10 个纬度,从北到南分为寒温带和中温带,气候的地域差异明显。全省大部分地区气温年较差大于 40 ℃,大兴安岭地区大于 44 ℃。黑龙江省冬长夏短,全省大部分地区冬季都长达 6 个月以上(205—215 天);有些地方可达 8 个月左右(220—265 天),夏季不足 1 个月;甚至有一半左右的地区春秋相连,没有真正的夏季。西南部夏季最长也只有 50 天。冬季的北疆,坚冰锁寒江,瑞雪铺大地,为开展冰雪运动,制作冰灯、雪雕创造了条件;连绵起伏的山地,过去是冬季狩猎的好去处,如今是建设滑雪场的理想地。

黑龙江省总体生态环境呈现出特殊的多样性和相对的整体性。大、小兴安岭不仅是黑龙江省,也是东北、华北地区的天然生态屏障。黑龙江省资源丰富,大森林、大草原、大沼泽、大田作物都是国内罕见的,同时在国际上也颇闻名。森林覆盖率、木材蓄积量和木材产量均居中国之首。黑龙江省拥有世界公认的黑土带、大豆带、玉米带和奶牛带,非常适合发展粮食生产和畜牧业生产,尤其适合发展生态绿色食品生产;土壤有机质含量和养分高于全国其他省份 2—5 倍,素以世界三大黑土平原之一和中国"黑土地之乡"著称,是中国最大的商品粮战略后备基地,是大豆、玉米、水稻等绿色优质农产品的主产区。

黑龙江省野生动物区系组成复杂,种类较多,数量可观,加之得天独厚的自然条件和特殊的地理位置,其生物多样性较为丰富,更具有北方特色。黑龙江省野生动物种类众多,其中鸟类和兽类占全国的 20%—30%,为国内种类较丰富的省份之一。境内有东北虎、紫貂、貂熊、梅花鹿、丹顶鹤等 17 种国家一级保护动物。

黑龙江省现拥有国家级自然保护区 36 处,其中五大连池自然保护区已被列为世界自然遗产,扎龙自然保护区、洪河自然保护区已列入国际重要湿地名录,三江自然保护区、丰林自然保护区已加入世界"人与生物圈"保护网。

黑龙江省矿产资源在全国名列前茅,已发现矿产资源 135 种,其中石油、石墨、天然气、煤炭等资源量均位居我国前列。

改革开放以来,与东南沿海地区,乃至中原诸省相比较,黑龙江省属于经济欠发达省份。但自然生态环境破坏较小,已成为黑龙江省的后发优势。

(二)源远流长的文明历史

1857 年,马克思说,"黑龙江两岸的地方"是"当今中国统治王朝的故乡"。这一精辟论断印证了黑龙江流域少数民族对中华民族多元一体历史格局的形成所做出的卓越贡献。黑龙江省早在距今三万至四万年的旧石器时代,就有人类活动。在今黑龙江省五常市龙凤山乡学田村,曾居住着旧石器时代晚期智人,从伴生的具有人工打击痕迹的石片及哺乳动物骨骼化石看,当时这里的人们已将狩猎作为谋生的重要手段。位于哈尔滨市的阎家岗遗址中发现了旧石器时代的古人类头骨化石石片,石核和砍砸器,动物化石等历史遗迹,推断其地质年代距今约 22000 年。距今约 6000 年的密山肃慎先民(渔猎文化)的新开流古文化遗址,其存在年代大约相当于中原地区的仰韶文化、辽西地区的红山文化、山东半岛的大汶口文化以及龙山文化。距今约 6000 年的东胡族系(草原族系)昂昂溪遗址,广泛分布于嫩江流域。距今约 4000 年的小南山遗址是黑龙江流域文明起源过程中具有里程碑意义的界标。据考古发现,位于肇源县民意乡白金宝村的白金宝遗址分布范围有 20 多万平方米,是黑龙江省境内嫩江流域一处规模最大、保存最好、最有代表性的从新石器时代晚期经青铜时代到早期铁器时代的大型原始聚落遗址,是目前发现的黑龙江流域最早的文明社会。三江平原陆续发现的数百处汉魏时期遗址及黑龙江省文物考古研究所实施的"七星河流域汉魏遗址群聚落考古计划",初步确定农业生产是七星河流域汉魏居民的主要食物来源。凤林古城的发现证实,祭祀和战争在七星河流域汉魏居民中占有重要位置。如果以国家作为文明确立的标志,七星河流域的汉魏居民就已经跨入文明社会的门槛。

漫长历史传承中,黑龙江流域养育了为数众多的古代民族,主要分为三个族系:其一为东胡族系的乌桓、鲜卑、契丹、蒙古;其二为肃慎族系的肃慎、挹娄、勿吉、靺鞨、女真、满洲;其三为濊貊族系的扶余、高句丽。这些民族在此生息繁衍,发展崛起,纷纷踏上历史的舞台。从建立政权的时间上来看,濊貊族一系崛起得最早,早在秦汉之际,松嫩平原出现第一个国家——"濊王国",在汉代人们发现了"濊王之印",其"国有故城",经济也有很大的发展,农业出现饲养猪、马、牛等牲畜,并且善于狩猎。至西汉时期濊貊人建立了强大的扶余、高句丽政权。与中原王朝的联系不断加深,经济、文化也得到了长足的发展。但是到了北魏时期扶余政权在高句丽、慕容鲜卑等强邻的攻击下逐步走向衰亡,高句丽也于公元668年在唐朝和新罗军队的联合进攻下亡国;这两个民族分别融入新罗、靺鞨、鲜卑、突厥等民族之中,在中国的历史舞台上销声匿迹。东胡族系的慕容鲜卑与肃慎族系的粟末靺鞨随后开始崛起,慕容鲜卑在西晋时(265—317)建立起前燕政权,粟末靺鞨在唐朝时(618—907)建立渤海政权。而且这两个族系在中国历史上产生的影响与濊貊族系相比呈现出后来居上的历史趋势。特别是东胡族系的鲜卑、契丹、蒙古,肃慎族系的靺鞨、女真、满洲,不仅在黑龙江流域崛起发展,而且策马南下、逐鹿中原,甚至面南背北,君临天下,汇入了浩荡的中华文明之历史长河,创造了璀璨绚丽的民族文化,对中国和世界历史的发展与走向产生了直接而深远的影响。

在黑龙江斑斓多彩的历史文化中,渤海文化与金源文化是两座高峰。

渤海国是唐朝名重一时的"海东盛国",领有五京、十五府、六十二州,居民达十多万户,常备兵员数万人。国家机构设置、五京设置、宫廷建筑以唐朝为样板。畜牧业、农业、手工业、商业、交通运输业、城镇经济获得很大发展。诸京、府、州、县兴办学校。诗歌、音乐、绘画、雕刻、书法及造船、航海、历算、医药、育种、城邑、宫殿营造技术都达到很高水平。渤海国时期,出现了黑龙江历史上的几个"第一"——第一个图书馆、第一所大学,接受了第一个外国留学生。现宁安市渤海镇保存了上京龙泉府、兴隆寺、石灯幢、兽头石刻、渤海墓葬等遗址遗迹,还有见诸历史文献的书、表、牒、笺、碑文等。

金源文化是指女真民族以阿什河流域阿城为中心创造的文化,即金上京地区或金代早期文化。《钦定满洲源流考》称"白山黑水,其名始见于《北史》,而显著于金源"。乾隆帝曾作《望大房山作歌》,其中有"忆昔金源全盛时,半壁江山迹始发"。阿城是金源文化肇兴之地,金王朝开国之都。自海陵王迁都北京,1157 年上京号降为会宁府,至金世宗 1173 年恢复上京号,返祖地巡视,使金上京会宁府的地位远远高于其他陪都,故获得规模空前的发展。金上京会宁府人口 36 万,是当时少有的大城市。金代以农为本,畜牧业、冶铁业、手工制作业发达,建筑业空前发展,商贸繁荣,文化艺术繁荣。金初使用契丹文和汉文,1119 年创制女真文字。金人非常注重教育,设皇家藏书馆,兴办"官学""庙学",女真贵族设"私学",普及教育达东北边远地区;通过科举选用人才,《金史》称"终金一代,科目得人为盛"。文学艺术方面,曲艺、政令、文学、歌谣、舞蹈、杂剧、诗词、书画等风行一时。散曲是黑龙江地区的曲艺形式,便于清唱,包括散套、小令两种。女真人作家李直夫创作的院本杂剧《宦门子弟错立身》,描述了会宁府附近阿什河北岸蒲察部落的散曲艺术活动以及宦门子弟下海为艺的故事。

清代是黑龙江地区历史发展的重要历史阶段。康熙二十八年(1689),中俄两国通过谈判,签订了中俄《尼布楚条约》,明确了中俄东段边界的走向,以格尔必齐河和额尔古纳河、外兴安岭至海为界。1850 年以后,俄趁中国清朝衰微,沙俄武力侵略黑龙江流域,强迫清王朝签订了《中俄瑷珲条约》《中俄北京条约》,抢占了包括黑龙江以北、外兴安岭以南、乌苏里江以东至库页岛的100万平方公里的中国领土。清朝末年,汉民族大量移民东北,成为东北的主体民族,也成为巩固东北边防的最强力量。

中东铁路是贯穿中国东北的铁路干线,1896年清政府与沙俄签订的一个屈辱的条约——《中俄密约》造就了它的产生。中东铁路影响黑龙江政治经济长达一百余年。中东铁路的修建,以及哈尔滨处在"丁"字形铁路的交叉点这一特殊地理位置和铁路交通功能的作用,使哈尔滨由一个小渔村迅速发展为一个带有殖民色彩的近代城市。自1898年至1918年,东北最大的机械企业——中东铁路总工厂,最大的航运公司——中东铁路航运公司,最大的商业银行——华俄道胜银行在哈开办;第一家现代制粉企业——"满洲"第一面粉公司,中国第一家啤酒企业——乌卢布列夫斯基啤酒厂,远东第一百货商场——秋林公司相继开办;与此同时食品、电力、制茶、玻璃、制材、采矿、烟草、造船等行业如雨后春笋般在哈尔滨建立起来。

犹太人是随俄国人最早进入哈尔滨的,最初他们只是从事一些为中东铁路工人提供生活服务的营生,并向一些商人提供贷款。但到了1913年,犹太人的商业活动便活跃了起来,经营领域逐步扩大。"十月革命"爆发后,大批俄国移民迁居哈尔滨,至1922年,俄国移民多达15万余人。而日本,自明治维新后,提出"失之欧洲,取之亚洲"的亚洲侵略计划。1905年日俄战争后,"日本挟战胜之余威",对哈尔滨实行经济扩张,开办数十家洋行,迅速完成了资本积累。据统计,1923年仅大型日本企业就达40多家,借此之机日本向黑龙江输送了大量侨民;此后,为实现侵略东北的野心再次向黑龙江输送农民"开拓团",使黑龙江日本侨民数量大增。哈尔滨跃升为远东著名的国际贸易城和国际化大都市。20世纪20年代,"仅外国洋行、商社就有大小2000余家,同世界40多个国家和地区的100多个城市和港口保持着经常性的商贸联系",致使哈尔滨地区的外贸进出口总额直线上升,1926年为7525

万海关两,1927年为8545万海关两,1928年达到9946万海关两。哈尔滨国际化程度可与巴黎、莫斯科、东京相媲美,创造了中国近代城市化进程中的一个奇迹。哈尔滨的对外开放,不仅使俄日侨民纷至沓来,甚至到20世纪20年代末哈尔滨已侨居有28个国家的外侨,其中不仅有德国、法国、英国、美国、意大利、澳大利亚侨民,甚至还有塞尔维亚、亚美尼亚、立陶宛等国的侨民。16个国家在哈尔滨设立了领事馆(前后共19个国家21个领事馆或代表部)。"九一八"事变后,黑龙江全境被日军占领,黑龙江人民开始了英勇的抗日斗争;中国共产党领导下的东北抗日联军成为东北沦陷区抗日的主力,涌现出了赵一曼、赵尚志、李兆麟、杨靖宇等著名的抗日英雄。1945年,骁勇善战的中华儿女浴血奋战后,东北地区重新回到祖国的怀抱。1946年,哈尔滨解放,在中国共产党的领导下黑龙江这片辽阔的土地开始了历史的新里程。

黑龙江革命历史悠久,1908年哈尔滨中俄工人在太阳岛举行万人纪念"五一"国际劳动节的活动。1918年,哈尔滨建立了工会组织。1923年,成立"中共哈尔滨组"。1925年,中共北京区委派吴丽石到哈尔滨开展活动,建立了中东铁路第一个工人党支部。1927年10月在哈尔滨召开了东北地区第一次党员代表大会,成立中共满洲省临时委员会。哈尔滨和中东铁路被看作是联结中共和共产国际以及宣传共产主义和列宁主义的"红色丝绸之路"。1928年中共"六大"在莫斯科举行,中共中央通过哈尔滨地方组织设立了接待站,代表从此通道前往苏联,负责护送中共"六大"代表。中共早期领导人李大钊、陈独秀、瞿秋白、张太雷、周恩来等都来过黑龙江。刘少奇、塞克、罗章龙、罗登贤等都曾在黑龙江从事、领导过反帝反封建反军阀斗争。

如此波澜壮阔、可歌可泣的历史,为黑龙江民间故事平添了无限色彩。文化需要创造,更需要传承。对于黑龙江省而言,很多历史文化资源还有待开发。因此,对历史文化资源的发掘、整理,是黑龙江历史文化工作者的一项艰巨而漫长的工作。

二、黑龙江的地域文化特征

清末后中原汉族大量涌入,以及以俄罗斯为代表的异域文化渗入,使黑龙江地域文化整体特征具有移民文化的强烈色彩,不同的民族、不同的地域和不同的文化,在与鄂伦春、鄂温克、赫哲族等土著文化和以俄罗斯为代表的异域文化的碰撞与融合中,形成了黑龙江地域的多元文化。这种多元文化的共生,促成了黑龙江厚重性、包容性、多元性与边缘性的地域文化特征,如此文化背景为黑龙江民间故事注入了鲜明的色彩。

(一)黑龙江地域文化的厚重性

黑龙江地域文化的厚重性体现在如下几方面。

一是黑龙江流域崛起的古代民族在中国历史格局中所产生的巨大影响。历史上黑龙江流域北方游牧民族曾五次入主中原:第一次是鲜卑族南迁西进,在华北高原建立北魏政权,统一了中国北方,打破了汉族一统中国的格局,为中华民族多元一体格局的出现和形成奠定了基础。第二次是源出宇文部鲜卑的契丹族建立了辽朝政权,辽与北宋鼎立,是继北魏后统治中国北方的又一个黑龙江流域少数民族。第三次是女真族雄踞东北,建立金朝政权。定都上京会宁府(今阿城区),后迁都中都(今北京)、开封等地,与南宋对峙,成为统治中国北部的一个王朝。第四次是蒙古族崛起,横扫欧亚。建立起大一统元朝政权。元朝时的中国疆域空前广阔,是中国历史上地理版图最大的时期。第五次是满族铁骑闯入山海关,建立了我国历史上最后一个封建王朝——大清王朝。北方游牧民族五次入主中原的历史在中国是独一无二的,南北文化的大碰撞、大融合促进了中华文明的发展。这些少数民族对中华文明的巨大影响是南方任何少数民族所无法比拟的。

二是渤海文化、金源文化以及黑龙江少数民族文化的辉煌成就。在龙江大地历史的长河中,有海东盛国之称的唐代渤海国是一颗耀眼的明珠。渤海国始建于公元 698 年,公元 926 年被契丹灭亡,先后存世 229 年。如同唐朝是中华民族的辉煌一样,渤海国也是黑土地上最辉煌的地方政权,展现了黑龙江先人的勤劳和智慧。由于渤海国"崇尚华风""革故鼎新",国势日盛,雄踞北方,与盛唐同期创造了北国辉煌。渤海人以辛勤劳动,发展和创造了繁荣的经济与光辉灿烂的文化,对古代东北地区的开拓和发展做出了杰出的贡献。金源文化,是指 11 世纪至 12 世纪中期以金上京为中心地域的女真民族文化,它是黑龙江地域文化发展进程中继"渤海文化"之后的又一座光辉的里程碑。从金上京地区出土的精美绝伦的各种文物中可以窥视到,800 年前这一地区宗教、音乐、诗歌、文学故事、雕塑、碑刻、铸造、建筑都显示了古代社会的都市文明空前繁荣的程度。相较于渤海文化所受中原文明的浸染,金源文化似乎程度更深、内涵更广,民族融合的特点也更加鲜明。它上承辽、宋,下启元、清,为中华文明的血脉延续做出了积极的历史贡献。它是在我国的中原由以汉族为主的统治转变为由少数民族进行统治的时代中逐渐孕育成型的文化系统;它打破了汉文化血统论的封囿,是在少数民族文化自本自根、自立自强基础上,融入、汲取中原先进文化的精髓凝练而成的,隶属于中华大文化范畴的综合文化形态。鄂伦春、鄂温克及赫哲族等黑龙江世居民族虽然人口稀少,但其保留至今的民族文化具有鲜明的特色,尤其是在强调文化多样性的今天,其价值弥足珍贵。

三是近现代历史上黑龙江人民抵御沙俄、抗击日寇、建立东北解放区的光荣历史。从 17 世纪 40 年代起,沙俄一直觊觎我国黑龙江流域领土,对于沙俄的侵略行径,自雅克萨战役起,黑龙江各族人民进行了英勇的抵御。尽管腐败无能的清政府在沙俄的威逼下相继签订了《中俄瑷珲条约》和《中俄北京条约》,使中国丧失了黑龙江以北、乌苏里江以东 100 万平方公里的领土,但沙俄的野心仍不满足,20 世纪初,沙俄对中国的侵略更加疯狂。1900年 7 月,沙俄将海兰泡的中国人用鞭挞、刀刺、斧砍、枪击等手段逼进黑龙江中,夺去5000多同胞的生命。继之,对江东六十四屯的中国人大屠杀,使我国同胞死亡700余人。八国联军中沙俄出兵17万,充当主力,7路中有4路经过黑龙江地区,沿途烧杀抢掠,激起我国各族人民反抗。副都统杨凤翔、将军寿山等以身殉国。沙俄从《辛丑条约》中得到了最多"赔款"。黑龙江各族人民为了捍卫祖国边疆与沙俄进行了长期的斗争,在中国近代史上谱写了光辉的一页。继沙俄之后日本帝国主义将魔爪伸向中国东北,"九一八"事变后,东北沦陷,日本帝国主义对其进行了长达14年的侵略。在这期间从义勇军到抗日联军(其中11个军中的9个军活动在黑龙江)黑龙江人民始终未放弃抵抗。马占山、赵尚志、李兆麟、赵一曼、杨靖宇等英雄人物,以及"江桥抗战""八女投江"等震惊中外的事迹铸就了中华民族的悲壮之歌。解放战争时期,黑龙江成为中国共产党军事战略中心,进入辉煌历史时期。黑龙江作为战略大后方,在人力与物资上保障了三下江南、四保临江、四战四平和辽沈战役的最后胜利。为新中国的成立做出了重大贡献。

除此之外,20世纪五六十年代在黑龙江进行的北大荒农垦开发、大小兴安岭林业开发和大庆石油开发在共和国发展史上都不同凡响,堪称壮举,为黑龙江地域文化增添了厚度。

(二)黑龙江地域文化的包容性

黑龙江地域文化具有多民族、多地域、多国度的色彩,南北、中西文化相互交融,造就了其博采众长、兼容并包的地域风格,也培养了黑龙江人直爽仗义、心怀宽广的豁达性格。这种思维开放、胸怀大度、兼容并蓄、博采众长的胸襟和气度,与对弱者和落难者的同情、帮助融为一体,突出体现在以下四方面。

一是北大荒——"流人""右派"的安身地。近代以前未开发的黑龙江自然条件十分恶劣,气候酷寒,人烟稀少,人称"绝域",所以统治者把这里作为流放地。历代流放到黑龙江的人员成分复杂,其中大多数人是反抗了统治者或触犯了统治者利益的受贬官员、知识分子和内地百姓。这些所谓"流人"在黑龙江并未受到太大歧视,因而,他们才有了从事撰述及其他文化活动的可能。下放北大荒的"右派"也是如此。当时,这些来自城市的高级知识分子精神上的痛苦,生活上的落差可想而知。逆境中能够支持他们生存下去的勇气来自垦荒人所给予的温暖。这见于许多当年"右派"的回忆。

二是北大荒——"知识青年"的第二故乡。黑龙江是知青三大聚集省份之一(另有云南、内蒙古),当年曾先后接收了来自全国各地的50余万知青。"苦难是最好的大学"这句话在广大知青身上得到充分印证,北大荒走出来一大批改革开放后在政治、经济、文化等领域国家层面上堪称一流的人才。虽然当年的生活是艰苦的,但北大荒人是热情的。因此,如今功成名就的官员、学者也好,拥资千万的富商巨贾也罢,即使是仍生活在社会底层的市井平民,北大荒都是他们难以割舍的第二故乡,一年年的回访,见证了知青们对第二故乡的深厚情感。

三是善待犹太人——人道主义的光辉记录。19世纪末,"排犹"与中东铁路的修建使大批俄籍犹太人来到黑龙江,到1985年最后一位犹太人在哈尔滨辞世,犹太人迁居哈尔滨近一个世纪,最多时达2万人。他们为哈尔滨城市建设、经济文化发展做出不可磨灭的贡献。至今哈尔滨存留的犹太历史文化遗址遗迹保留完好的多达十余处,包括犹太会堂、犹太中学、犹太医院、犹太银行,以及闻名于外的马迭尔宾馆。犹太人之所以在哈尔滨取得如此巨大的发展成就,是因为黑龙江人对外来文化具有开放、包容的传统,自觉地抵制了世界性的"排犹"浪潮。中国人民的老朋友,美国前国务卿基辛格博士(犹太人)以"人道主义的光辉记录"来表达对哈尔滨善待犹太人历史的称赞。

四是接纳"日本遗孤"——博大胸怀的展现。"八一五"日本战败投降,侵略者们在撤退与遣返期间,将众多"残留孤儿"弃置在黑龙江的土地上,在中日两国人民之间制造了一个特殊群体——日本遗孤。战争使那些本该依偎在父母身边享受天伦之乐的孩童沦落为孤儿,并被遗弃在异国他乡,以他们的幼小身躯忍受了常人无法想象的痛苦折磨。但他们又是幸运的。这些日本遗孤被黑龙江一位位善良的母亲所收养,她们的节衣缩食,如亲生母亲般的关爱、呵护,使这些"弃儿"在异国他乡有了家的归宿。多年后,中国养父母再次表现出宽厚的胸怀,按日本政府规定:中国养父母不在"放行"材料上签署"同意"条款,日本政府对海外遗孤不予接收。这些养父母没有一人"拒签"。他们以德报怨的博大胸怀和仁爱之心,谱写了人类战争史上的仁义之歌。数十年过去了,回到日本的这批遗孤对中国养父母顾念之情从未割舍。"对于我来说,给我生命的母亲的面孔早已模糊,而养育我的母亲的影像却是那么清晰!"这是一位日本遗孤在纪录片《母之爱》中的深情表达。这段沉痛深婉的历史彰显着黑龙江人以德报怨、宽广而博大的胸怀。

(三)黑龙江地域文化的多元性

黑龙江独特的民族衍变与历史变迁,决定了黑龙江地域文化的多元性,其多元性最鲜明的体现在于如下几方面:

一是城市建筑的多元。哈尔滨是黑龙江城市的代表,其城市建筑多元化闻名已久。据统计,哈尔滨现存欧式建筑213处,俄罗斯式、拜占庭式、哥特式、犹太式、伊斯兰式各类建筑,无一例外都可以在这里找到。道里中央大街现有欧式及仿欧式建筑70余座,西方建筑史上最有影响的四大建筑流派尽纳其中,彰显着浓郁的欧陆风情。而道外南二道街、南三道街的"中华巴洛克"建筑区则与中央大街风格迥异,被称作"中国式西洋建筑"。联合国人居范例奖的评选专家和国际建筑艺术专家来哈尔滨考察后予以其很高评价:"无论是从巴洛克建筑的数量,还是它的历史厚重感来说,价值都超过了中央大街。"此外哈尔滨友谊宫、哈尔滨医科大学、哈尔滨工程大学的大屋顶建筑又是典型的中国传统建筑。这种中西建筑风格的融合为中国其他城市所不多见。

二是宗教信仰的多元。黑龙江宗教历史悠久,佛教、道教唐朝时期就已传入。随着中东铁路修筑,大批外国人进入,先后传入哈尔滨的宗教还有:东正教、天主教、基督教、伊斯兰教、犹太教以及日本佛教和神道教。据20世纪30年代统计,哈尔滨的教堂寺庙多达128座,穹顶林立的教堂凸显出哈尔滨宗教的繁盛。多民族、多信仰、多宗教共聚一城、友好相处,反映了以中华传统文化为核心的黑龙江人在对待外来文化时的宽容心态,这一点在全国其他城市中是绝无仅有的,在世界其他多元文化城市中也是不多见的。在尚志市一面坡这样一个小镇,各种宗教也齐头并进。据资料介绍,20世纪二三十年代,小小的一面坡,居然东正教、天主教、基督教、佛教、道教、伊斯兰,六大宗教一应俱全。

三是文化消遣的多元。黑龙江人文化消遣的多元现象十分突出。二人转、龙江剧等地方戏曲、曲艺在黑龙江群众中,特别是在广大农村群众中,经久不衰;京剧、评剧等传统剧种也不乏戏迷。在此之外,话剧、声乐、交响乐更深受喜爱。这突出反映了黑龙江移民文化的特点。黑龙江文化消遣群体主要应在农村与城市间进行区分。而哈尔滨作为欧陆文化影响强烈的城市,它与其他东北城市在文化欣赏情趣上有一个很大不同,哈尔滨许多市民对二人转是不欣赏的。因此,二人转在哈尔滨曾长期不能登上大雅之堂,只能生存在道外的小巷里。

四是风俗习惯的多元。在各类习俗方面,黑龙江整体上属于中原汉文化序列,但因地理环境的不同而发生了很大变异。世居民族虽各有其风俗习惯,但由于人口较少,随着历史发展,文化融合难以避免,表现在风俗习惯上就是你中有我,我中有你。譬如黑龙江当下的婚俗,真可谓天南海北大杂烩,最具多样性。在饮食方面,东北菜很难以独立的菜系存在。它源于鲁菜,炖菜为主,菜口偏咸,但又吸收了原住民饮食文化的一些特点,并杂糅了中原其他地区的饮食习惯。此外,俄罗斯、日本等都对黑龙江的饮食文化产生过影响,"罗宋大菜"(俄式西餐)、"东洋料理"、"韩国烧烤"不仅存在于城市,也传播到大部分乡村。

五是方言词汇的多元。黑龙江方言(属于东北方言)是南腔与北调相互融合而产生的一种语言系统,同时也深受俄、日、韩等周边国家的影响。其中,至今还保存着很多反映黑龙江世居民族风俗文化的词语,如肉和油变质称"哈喇",遇事疏忽称"喇忽",称唱歌为"喝咧",称陡峭的石头山为"砬子",均源于满语;称边防哨卡为卡伦,这源于锡伯语。另外,黑龙江方言直接吸收的俄语词汇也非常多,如称下小上大的水桶为"畏大罗",称面包为"列巴",称连衣裙为"布拉吉"等等。黑龙江方言另一特点是,当汉语由中原地区向东北扩散时,由于发展的不同步和传输手段落后造成的差异,有很多正字在传播中被误读,并约定俗成为方言。如,东北人常说的"母们"(我们)、"那嘎哒"(那个地方),农村称呼老夫妇为"老姑姆俩"(老公母俩)、"干哈"(干啥)、"稀罕"(喜欢)都是误读而形成的,从而使黑龙江方言呈现出别具一格的特色。

(四)黑龙江地域文化的边缘性

囿于特殊的历史、地理、生态环境,黑龙江地域文化具有与中原文化极为不同的个性特征,是一种多元一体的边缘文化。边缘文化,是黑龙江各民族在各个不同历史阶段和社会经济发展层面上长期积淀的特色区域文化。黑龙江地域文化既要应对中原文化和周边文化对本土文化,特别是对各世居民族原生文化形态的撞击、渗透、挤压与同化,同时也要考虑其本土文化的生存和发展,并对外来的中原文化和周边文化的进入采取宽容、妥协与吸纳等灵活姿态。这样双方长期不断碰撞与交融的结果,一种非此非彼,既此亦彼,你中有我,我中有你的新型文化形态多元一体,既开放又封闭的边缘性文化特征便形成了。

一般语境中,边缘文化总是弱势的、次要的文化,人们热衷于追逐主流文化,从不重视边缘文化的研究。"共生"思想和"边缘效应"理论是边缘文化产生的科学依据,"文化多样性"的思想是边缘文化存在发展的理论根据。这一理论认为,边缘文化是文化交流互动的产物,边缘文化也就是"杂交文化"或"共生文化"。它具有特殊的优势,在共生语境中,边缘文化与主流文化之间不断发生双向运动,二者不是敌对关系,而是共生的"伙伴关系"。从黑龙江地域文化发展来看,其边缘性体现在如下三个方面。

一是黑龙江历史文化的边缘性。黑龙江流域的历史就是民族融合的历史,首先是东胡、肃慎与濊貊三大族系间的冲突与融合。在相当长的历史时期,这三大族系之间总是处于此强彼弱,或彼强此弱的状态,在这一过程中黑龙江流域文化在对峙、碰撞中融合发展。其次是黑龙江流域诸民族与中原汉民族间的冲突与融合,在文化上,两者有明显的强弱之分,中原文化处于主流文化地位,予黑龙江流域文化以巨大影响,而黑龙江流域文化虽处于弱势,其对中原文化也曾产生过诸多影响。

二是黑龙江当代文化的边缘性。黑龙江当代文化虽然已纳入中华文化体系之中,但由于历史、地理原因,在中华文化体系之中仍处于边缘状态,从主体文化样式及文化发展速度的比较上,黑龙江均不处于上游位置。因而,黑龙江文化整体上仍处于吸收、接纳的从属地位,具有不稳定性。黑龙江经常会出现"跟风"现象,如在餐饮经营上曾有一段时期,一会儿开封包子,一会儿鸭脖子,最后都成过眼云烟,这是文化边缘性的突出表现。文化边缘性从积极因素来看,是对新生事物不加排斥,接受得快。如哈尔滨至今仍被视为时尚之都,休闲方式、女性着装引领新潮,是文化边缘性的另一种表现。

三是黑龙江原住民文化的边缘性。黑龙江原住民文化是指以鄂伦春、鄂温克和赫哲族为代表的黑龙江世居少数民族文化。由于这些民族地处边远地区,人口稀少,其文化价值往往被忽视,在城市化快速推进的时代,原住民文化边缘性的问题越来越突出。在文化多样性理论受到普遍重视的今天,人们终于认识到黑龙江原住民文化是黑龙江不可多得的宝贵资源,应加以认真传承与保护。

三、黑龙江民间故事形成及其特点

(一)原住民族创作具有举足轻重的地位

长期以来,在黑龙江省的人口构成中,原住民族一直占据主体地位,汉族移民反而居于少数地位。这种现象直到相对较晚时期——19世纪中叶以后方逐渐有所改变。所谓"原住民族",一般是指鄂伦春、赫哲、满、锡伯、蒙古、达斡尔、鄂温克等民族。今天,这些民族的人口在黑龙江省虽然已占绝对少数(不足10%),但故事的蕴藏量却极为丰富。

小兴安岭和黑龙江省东南部山地之间,是松嫩平原和三江平原,松花江和嫩江从中流过。这里是满族的先世 ——女真人的发祥之地,沿松花江和嫩江坐落着往日的金上京白城子、三姓、卜奎等古老的居民点,流传着关于阿骨打、金兀术、落难的徽钦二帝、老罕王以及清朝历代皇室人物脍炙人口的大量传说。

以农牧为生的蒙古族、达斡尔族和鄂温克族也大多聚居于此。其中蒙古族主要聚居在松嫩平原的草原和农业地带,以杜尔伯特蒙古族自治县、泰来县、肇源县等地为中心;达斡尔族75%以上人口分布在以齐齐哈尔市为中心的地区;鄂温克族则分布在齐齐哈尔市的讷河、富裕、嫩江等县,居住相对比较集中。他们都是农牧兼营的民族,他们的故事显示着草原文化和农耕文化结合的特色,同以山林文化为特色的民间故事大异其趣。

朝鲜族分布在以牡丹江为中心的东南部山区、三江平原大部以及松嫩平原南部等盛产水稻的地区。这是一个具有悠久文化传统的民族,早在商周时代就同中原有着密切的联系。他们的故事富含教化意义,历史和伦理道德蕴涵深厚,结构精美,叙事细腻,具有典型农耕民族的文化特色。

赫哲族主要分布在由黑龙江、松花江和乌苏里江冲积而成的三江平原,从事渔业,他们人数虽然不多,但却拥有足以引为民族骄傲的极为丰富的民间口头文学,创造出了大量独具特色的渔猎故事、动物故事、英雄故事、萨满故事、生活故事、滑稽故事……

从黑龙江省采集到的民间故事来看,满族故事占有特别的地位。这不仅因为满族在本省少数民族中人数最多,曾经在中华民族的中央政治舞台上长期扮演过重要角色,而且还因为黑龙江省的满族口头文学传统极为丰富,独具特色。一批满族故事家,具有厚重、独特的民族口头文化传统积累,为我们保存了丰富而宝贵的民族精神文化遗产。宁安地区流传的大量满族神话,全面展示了早期满族神话体系的精髓,其想象力之独特神奇,叙事结构之宏伟严密,故事情节之生动紧凑,人物性格之鲜明壮美,叙事语言之丰富流畅,堪称我国少数民族民间故事中不可多得的珍品。它们的文化内涵和深层文化价值有待于进一步研究开发。

(二)文化结构的多元性

从黑龙江省民间故事的总体状况来看,最引人注目的特点就是文化结构的多元性,以山林渔猎生活为背景的满族和鄂伦春族故事,以草原牧猎生活为背景的蒙古族、达斡尔族、鄂温克族故事,以江海渔猎生活为背景的赫哲族故事,以农耕生活为背景的汉族、朝鲜族和部分满族故事,无不各具鲜明的文化特色。这里包容了风格迥异的文化习俗、民间信仰、语言特色,不同的想象空间和思维方式造就了五彩缤纷的幻想天地,这就使得黑龙江省民间故事呈现出五色斑斓、无限丰富的整体面貌。

有关族源族史的传说,如《七兄弟的后代》《九姓的来历》《黑龙江的达斡尔人》《鄂温克人和鄂伦春人是亲兄弟》等等,在黑龙江省民间故事中占有重要地位,反映了各民族在历史上寻根的巨大兴趣,对我们认识和研究族源问题起着不可忽视的作用。残存于各民族记忆中的许多零散而模糊的"史实",曲折地反映出民族的经历和历史上民族间的关系,它们也许同真实历史相去甚远,甚至完全属于牵强附会,但却是一种更高意义上的具有超越意义的真实,在各民族的精神生活中和心理上占有重要地位,起过重要作用,甚至起过"历史教科书"和"信史"的作用。

萨满文化是一种在渔猎社会中广泛流行的文化形态。萨满是人神之间的使者,掌握着神异能力,能沟通三界。萨满文化观念的核心就是对于具有特异能力的萨满的崇拜。这种崇拜现象在黑龙江各少数民族的历史上曾经是一个十分普遍的现象,流传在民间的许多萨满神话如著名的《女丹萨满》《尼顺萨满》《尼灿萨满》,以及《萨满过阴》《他拉伊罕妈妈》《阿达匹汗奇》等,都赞颂了"法力无边"的男女萨满。有的萨满身份十分明显,有的萨满这种身份已相当模糊,但一个个武功超凡,能驱使鬼神,过阴追魂,变化无形。萨满神话是萨满文化观念的主要载体之一,对省内少数民族口头传说产生的影响至为深刻。可以说,萨满文化观念在黑龙江省少数民族的民间故事中是无所不在的,它不仅存在于神话中,也存在于传说故事中,形成了独特的情节模式、人物关系、讲述特点。

与其他少数民族神话相比较,具有鲜明特色的是满族神话。它们数量可观、内容丰富、叙事手段发达、自成严整系统,包括阿不凯恩都哩创世、人类始祖佛赫妈妈、诸神与恶魔耶路里之间的大战,以及祖先神、部落神、海神、豹神、鹿神的神话等等,涉及满族先民对宇宙起源、人类起源和繁衍、原始信仰和崇拜、民俗等诸多问题的认识,是一个值得特别深入关注的文化现象。

(三)与大自然的亲和力

人同自然之间这种直接而牢固的联系,长时间以来一直曾是实际生活的需要。人和自然,特别是人和动物之间,往往存在着一种朋友的关系,是互相依赖、互相帮助、互相信任的关系。这种关系通过幻想的纽带,编织出大量动物故事、植物故事、渔猎故事、大山的故事、怪石的故事、森林的故事……它们至今尚未脱离人和自然的一体。一山一水,一石一砬,一草一木,往往都能产生隽永的故事或动人的传说。有的民间故事中,熊、虎还得到特别尊崇,显示出历史心理上人对它们在起源上的认同。这就使得黑龙江省民间故事具有粗犷、质朴、率真的品质,毫无雕琢痕迹,充满山林的清新与泥土的芬芳。

少数民族中流传着大量的神话,且每一种类型几乎都有,如创世神话、人类起源神话、祖先和部落神话、民间信仰神话等等。从故事本身来看,大多比较短小,结构和情节往往很简单,叙事手段朴素。人们对宇宙万物的解释,自身来源的探寻,以及对各种神灵的崇拜,构成了这些神话的主要内容,清楚地反映出渔猎社会世界观的特色,显示出它们同"万物有灵"思想之间的直接联系。在神话故事之外,还存在着大量神话思想,体现在其他各种不同的物质和精神"载体"之中。这说明可能在不远的过去,神话本身也是一个相当发达的系统。只是由于种种原因,包括民间传承人群体的没落,神话这种形式才逐渐凋零了,然而保存到现在,还有如此丰富的存留,实属难能可贵。

黑龙江省的山山水水产生了大量地方传说,构成了传说的又一重大特色。许多传说附会历史和神话,使平凡的土地平添了神秘的浪漫色彩,如《会宁府的传说》《兀术母顶山》《卡仙洞和奇奇岭》《镜泊湖的由来》等等。不少秀美的山川湖泊,如五大连池、兴凯湖等,大多根据自己的地形地貌、景致特点,附丽出美妙动人的爱情故事。此类传说大多产生于晚近时期,至今仍具有很强的产构能力。数量不多但丰富多彩的地方风物传说具有深厚的民间基础,它们往往以地方特产的来历为内容展开。从黑龙江的大马哈鱼、东海的螃蟹、兴安岭的桦皮小篓和桦皮小舟,到柞木台子的黄烟、荒原上的乌拉草、克东腐乳和三姓火锅、深山老林中的人参和猴头蘑、黑龙江边的金矿……都留下了众多脍炙人口的"讲究",从中折射出百姓对历史的态度,对家乡风物的热爱,对地方生产生活特点和风俗习惯的诠释。

有些原住民族,如鄂伦春族、赫哲族、达斡尔族、鄂温克族等,历史上一直没有能够创制出自己的民族文字。他们利用口耳相授的传统,不仅娱乐生活,联系亲朋,而且还传扬民族历史,歌颂民族英雄,传承民族伦理道德观念和行为准则,教育后代,传授生产劳动知识,培养同自然斗争的顽强精神。所以,民间故事又起到了教科书的作用。几乎直至 20 世纪 30 年代,在某些少数民族如赫哲族、鄂伦春族中,民间故事依然能够在对民族产生潜移默化作用的同时,起到一部包括哲学、历史、宗教、伦理、民俗、生产知识等在内的民族生活百科全书的作用。在距今尚不算久远的族内老辈人观念中,某些种类的传说故事(如关系到"民族信仰"的故事、族源故事、祖先故事等)甚至还能产生这样的效果:无论情节多么离奇,幻想成分多么浓重,故事还是会被作为"真实"接受下来。许多故事不仅是讲给人听的,讲故事甚至成了一种礼仪、一种传统。它们是献给灶神、家神、各种自然神、山林水泽渔猎之神,献给林中鸟兽、水中游鱼的。人们在愉悦自己的同时,还以此来愉悦大自然,愉悦神灵,以求好运和好收获的回报。在民族心理上,某些故事甚至具有"圣经"的地位,它们代代相传,不容随意"篡改"。在民族生活中,故事曾经是一种无法取代的实际需要,是民族精神生活极为重要的组成部分。

黑龙江省的民间故事,早在 20 世纪初即曾引起过俄国学者的注意,但并没有像样的采录成果存世。凌纯声先生于 1934 年发表的《松花江下游的赫哲族》一书中,采录整理了 19 个赫哲族长篇故事,是为黑龙江省民间故事有文字记录之始。从 20 世纪 50 年代后期(1956—1959)起,随着对省内少数民族开展全面系统的社会历史调查,对本省少数民族民间口头文学作品也有所采录整理。其间经 60—70 年代有所停顿,但于 80 年代初又恢复了这项工作。先后有隋书金、马名超、王士媛等人采录、编辑、出版了一些故事集,如《鄂伦春族民间故事选》《赫哲族民间故事选》等,所取得的成绩引人注目。从 1981 年开始,中国民间文艺家协会黑龙江分会由王士媛主编的《黑龙江民间文学》(不定期集刊)陆续发表了大量以省内少数民族民间故事为主体的民间故事(至 1991 年停刊止,前后共发表民间故事、神话、传说 2000 余篇,约 400 万字)。20 世纪 80 年代后期起,全省共出版地方《民间故事集成》95 卷,收入故事近两万篇,总数约计 2356 万字;采集期间共整理出文字资料和录音资料 5000 余万字,积累故事总计约 5 万篇。2005 年,《中国民间故事集成·黑龙江卷》(主编 徐昌翰)出版,该卷选入神话、传说、故事计 580 篇,异文 22 篇,约 140 万字,基本涵盖了全省所有地区和县、市,具有广泛代表性。比较集中地折射出黑龙江这块土地的历史文化特色。

本套丛书主要以《中国民间故事集成·黑龙江卷》为蓝本,以全省 13 个市、地为划分,每一市、地各出 1 卷,共计 13 卷。在此谨向徐昌翰、栾文海先生,以及为黑龙江民间文学整理工作做出过突出贡献的王士媛、马名超、隋书金、李路、郭崇林等先生表示由衷的谢意。

《黑龙江民间文学丛书》编委会

目录

巴拉根仓除恶狗

听老人讲,从前蒙古族有个最有智谋的人叫巴拉根仓,他没牛没羊也没家,一个人四处流浪,专为穷人办好事,走到哪里都有饭吃。

这一天,巴拉根仓来到一个小地方,远远就看见几个人在哭,周围有一帮人也在抹眼泪。他走上前一看,是个穷牧民死了,一打听是被白音①家的一条恶狗咬死的。穷人见了巴拉根仓,就请他出主意把白音家的恶狗除掉。

巴拉根仓一转眼珠,说:"白音家的狗咱们除不掉,得让他自己除掉。"

众人听了都不相信。白音养的狗,比穷人的命贵重,怎么能让他除掉呢?

巴拉根仓说:"我自有办法,请你们回去给我挑选一批好马,下午,我就让他除掉恶狗一条不剩。"

众人早就知道巴拉根仓有智谋,便领着他走了,不一会儿就给他赶来了一批上等好马,朝白音家走去。还没到白音家门口,那帮恶狗就扑上来乱咬

---

① 白音:蒙古语,指财主。

一阵。巴拉根仓骑上一匹马,大声喊:"都滚开,别咬坏了我的好马,这可是你们的狗皮换来的!"

白音在蒙古包里听说马是狗皮换来的,有点儿不信,就跑出来问:"巴拉根仓,你这批好马是怎么来的?"

巴拉根仓下了马,给白音施了个礼,一本正经地说:"今天浩特①来了一个外旗②的马贩子,一张狗皮换一匹好马。"

"有这样的好事?"白音不信。巴拉根仓又说:"不信你问问后面那些人,他们都看见了。"

说话间,后面那些为巴拉根仓准备马的人围了上来,都说这是个发财的机会。

白音看着眼前膘肥体胖的好马,又看看只知道吃不能换钱的狗,动心了,问:"那个马贩子走没走?"

"天黑就走。你要有狗皮就快点去换马吧!"巴拉根仓说着打马走了。

白音看着围着他打转转的狗,数了数,一共十条狗,算一算,一共能换十匹好马。他进了蒙古包,叫出儿子就把十条狗打死了,扒了狗皮,吃完午饭就上了浩特,满浩特喊:"谁换狗皮来? 一张狗皮一匹马。"喊了半天没人理睬。他又走又喊:"谁换狗皮来? 一张狗皮一匹马。"还是没人问。

天快黑了,白音又喊:"谁换狗皮呀? 十张狗皮十匹马!"他嗓子都喊哑了,也没人走过来,人们都远远看着他哈哈大笑。白音这才知道上了巴拉根仓的当了,气得一口气没上来,死了。

第二天,那个被狗咬死的人正在下葬,白音家的儿子也正领着一个老人给白音看坟茔地呢。

讲述者:马晓明

整理者:周爱民

---

① 浩特:蒙古语,指集市。
② 旗:内蒙古自治区的行政区划单位,相当于县。

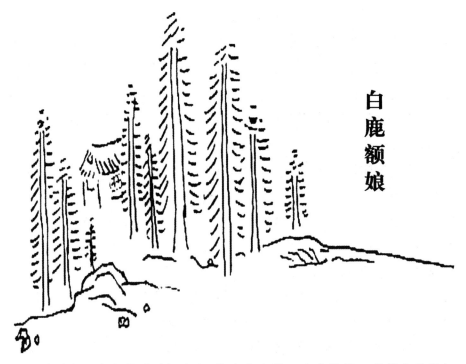

白鹿额娘

从前有一个老猎手叫胡达哩，住在北乌拉一个山沟里。老伴儿是瓜尔佳部落人，身子弱，从结婚那天起，年年有病。老两口快五十啦，还没儿没女，他们多么希望有一个胖乎乎的儿子呀！

说也怪，老两口刚过五十，老伴儿怀了孕，十个月后，真的生下一个白胖胖的儿子。老两口乐得连嘴都合不上了。

可是乐极生悲，老太太从生下孩子后就卧床不起，没几天便去世了。老猎手哭了一阵，含着眼泪把老伴儿埋在房西头山坡前，哭着说："孩子他妈，你扔下我们爷俩走啦，孩子又小我又老，这日子可怎么过呀！保佑你儿子活蹦乱跳，百病不生吧，长大成人好年年给你卜坟。"

从此，老猎手孤零零一个人没依没靠。孩子没奶吃，只好弄点儿糊糊喂。一喂孩子就想起他妈，擦眼抹泪地想：我可怎么把孩子拉扯大呀！

一天晚上，老猎手喂完了小孩儿，躺在炕上，忽然房门一开，从门外走进一个白发老太太，她走到小孩儿跟前，叹了口气，又看了看老猎手，说："你应该再给孩子找个妈妈呀，明天一早，你往西走，到一个小山头，山前有三棵小松树,中间那棵松树底下有一个白额娘。她孤身一人,心眼儿好使,你把她接回来照顾孩子吧。"说完这老太太一转眼就不见了。

老猎手有些半信半疑,心想:我不妨看看去。第二天天刚亮,老猎手喂了瘦得皮包骨的孩子,自己也吃了点儿东西,就向西走去。

老猎手走啊走啊,真看到在一个小山头上有三棵小松树。他急忙走到中间那棵松树前,一看,哪有什么白额娘呀。正在犹豫的时候,就听见草棵子里有呼哧呼哧喘粗气的声音。他拨开草棵一看,原来是一只白母鹿,后腿受了伤躺在那里。

白鹿看见老猎手,掉了几滴眼泪,舔舔后腿伤口,又看看老猎手,好像在说:"你救救我吧,我忘不了你的恩情。"老猎手明白了白鹿的意思,心想:虽然没接着白额娘,可是碰到受伤的鹿,也不能不救啊。想到这儿,他走到白鹿前,抚摸着它受伤的后腿说:"可怜的白鹿,到我家去吧,我能治好你的伤。"白鹿点了点头,一拐一拐地跟着老猎手回了家。

老猎手除了侍弄孩子外,还精心地护理着白鹿,上药、喂草、饮水。没几天,白鹿的伤完全好了。

老猎手一看白鹿好利索了,就打开院子的柴门说:"你的腿好啦,回山去吧!"白鹿摇摇头。老猎手又说:"你的伤治好啦,找你的伙伴去吧!"白鹿又摇摇头。老猎手又开玩笑地说:"你腿一点儿也没落毛病,找你的丈夫去吧!"白鹿不但不走,还向老猎手身边走去,紧紧地躺在老猎手身旁,一动不动。老猎手惊奇地问:"你难道不想回山,想和我一起生活?"白鹿抬起头,亲密地舔舔老猎手的脸,老猎手高兴地笑了。

从此,这只白鹿成了老猎手家的一员。打那以后,孩子饿了,白鹿用自己奶水喂;孩子尿了,白鹿用舌头舔;孩子睡了,白鹿守在身边一动不动。就这样,老猎手又安心上山打猎了。

一晃,孩子长到五六岁,老猎手教孩子说:"这是你的额娘。"因为孩子天天和白鹿一起生活,也非常习惯地叫额娘了。白鹿和孩子的感情更加亲密,真和母子一样了。

孩子长到十二岁那年,不幸老猎手也去世了,白鹿额娘哀叫了三天三夜,孩子哭得死去活来。

第四天,白鹿在房西头小山下刨了一个坑,埋上了老猎手。白鹿每天到坟上去三遍。孩子和白鹿额娘更是寸步不离、相依为命。白鹿领着孩子上山采果子,找灵芝,精心照顾他。

孩子一年比一年高了,力量也一天比一天大了。有时候和黑熊摔跤,能把黑熊扔得很远。有时候和群鹿赛跑,总是跑在鹿群前面。他抛出石头能打中飞鸟,扔出木棒能打死野狼。他什么野兽都打,就是不打山中的美鹿。

小伙子一天天长大了,白鹿额娘又多了一件心事:到哪里找一个称心如意的媳妇呢? 有一天,白鹿额娘叼着一根野鸡翎,领着小伙子向山外走去。走到一个小屯子,看见一个姑娘正在小河边挑水。白鹿额娘用头顶着小伙子往姑娘那边推,又把野鸡翎交给他。

小伙子明白了白鹿额娘的意思,一边唱着歌,一边摇动着手中的翎毛,走到姑娘身边。姑娘一看是一个漂亮的小伙子,知道是向她求婚,看看小伙子笑了一笑。小伙子把野鸡翎插到姑娘的鬓角上,姑娘也没拒绝,指了指前方的小屋,挑起水一溜烟跑回家去。

第二天,小伙子登门认亲。结婚那天,小伙子辞别了白鹿额娘,到姑娘家去了。那时候,男女结婚是男方先到女方家干三年活,然后再回到男方家。这一来只剩下白鹿额娘孤单单一个。它有时到老猎手坟头看看,有时走到山口看看儿子住的地方,有时走到屋里瞧一瞧。它多么想到儿子那里看看啊! 可是又一想,自己是一只老鹿,怎么和人来往呀! 只好等到过了三年头以后再说吧。

小伙子自从到姑娘家以后,勤勤恳恳地劳动,开头小两口倒也挺好。日子一长,姑娘嫌他太穷,有心不过,又觉得小伙子长得不错,怪舍不得的,只好勉勉强强过着日子。可是,感情不像以前那样亲热了。小伙子虽然人在姑娘家,心里总是惦念着哺育自己成人的白鹿额娘,天天望着山里,有时候坐在树下掉几滴眼泪。

姑娘一看小伙子闷闷不乐,几次询问,小伙子才说:"我惦念山里的老额娘呀!"姑娘说:"既然这样,不如把她也接到这里,洗洗衣服挑挑水,做饭、扫院、看看屋，也省得你天天少心无肠，干不好活。"小伙子摇摇头说："她老人家不能来呀！"打那以后，小伙子趁空闲，总设法回去看看老额娘。白鹿额娘年纪大了，行动也不太方便，小伙子更是日夜惦念着。每次小伙子回家，白鹿额娘都高兴得了不得，老白鹿多么想看看儿媳妇呀，总是没法表示。

一晃三年过去了。小伙子高高兴兴地领着媳妇回到山里的家。白鹿额娘乐得看看儿子，看看媳妇，想要用舌头舔舔儿媳妇，可是儿媳妇又躲闪又瞪眼，老白鹿只好屋里屋外来回走。

晚间，小两口睡在东间，白鹿额娘睡在西头。第二天一大早，媳妇起来一看老白鹿也在屋里睡觉，生气地说："一头老鹿怎么也弄到屋里睡觉?"说完用木棒把白鹿额娘轰了出去。小伙子看见了，又把白鹿接回屋里，告诉媳妇："这就是白鹿额娘啊！"还把白鹿额娘怎样抚养他长大成人，怎样埋葬了老人，怎样领着小伙子定亲的事，一五一十都说了。最后说："白鹿额娘比我亲娘还亲呀！只要你对它老人家孝敬，我就是吃多大苦也心甘情愿。"

姑娘心想：就凭我这么漂亮的女人，怎么能认一头母鹿当婆婆？从此，她不但对白鹿额娘不亲热，反而成天摔摔打打，不给做饭。小伙子怎么劝说她也不听，只好自己动手做饭，亲自送到老额娘身旁。有时候小伙子出门打猎，儿媳妇就用木棒往外轰老白鹿，还不住地骂："给我滚出去，你这个老畜生！"她不但恨死了白鹿额娘，对小伙子也更加冷淡了。小两口感情一天天淡薄起来。姑娘经常回娘家，一去就几个月不回来。

有一年夏初，姑娘回娘家住到秋末才回来，一进屋就咬牙切齿地骂老白鹿。白鹿额娘偷偷地溜了出去，到屋西头老猎手坟前哭了一阵，悄悄回到草棚里，躺在草堆上。

有一天，姑娘指着小伙子的鼻子问道："你说，你要我还是要你白鹿额娘？要是要我，赶快把这老鹿撵出去；要是舍不得你白鹿额娘，我就回娘家。"这些话被白鹿额娘听得一清二楚。它心想：不能因为我拆散小两口，我还是回山上去吧。晚上，趁小两口睡熟的时候，它悄悄地走出草棚，到东屋窗外看看儿子，又到老猎手坟前站一会儿，向山里走去。

小伙子醒来不见了老额娘，一问姑娘，姑娘狠狠地说："一条老鹿走了更好,在这里有啥用?白吃的货。"小伙子掉着眼泪说:"你这狠心的魔鬼。它老人家把我哺育成人,没有白鹿额娘也没有我。"又说:"你这样冷酷无情,你回你的娘家吧!我一定要把老额娘接回来,一直侍奉到死。"姑娘笑嘻嘻地说:"真是个大傻瓜,和你在一起过有什么意思!"说完,收拾收拾东西向山外走去。小伙子二话没说,也收拾一下东西向山上走去。从此,这间小屋再没人住了,一天天倒塌下去。

以后,有些猎人在山里打围,常常看到小伙子和老白鹿形影不离地出没在山中。

又过了一年,有人看到老白鹿领着小伙子和一个安详漂亮的姑娘在山里游山玩水,还看见一个蓬头散发的疯女人在山里乱跑乱叫,被一群白鹿活活咬死在沟子旁。

又过了许多年,老猎手坟地上又添了一座新坟。每年七月十五,三个坟头前都有一堆新烧的纸灰。打那以后,这道山沟便叫双娘沟。年头一多,传来传去,传成了双羊沟,还叫白鹿沟。

讲述者:傅梅氏

整理者:傅英仁

白庙子的传说

白庙子这块地方在未开垦之前，到处是参天树木，只有零星小户散处溪谷之间。

一天，宁古塔来了一位放山①的，他老家居山东省黄河岸边，因为黄河发大水，他的老婆孩子和家产全部被冲走，实在无法生活下去了。听老乡说，在宁古塔挖棒槌②很来钱，于是他就只身一人奔宁古塔而来，从山东到宁古塔他是徒步而来，一路上千辛万苦，风餐露宿来到了这荒凉的地方。

他在山间到处寻觅着棒槌，可是几个月的时间过去了，他连棒槌的踪影也没有见到，他十分焦急，如果这样继续下去他会饿死在这山野之中。一天他在搭地窝棚时，从地下挖出个小铜佛来，这个铜佛足有四寸长。他想，是否从此该时来运转呢？他就用树叶把小铜佛身上的泥土擦了又擦，到泉水旁洗了又洗，用衣服包了又包，十分珍惜地放到背篓内，他自言自语地说："佛爷啊，佛爷啊，你只要保佑我挖到棒槌发大财，我就给你修个庙，永远供奉你。"

---

① 放山：指挖参人到山里寻找人参。
② 挖棒槌：指采参。

从此以后，他就天天背着小佛爷去挖棒槌。一天走到一个地方，他就感到背后的背篓越来越重。他先头以为自己感冒了，可是自己头不发热，四肢不酸痛，又不像感冒。他很快意识到是自己背上背着小铜佛的缘故，他就对小铜佛说："莫非说这里就是让我给你修庙的地方？"他就在此放下背篓，立即搭住宿的窝棚。窝棚搭起来后，他做的第一件事是恭恭敬敬地把小铜佛供在一个显眼的地方。

这一天他感到十分疲劳，很早就吃了饭，喝点凉水就睡了过去，睡到约莫半夜时，蒙蒙眬眬之中，就觉得有人扒拉他。他想这深更半夜的深山老林里，哪会有什么人呢。于是他就警惕起来，他睁眼一看，他背的小铜佛就站在他的面前，而且变得像真人那么大。小铜佛对他说："我从渤海时期就来到此地，在泥土中已度过了八九百年，是你使我重见光明，我十分感激你的好心。为了报答你的恩情，我告诉你一件事：明天太阳一出山，在你的窝棚前有只狍子，你盯住它不放，它到哪里你到哪里。"说完小铜佛就不见了。

第二天早晨，放山人找遍各个角落也没有发现小铜佛。他一出窝棚就看见一只狍子在安详地吃着草。放山人记着小铜佛的话，这天狍子走到哪他跟到哪，寸步不离，终于在一个地方发现一片棒槌。常言道，七两为参，八两为宝，今天他挖的参最大的足有八两。他拿着挖出的参卖了个好价钱。从此他发了大财。

为了实现他的诺言，报答小铜佛对他的指点，他真的在这个地方修了庙。这个庙叫什么名字呢？他确实为此动了许多脑筋，他想我此次到宁古塔没有白来，就叫它白庙子吧。白庙子修成后四方八尺。从这以后，来这里打猎的、放山的越来越多了，有的还在夜中小宿。附近放山的、打猎的还约定每年三月十六日、九月九日各在这里集会一天，在这一天要杀猪宰羊、饮酒，介绍打猎、放山的经验。除当地满族人外，来自山东、河北的人，逐渐来此定居，开垦土地，并很快将这里变成一个小屯，人称它为白庙子屯。

整理者：郑才男

白石砬子

从前有个小牛倌,生在镜泊湖边上。他打从八岁那年就敢下湖摸鱼,捞蛤蜊。说来这孩子也够苦的,他十四岁这年,屯里闹瘟疫,爹娘都死了,只剩下他一个人孤苦伶仃,没依没靠。屯东头有个地主,又贪又刁。他家的房子和地不少,粮和钱也有的是,可他对长工抠得厉害,总想一毛不拔。大伙给他起了个外号叫铁公鸡。这阵子,铁公鸡见小牛倌就一个人,还挺能干活儿,就在小牛倌身上打起鬼算盘。这天,铁公鸡拄着楠柞小棍来到小牛倌家,见小牛倌正吃着苞米面掺树叶的饽饽,就假情假意地说:

"唉,你这么小就死了爹娘,怪招人可怜的,你到我那儿去放几头小牛,我供你饭吃。"

小牛倌咽下口饽饽,眨了眨眼睛说:"光供我饭不行!你说,一年给我多少工钱吧?"

铁公鸡满以为这孩子好糊弄,一说就能上套,没想到还要上价了。他眼珠子转了两转,皮笑肉不笑地说:

"就凭我大家大业的,还在乎你那几个工钱?去吧,我是为你好,亏待不了你。"

小牛倌一听他不肯出钱，脖子一梗，说："不给工钱我不去！人家叫你铁公鸡，你真是一毛不拔！"

听了这句话，像被大葱捅了鼻子般难受，铁公鸡霍地站起身，说："别听他们胡说，我最大方。今天一言为定，一年五两银子，吃饭在外。"

小牛倌一看这一"军"将出五两银子，铁公鸡还说得挺死，虽说心里不大托底，他还是去了。

日子过得挺快，小牛倌给铁公鸡放牛，整天两头不见日头，风里来，雨里去，转眼已经过去七年了。这年夏天的一个夜里，小牛倌躺在炕上翻来覆去睡不着。他想：我已经二十出头的人了，也该成家立业了。可是七年啦，工钱还一个也没到手，怎么办呢？得找铁公鸡要账去！谁知就在这时，铁公鸡眨巴着绿豆眼，也在那儿打算盘呢。他想：这五七三十五两银子，看上去光闪闪的，拿起来沉甸甸的，能置多少地！雇多少工！得多少利！要是落到小牛倌手里，太可惜了，得想个什么法子不给他才好。铁公鸡想了一宿，吃过早饭还在屋里盘算。这时候，小牛倌来了。铁公鸡一看，心里明白了八成，笑嘻嘻地迎上去，又是让座，又是倒水，没等小牛倌开口，就抢着说："你年岁不小了，该用几个钱置办点东西成家立业了。唉，你爹娘死得早，你在我这儿干活，我不关照谁关照。可是话又说回来了，眼下粮食没到手，拿啥变钱呀？"

小牛倌一听，铁公鸡绕来绕去是不想给钱，生气地说："你家钱绳子不知烂了多少，还等啥粮食不粮食的！"

铁公鸡的脸"刷"的一下白了，但马上又恢复了原样，他装作为难的样子说："当真人不说假话，不瞒你说，积攒是有几个，可今年榜青的人多，钱都给了你，那些人叫我咋答对呀？"紧接着又说，"咱们不是外人，我交给你个底吧。今秋粮食下来，工钱如数给你不算，还给你几斗粮食，你好办事用。"

小牛倌一听，他还是拐弯抹角地不想给钱，站起身来说："我不要你的粮食，就要我的工钱！"

铁公鸡见小牛倌不松口，便一本正经地说："算了，算了，何必动那么大火气,等铲完地,和榜青的工钱一块算给你,这回放心了吧!"

小牛倌憋了一肚子气,转身就走了。铁公鸡望着他的脊梁骨,咬咬牙,那双绿豆眼眯缝起来了。

第三天早上,小牛倌从圈里把牛赶出来,正要走,铁公鸡从一旁走了过来。他挺近乎地问:"今天到哪放去呀?"

小牛倌瞟了他一眼,说:"石砬子。"说完,赶牛走了。

日头快到头顶上的时候,铁公鸡右手拄楠柞小棍,左手提着一个小布包到石砬子来了。他见小牛倌坐在高高的石砬子尖上,两眼出神地望着大湖,也气喘吁吁地爬了上来。小牛倌见铁公鸡来了,觉得挺奇怪。只见铁公鸡笑嘻嘻地说:"我知道你如今能吃了,生怕你吃不饱,给你送来两个干粮,顺便也散散心。"说着,把布包递给了小牛倌。

小牛倌打开布包一看,是两个平日吃不着的大白馒头,就狼吞虎咽地吃起来。铁公鸡凑到小牛倌身边坐下,望着大湖,自言自语地说:"太好了,天天坐在这儿,简直赛过神仙!"

小牛倌吃完,背向大湖蹲着收拾布包。这时,只见铁公鸡两眼放出凶光,使尽全身力气,冷不丁地把小牛倌仰面朝天推到大湖里。铁公鸡心惊肉跳地四下看了看,慌忙下了石砬子,溜回家去。

小牛倌掉进大湖,喝了几口水,使劲抱住一个磨盘大的东西,憋了一口气,一下就浮到了水面。他睁开眼一看,自己抱着的是一个大蛤蜊,雪白雪白的,从来也没见过。他趴在大白蛤蜊上,一气浮到岸边。他枕着大蛤蜊,躺在沙滩上,想起铁公鸡害他的事儿,又气又恨。想着想着,睡着了。睡梦中,他见一个白胡子老人来到他跟前,对他说:"小伙子,那蛤蜊里有颗珍珠,是我送你的。你只要把它带在身边就能去邪恶,治百病,保你逢凶化吉。"

老人说完话就不见了。小牛倌突然惊醒,掰开大蛤蜊一看,果然有一颗又大又亮的珍珠。他欢喜地把珍珠装进兜里。这时,天色已晚,他站起身来向前面走去。

小牛倌整整走了一宿,东方发白的时候,才遇上一个屯子。他觉得又渴又饿,两腿发软。他看见屯边有两间草房,便走进屋去,只见两个白发老人正守着一个闺女。原来，这老两口四十多岁才得了这个独生女。可万万没想到，正要给闺女找婆家的时候，闺女却得了一场病，右眼看不见东西了。老两口没钱给闺女治病，整天饭吃不下，觉睡不好，守着闺女发愁。

小牛倌挺可怜这爷仨，就说："你们不要愁了，我有法子给她治，先给我弄点儿饭吃吧。"

老太太听说能治女儿的病，乐得不得了，一边忙着下地做饭，一边说："可得谢谢你了。这些日子，土地、菩萨都拜了，也没见好。你要能给治好，我这闺女就托给你了。"

那闺女听娘这么说，臊得满脸通红，忙把头低下。小牛倌吃了饭，往炕上一躺，睡着了。那闺女怕他冷着，轻手轻脚地给他盖棉被，悄不声地守在那里。小牛倌醒来，觉得身上暖烘烘的，一睁眼，见那闺女守在身边，心里非常感激。他对闺女说："不要愁，我保准给你治好病。"

那闺女听了这话，眼泪在眼圈里直转，轻轻说："你的心这么好，要治好了我的病，我情愿和你白头到老。"小牛倌越发喜欢这闺女了，他二话没说，从兜里掏出那颗珍珠，在闺女眼前晃了两下。说来也怪，起初，闺女那只眼睛像看见了闪电的光亮，过了一会儿，就什么都看清了。

闺女惊喜地喊道："看见了！看见了！"

老两口也乐得说不出话来，老太太一下抱住闺女大哭起来。就这样，小牛倌在这儿安了家，过了一年，抱了一个大胖小子。

常言说，话儿没腿走千里。小牛倌得宝贝这件事，传到了铁公鸡的耳朵里。他想：真他妈倒运，这样的好事，怎么让穷放牛的给摊上了！我要得这么一个宝贝，那钱不得像雨点雪片似的满地都是呀！没过几天，他的小老婆病了，眼睛上长了一层白膜，什么都看不清，一连请了好几个先生也没看好，铁公鸡急得地下炕上乱蹦。正在急红眼的时候，他忽然想起了珍珠的事儿。他想，我何不也去捞个宝贝珍珠，又能治好小老婆的病，还能得个无价之宝。于是，他决定也到那个石砬子去。

这天，响晴响晴的，湖水一眼能见到底。铁公鸡来到石砬子尖上，瞪着眼睛往水里一看，嘿！水底果真有个大白蛤蜊，还在那儿扇乎扇乎喝水呢。

他狠了狠心,刚要往下跳,心里像打鼓似的"扑通扑通"直跳,忙把脚又缩了回来。他擦擦脑袋上的冷汗,第二次又要往下跳,腿又哆嗦上了。他寻思,想必是看水害怕。好,这回就看天吧。他把脸朝天仰起来,抬腿向前迈去,结果一脚踩空,只听"哎呀"一声,湖水蹦起一丈多高,铁公鸡一下子无影无踪了。

小牛倌听说铁公鸡淹死了,乐得两宿没睡觉。为了不忘大蛤蜊的心意,他就把石碴子改叫白石碴子。

讲述者:丁尚彬

整理者:张默然

百草沟

穆棱百草沟原先是个烂泥潭,泥潭底下是无底的深坑,上面是烂草皮。人过不去,牲口也过不去。这地方总有水灾、火灾。草都烧光了,人们住的房子都没有盖儿。

在百草沟下,靠山根住着一家,老两口有一个心爱的女儿叫小丫。小丫天性聪明善良,她见房子遮不住雨,牲口又没有草吃,她就天天给山神烧香,心里祷告,求山神让这烂泥潭长出百草,为我们苫房子。

到了第七天,山神说话了:"要想泥潭长百草,必须要一个人的心。"

"这是咋回事?"

"你看这烂泥潭里有个泥嘴龙。有时发水,有时着火,都是泥嘴龙在作怪。它需要吃一个小女孩的心,这泥嘴龙就会远走高飞,你要是真诚的话,就把心给泥嘴龙吃了,这里就会好起来。"

这小丫啥话没说,回到家就和爹妈说了。爹妈说:"孩子,那可不行! 爹妈就你一个女儿,你就是爹妈的命根子,那怎么能行!"

这天狂风加雨,家家浇得一塌糊涂,那些刚生婴儿的家里就更难过了。

小丫一见这情景,心里很不好受。风雨过后的第二天晚上,她背着父母偷偷地去了烂泥潭,只见烂泥潭里上下翻滚着一条泥嘴龙,冲着小丫说话了:"我吃了你以后,就远走高飞,永远不再来这里兴风作浪。"

小丫说:"你吃我可以。不过在吃我之前,你得答应我把这烂泥潭变成百草沟。"小丫的意思是让它使这儿长出一百种草,可以苫房子,还可以喂牲口。

这泥嘴龙一听,说:"好!"

结果它听错了,以为是长"白草",就长出大叶张的白草。每到秋天,这里的草蹿出的穗子像雪花一样,远远看去银白一片,人们就用这草苫房子。为了纪念小丫,就叫这条沟为百草沟。

讲述者:王炳文

搜集整理者:滕永宏

拜满章京的孙子

传说很早以前镜泊湖叫呼尔汗海。海边上有个叫哈达岭的地方,住着伊尔根觉罗部族。这个部族的人们,祖祖辈辈生活在这里。

部族里有个又聪明又俊俏的姑娘,她骑马、唱歌、驯鸟无所不会,大伙儿都叫她凤凰格格①。

凤凰格格出脱得像朵沾着朝露的芍药花,招惹得远近部落的小伙子像蜜蜂一样地飞来。许多小伙子来向她求婚,可是姑娘高低不吐自己的心思。

老父亲急了,问女儿:"孩子,你到出阁的年龄了,为啥不嫁呢?"

女儿说:"爸爸呀,要女儿出嫁得依我三个条件:第一,那人能射手好箭;第二,能得到全部族人的钦佩;第三,能给咱部落做件大事。"

老父亲无可奈何地默许了女儿的要求。

这天,部落里的男女老少都穿红戴绿,欢天喜地地来看凤凰姑娘招亲。

小伙子们都想碰碰运气,一个个兴冲冲地来了,又都垂头丧气地退了下

---

① 格格:满语,指姑娘。

去,因为没一个人能做到姑娘提出的三个条件。

五十里外有个叫郭喝乐奔的年轻人,骑着快马旋风般地来到姑娘身边。

凤凰格格笑吟吟地问:"诸申①好猎手,三个条件有没有?"

年轻人不慌不忙地说:"诸申的巴图鲁②。"

郭喝乐奔接过一张弓,扯个满月又放下,说弓软不趁手。姑娘让人拿来自己的鹿筋宝雕弓。郭喝乐奔一箭射去,"唰"的一声射断百步之外的柳条,众人齐声喝彩。

姑娘又问:"你还能做什么呢?"

"我能驯马!"

立刻有人牵来五匹烈性的高头大马。郭喝乐奔上前说:"让我先看看五匹马的品种吧!"说着趁人不在意,迅速地往每匹马的鬃毛里塞个铁蒺藜。他骑上马背,马一使性,他就狠狠地推铁蒺藜。就这样,不费吹灰之力,五匹马都被驯服了。郭喝乐奔的脸上露出得意的神色。

人们交头接耳地谈这年轻人交了好运气。这时,人群里忽然挤出个彪悍的小伙子。他黑黢黢的脸儿,浓眉大眼,腰间挎口鱼皮鞘的腰刀。

他是谁?没人认识。只听小伙子高声喝道:"这骑术和射法都不足为奇。我能在飞驰的马上射断柳枝!"他接过鹿筋宝雕弓,一跃滚身上马。那马四蹄生风地跑,他在马上舒臂搭弓,"嗖"的一箭,柳枝应声落地,众人惊奇地拍手叫好。

凤凰格格细细地打量着这突然出现的小伙子:"你能不出三句话就让大家敬佩吗?"

小伙子冲众人大声说:"我不是来求亲会友的。野蛮的库鲁苏人又要来抢占咱这块水草肥美的地方,我愿意和大伙儿习武练箭,保卫部落!"众人一听,又惊又喜,高高地竖起拇指,夸他是诸申的好巴图鲁。

姑娘又问:"你有啥特长呢?"

---

① 诸申:满语,即女真人,或作平民、百姓解。
② 巴图鲁:满语,指勇士、英雄。

姑娘柔情地盯视着这憨厚的年轻人,一扭身把绣花箭袋朝小伙子扔去,小伙子稳稳地接在手里。旁边站着的郭喝乐奔,看到这一眨巴眼儿工夫发生的一切,脸都气青了,他紧按腰刀,几次要和这个情敌拼个你死我活。可是,谁也没想到,小伙子一扬手又把姑娘的定情物扔了回去。人们你看我,我看你,摸不清小伙子卖的啥药。姑娘的老父亲走来生气地问:"年轻人,你既是来求亲,为啥又把我女儿的东西扔回去呢?"

　　小伙子请个安回答:"老玛发①,眼下不是定亲的时候啊,我知道库鲁苏正在集结兵马,说不准哪天要来血洗部落。我情愿与刚才这位大哥率兵杀敌。我想凤凰姑娘应该嫁给那杀敌最勇敢、心胸最宽广的人!"听了这席话,人们更加从心里敬重这个小伙子,连郭喝乐奔也消了一半气。

　　姑娘的老父亲深沉地打量小伙子,忽然问:"你到底是何方人氏? 为啥对我们部落如此尽心呢?"

　　小伙子望着呼尔汗海说:"实不相瞒,我就是这个部落的子孙啊! 你们还记得从前的拜满章京吗?"

　　老人连忙说:"记得,当然记得! 他当年率兵血战库鲁苏,身受十八处伤,为我们氏族死得悲壮哩!"

　　"我就是他的孙子巴图里啊!"

　　听说拜满章京的孙子回来了,人们呼啦一下子全站了起来,相互叽叽喳喳地议论着,都用景仰的目光重新打量这个小伙子。

　　老人又问:"你跟谁学的武艺呢?"

　　小伙子说:"说来话长,我祖上三代被敌所害。我从小就离开这里,投奔一位武艺高强的昂邦将军,跟他学了十二年武艺!"

　　就这样,在巴图里的倡议下,部落挑出年轻力壮的小伙子编成三个牛录②,由巴图里和郭喝乐奔带领着终日操练武艺。

　　可是,尽管巴图里诚恳地和郭喝乐奔相处,可是郭喝乐奔总是阴沉着脸

---

① 玛发:满语,指老年人、爷爷。
② 牛录:满语,指队伍。

不理他。一到夜晚，郭喝乐奔就翻来覆去地想心事，还常坐起来一个人喝闷酒。每当他看见凤凰姑娘和巴图里牵着马在一起行走时，心里就火烧火燎地难受。

没过几天，部落里传出流言蜚语，说巴图里根本不是拜满章京的后人，是敌人派来的冒名顶替的奸细。

谣言比暗箭还厉害。部落里的人和巴图里越来越疏远了，可是和郭喝乐奔喝酒闲聊的人却越来越多了。

凤凰格格也失去了笑容和歌声，她常常流出眼泪。郭喝乐奔的心情却好多了，酒后他还常唱上几句情歌哩！

一天晚上，巴图里练完箭，回到帐篷里躺下，凤凰格格神色惊慌地跑进来。"好心的人儿，快走吧！部落里有人说你是奸细，要来杀你呢！"

巴图里霍地站起来："我脚正不怕鞋歪，他们来了又能怎样？"这时远处传来嘈杂的人喧马叫声，在姑娘的苦苦劝告下，巴图里含泪策马扬鞭走了。

从此，便由郭喝乐奔一人领大家骑马练武。人们见他尽心尽职，公推他当了协领。

没多久，敌兵果然山洪一样扑来了。郭喝乐奔领人和敌兵杀了两个多时辰，几次杀退敌人进攻。不想突围时，他左臂两处受伤，只好且战且退。没出一箭地，猛然间从右边杀出支兵马，郭喝乐奔慌乱地迎战两个回合，力气渐渐不济。敌人又包围上来，正在万分紧急的空儿，只听见一连嗖嗖几箭，敌兵中几个头人纷纷落马，敌阵顿时一片混乱。

这时一个骑枣红马、面色黝黑的小伙子箭一样来到郭喝乐奔身旁，奋力杀退几员敌将。郭喝乐奔一看来人，简直惊呆了——这不是巴图里吗？他好半天才说："好兄弟，亏你救了我啊！"

巴图里给郭喝乐奔包扎了箭伤，憨厚地笑道："哪里，你杀得很勇敢呐！"

俩人重整旗鼓，带着三支牛录，在太阳下山时完全杀退了敌人。人们吹响牛角，擂响战鼓，胜利归来。

月亮升起来了，照在融融荡荡的呼尔汗海上。白桦林里，人们围着熊熊的篝火，尽情地跳起舞来。在隆重的庆功宴上，凤凰姑娘先斟满一碗酒恭敬地捧给郭喝乐奔,郭喝乐奔却摇头推开了,他说:"这碗酒该先敬给巴图里!"

姑娘又把酒端给巴图里,巴图里笑着接到手里,转身送到郭喝乐奔眼前,爽快地说:"论功行赏,大哥,这碗酒该你先喝下去!"

郭喝乐奔痛苦地瞅着巴图里,眼睛湿润了。他抓过巴图里的手:"好兄弟,你好像这天上洁白的月亮,我好比这地上的黑土。你是最有资格喝这第一碗酒的人……"

第二天早晨,人们发现郭喝乐奔在夜里悄悄地带上行李走了。从此,人们再也没有得到他的下落。而拜满章京的孙子巴图里却和凤凰格格结成一对美满的夫妻,过着蜜一样的日子。

讲述者:傅英仁

搜集整理者:傅英仁　王树本

半截碑

　　黑龙江中游北岸有个小屯,叫腰屯,庚子年间八国联军打来时,腰屯也进了一些俄国兵。他们没粮食吃,就到处抢粮,闹得鸡飞狗跳墙。他们看当地出小麦,中国人都用磨来拉白面,就抓来一些中国老百姓,让给他们磨白面吃。

　　单说屯里有个老石匠,姓耿,是个单身汉,为人正直,手艺高明,方圆百里,提起耿石匠没有不佩服的。腰屯里家家户户的磨都是经他一手铲出来的。他铲的磨,拉的面又细又白,做啥啥好吃。耿石匠这天听说俄国兵要用他做的磨拉白面,真是火从心头起,恨得他咬得牙根直响。"老子做的磨,岂是为你们这帮野兽准备的!"一夜的工夫,他把屯里的磨全翻过来,把磨齿一个个全凿坏了。

　　第二天,一拉面,进去的是小麦,出来的还是小麦。俄国兵非常奇怪,就问中国人:这究竟是怎么回事? 中国人回答说:"我们也不知是怎么回事,反正我们拉就出白面,你们拉就出小麦,就是这么回事!"

　　俄国兵又问:"怎样才能让这磨给我们拉的时候也出白面呢?"中国人回

答说:"那就得找耿石匠啊,除了耿石匠谁也没招儿!"

于是俄国兵就撒下人马,沿着黑龙江上下到处去找耿石匠。找了多少天,也没找到个影儿。

过了些天,这些俄国兵就按照什么条约的规定,撤走了。耿石匠没能找到,白面到了没吃到嘴上。

三天之后,耿石匠回来了。原来他把磨齿凿坏之后,就一个人到深山老林里去了。他对屯里人说:"我在山里凿了一块石料,请大家出把力,帮我把它运下来吧!"大伙儿问:"弄块石料有什么用呢?"他说:"有用,有大用项啊!"于是大家伙儿进了山,一看,是一块挺大挺大的花岗石料,就不容分说,齐帮对手,呼啊喊号的,把那块石料运了下来。

过了好长时间,那帮俄国兵又打回来了,就想把耿石匠抓来,把他铲磨的技术学去。抓了七天七夜,也没抓着。到第八天头上,耿石匠自己背着全套家什回来了。

一听说耿石匠回来了,俄国兵赶紧把他找去,威胁说:"耿石匠! 我们要你把你那套铲磨技术全都教给我们。你肯教不肯教? 说!"耿石匠不慌不忙地说:"我当然可以啦。不过我教徒弟从来都是三个月满徒,三个月你们学会更好,学不会我也不教了。"

俄国兵一听,三个月还学不会? 就说:"行!"于是就打发四个俄国兵跟耿石匠学铲磨。

耿石匠指着那块大石料,对四个小俄国兵说:"你们给我磨!"

四个小俄国兵就磨。今天磨,明天磨,一磨磨了一个月,才磨完一面。俄国官可就着急了,就问耿石匠:"你总是让他们磨,磨,磨过来,磨过去,干什么呢?"

耿石匠说:"做石碑嘛!"

俄国官不明白,瞪着两个小眼睛问:"做——石——碑——?"

耿石匠不慌不忙地说:"你要想学会做磨,就得先做石碑,不做石碑就别想学会做磨!"

俄国官还是不明白:"石碑? 干什么?"

耿石匠说："唉,这你可就外行了,石碑的用处大着啦!我们中国人都会做石碑。我做这块石碑就是要把你们来的日子刻上,把你们做的好事刻上,把你们各位的大名全都刻上,刻完埋在地上,大风刮不倒,大雨浇不垮,大雪埋不住,太阳晒不化。经年累月,哪怕你们死了,子孙后代一见这碑,就准能知道你们。你说这碑用处大不大?"

俄国官一听,一连声地说："大!大!"当即命令四个小俄国兵:"好好磨!"

四个小俄国兵哪敢违命,只好磨。今天磨,明天磨,磨了这面磨那面,磨到两个月,大石头变成了中石头,磨到三个月,中石头变成了小石头。说小也不小,这石头长足有三尺,宽足有尺三,只见四面放平,六处见光,真是一块光光溜溜、周周正正的上好的石碑料啊。接着耿石匠又对四个小俄国兵说:"你们给我凿!"

四个小俄国兵就凿。

就在这块石碑料上,耿石匠操起铁锤钢钻,亲手在上面刻了四句诗:

> 罗刹①占我清土地,
>
> 天不容来地不依。
>
> 有我老耿三寸气,
>
> 敢和罗刹拼到底!

刻完四句诗,他又在背面刻上腰屯边框四至,各家各户各人姓名和立碑年月日。刻完后,面朝江南立在村头上。

碑立上后,全屯人都来观看,一个个内心难过,热泪横流,心想:这是咱们中国人的地盘啊!这是咱们中国人祖祖辈辈住过的地方啊!……

耿石匠当众说道:"我立起这块碑,大家是都看见了。我现在不能再在腰屯住下去了,我就得起身走了。可我不能就这么走啊,我得带着半截碑走。"

说完,他照着石碑"当当当"三锤子,只见冒出三股火光,那石碑齐刷地

---

① 罗刹:满语,意为魔鬼,此处指沙俄侵略者。

从中间一断两截,耿石匠带上半截就上船奔江南去了。

船到江心,老俄国兵追上来了,一边追一边吼叫:"捉活的呀!捉活的呀!"他们追到跟前,就往耿石匠的船上跳。耿石匠面对仇人,分外眼红。他用力抡起半截碑,一碑打死一个,三碑打死三个。可好虎架不住一群狼,俄国兵饿狼似的扑上船,耿石匠万般无奈,紧抱住半截碑,投进了滔滔滚滚的黑龙江。

三天后,人们把耿石匠从江底打捞上来,那半截碑还紧紧地抱在他的怀里。

据说,人们把耿石匠埋在瑷珲城外三十五里的一个山包上,他抱来的那半截碑面朝江北埋在他的头上,年年清明人们就会去给他上坟添土。

讲述者:傅英仁

整理者:栾文海

北极星

　　在宁古塔胡士哈南山坡,有个乌苏里哈拉①部落。部落长是位八十岁的长老,叫乌苏里汗。他没儿没女,心地善良,把本部落的人都看作自己的亲骨肉,谁家有个危难遭灾他都能帮忙,大伙儿都亲切地称他道耶玛发②。他每天除做部落的事外,还帮人放牧。牧场是一片草甸子,甸子里有眼清泉。

　　这天,一头小牛到泉眼喝水,抬着脑袋,瞪着眼睛,"哞——哞——"直叫唤。乌苏里汗老人来到跟前一看,原来泉水干了,再一看里面趴着一条小泥鳅,被太阳晒得皮都要打褶了。老人把泥鳅从泉眼里捧出来,放进甸子边的小河沟子里。小泥鳅慢慢喝了两口水,抬起脑袋,瞧了瞧老人,一摆尾走了。

　　第二天,乌苏里汗老人又照例在草甸里放牧。日头卡山时,从西边来个

---

①　哈拉:满语,指姓氏、氏族。
②　道耶玛发:满语,指受敬的老爷爷。

穿青衣的小伙子,到老人面前,两手拄在膝盖上打个千①说:"道耶玛发,您是我的救命恩人,让我怎么报答您呢?"

老人打量小伙子半天,虽说自己救过不少人,可眼前这个小伙子却从没见过,便摇了摇头说:"小阿哥,你认错人了,我没救过你呀!"说完,转身要走。

小伙子急了,一把拽住老人的衣袖:"老爷爷,我就是您从干泉里救出的小泥鳅啊。"小伙子又说要报答他,问老人要啥礼物。

老人说:"我们诸申人从不收礼物,咱就交个朋友好吧?"无论老人怎么说,小伙子还是死死拽住老人的衣襟不让走,老人没办法,就说:"这样吧,我们部落都没盆子使,给我们一家一口泥盆吧!"

小伙子乐了,站了起来:"道耶玛发,明早太阳出来之前,就到这儿来取盆吧!"说完,小伙子就不见了。

第二天早晨,老人到这里一看,果然有一大堆瓦盆,他领着人把瓦盆取了回去,一共七七四十九个盆,正好一家一个。这盆儿盛水喝不了,盛米用不完,人人都乐得合不上嘴。

一连几天,老人没见到小伙子面了,这天傍黑时,小伙子呼哧带喘地跑来,给老人行过礼后,对老人说:"道耶玛发,大难要临头了,一个时辰之内,这个地方要发大水,您老人家赶快逃走吧!千万不要告诉别人,告诉了您就要遭殃,要化为青烟的。"

乌苏里汗老人回到家里,收拾好随身带的东西,就悄悄离开了部落。他走出半里路,猛然想到:不好,若是大水来了,一个人也逃不脱的!只要能救下全部落人的性命,我化为青烟又算个啥?

想到这儿,老人就转身跑回部落,敲起铜锣,把大人小孩都喊了起来,叫大家快跑。人们刚跑到山顶,大水就淹没了部落。大家回头找老人,可是怎么找也不见人,怎么喊也不闻声,只见村头上一股青烟冲上天空,一眨眼化作一颗亮晶晶的星星,像老人慈祥的眼睛注视着大伙。

---

① 打千:施礼,亦称请安,满族男子与同辈和长辈见面时的一种礼节。

人们知道这星就是乌苏里汗老人。大人孩子就在山头上跪下遥拜起来。从此,满族人在祭祖时都要祭星,祭星就是祭乌苏里汗老人。这颗星在天空的北方,人们就叫它"北极星"。

讲述者:傅英仁

整理者:赵君伟

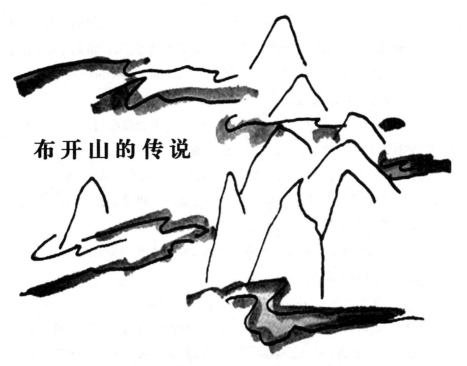

布开山的传说

兴凯湖北岸有座布开山,山下住着一户满族人,娘儿俩过日子,小伙子名叫佟云。邻居是一家汉族人,有个姑娘叫小焕子,小时候就和佟云在一起玩儿。佟云的讷娘①很爱小焕子,后来两人定了亲,她和佟云就更亲密了。

姑娘到了十七八岁,财主田雨看她长得很俊俏,就要娶她做妾。扬言汉满不能通婚,财主依仗财大气粗,强下彩礼硬把姑娘接去了。焕子的父亲也是个老实巴交的人,不敢得罪田雨,眼睁睁地看着田雨把姑娘接走了。

佟云和讷娘十分悲痛!那个年头,没有钱是不能娶媳妇的。讷娘说:"儿子啊,不用发愁,你在坡上种地,娘在园子里种麻。今年麻挺贵,秋天得了麻,能多卖几个钱,攒两年就够娶媳妇的了。"

老人家才五十来岁,身子骨挺硬实。她在园子种上麻,天天铲呀培土呀,但只出了一棵麻。老太太发愁了,说:"天老爷也不成全我呀,种的麻也瞎了,真是该受穷。"

---

① 讷娘:满语,指妈妈。

有一天来了个要饭的,老太太正烙饼子。讨饭的说:"大娘啊,我两天没吃饭了,给我两个饼吧!"老太太一想,今天的饼可真不多,再烙几个吧,面也没了。心想就给他吃吧,我吃点儿剩饭。她用碗端了四个饼给花子了。佟云说:"让他吃饱吧,我少吃两个。"

花子吃完了饼说:"老太太心眼儿真好哇,我不能白吃啊!我告诉你个事儿,你种的这一片麻,只出来一棵。这一棵麻有用处啊,秋天剥麻,把麻秆留着到今年三十下晚,拿着它到北山下,把麻秆点着火一照,能看着大门。进门里,金子银子满屋都是。你拿些个回来,盖房子娶媳妇都够啦。要快点儿出来,走晚了门要关上,就出不来了。"他说完就走了。

老太太精心侍弄这棵麻,每天铲草培土,麻长得又高又大。秋天剥完了麻,她把麻秆放到了棚上。

到了腊月三十晚上,供上了财神和祖先,佟云拿着麻秆到了北山脚下。点着麻秆一照,真有一个大门还开着。他拿麻秆火照亮往里走,看见一间大屋子,屋里有一盘磨,一个金马驹子在拉磨,磨里拉着金豆子。里边的盆碗都是金的,他拿个大碗,装一碗金豆子就出去了。走几步,回头一瞅,门没有了。他端着金豆子,拿着麻秆回来了。他妈把饺子煮好了,一看儿子回来了,端着一大碗金豆子。老太太乐了,两手接过来,放在柜子里。看看麻秆只烧了半截,还剩半截,又好好放在棚上。

佟云把一把金豆子卖了钱,盖起了房子,周围修上院墙,骡马牲畜都置全了。大财主田雨问他哪里来的钱,佟云不会撒谎,一五一十地都告诉了他。田雨向他要那半截麻秆,他从棚上拿下来给了他。到了第二年的三十晚上,田雨点着了麻秆,真看着大门开着。他进屋一看,一个马驹子拉着一盘磨,磨上有很多金豆子,金盆、金碗、金勺都有。他一想,端一盒金豆子太少,不如把金马驹子抓住,能有几千斤。他就拿着麻秆火撵马驹子,马驹子拉着磨跑得很快。跑来跑去,麻秆火烧没了,屋里黑了,门也关上了,把他夹死在山里了。

再说当初,田雨娶小焕子回来,他的大老婆就气得要死,没等小焕子下车,就堵住车门打了她一顿嘴巴,拉着她的头发扯到下屋里,要用铁铲烙她的脸。小焕子跪在地下,哀求自己不要被毁容。她把自己的头发用剪子都剪去了,用锅底灰把脸都抹黑了,大老婆才不烙她。小焕子成天给大老婆做活儿,给她洗衣服、洗脚、扫地,从不到田雨房里去。

正好这天田雨死了,大老婆想要卖她,佟云用十个金豆买了回来,从此,两人成了夫妻。

以后,人们都知道山里有宝,家家种麻。秋天也留一棵,到三十下晚,大人孩子都点着麻秆去照这座山,可山不开了。人们便把这座山叫作"不开山",后来就叫成了布开山。

讲述者:魏风楼

草帽山的传说

东宁县正南三十华里有个村子叫草帽顶子村（现改名叫向阳村）。村子西南角有一座高山，山头很像一顶草帽，故叫草帽山。

相传，山东莱阳有个老孙隔山跨海到长白山挖参救母，孝心感动上苍，被封为山中把头，骑着斑斓大虎管理着东北的大小山林。

老孙去东北一去无回，母死妻亡，撇下了十七岁的女儿小荷花。小荷花无依无靠，想起了闯关东的父亲戴草帽含泪向全家人告别的情景，便下决心去东北寻找父亲。

她一路讨饭一路走，半年走出山海关。

有一天，小荷花孤身一人来到了宁古塔，在客栈的门斗里蜷身而憩。一个三十多岁的大姑娘走了进来，两人说了一会儿话，大姑娘得知小荷花是千里寻父的孝女，深为感动地对她说："荷花，长白山寒冷出奇，山高林密，你这样单薄的衣衫进去会冻死。这样吧，我给你一件皮袄，穿着它进冰窟窿也不会觉着冷的。"大姑娘说着脱下皮袄递过来，小荷花正要推辞，大姑娘一晃不见了，那件皮袄却落在荷花手中。

两个月后,荷花穿着那皮袄进了滴水成冰的长白山。奇怪的是,她走到哪里,哪里的冰雪就开始融化。有时她躺在地上睡觉,醒来时,身下的枯草根也会发出嫩绿的新芽。小荷花这才明白,送皮袄的大姑娘是个仙女。

　　荷花在长白山中整整走了三年,仍未找到父亲。这一天,她来到东宁境内,经打听才知道父亲已死,灵魂被封为山神。她攀上险峭的山峰,大声哭喊父亲,可是,回答她的只有山林的回音。她喊累了,躺在山峰上睡了。梦中,她又看见父亲离家时的情景,那时她才五岁,仰脸看父亲,身材高大的父亲戴着一顶破旧的草帽,像一座高高的山峰。一觉醒来,小荷花有了新的主意:她要把这座山峰雕琢成父亲的形象,等将来父亲的神灵路过这里时,也能明鉴女儿的一片孝心。

　　又是三年,小荷花已把山头雕成了草帽的雏形,父亲的面颊也已呈现出来。然而,就在这时,小荷花已经累得重病缠身,终于在那刚刚完成的草帽檐下,贴着父亲的面颊倒下了。

　　这座山峰就是现在的草帽山。由于荷花穿的那条皮袄也遗落在山上,从此,东宁县中部比邻近的县年年春来得早,冬季也比较暖和,被称为黑龙江省的"小江南"。

讲述者:马玉山

整理者:崔彦海

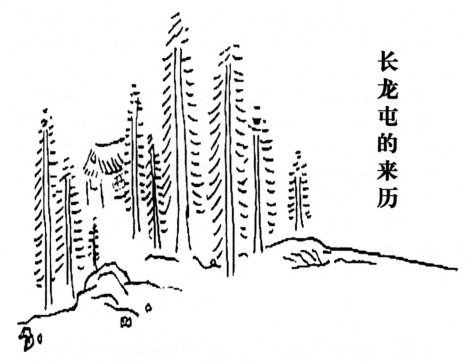

长龙屯的来历

听老辈子的人说，海林市长龙屯这个地方原来叫"拐姑神通"。

相传很久以前，有一个农民和他同姓出了五服的姑娘相爱了。族长不准他们结婚，可是两人真心相爱，难舍难分。女的说："非你不嫁。"男的也说："非你不娶!"真可谓海誓山盟。但是，族长不答应，家里人也反对，两个人不能到一块儿。他们左思右想也没想出一个好办法。

俗话说："车到山前必有路。"后来两人终于想出了一个办法，偷着跑出来了。他们跑啊跑啊，一直跑到深山老林，跑到牡丹江边上。又怕挨着大江容易被找到，就顺着江边一条大河往里走。

两人走啊走，大山突然闪开了，露出依山傍水的一块平地，土质肥沃，撒上种子就能长出好庄稼。最特别的是挨着这块小平地的大山能为平地挡风挡雪。平地中间有一个小山包，小山包上有树有草有野花。两人也走累了，鞋也磨破了，衣服也叫树枝给刮破了。女的一屁股坐在地上拼命捶腿，男的为她捶背。女的说："我实在太累了。这地方土地这么肥，山景这么好，离家老鼻子远了，神仙也不知道咱们跑到这儿。干脆咱们在这儿住家过日子吧。"

小两口就在这里安了家。小日子过得挺红火,姑娘小子一大堆,甭提多美气了。可好景不长,他们住的地方不知怎么叫家里人知道了,家人找上门来,一看两人儿女一大群,生米已经煮成熟饭,也就没辙了。

后来又陆续搬来了住户,建了屯子。根据这件事,大伙儿把这地方叫"拐姑神通",三叫两叫叫开了,当地人觉着不光彩,就想改名。怎么个改法呢?有人提议,根据地形和字音叫"拐弯山通"吧,大家还觉得不怎么好。又有人提议说:"这山形状像长龙,就叫长龙屯吧!"长龙屯就这样叫开了。

讲述者:袁水山

整理者:潘洪君

城墙砬子

在镜泊湖小孤山西岸,也就是珍珠门北边,立着一座玲珑剔透的小石砬子,砬子很陡峭,当地人叫它霍同哈达①。这小石砬子三面临湖,一面靠山,登上砬子顶一望,全湖的风景都在眼底。这地方自古以来就被视为兵家必守之地。《宁安县志》上记载,这儿曾叫过"天险"。砬子顶上,景色很美,春开杏李,夏有莲花,秋有红叶,冬雪压松,真是佳色宜人,四季不败,难怪有人说这儿是"镜泊桃园"。在砬子下面有个石洞,洞子深不可测,传说洞里放着个石人,清朝时有人探过此洞,可是进洞没走半里远,便觉湿气逼人,还不时有隆隆之声,所以也不敢深入,就转回来。日久天长,洞子就被泥土和杂草淹没了。关于这砬子和石头人却有一段很动人的传说,一直流传在满汉各族人民中间。

据说很早以前,镜泊湖没现在这么大,那时,它的周围有九个部落,日子过得太平无事。可是自打九个部落出了十八个为非作歹的年轻人,人们的

① 哈达:满语,指山。

日子便一天天穷下来。这些年轻人很不和气,他们互相残杀,搅得各个部落鱼也捕不成,猎也打不好,人们吃不饱,穿不暖。这时,从湖里上来九条鱼精,它们也到部落里趁火打劫。它们占据四周九个山头,自称是九大贝勒,说是要久住在此,让部落每月借给它们九头牛、十八头猪和二十七只羊,再外加九对童男童女。九个部落的人也没有办法来治它们,整天担惊受怕,东藏西躲。

在爱新觉罗部落,有一个二十岁上下的小阿哥,名字叫爱新一,是个心地善良、憨厚勇敢的小伙子,他阿玛和额娘染瘟疫,不到半个月就都去世了,撇下他孤零零一个人。他有心打猎,可是山被占了,想要捕鱼,水也被霸了。他是有劲使不上,不得不过着有了上顿没有下顿的日子。

有一天,夜深人静以后,他想偷偷打点鱼吃,就来到湖西哈达底下,一甩网,竟然打上来两条大鱼。他找来一些干柴,就地烤起来,刚烤好了要吃,忽听旁边山洞里有人在哼哼,过去一看,一个老头儿躲在那儿,见他来了,就有气无力地说:"好心的阿哥,救救我吧,我有三四天没吃东西了。"实际上小伙子也饿了两天肚子。可他心软,听老头儿这么一说,就把烤好的鱼拿过去放在他跟前说:"您吃了这鱼吧。"那老头儿也不客气,三下五除二就把鱼身和鱼尾吃光了,只剩下两个鱼头,吃完便感谢一番走了,小伙子只好啃啃鱼头来解饿。一连三天,小伙子每天晚上都来这儿,打了鱼烤起来吃,那老头儿准在这时来,不管有多少鱼,他还是就给小伙子留下鱼头。到了第四天,老头儿对小伙子说:"好心的阿哥,你能不能给我带点山牲肉来吃?"小伙子叹息道:"要是在以前,弄点山牲肉不算个啥,可是现在不行了。"接着就把湖岸上闹鱼精的事一说,老头儿听了很吃惊,忙问:"怎么不把它们除掉呢?"小伙子又把他们的苦衷跟老头儿讲了。老头儿想了一下说:"这样吧,三天之后,在呼尔汗①河有一个坐柳树排子的人从上游打这儿路过,你千万要拦住他,然后你就在排子前头哀求他帮忙,他能替你们除害。如果他实在不答应,你就说是山英阿玛叫你来的,他保管会来。"说完了这些,老头儿一晃不见了。

---

① 呼尔汗:满语,指牡丹江。

爱新知道这老头儿肯定不是凡人，于是就对天拜了一拜。

小伙子在呼尔汗河边等了两天，第三天正当午，真看见从河上漂游来一个排子，上面站着一个年轻人，这个人生得体格强壮，容貌超群，而且精神百倍，身后背着一张弓。爱新赶紧下河拦在排头前说："这位大哥，请你解救一下我们的苦难吧，去治治那些害人的鱼精。"年轻人摇了摇头，说："不行啊，我很忙，三姓①那边正作乱呢，我得赶快去平定那方，哪有工夫管你们的事。"小伙子马上说："是山英阿玛叫你帮助我们的。"年轻人一听忙问："老人现在哪里？"爱新就把打鱼给老头儿吃的事情对他说了。年轻人说："你真是好心的人呵，不瞒你说，老人家是我的师父。这么办。你从这往南走，跨过九河十八川二十七道岭，那里有个山洞，洞里有个石头人，那是我前几年做的，你把它取回来，它就能帮你们治瘟除恶。但是这路上有三道关不易过，你真要是能闯过这三关，管保你们的部落会平安无事的，你能行吗？"爱新斩钉截铁地说："只要能平定九妖，就是上刀山下火海，我也不怕！"

第二天，他背着弓箭，带上干粮一直向南走去，跨过九岭六川三道河，干粮吃完了。就在他又饥又渴时，前面轰隆一声巨响，只见一条九头大蟒拦住去路，它张开血盆大口，吐出三尺多长的毒信子直冲而来。爱新立刻取弓搭箭，"嗖"地把箭射向大蟒的咽喉。只听那蟒怪叫了一声，掉下一个头，他又连发三箭，三个蟒头顿时落地。他再要搭箭，可是却来不及了，那大蟒已扑过来了。爱新紧忙抽出腿叉子，就觉得一下子像被什么东西蒙住了，浑身热乎乎的，他一想：坏了，一定是大蟒把我吞进肚里了！他就使足劲把腿叉子往脚下一豁，就听咔嚓一声，他立刻重见天日，再一看，那大蟒已死了。这会儿，他是又累又饿，顺手割下一块蟒肉，大口大口地吃起来。他越吃越香，身上的骨节也在响，吃完了，他觉着浑身力大无比，再走路就跟飞似的。

他又跨过了九岭六川三道河，看见一个黑老头儿从上游划船过来，爱新说要过河去，那黑老头儿马上把船靠了岸，招呼他说："上船吧！我马上送你过河，分文不取。"哪承想，船到河心，黑老头儿把船一晃，两个人都翻到了水

---

① 三姓：今依兰。

里。爱新只觉眼前一黑，身子很快往下沉。等他睁眼的时候发现自己已来到水下的一个石洞里。就瞧那黑老头儿恶狠狠地对他说："好啊，你这个该死的东西，竟敢杀死我的二徒弟九头蟒，今天我非活吃了你不可。"说着就叫来四个黑小子，啥也没说，就把爱新捆了起来。有个黑小子还端来一个大木盒，看样子是真要开膛破肚了。爱新不由得长叹了一声："嗨，我上当了！"黑老头儿一听，就很奇怪地问："嘿嘿，你上了哪家个当，户籍在何处？"他把小伙子的话给听拧了。爱新就故意说："你不用问，天会知道的。"这时老头儿他害怕了，心想怪不得这小子有那么大能耐，把我二徒弟都杀了，原来他的户口在天上，我如果吃了他，天神怪罪下来可咋办呢。想到这儿，他忙叫人住手。他走到爱新面前说："我问你，天上谁最大？你家住在哪疙瘩？"小伙子不慌不忙地回答："阿布凯恩都哩最大，我就住在他的脚下。"回完话，小伙子心里一乐，他想起那个吃他鱼的老头儿告诉过他的，以后如果遇险难时，有人问你，你就怎么怎么回答，这回还真管用。就见那黑老头儿惊慌地走过来给他解了绑，扑通跪下来说："不知你排行是第几？哪位领头的大阿玛？"小伙子就又照着那位老头儿教给的话说了："我的领头是尼洪衣，我的排行是青扎昆。"黑老头儿这时吓得浑身哆嗦起来，连声说："得罪，得罪，希望你在天神那里别提这些，多给我美言几句吧。"爱新便郑重其事地说："只要你多做好事，上天一定会知道。"黑老头儿又"砰砰"地叩了几个头，随后就把他安安全全地送出了水面。

爱新又往前走了九岭六川三道河，这天他真的来到一个山洞前。进去一瞅，果然有个石头人立在那里，九寸多高，两眼冒金光。他刚要去搬，忽然，从洞了里边跳出一只斑斓猛虎。他急忙躲到一块石头后面，接着张弓搭箭，连发三箭，可惜一支未中。眼看老虎要到跟前，他只好又拔出腿叉子来抵挡。你说也怪，和老虎一交手，他毫不费力就把虎打翻在地，几叉就刺死了它。爱新这才高高兴兴地搬起石人，背在身上。刚想迈步，就觉得脚下生风，忽地一下起到空中，不一会儿，就飞回了镜泊湖。

到家之后，他把石头人放在炕梢儿。因在一路上人太累了，他躺下迷迷糊糊地睡着了。第二天早晨醒来一看，石头人没了。这时，屋外风雨交加，雨雾之中,一个披甲戴盔的天神在东抓西找。突然,随着九道闪光来了九条土龙,土龙抓起九条鱼精向北一扔,立刻风平雨住,天也晴了。原来,是这石头人变成了九条土龙,把九条鱼精压在了身下。治住了鱼精和十八个为非作歹的恶棍,部落也太平了。现在,镜泊湖西北一百多里,也就是宁安正西,还有九道土梁子,据说就是那九条土龙。

春天,那个坐柳排子的年轻人带着人马路过这里,看这儿还太平,就把石头人带走了。这石头人一带走可不要紧,那十八个学会了妖术的恶棍,呼风唤雨,又杀到镜泊湖。眼看部落又要第二次遭难,爱新没别的办法,他就一直往北跑,去找那位有石人的年轻的英雄。到了北边,才知道那位英雄就是王爷。这里新修了城墙,人强马壮,个个精神抖擞,地面管得很好。爱新来到殿上,一看见那位英雄,就跪下来把部落又要受难的事情一说,那位年轻的英雄想了一下说:"这样吧,我随后就到,你先把这个石头人拿去,它会镇住他们的。"爱新乐呵呵地背着石头人回来了。

这石头人是个急性子,还挺倔,它一来就急了眼,真是大显神威,没多大工夫,就把十八个恶棍压在了放石头人的那个砬子下。直到现在,小石砬子下还有十八块蜗牛石,据说就是当年石头人压恶棍时留下的。打那以后,人们恭恭敬敬地把石头人供到山洞里,每年各部落的人相继不绝地到山洞里朝供。

第二年春天,那个英雄来了。他在这砬子上修了一道城墙,并告诉人们说,他要派兵在这里把守,不能让谁再来搭救这十八个恶棍。从此,这个小砬子,就被人叫作"城墙砬子",砬子下边的洞,就叫"石人洞"。

后来,据说,爱新真被招到天上,阿布凯恩都哩天神封他为"依罕",就是现在的金牛星。后来,阿布凯恩都哩经常派金牛星下界,帮助人类做好事,金牛星每次下界,都尽心尽力地为人做了许多好事。

讲述者:梅崇山

整理者:傅英仁

聪明的孩子

有这么祖孙三辈,哈拉爸吉①、阿爸吉②,还有一个聪明的小孙子。

孙子对爷爷可好了,可是阿爸吉却不是,总是嫌爷爷老了,上岁数了,不中用了。

这天阿爸吉把儿子叫来,让他帮着干活。"干什么呢?"儿子问。

阿爸吉说:"编筐,编一只大筐。"

儿子问:"编筐干啥呀?"

阿爸吉说:"到时候你就知道了。"

他们打来柳条,编了一个大筐,筐编好了,阿爸吉把哈拉爸吉放进筐里,让儿子帮忙抬进了山里,抬上了悬崖。阿爸吉这就要朝下推,儿子一下抓住了筐,说:"这不把哈拉爸吉摔死了吗?"说什么也不让阿爸吉朝下推。

阿爸吉一想,好吧,咱们回去吧,就领着儿子回来了。

---

① 哈拉爸吉:朝鲜语,指爷爷。
② 阿爸吉:朝鲜语,指爸爸。

路上孩子想,阿爸吉这是不要哈拉爸吉了,怎么办呢？眼珠一转,他想起了一个好办法。

他就问阿爸吉:"阿爸吉,筐里没有吃的,哈拉爸吉该饿死了。"

阿爸吉说:"饿不死,筐里有吃的。"

儿子又问:"山上有老虎,该把哈拉爸吉给吃了。"

阿爸吉说:"不要紧,他坐在筐里。"

儿子又说:"那我得把筐拿回来呀。"

阿爸吉不明白咋回事,就问:"拿筐干啥?"

儿子说:"等阿爸吉老了,好用筐抬,把阿爸吉也抬到哈拉爸吉那儿去。"

阿爸吉一听,心里一激灵:自个儿将来也会老呀,也会有这样的下场的。想到这儿,他连忙回到山上,和儿子一起把哈拉爸吉抬回家来,好好赡养起来了。

讲述者:林东彪

整理者:杜国成

达莱香

满族人祭祖祭神时,在香碟里摆上达莱香末,用火筷子夹火燃着,散发出一股清香味。说起这达莱香,还有一段故事。

一千多年前,在白头山①一座高峰上,有一个老婆婆。她披散着白发,佝偻着身体,一双大眼突出在眼眶外边,两只大手像小簸箕,光着一双大脚板,走起路来,碎石头能踩得粉碎。老婆婆冬夏都不穿衣服,只腰间系着一条鹿皮裙遮住下身,身上长满厚厚的绒毛。说她是兽,她直立行走;说她是人,她又太个别。

你别看她长得不咋样,在白头山各部中却是很有名气的郎中。她给治病,总是抻抻胳膊抻抻腿,嘴里叨咕着:"什么病,就怕我手碰,给点药吃,就要不了命。"

药,只达莱香一味。这达莱香煎汤喝行,捣碎敷在患处也行。她行医抓药分文不取。各部落上至白发苍苍的老人,下至穿开裆裤的小孩儿,都尊称

① 白头山:今长白山。

她"老天神"。

有一年，"老天神"总不见出来，人们很纳闷。有人说，可能是不该咱们生病了吧，也有人说她功德圆满回天了吧。

白头山年年夏天从半夜到太阳出来，天天都有大雾。这一年，不知为什么人们从雾里闻到了腥气。每个部落都有很多人病倒，死的人一天比一天多，就是找不到郎中。这时，人们不禁想起老天神。大家说："她就是回到天上，也能听到地上的哀求声，她也会大发慈悲来救咱们的。"

这话传开了，各部落都派人到白头山的高峰上去找老天神。他们跋山涉水，好不容易来到高峰上，只见她闭目合掌，正盘膝打坐在一块大卧石上。叫她不应，推她不动，摸摸身上，还热乎乎的。人们跪满了山坡，一面大哭，一面哀求"老天神"："白头山的人都快死净了，你和白头山的人有缘。就是成了神，也应显灵显圣，去搭救搭救！"人们哭得眼角都流出了血，昏倒在地上。等大家苏醒过来一看，老天神笑呵呵地站在跟前。老天神把人们拉起来说："我早知道有这一灾，有心早去，就是摸不清雾里的腥味是哪里来的。我神游天上，刚刚查清，又取来去病治妖的灵物。走！走！走！"说完，她背起沉甸甸的大桦皮篓，让来人跟在她的身后，大伙儿只觉像驾云一样，一阵清风吹过，眨眼间已到了一个部落。

老天神来部落这天正是七月十五。她让人们都到山上去采达莱香，采得越多越好，让人们用达莱香熬汤给病人喝。采到三天头上，又让大家把剩下的达莱香从部落一堆堆地摆到松花湖岸边，每一千步站一个人。到半夜子时，大雾升起之后，老天神一声令下，守达莱香堆的人就把达莱香堆点着了。各部落都听令而行，依法去做。从各部落到松花湖边，天空露出了闪闪发光的星星，再也闻不到一点儿腥味了。

老天神又来到松花湖，人们也都跟了过去。只见她一个猛子扎进去，不一会就听到水里杀声震耳，看到水花翻滚，松一阵紧一阵的。约莫过了一个时辰，直到天大亮时，湖水才平静下来。

老天神从水里钻了出来，只见她身体不佝偻了，比平常人高出几倍。两只簸箕般的大手，卡住一尾倒鳞的大鱼，对大家说："雾里带腥味的毒气，就是这倒鳞鱼喷出来的,我把它困在一个地方。"说完飞奔向白头山上的天池,把鱼扔到水里,然后从背篓里拿出一捆倒根草,投进水中。真怪,这草的根须朝上,梢朝下,扔到水里一棵变十棵,十棵变百棵,转眼间,满池都是倒根草了。

人们问:"老天神你怕鱼饿着,放草喂饱了,不怕它又兴妖作怪害人哪?"她回答说:"这尾倒鳞鱼是松花湖里的第一条小鱼,在湖底活到现在不知几千年了。它在湖底想用尾巴把湖底钻深,就生了倒鳞,又吸了一肚子毒汁,能用毒害人。倒根草是它的天敌,它再往下钻,倒根草的长叶扎入它的鳞片里,它痛得受不了,就钻不出来了。这倒根草天上有,人间没有。"大伙儿听了,哈哈大笑起来说:"卤水点豆腐,一物降一物。"大伙儿一齐拉住老天神不放,怕她回到天上。老天神笑了笑说:"要想见到我,腊八去采达莱香,采回就要放进盆,除夕夜晚开了花,就是我来看你们。"说完人就不见了。

后来,靺鞨人把她尊为达莱香神祭祀。祭祀她时就焚达莱香。现在有的地方的满族人还在腊八那天去采达莱香呢。

讲述者:常砚樵

整理者:关墨卿 赵君伟

大孤山和小孤山

　　从前，在镜泊湖边上住着一家姓邓的，家中有两个姑娘，大姑娘叫大姑，小姑娘叫小姑。两个姑娘长得像鲜艳的荷花，水灵灵的，谁见谁夸，沿湖一带谁都知道老邓家有两个漂亮的姑娘。

　　姑娘一大，媒人就上门来了，总也不断流儿。可不管媒人怎样能说会道，邓老汉总要问问两个姑娘愿意不愿意，姑娘若表示不愿意，邓老汉就一口谢绝。所以两个姑娘的终身大事始终没定下来。

　　是姑娘眼高吗？不是。因为姐俩随父亲下湖捕鱼时，早就看中了住在镜泊湖南姓张的两兄弟。这兄弟俩心地诚实，吃苦能干，可是这哥俩一直也没托人来说亲，姐俩的心事也没法向父亲表白。

　　在湖西，住着一家老财姓蒋。他也有两个儿子，一个叫大蒋，一个叫小蒋，这两个儿子整天吃喝玩乐。有一天，大蒋和小蒋在湖上游玩，一下看到了大姑和小姑，立时被这姐俩迷住了，和老财吵着非要这姐俩做他们的媳妇不可。

　　老财说："这有什么难办的，他家就是穷打鱼的，只要咱打发个人去说一声,老邓家准能答应。"

就这样,老财让他的管家到老邓家去说亲,管家乐颠颠地来到了老邓家。

管家说:"邓老汉,你真有福气呀!财主家的两个少爷看中了你家的大姑和小姑。他家前有金山后有银岭,过门有享不尽的荣华富贵,快答应这门亲事吧!"

邓老汉看了管家一眼,淡淡地说:"你去问问我家的姑娘吧。"于是,管家来问大姑和小姑。

大姑说:"我不爱金,不爱银,爱的是勤劳能干的人。财主家金银再多也打动不了我的心!"

小姑说:"姐姐说的,就是我心中想的。你回去告诉他们吧,我们姐俩不能嫁给姓蒋的!"

管家哭丧着脸,灰溜溜地回去了。

说也巧,第二天,老张家也来说亲了。打鱼的张老汉说亲与众不同,他没托媒人,自己领着两个儿子来了。

张老汉说:"邓大哥,我们没有别的事,想和你结门亲戚。"

邓老汉说:"说这事儿你得问问我的大姑和小姑。"

张老汉对大姑和小姑说:"大姑、小姑,我两个儿子向你们求婚来了,我家穷,一没金,二没银,整天打鱼过日子。我们能干活,能吃苦,两位姑娘,我们这样的人家你们中意不?"

大姑想了想说:"贫穷不是过错,勤劳本是美德,求婚的事,请你问我爹吧。"

张老汉又问小姑:"小姑,你是怎么想的?"

小姑说:"我想的,姐姐都说出来了。求婚的事,请问我爹吧。"

张老汉赶忙来问邓老汉:"邓大哥,请你说一声吧,这门亲事就听你一句话了。"

邓老汉笑了,说:"我愿意把大姑和小姑许给你们这样的人家。"

婚事就这样说定了。

财主听到这个消息,又气又恨。他和知县是朋友,银子一送上去,坏点子就出来了。

没过几天,张老汉的两个儿子就被抓去当了兵。

财主又派管家来到老邓家,对邓老汉说:"财主的两个儿子看上了你家的大姑和小姑,你别糊涂了,快把两个姑娘嫁给财主的两个少爷吧!"

邓老汉说:"我家大姑和小姑早许给了张家兄弟,怎么还能再许给别人?"

管家说:"张家两兄弟被抓去当了兵,别想再回来了!"

大姑和小姑说:"我们姐俩等他们一辈子,他俩不回来,我们不嫁人!你告诉大蒋和小蒋,死了这条心吧!"

管家又哭丧着脸灰溜溜地跑回去了。回去把经过一讲,大蒋和小蒋都恼了,吵着要抢大姑和小姑去成亲。这时,蒋家有个好心的长工来邓家报信儿。为了躲开一场灾祸,大姑躲到大孤山去了,小姑躲到小孤山去了。

张家的两兄弟再也没回来,大姑和小姑再也没下山。从此以后,人们把镜泊湖的大孤山叫大姑山,小孤山叫小姑山。这两座秀美的小山遥遥相望,低述着无尽的思念。

讲述者:宋少财

搜集整理者:宋德胤

大莫和小莫

　　说不准是渤海国哪个朝代了,国王嫌吃饭喝水的碗又小又土气,立即传下一道圣旨:凡做碗的工匠,限期在两月内做出贴金印彩的大碗来,如若不然,决不轻饶。

　　牡丹江右岸有一个手工艺作坊。作坊的老工匠虽然是宁古塔一带出名的能工巧匠,可也为难了:大碗倒好说,可往碗上贴金边、印彩图,还从没做过,也没听说过。

　　这天,老工匠用铁做成大圆圈,抠胎型,在胎型上一圈一圈地绕金银丝。可是,甭管他怎么鼓捣,那胎型和金银丝就是不能粘连在一起。至于那绚丽的彩图,他就更没招儿了。日子一天天过去了,他急得浑身出汗,眼冒金星,心里憋闷透了。

　　有一次,老工匠正对着胎型和金银丝冥思苦想,忽然药锅潽了,他赶忙用手掀药锅盖。可是,他用很大的劲儿也掀不开,只好把药锅从火炉上取下来,找来一个小伙子,费了好大劲儿才把盖打开。老工匠琢磨着,每天这药锅盖不这难取呀,今儿个是——老工匠眼前一亮,恍然大悟:"噢,准是'白芨'作怪。"

原来老工匠心里憋闷,今天在中草药里多加了一种能通气散瘀的白芨。白芨有粘连作用,这可乐坏了老工匠。他专门把白芨用水一泡,它果然变得跟黏胶似的。于是,他把金银丝、彩图和胎用白芨牢牢粘在一起,再经过烧制、磨砺、贴金、印彩,大碗终于制作出来了!

渤海国王见到上端镶着一圈金边、中间印着花鸟的大碗,非常喜爱,给它起名叫大海碗,并规定这种大海碗只能国王用,大臣们用二海碗,百姓们用小海碗。

国王奖励了老工匠。老工匠用这些钱在牡丹江左岸建了一个专做小海碗的作坊。

满族称碗为"莫洛多河",当时做大海碗的作坊叫大莫洛多河,做小海碗的作坊叫小莫洛多河,后来叫简单了,就叫成"大莫"和"小莫"了。今日,牡丹江右岸的大莫村和江左岸的小莫村,便是因此而得名。

讲述者:袁吉波

整理者:黄运军

大牡丹和小牡丹

从镜泊湖瀑布到牡丹江和海浪河汇合处,共有九九八十一道湾。

传说,有一年,瀑布到两江汇合处这一带干旱,东海龙王派了八十一条小龙到牡丹江里吸水,然后降雨。

那时候正是伏天,烈日当头,那些小龙把脑袋露出水面一试,毛焦火燎似的难受。小龙们说:"不行,现在干不了,晒也晒死了,先歇几天吧!"小龙们整天躲在江底吃喝玩乐,喷水浇苗的事早忘到脑后去了。

一晃十天过去了,眼看庄稼要旱死了。老龙王看到小龙们还没有干活,非常生气,于是下令:"庄稼要是旱死,个个杀头问罪。"小龙们一听,吓得都从江底"扑棱"爬起来,慌忙地探头喷水。它们白天黑夜不停地喷啊喷,庄稼总算缓过来了,可小龙们却病的病,伤的伤,回不了东海。老龙王说:"不能回来就在牡丹江养伤吧。"

小龙们在江里养伤也不老实,乱扭乱动,把江岸撞得曲里拐弯儿,每条小龙撞个湾,这八十一条小龙把这段江岸撞成了八十一条湾。这些湾有大湾有小湾,居住在江岸的满族人管湾叫"牡丹",大湾叫大牡丹,小湾叫小牡丹。现在宁安市海浪镇的大牡丹村和小牡丹村,就是那时满族先民选最大和最小的湾起的名。

讲述者:黄启文
整理者:黄运军

大石佛的传说

在渤海国上京龙泉府兴隆寺的三圣殿里，有一尊大石佛，石佛高三丈余，神态逼真活灵活现，每年观赏的游人不断流儿。

关于大石佛的传说很多，我这里讲的是其中的一个故事。相传在乾隆年间，在南湖头住着一个打鱼的单身汉，名叫孙青。那年月在湖中打鱼，水深风浪大，打鱼的家巴什儿挺落后，渔民常是空手回来。

孙青在湖里捕鱼为生虽然二十多年了，可还是穷得叮当山响，连个老婆也说不起。

这天，天刚亮，孙青从破草房里走出来，刚到湖边，见湖面风平浪静，心想：今儿个下湖打鱼准能有门儿。他忙将网具收拾停当，解开船朝湖心划去。

到了湖心，孙青一口气撒了十多网竟连个鱼星儿也没见着，气得他把渔网朝船舱里一扔，对着湖水自言自语地说：“都说你这湖中有河神、水仙，能保穷人富贵荣华，俺孙青从小在这湖里打鱼，到如今还这样穷，连个媳妇都混不上，河神、水仙要真能显灵显圣，保佑俺穷小子捕鱼发了财，我孙青一定给你建座寺庙,永奉香火。"说也奇怪,他话音刚落,湖面上立刻游过来一群群大鲤鱼,摆着尾巴,鳞光闪闪。这下可乐坏了孙青,他忙将渔网撒下,不大工夫便打了一船的鱼,当天就卖了很多银子。

打这以后,孙青每日下湖打鱼都是网网见鱼,满载而归。不到一年的光景,他就发了财。

孙青有钱有势后,就每日携妻带妾游山逛水,吃喝玩乐。一天,孙青带着妻妾,乘船到湖中观看渔民们为他打鱼。船到湖心,忽然湖里狂风大作,白浪滔天,水花飞溅,对面不见人,孙青吓得全身发抖,忙跪到船头祷告神灵保佑。只见湖心的浪花中站立着一个身穿蓝色长袍的红脸大汉,他正朝花船走来。孙青知道是河神显灵,更吓得魂飞大外,跪在船上直磕头。那红脸大汉高声说道:"孙青,俺乃一湖之长,三年前俺保佑你发了财,如今你大富大贵,却许愿不还是何道理!"孙青这才醒悟过来,忙磕头央告:"河神息怒,是俺孙青忘恩负义,罪该万死!如河神能饶俺孙青这一回,俺明日就动土修建寺庙,决不拖延。"红脸大汉也没言语,便沉入湖中,这时风也停了,浪也静了,孙青忙让船夫靠岸。

孙青回到家后,哪敢怠慢,马上雇用上百名能工巧匠,请来和尚道士念经三天,择地开始建起寺庙来。他花费了上千两白银,只半年的光景就在渤海国上京龙泉府圣地内建成了一座大庙,取名叫"兴隆寺"。

大庙建成以后,来往的行路人无不夸赞修得好,尤其寺中的三圣殿更修得雄伟壮观。孙青想在三圣殿中立一尊石佛,请来的工匠听说要用玄武岩①塑三丈多高的大石佛,都摇头离去,急得孙青吃不好睡不安,每日里愁眉苦脸。

一天清早,管家的进内堂对孙青说城里来了一个石匠,天生一双巧手,能塑各样的泥、石佛像。孙青听了欢天喜地,忙吩咐管家套一辆驴车,要亲自进城请高手。

孙青坐着毛驴车进了城,见人就问,逢人就打听,找了大半个晌午连个

---

① 玄武岩:火山爆发后的岩浆风化后而成,岩质脆,而且充满了大小气孔,实难雕刻。

石匠的影子也没见着，无可奈何只好赶车往回走。一路上他垂头丧气地坐在车上，任凭小毛驴慢慢腾腾地走着，不知不觉来到了南城门外。这时迎面的岔路口忽然走来一个胖和尚，这胖和尚身高一丈，背宽三尺，两手过膝，身穿青道袍，脚上穿白套袜千层底黑布鞋，黑红脸膛儿，望着孙青高声说道："请问老哥上哪里去？"孙青瞧了胖和尚一眼，没好气地回声说道："要捎脚，你就上车吧。"胖和尚唱了句"无量天尊"，便一抬腿坐到了车上。

两人一路无话，不一会儿来到了兴隆寺庙前，胖和尚问道："这大庙是哪位施主所修，竟修得这样雄伟？"孙青见胖和尚夸他的寺庙，立刻来了精神，对胖和尚说："不瞒你说，这庙是俺孙青修建的，你到里面看看，修得更精细呢！"胖和尚笑呵呵地对孙青说："老哥，能不能停一下车叫俺进去也饱饱眼福？""那有啥不可！"孙青说着，把车赶到大庙门前停下，对胖和尚说："你自个儿进去瞅吧，不过可得快点出来，我还要赶很远的路请石匠呢。"胖和尚点头应诺，进了庙门。

不表胖和尚进庙观光，再说孙青在大庙门外抽着烟袋等了半个多时辰不见胖和尚出来，心里犯了嘀咕："这胖和尚怎么进去这么长时间不出来，我得进去催催。"说着就大步流星进了庙门。

孙青进到寺院里，四下观望不见胖和尚的影子，心中奇怪。他出了一殿又进二殿，最后来到三圣殿的门前，抬头见殿门虚掩着，忙用手推开殿门，伸长脖子朝里面看。这一看惊得孙青一屁股坐到了地上，又急忙爬了起来，战战兢兢爬一步磕一个响头，嘴里不住声地念叨："我佛慈悲，我佛慈悲……"

原来殿内中央有一尊大石佛端坐在莲花宝座之上。大石佛高三丈，一手放在膝上，掌心朝天，掌中放有一吊钱，一手弹指，两目似睁不睁，朝着孙青微笑。孙青细一打量，这大石佛和胖和尚相貌一模一样。

讲述者：渤海一带老人

整理者：刘万刚

大团和小团

　　传说有一位仙女下凡到牡丹江游玩，玩累了正坐在一块黄土岗子上歇着，忽然一股香味传来，她顺味儿来到一家农户的院里。

　　一位老太太正掀锅盖，要起黏团子，抬头就见灶前站着一个头戴珠翠、身披彩衫、脚踏祥云的美丽仙女。仙女望着锅内帘子上一排圆圆溜溜的团子，笑着说："这是啥东西呀？这样香！"老太太取下一个团子，送到仙女跟前："这是黏团子，用黏苞米面包大豆馅团个团儿，蒸熟了吃起来筋筋道道的。"老太太边说边用筷子夹开团子，露出里面粉红的豆馅，送到仙女嘴边。仙女吃完了这个又吃一个，越吃越爱吃，老太太一锅黏团子都叫她吃完了，还没吃够。老太太从屋外缸里又拿来些生黏团子，要给她蒸。仙女看天色渐黑，要返回天宫了，便说明日再来。

　　临走，仙女为再来吃黏团子时好找门儿，就在黄土岗子上吐了口吐沫，吐沫带着口角上的口红，把黄土岗子染成了粉红色，跟黏团子里的大豆馅一模一样。仙女一时来了团黏团子的兴致，便把脸上的脂粉抹下来，一拍手就拍到黄土岗子上，两手再一揉，这黄土岗子就变得像个巨大的黏团子。

后来,仙女从空中飘落到这座团溜溜的山上时,老太太见了就烧火蒸黏团子,熟了给她送去。仙女每次来,都带些天上的仙露水给老太太喝。老太太常喝天上的仙水,活到三百岁后才死去。从此仙女也再不来了,但仙女揉成的大黏团子却留了下来,形成一座山,后人叫它团子山。

再后来,团子山下住的人多了,形成屯落,这屯落就自然叫大团了。大团屯又分出几户人家住到别的地方,那疙瘩就叫成小团。

今日,您从兴隆镇往南走,胜利村前面就是大团,再前面便是小团。小团南面那座圆溜溜、粉里带红的山,就是传说中的黏团子山。

讲述者:吴玉德

整理者:黄运军

丹 娜

　　赫哲人扎拉里住在兴凯湖北岸。爸爸妈妈死得很早,他是婶子拉扯大的。后来婶子也死了,只落他一个人。他读书全靠自学,又最爱山水画,曾画了《兴凯湖风光》五十幅,但没有人赏识。他想靠卖画糊口,又没人买他的画,生活越来越穷。后来去考举人,也没考上,落榜回来,更穷得很,甚至几天揭不开锅。他和邻居一起去打鱼,打了一天,连一条鱼也没打着,回来没饭吃,邻居给了他几条鱼,吃完了还是挨饿。

　　有一天,他到龙王庙,跪在神殿前,磕头祷告说:"同是在龙王神光普照下的人,为什么苦乐不均? 我考试没中上,画的画也没人买,打鱼又打不着。我不偷不抢,像我这样的好人,难道就应当饿死吗? 神灵对好人为什么一点也不保佑? 到底神有没有灵呢?"他祝告完了,磕个头起来,到外边廊下睡着了。刚一闭眼,忽然有个人走进来,领他去见龙王,那个人说:"白衣秀士里还缺一个人,叫他补缺吧。"龙王点头。

　　扎拉里领了一件白衣服,穿完了之后,就变成一只白鹤。他亮开了翅膀,飞起来了。看见湖边上鹤友成群,或飞或舞,都挺快乐,他也飞到一起,同它们捞小鱼吃,一会儿吃饱了肚子,就和鹤友们立在岸上,剔翎抖羽玩着。

过了几天,群鹤怜他没有配偶,给他领来一只雌鹤当妻子。雌鹤名叫丹娜,长得非常美丽,白白的羽毛,黑黑的脖颈,头顶鲜红,好像戴朵红花,是一只美丽的丹顶鹤。他俩相亲相爱,白天就一同飞,晚间就一处宿,可说是形影不离。

有一天,两个追讨渔税的兵坐着小船慢慢地划过来。扎拉里没躲开,被讨渔税的兵一箭射在胸上,他飞起来又掉到水里,幸亏丹娜把他救走。众鹤愤怒,振动翅膀扇水,涌起来的波浪把小船掀翻了,讨税的兵也淹死了。

丹娜把扎拉里拖到岸上,用她的长嘴给他理着翅上羽毛,用舌头舔着伤口,又叼来小鱼喂他,但他的伤很重,没到天黑就死了。丹娜失去了伴侣,守着他落泪。从此,丹娜就是一只孤鹤了,经常在天空中飞着叫着。

扎拉里从梦中醒来,走出了庙门,看见一只丹顶鹤在空中飞旋。他认出来了,这就是丹娜。他流着眼泪沉思着,现在只剩它自己,没有了伴侣,该有多么凄凉孤独啊!他眼望着长空,怀念着丹娜,忽然有人喊:"扎拉里兄弟!扎拉里兄弟!快来上马,宁古塔大人打发我来接你……"

原来宁古塔将军巴海是进士出身,最爱鹤,他看了扎拉里画的《兴凯湖风光》五十幅,其中有几幅用仙鹤点缀风景,他见这几幅鹤画得逼真,可惜篇幅太小,因此派人来请他到府里绘画。这是来接他的,他上了马,奔向宁古塔去了。

那时候兴凯湖蜂蜜山一带地方归宁古塔管辖。扎拉里到了将军府,巴海将军安排了一间画室,让他画《百鹤图》。扎拉里不忘丹娜,要求到兴凯湖观察鹤群生活,画得能更真实一些,将军同意了。

扎拉里回到了兴凯湖,首先拜了龙王庙,然后切了些鱼肉摆在沙滩上,让鹤友来吃。他向这一群鹤友祝告说:"倘若丹娜还在,我一定留在这里不走了。每隔几天,必摆上鱼肉,请鹤友来吃。"第二天,他又像从前那样祝告一遍。

有一天晚上,扎拉里正在灯下琢磨怎样画《百鹤图》,突然有一个姑娘来到灯前。这姑娘有十八九岁,长得很秀美。姑娘笑着说:"扎拉里,你不认得丹娜了？"他听是丹娜的语音，就上前一把拉住丹娜，问："你从哪里来的？怎么好长时间看不见你？"丹娜流泪说："自从那天有人把你接走，我就飞往太湖了。我现在已经做了太湖的神女，很少能再回故乡。前几次鹤友说你对我很怀念，我才特来和你见一面。"扎拉里此时更觉得她有情，留她住下，两个人好像久别的夫妻，非常欢乐，比从前为鹤时的爱情，更深了一层。

扎拉里愿意和丹娜住在一起。丹娜说："你的白衣还在，如果要思念我，穿上白衣，就可以飞到太湖。等到中秋节那天，你在龙王庙等我，我把衣服给你带来。"丹娜在这里住了些日子，就飞回太湖去了。

扎拉里回到宁古塔画《百鹤图》，画中有飞鹤、舞鹤、惊鹤、宿鹤、翔鹤、睡鹤、食鹤、卵鹤、孤鹤、群鹤、独立鹤、戏水鹤、求偶鹤、交颈鹤，千姿百态，栩栩如生。巴海将军非常高兴，等扎拉里画完，就给画裱上褙，又装上轴，挂在书房里。

中秋节要到了，扎拉里想念丹娜，就对巴海说要到苏州探亲。巴海将军嘱咐他早早回来。

扎拉里骑马来到兴凯湖龙王庙，宿住前次住的廊房里。晚间，忽然一只白鹤降落院里，落地就变成一个姑娘，正是丹娜。二人携手走进屋里，丹娜把带来的白衣给扎拉里穿上，扎拉里就变成了白鹤，和丹娜一起向太湖飞去了。

飞到太湖，他俩落在一个岛上，脱下了白衣，来到一个院子，有丫鬟把他俩接进屋里，两口子住下了。

过了几个月，扎拉里想起老朋友巴海，要去看看他，丹娜要和他一同去。他们准备好了，穿上了白衣，飞到空中，一直飞到宁古塔落下来。到了将军府，只见府上鼓乐喧天，正是将军女儿嫁期。丹娜拿出来金镯子和玉簪作为祝贺的礼品。小姐接过来一看，是一对赤金镶着钻石的镯子、两支带有金穗和明珠的碧玉簪。小姐非常喜欢。

喜事完了之后，巴海留他二人多住几天，扎拉里又给巴海画了一幅兴凯湖风景图。画里的山色湖光、花鸟人物都很生动，将军爱如珠宝，悬在客厅。又待了几天，扎拉里和丹娜辞别了将军，双双飞到太湖去了。

过了两年，丹娜临产，生了对双胞胎，都是男孩儿。大的起名叫振普，小的起名叫振声。孩子到五六岁了，扎拉里教他俩念书和绘画。后来这两个孩子都善于画鹤，他俩所画的《百鹤图》都是神品。

扎拉里常想念巴海，巴海也常常想念扎拉里。有一天将军正在书房观看《百鹤图》，忽然有两只小鹤从天上飞落在院里。将军心里想：我爱鹤，又爱看《百鹤图》，今天有真鹤飞来了。

他正在想着，两只小鹤忽然变成两个少年。巴海惊呆了。两个孩子跪拜在地下说："我爸知道伯伯经常想念，特叫侄儿给伯伯问安。"巴海明白了这是扎拉里的两个儿子，心里大喜，急忙拉起来搂在怀里，看这两个孩子长得像水葱一样，实在爱人，便问几岁了。振声回答："十二岁了，我们哥俩同岁。"

巴海将军听了含泪说："扎拉里兄弟比我小十三岁，已有两个儿子，我今年五十岁了，还没有儿子……"

两个孩子的诗画，巴海非常喜爱。又因为膝下没有儿子，在两个孩子要回太湖时，巴海有意留下振声作为干儿子，握住两个孩子的手不放。振声说："伯伯的心思，侄儿已经知道了，我回去和爸爸妈妈商量，如果他们同意，我就再来。"

半年过去了，巴海将军也没见信，每天思念振声。

有一天傍晚，忽然一只小鹤飞落在院里，转眼化为少年。巴海将军和夫人出来迎接，一看是振声。振声跪在地上，口称："爸爸妈妈，孩儿来了。"两位老人见他这样称呼，知道扎拉里同意把孩子给他们了，乐得流出泪来。夫妻俩急忙拉起孩子，搂在怀里亲着吻着。

振声上学念书，也不忘绘画。十二岁模仿他爸的笔意作《百鹤图》，竟和他爸爸画得一般无二。从此他绘画出了名。后来在东京城流传的《百鹤图》，也不知是扎拉里画师的真迹，还是他儿子的作品。

讲述整理者：姚天葆

牡丹江卷

61

道士山

　　早些年,道士山上有个老老道,老老道修了座老道庙,也不知从哪儿收了个小老道。小老道聪明伶俐,很讨老老道的喜欢。在这道士山附近的山上,还有一座姑子庙,姑子庙里有个老姑子,这老姑子也不知从哪里收了个小姑子。这小姑子心灵手巧,长得也挺俏皮,老姑子很爱这个小姑子。

　　在那个时候,舍到庙上的多是受苦人,这小老道和小姑子都是穷人家的孩子。小老道和小姑子住到镜泊湖以后,两人经常到湖中挑水,有时遇上就搭讪几句,慢慢地互相熟悉了,熟悉以后两个人就好起来了,一天不见面两人就都想得不得了。从这以后,两个人就天天在姑子庙山下的一块光溜溜的岩石上见面相会。

　　有这么一天,小姑子侍候完老姑子,来到这块岩石上等小老道,等了好长时间也不见小老道来,她又想又急。这时忽然从山旁闪出个黑不溜秋的小个子来,把小姑子吓了一跳。

　　这人来到小姑子面前,嬉皮笑脸地说:"小姑子,我知道你在等小老道,你和小老道的事我都知道,不过你不用怕,人非草木谁能无情? 只要你答应我一件事,你和小老道的事我就不往外面说。"

小姑子被这黑小个子说得脸红心跳,怔怔地问道:"你要我答应你什么事?"

这个黑小子说:"你要答应和我也好,今后咱们都皆大欢喜!"

小姑子一听他说出这样下流的话,气得身上直打哆嗦。忽地站起身来,狠狠地吐了他一口,转身就跑回姑子庙去了。

第二天,这个黑小子跑到庙里,对老姑子说:"我是附近打鱼的,我看到老师父的徒儿小姑子和小老道好起来了……"

老姑子一听可气坏了,便大骂小姑子:"孽种凡心不死,辱没空门,气杀我了!"说完伸手就要打小姑子,小姑子一见事已挑明,便哭着闹着要还俗。

老姑子骂道:"你要还俗?罪过啊罪过!你要想和小老道好,除非是我们这座山连上道士山!"

老姑子的话音刚落,就听天上"咔嚓"一声响,随着雷声就下起瓢泼大雨来。雨刚一停,天上出了一道彩虹,在彩虹底下,这座山和道士山果真连在一起了!老姑子回头一看,黑小个子也不见了。她被这情景惊呆了,一口气没上来就死了。小姑子见老姑子死了,便赶紧跑到道士山去找小老道。

原来,头天晚上老老道死了,所以小老道没按时和小姑子相会。小姑子和小老道埋葬了老老道和老姑子,就搬到一起过日子了。

话又说回来了,两座山怎么会连在一起呢?原来是在姑子庙这边的山下,住着一个鲤鱼精。鲤鱼精见这个小姑子和小老道相好,心里很同情他们,总想帮他们个忙。那天,听老姑子那样一讲,它便呼风唤雨,把身子一挺,脑袋就搭到道士山上了,就这样把两座山给连在一起了。

再说那个黑小子是谁呢,原来它是住在道士山的狗鱼精。它老想从小姑子那里占点便宜,没想到自讨个没趣,便想借老姑子的手拆散小姑子和小老道的姻缘。没想又插进个鲤鱼精,它对鲤鱼精恨坏了,但它又打不过鲤鱼精,一气之下,便跑到镇湖的独角龙那儿告了一状。

独角龙一听便吼了起来:"真有这事儿吗?"狗鱼精说:"小的不敢乱说。"

独角龙脾气暴烈,听了以后二话没说便飞出龙宫。它来到道士山一看,鲤鱼精果然在那儿横卧着呢。独角龙没容鲤鱼精搭话，便一头撞了过去，就听"轰隆"一声巨响，鲤鱼精的脑袋被撞掉了，它的身子便化成了山梁。

从这以后，这两座山又分开了，小老道和小姑子也不知去向。后来人们就把湖中这座孤零零的小山叫道士山，把道士山旁边的那座伸出来的小山叫作龙头山。

搜集整理者：宋德胤

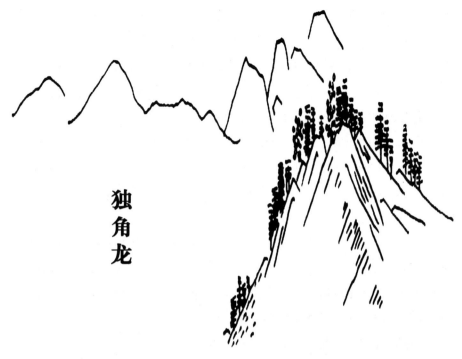

独角龙

镜泊湖冬季有一奇景:每年数九前三天的早上刚蒙蒙亮或是晚上刚擦黑,冰冻的镜泊湖会发出"轰隆隆""咔嚓嚓"的响声,震天动地。随着响声,从南湖头小沙滩到北湖头大孤山的八十里冰面上,明晃晃地鼓起溜直的一道"冰墙",高有一两丈,宽有两三丈。人们管这响声叫"冰炸",把这种现象称作"独角龙"。从这天开始,沿湖打鱼的,拉脚的,才开始下湖拉冰道。

为什么把这叫作"独角龙"呢? 这里有一段传说。

传说龙王爷的小儿子是个独角龙,它一生下来就只有一个犄角。这个犄角像个小宝塔似的从头顶心钻出来,溜光锃亮,又尖利又好看。龙王爷对这小儿子无比喜爱,顶在头上怕吓着,含在嘴里怕化了,娇生惯养,看作掌上明珠。它自个儿因为有这么一只独角,就觉得高人一头,看不起别人,想干啥就干啥,淘气淘得没边儿,哥们儿谁也管不了它。龙王爷这下可就犯了愁了:长此下去,将来怎么能腾云驾雾呢,就狠狠心把它打发到镜泊湖来修身养性。

独角龙来到镜泊湖,一看真山真水,遍地都是宝,乐得什么都忘了,一天到晚逍遥自在，不顾正事，专门调理人。它开个玩笑，人们就受不了；它打个喷嚏，人们都吓一跳。入冬封湖，它淘得更欢，摇头摆尾，撒欢尥蹶子，动不动就用犄角作祸，把冰湖戳得稀烂，闹得冰上不能打鱼，拉脚的不敢跑冰。

北湖头有个打鱼的叫于红眼，南湖头有个拉脚的叫车掌包。有一年刚"磕"上湖，他俩碰到一起，坐在冰湖上唉声叹气。

于红眼说："兄弟，我不是吹，你说是看水头还是找鱼卧子，是打'明水'①，还是打'串笼网'②，咱不是'囊收'就是'偏得'③，总得打它个鱼红眼儿，比别人'快当快当'。可是让独角龙这一闹，我这个于红眼变成干瞪眼了。"

车掌包说："兄弟也不是跟哥哥你吹，人家都管我叫车掌包的，我是鞭头硬、腿脚灵、铁瓦钢轴，车马相当，拉上千斤载，跑上百里路，当天打来回，两头见日头。可是让独角龙这一闹腾，我歇车歇马带歇牙，蹲了个牙干口臭。"

于红眼说："独角龙太不像话了！"

车掌包说："我真想往他头上浇泡尿！"

两人正说着骂着，独角龙来了。就听那冰湖"嗡嗡"直响，只见那犄角溜尖锃亮，独角龙"嘎嘎嘎"大笑着，直奔他俩。两人一看不好，转身就跑，可是已经晚了，脚下的冰"咔嚓"一声腾空悬起来，他俩忽忽悠悠地站不稳、跑不迭，就势往冰上一坐，像从冰山顶上坐爬犁，一下子"出溜"下来了。虽说没掉进湖里，也没磕着碰着，可都吓了一头汗，真让人哭不得，笑不得。

两人一合计，独角龙到底是神哪，得罪不得，还是躲着点儿为妙。从今往后不乱说话，撒尿不面冲北——冲北是冲着龙王庙门，打鱼不准上秤约——上秤约就是约了龙王爷的玉体。

两人说到做到，可是不灵，独角龙照样捣乱，把于红眼的鱼群给吓跑了，把车掌包的马给吓惊了。

两人碰到一块，一合计，这独角龙到底是神哪，光躲着不行，还是敬着点

---

① 打"明水"：指夏天打鱼。
② 打"串笼网"：指冬天凿冰窟窿下网。
③ "囊收""偏得"：指丰收。

儿为妙,烧香磕头吧。

两人带着香烛纸马,来到河神庙,点上三炷香,摆上猪头、小鸡、供果、馒头,又磕头又作揖,请河神爷"保佑打鱼的多打'小钱柜',网网都'快当';赶车的'车行千里路,人马保平安'"。

可是,这样还是不灵,独角龙照样捣乱。有一年封湖,独角龙上吊水楼串门,从南湖头小沙滩跑过来,不好好走路,撒开欢了,正赶上于红眼打"串笼网",车掌包跑冰湖。它把渔网给挑个稀糊烂,鱼儿全跑了,于红眼也掉水了;把马车给挑个轱辘朝天,马也掉水了,车掌包也摔倒了。于红眼仗着会两下"狗刨",从水里爬上来,冻成了"冰棍";车掌包好歹把马救上来,一大车货物全交待了。

这下两人可火了,他俩又碰到一起。于红眼说:"独角龙欺人太甚,咱俩也太熊气啦!"

车掌包说:"那有啥办法呢?"

于红眼说:"找龙王爷告状去,让龙王爷好好管教管教,它要不管,就拆它的庙,烧它的殿!"

于是两人来到东海龙王庙,一人手里拿着大鞭子,一人手里拿着大斧子,齐声大喊:"龙王,你的儿子为非作歹,你是管还是不管,今天说个痛快话!"

龙王爷一听,大吃一惊,忙问:"你们俩这是从何说起啊?"

两人说:"只因独角龙闹得太凶,俺们敬着它也不行,躲着它也不行,害得俺们打鱼的、拉脚的活没法干,日子没法过,今天来找你,你是管还是不管,要是不管,俺们今天和你拼了!"

龙王爷一听,吓了一跳,对于红眼和车掌包说:"你俩先别动怒,我自有发落。"

龙王爷说完马上打发人把独角龙找来,骂道:"小孽种!不好好修行,这些年都干什么啦?"

独角龙满不在乎,摇头晃脑地说:"我夏天玩水,冬天玩冰,稀里哗啦,轰隆轰隆。我没家更好,随便乱跑,今儿个贪黑,明儿个起早,逗逗于红眼,吓吓车掌包,翻身打滚,谁也管不着。"

龙王爷越听越来气,喝道:"太不像话!你三天两头作祸害人,闹得黎民百姓不得安生。都是我把你娇惯坏了。这回给你戴上笼头,听着:你夏在镜泊湖,冬进吊水楼,不准进崴子。家住崴子头,数九前三天,南北一条线,再若不听话,定斩不能留。"独角龙这才害怕。

从那以后独角龙老实多了,每到数九前三天,只把大湖从南到北豁一条大沟,挑一道冰墙,再也不敢胡闹了。

讲述者:孟宪元　林会坤

整理者:栾文海

二傻子和董占爷

山河屯有个年轻阿哥,这人啥都不懂,一天就知道闷头干活。他排行老二,大家都叫他二傻子。日子一长,他大号究竟叫啥,谁都不知道了。

大甸子有一位董占爷,这个人在大甸子有房有地,算得上一等户,可是他对人特别吝啬,总怕自己吃亏。他对谁都算计,大家都叫他董小鬼。

有一天,董小鬼听说二傻子只会干活不识数,就找他给自己吃劳金。这一下子,一个小鬼一个傻子闹出许多笑话来。

(一) 干木头

上工第一天,董小鬼交给他一把斧子,吩咐道:"二傻子,到东山新房子那地方砍些木头,要好的,要直的,要干的。"二傻子答应一声,拿起斧子就走了。

太阳快下山了,还没见二傻子回来。董小鬼心里可高兴了。他心想:还是雇傻子干活合算,天黑了都不知道收工。

到了掌灯的时候,二傻子扛着三根房椽子气喘吁吁地回来了,一进屋高兴地说:"老爷,我到东山找了大半天,没有一根直的、干的木头。我看老爷新盖的房子的木头都是好的,又干又溜直溜直的。我费了很大很大的力气把房子都拆了,先扛回三根木头叫老爷高兴高兴,明天再扛剩下的木头。"

董占爷一听,差一点儿没气抽,干瞪着两眼说不出话来,憋了半天才缓过劲儿,恶狠狠地说:"混蛋!要好木头,也不是叫你拆房子!拆房子何必上东山,有现成的九间大房,比你拆的更好!"说完,"咣当"把门一摔,进屋了。

第二天,董小鬼起来一看,可了不得了,好好的东厢房被拆了一半。这时,二傻子高兴地跑到董占爷面前,笑呵呵地说:"老爷,你真没撒谎,这房子木头是比东山房木好。为了给你弄到好木头,我用一宿工夫把东房木头拆了出来,吃完饭我再拆西间,不出五天管保把你九间房子拆得干干净净。这回你应该满意了吧?"

没等二傻子说完,董小鬼气得背过气去了。

(二)令尊

二傻子不懂汉话,看到董占爷接待年轻汉人时,总是问"令尊可好",便记下了。有一天,二傻子问董占爷:"老爷,什么叫令尊?"董占爷心想,一个傻子问这个有啥用,也没告诉他。可是二傻子紧着问,把董占爷问急了,生气地说:"令尊就是儿子。"

有一天,二傻子问董占爷:"老爷,您跟前有几个'令尊'啊?"董占爷有心发脾气,可是又一想是自己亲口说的"令尊就是儿子",又没法发脾气,只好说:"我家没有令尊。"

"没有'令尊'?多可惜啊!我姨娘家有四五个孩子,我给你要一个两个当'令尊'行不?"董占爷一听,更气得没有法儿了,没好气地说:"'令尊'那么好要哇?"

二傻子说:"我姨娘家穷,你跟她要一个,她准愿意给你一个当令尊。实在不行,我给你当令尊,怎么样?"

（三）卖老母猪肉

董占爷家的老母猪病死了，把他心疼得够呛。有心扔了又觉得可惜，卖吧，又怕卖不出去。后来他一寻思：把猪全都大卸八块，谁能知道是老母猪肉？第二天，他叫二傻子赶着车，拉着进城去卖。

董占爷怕二傻子说出是老母猪肉，就对二傻子说："二傻子啊，人家要问这是什么肉，你千万别说话。你要不说话，老爷我有赏。"二傻子答应了。

第二天一进城，董占爷便吆喝卖肉，不一会儿过来人问："是不是老母猪肉？"

董占爷笑嘻嘻地说："这是刚杀的好猪，要肥有肥，要瘦有瘦，管保新鲜，来几斤？"

买肉的称完付了钱刚要走，这时二傻子在一旁说："老爷，快给我赏啊！"

董占爷问："赏你什么？"

二傻子说："哎，你昨天不是说，我不说这是老母猪肉，你就赏我钱吗？"

买肉的一听，这是老母猪肉，放下肉就都走了。

董占爷一看，二傻子成事不足，败事有余，气得大骂一通，还给了他一撇子："混蛋！谁叫你多嘴来着？你看，把主顾全都嚷嚷走了！"

二傻子一听，觉得憋屈得慌，就在旁边儿嘴不闲着地嘟哝着。

正在这时，又过来一些买肉的，二傻子觉得委屈，想叫买肉的评评理，就对大伙儿说："你们大家给评一评这个理儿，昨个儿老爷跟我说，进城卖肉不让我说是老母猪肉，他就给赏钱，我到这儿一句话都没说，他不但不给钱，还打我，这讲理不？"

这一下子，全城的人都知道董占爷卖的是老母猪肉，谁也没买，气得董占爷肺窝子都炸了。

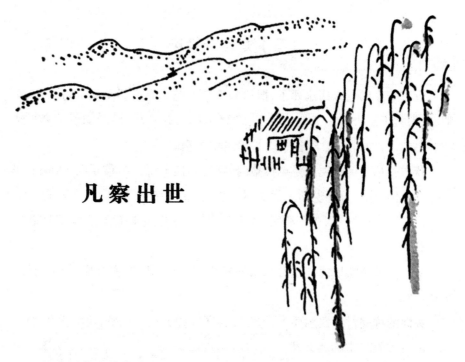

凡 察 出 世

　　凡察是仙女佛库伦儿子布库哩雍顺的后代。布库哩雍顺坐着仙母送给他的柳条排漂到三姓地方,被推选为大酋长。到凡察阿玛的时候,部落头头都互相争王称长,互相残杀。凡察的哥哥猛哥帖木儿长年不在家,小凡察在家学文习武,有空就跑出去掏老鸹窝玩。

　　有这么一天,一只老鸹在门前大柳树上"呱呱"叫了两声。凡察见老鸹来会他,就蹦蹦跳跳地跟着老鸹上了东山,到山上老鸹不见了。他抬头望见一棵大榆树上有个像柳罐斗子一样大的老鸹窝,脱下小鞋两脚往上一蹬,噌噌就爬了上去。刚要伸手掏老鸹蛋,就见他家四周聚满了人,拿着刀枪和棍棒铁尺,呼号吼叫,到他家里见一个绑一个,谁跑了就杀。他看不好,就急忙从树上跳下来,连鞋也没顾上穿就往那边拉荒逃去了。

　　凡察一口气跑了三天两宿,跑进一片大甸子里,后面敌人追了上来,原来这些敌人抄家时一点人数发现少了凡察哥俩,有人说:"凡察好上东山掏老鸹窝。"敌人就往东山赶来,见大榆树下凡察的小鞋,以为人藏到老鸹窝里。捅摘下来一看,没人。这帮人又沿着脚迹追了下去。凡察急忙躲进大林子里。这时太阳下山了，敌人越追越近，他实在没法躲藏，只好直挺挺地站在那里。就在这时，正好一群老鸹回窝，以为凡察是一棵树桩子，齐呼拉地落了他一头一身，黑压压一片，这个飞起那个落下。敌人以为老鸹落在树桩上了也没注意，大队人马又朝前追了过去。

凡察长出一口气，又拼命地往前跑，跑到两山夹一沟的地方，敌人追了上来。他不顾生死，一个劲往前跑，前面一道大山涧足有几十丈深，拦住去路，这下可坏了！他心一横，想不如跳涧一死，省得被活捉受罪，就一纵身跳了下去。也真怪，凡察就觉得轻飘飘，像有人托着他一样，稳稳当当落到了涧底。

凡察跑得又困又乏，躺在树叶子上刚一闭眼睛，就忽忽悠悠睡着了。正睡得香甜，听到有嘈杂声音，他睁开眼睛瞧见大涧的东头，白亮亮的一片蜘蛛网拦在涧头。他想有蜘蛛网拦路人也进不来，就又昏昏沉沉地睡着了。睡着睡着，猛然间又有一道亮光晃眼睛。一看，是追他的人打着火把又从大涧的东头冲进来了。他就一翻身跳起来往涧的西头跑。追的人用火烧蜘蛛网的工夫，凡察跑到一个深潭跟前，一头扎进深潭里，昏了过去。

不知过了多长时间，凡察清醒过来，面前站着一位白发苍苍的老人。老人见他发呆发愣，就笑着说："我是你的老祖宗佛库伦三仙女派来救你的。"凡察这才知道自己没有死，刚要问老人贵姓大名，老人着急地说："追你的人还要返回来，快到我家躲一躲！"老人随后用手把凡察的眼皮往下一摩挲，说了声："跟我来！"凡察就觉得身子不由自主地起了空，风在身边呜呜地响，他想睁开眼睛瞧瞧，怎么睁也睁不开。约莫过了一袋烟工夫，才落在地上。老人又把他一双眼皮往上一摩挲，他眼睛才睁开。见一个大院门前站着老老少少一大帮人，围着老人，有的叫阿玛，有的叫玛发，有的叫老五爷，好像很长时间没见面的样子，老人对大家说："快把客人让进去。"

到客厅上，老人从腰里掏出一个小瓶说："这是人参汁，你喝了它身子就会恢复原状。"凡察喝了，果真神清气爽，面色红润起来，浑身也觉得有力气啦，老人让人把他安排在一个小跨院里，在小正房里住下，房里放些兵书，告诉他："你就在这儿安心休息几天，读读兵书，没人来抓你啦。"

七天头上，老人领来一个四十多岁的黑大汉，这黑大汉手里拿把金色托天叉。老人对凡察说："这人有一身好武艺，你读了兵书，再跟他学好了武艺，就不怕人再抓你了，也敢闯荡闯荡了。"凡察跪下磕头拜这个黑大汉为师，从此，学骑马射箭，使枪用刀，专门学习托天叉的绝技。

一晃过了三年。这天，老人又来了，让他当面表演了一番马上马下功夫，盘问了一遍兵书战策。老人高兴地说："你们女真人是马背上的民族，学会了骑射和托天叉的绝技，文才武略就能立业了，今天让你师父送你出去。"说完，老人从腰上拔下一面小黄旗、三支避水箭，然后又命黑大汉牵来一匹鞍辔齐全的战马。这马头上生着短犄角，水绿色长鬃披散到地，虎爪、虎尾、龙身、肚上有鳞，身长丈二，高有八尺，浑身像穿一身黑色锦缎一样闪闪发光。老人说："这旗是你的护身符，马叫喷水金睛兽，它能喷水，这小旗一摇动可以布云降雨，三支避水箭可治理洪水，千万不要丢失。"凡察跪着双手接过宝物说："师父传授武艺，又赐宝马、宝物，这个大恩大德我终生难忘，可还不知恩师大名。"老人搀起凡察说："我是浑江神主，因为错行了雨，被押进'囚龙潭'，传授你武功的是本龙府乌龙贝色。"临行时，老人又把一个黄包裹挂在凡察马鞍后面，就高声说道："不远送了！"凡察回头一看，哪有什么龙宫，一片浑澄澄的江水，可马走在水面如走平地一般。

凡察不知往哪去好，用手拍拍马头说："你是神马，你知道哪个地方可去，我就随你去！"马像懂人语，点点头，嘶嘶两声，四蹄蹬开，就朝河北岸驰去。登上江岸，凡察下马打开黄包，里面有件鲫鱼皮盔甲，他穿戴完毕上了坐骑，又信马由缰地往前走。这马跑起来飞快，一个时辰就能跑一二百里路。跑了两个时辰，迎面又闪出一条大河，远远就见一帮牧民紧追着马群、牛群往大江里跳。凡察不知是怎么回事，站在岸上发呆。一个老牧民说："孩子你不怕死吗？还不赶快下河！"紧接着用鞭子往后一指："你看，山大王来啦！"凡察往后一瞅，果真有虎豹狼群追来。当中有一个怪兽，头上有角，肚上有鳞，牛头、牛蹄、牛尾巴、牛眼睛。虎豹狼群见着喷水金睛兽不敢上前。那只怪兽"嗷嗷"号叫几声吐出火团，直扑凡察。喷水金睛兽怒吼一声喷出水来立即灭了妖火。两个怪兽你喷我、我喷你。火被水浇灭了，火又喷出来;水被火烧干了,水又洒上去。火来水去,水去火来,总是不分上下。凡察猛然想起小黄旗。小黄旗上画着一条龙。凡察把小黄旗一摇,就见这条龙从旗上飞出来腾了空。龙在空中摇头甩尾一翻腾,河水就被搅到天上,随之就轰隆隆一串响雷,大雨落了下来。怪兽喷出的火立刻都被浇灭了。喷水金睛兽也大显神威,猛劲往喷火怪兽身上喷水,这怪兽抵抗不了,就率领虎豹狼群顺山跑了。

牧民们见凡察赶跑了妖兽,都以为他是天神,就一呼拉地跪在马前口称他为恩都哩。凡察下了马,把大家搀扶起来说:"我不是神,我是斡朵里①人凡察,逃难到这儿,不知这是什么地方?"一位年数大的牧民说道:"这河叫苏克苏护河②,你是逃难来的,这地方挺背静,就在这儿站下吧!"又有人说:"你不是神也是巴图鲁,给我们当首领吧!"

从此凡察在苏克苏护河这个地方站下脚,把三支避水箭插在三个好泛滥的河口上。这以后,河水再大也不从河口往外溢了,保住了庄稼丰收。赶到凡察长到十五岁的时候,两岸各部落就推选他为大酋长。到凡察的第五代孙努尔哈赤统一了女真各部落,他又将祖传的三支避水箭插在赫图拉城池,即了罕位,竖起龙旗,为大清朝开国之主。

讲述者:关墨卿

整理者:关墨卿 赵君伟

---

① 斡朵里:今依兰县。
② 苏克苏护河:汉名为苏子河,系浑河支流。

放牛沟

　　牡丹江市3路汽车终点站是黄花站。从这儿翻过黄花西岭,便是放牛沟。说起放牛沟来,还有段故事呢。

　　相传在很久以前,牡丹江边有个屯子,屯里住着个小伙子,二十岁,叫刘喜。刘喜勤劳善良,忠厚老实,家里虽然一贫如洗,但从不占别人便宜。

　　这年冬天,刘喜上山打柴时,下起了大雪,紧接着刮起了大烟泡,吹透了刘喜那套补丁摞补丁的开花棉衣,他冻得哆哆嗦嗦倒在雪地里,昏睡了过去。

　　他睡着睡着,觉得浑身暖乎乎的,睁眼一看,一头黄色的大牤牛依偎在自己身旁。刘喜感激地说:"谢谢你了大黄牛!"说完忙起身接着打柴。他打了一大捆柴正要背到肩上,大黄牛甩尾巴不住地拍打他脊梁,刘喜知道这是让把柴放到它背上。

　　大黄牛驮着柴下山了,刘喜跟在牛后。大黄牛径直地走到刘喜家。刘喜把柴从牛背上取下,便挨家挨户地问道:"你家丢牛了吗?"回答说没有。"你家少了一头大黄牛吗?"回答都说没有。刘喜找不到牛的主人,只好在院里给牛搭了个棚,让它先住在棚里。

屯里有个财主,他听说刘喜捡到一头牛,便带上家奴来到刘喜家,进门就说:"喂!穷小子,我家牛少了一头。"刘喜二话没说,领着财主来到了牛棚,结果众人一看,牛棚空空。牛咋没了呢?刘喜正纳闷,突然脸上"啪!啪!"挨了两耳光。财主打了刘喜,又恶狠狠地说:"你把牛弄哪儿去了?"不待他说话又一挥手,"把他捆起来,送官!"家奴们正要动手,突然院外响起了牛叫,紧接着大黄牛瞪着圆眼闯进院内,向财主顶去,吓得财主和家奴喊爹叫娘跑出刘喜家,再不敢来了。从此大黄牛便整日陪刘喜打柴。

这样过了一冬,转眼春暖花开了。一天,大黄牛在山坡上吃草,刘喜骑在牛背上想着心事儿:这大黄牛到底是谁家的呢?他想着想着睡着了。突然眼前一片金黄,只见一个穿黄衣黄裤黄鞋的姑娘正站在开满黄花的地上,大黄牛见了她,撒欢地冲她跑去。

刘喜醒来,赶紧赶着牛回屯里,见人就打听啥地方黄花最多。一位老人告诉他,凤凰山北面有个黄花甸子,那里黄花最多。

刘喜骑着大黄牛,沿着江边走到两江口①的凤凰山脚下。翻过山头,只见甸子里开满黄灿灿的黄花,一朵特别大的黄花就像通人性似的,一个劲地向刘喜点头微笑。刘喜恋恋地望着这朵黄花,半天才转身离去,此时大黄牛突然不见了。刘喜焦急地四下寻找,忽听黄花甸子的西岭后传来"哞——哞——"的牛叫声。他赶忙寻声跑去,到了岭上向下一望,见是一条大沟,沟里长满牛最爱吃的水稗草,一位满身黄色衣裳的十八九岁俊俏姑娘正骑在牛背上,大黄牛见了刘喜,一个劲地甩尾哞哞叫。

刘喜来到大黄牛跟前,抱着它的脖子,亲了亲说:"可找到你的主人了,我该走了。"姑娘从牛背上下来,站在刘喜面前,羞答答地说:"刘喜哥,咋不认识我了?"刘喜惊异地说:"你——你是——?""你刚才不是在黄花甸子里看我半天吗?"刘喜恍然大悟:"原来你是那朵大黄花呀!"姑娘点点头说:"我是黄花仙子,牛是我的坐骑。我周游神州,看人间胜似仙境,才在这里安身

---

① 两江口:牡丹江和海浪河的合流处。

落脚。我看你勤劳善良,忠厚老实,愿意与你结成百年之好。"

大黄牛欢快地哞哞叫,伸出舌头舔了舔他俩的手,驮着刘喜和黄花仙子来到了沟的尽北头。他俩从牛背上下来,刘喜望着天上的鸟儿,为难起来:"鸟儿都有栖身巢,我连鸟儿都不如,哪有房屋把你娶!"黄花仙子说:"没有房屋咱现造。"说完用手一指,身旁那株柳树一下子就变成了三间小茅屋。她又一指,一对大红"喜"字贴在了窗上。

刘喜要办喜事儿的消息传到了他住的屯子里,乡亲们都赶来为夫妻俩祝福。屯子里的那个财主听说刘喜娶了个美人,赶紧把头梳得溜光水滑,胡子刮得溜净,像瞎虻见血一样往上叮。

财主领着家奴骑着马来到刘喜家,口口声声喊着要刘喜还牛,不还牛就抢美人。还没等刘喜出来说话,他们已经砸开门闯进院来,吓得刘喜不知如何是好。黄花仙子却不慌不忙,她用手一指,财主和家奴们人仰马翻。赶来祝贺的乡亲早就恨透了财主,见状便操起棍棒纷纷向他们打去。这时,大黄牛也摇头晃角走了过来,只听扑哧一声,它尖尖的犄角刺透了财主的胸膛,再一抬脚,把财主踏得稀烂。家奴们还没等逃出院外,全被乡亲们棍棒打死。

除掉了财主一伙,姑娘和小伙子们搀扶着刘喜和黄花仙子双双拜了天地,进入洞房。乡亲们都愿与这对好夫妻为邻,便都从原来的屯里搬到沟趟子来。沟里牛草丰茂,家家都养起牛来,满沟趟放牛,没几年都富了起来。这个沟也就出了名,被称为放牛沟。

讲述者:张同山

整理者:黄运军

佛手山和人头砬子

乌林窝集是靺鞨人的居住地。那真是"棒打獐子瓢舀鱼，野鸡飞到火堆里"的好地方。

俗语说，"天有不测风云，人有旦夕祸福"。有一年冬天，忽然天昏地暗，日月无光，飞沙走石，刮得牛羊失散、房倒屋塌，那真是孩子哭、老婆叫，闹得人心惶惶。

乌林窝集的人聚在一块想对策，七嘴八舌的，也没有想出什么战胜灾害的好办法。正在大伙儿愁眉苦脸、唉声叹气的时候，突然走来一个黑脸庞、红头发的大汉，边走边说会治风，对众人打趣地说："干吗个个哭丧着脸，好像几天没吃饭似的？"

粗野成性的靺鞨人听人打趣，仿佛火上加油，哄的一声都站起来了。

"你是哪里跑来的野鬼，说这种混账话？"

来人听了这话，并没反驳，却是仰天大笑。这一笑更惹恼了靺鞨人。有的挥拳就打，只听"砰"的一声，打人的人闹了个大趔趄，碰得拳头流血，震得肩膀发麻。这一来大伙儿更火了，连声喊打，抡起木棒，拣起石头，一齐向那红头发、黑脸庞的大汉打去。

忽然来了一阵旋风，把大汉罩住，大伙儿根本打不着他。只听那个大汉说："我是哈达布哩，看见魔鬼来害人，我才赶来乌林窝集。请你们记住，再有魔鬼来害人，你们就焚起达子香，汗恩都哩就会为你们消灾免难。"说完，旋风越旋越高，上拄天下拄地，向西南方刮去。

灾难又降临到乌林窝集人的头上。大家想起了哈达布哩的话，家家户户焚起达子香，朝天祷告。

这工夫，满山遍野的达子香烟直冲青空，变成一片彩云。彩云中神圣的汗恩都哩现出原形，身旁站着一位女恩都哩。女恩都哩穿着鹿皮做的衣服，带大襟，两只袖口有箭袖，有带云字卷的花边装饰，高梳发髻，脚穿牛皮乌拉，两耳戴着六个闪射金光的耳环，和靺鞨姑娘一模一样。

她从靺鞨人中选出九十九名姑娘，昼夜演练，传授伏魔的办法。她说："这个恶魔最凶最狠，是从北海不咸山背阴窝集来的。它会三十九种变化，专吃牛羊的心，一顿就要吃一百只牛心，一百只羊心。它还会掠去美女，供它取乐，玩腻了，就挖心吃。因为它在北边已经吃了碧眼黄发九十九个美女的心，到这里再吃黑眼黑发九十九个美女的心，它就练成了。到那时，就更难降伏它了。"

众人听到这里，更觉得害怕。

那魔头就又来到乌林窝集，霎时间，飞沙走石，鸟兽绝迹。那魔头定神一看，面前站着的是一位女恩都哩，左手摇着降魔旗，右手舒掌放出五雷。电光刺眼欲瞎，雷声震耳欲聋。那妖怪三头六臂挥舞六种兵器也干不过女恩都哩的五雷神火。它就使出最后绝招，张开血盆大口，喷出似火的污血，直扑女恩都哩。

这一招最可怕，因为这魔头喷出的血星沾到身上，一时三刻就会化成脓血。女恩都哩用降魔幡护住身体，右手连发五雷神火，打得魔头蒙头转向。女恩都哩眼疾手快，挥舞斩妖剑，一下子斩下魔头。只见那魔头滴溜溜在空中乱转，嘴里还口出狂言大骂不止。

女恩都哩又挥舞降魔杵，杵起头落，那魔头就掉在乌林窝集的草原上，成了流传后世的人头碴子。

女恩都哩由于过度劳累,又使尽了全身的力气,见魔头落地才松了一口气,顿觉眼前一黑,举起的拳头再也收不回来了,就躺在了乌林窝集这块土地上,身子化作了一座大山,举起的手化作了山峰,就是山峰上突出的佛手峰(即横道河子佛手山)。

以后一切风俗习惯逐渐变了,开始崇佛教才改名为佛手山。魔鬼头落地变成的石碴子还在,因为像个人头,仍叫人头碴子。

讲述者:关墨卿

记录者:吴德鹏

整理者:潘洪君

佛爷沟

在东宁县大肚川镇东沟趟子里住着一家姓张的。老张家有哥儿四个，老大有老婆孩子，三个弟弟还没成家，跟哥哥嫂子一块儿过。

老张家哥儿四个心眼儿都挺好，老实厚道的，人们给老大起了个外号叫张大老实。

这天，来了个要饭老头儿，满脸白胡子，穿得破衣拉撒。张大老实心肠软，生拉硬扯把老头儿拽上了炕，又让老婆赶紧做饭。

他老婆下了半锅小米子，等开锅揭开锅盖一看，一个米粒也没有，满满一锅水。

要饭老头儿说："大老实啊，今年是水铺地，快把家搬到山上去吧。这事儿可千万别说出去，说出去你家非死一口不可。"说完，老头儿唉声叹气走了。

张大老实想：这事儿得告诉人们，一家有难比家家有难强多了。于是，他们兄弟四个挨个屯子报信去了。

没过几天，发了一场大水，老百姓一个没死，可大水一消，张家老四就得急病死了。

第二年,又来了一个要饭老太太,穿得油渍麻花的,一身臭味儿。张大老实最可怜穷人,客客气气地把老太太让进了屋,又让老婆架火做饭。

他老婆熬了一锅大楂子,等开锅揭开锅盖一看,满满一锅毛毛虫。

要饭的老太太说:"大老实啊,今年是虫铺地,种庄稼恐怕不收。这事儿可万万不能往外传,传出去你家非死一口不可。"说完,老太太抹着眼泪走了。

张大老实想:这事儿要不传出去,庄稼人得白忙活一年,要是庄稼人都能吃上饱饭,自己家死个人值得。于是,他们兄弟仨走乡串屯送信去了。

人们听说要起虫灾,都在地四圈挖了大沟,没几天,毛毛虫铺天盖地满山爬,可一棵庄稼也没咬着,到秋天,庄稼丰收了,可张家老三又得急病死了。

第三年,又来了个要饭的瞎子,他一脸锅底灰,前大襟抹得油光光的,袄袖上全是鼻涕嘎巴儿,张大老实从来不嫌贫爱富,赶忙把瞎子领进了屋,又让老婆做饭侍候。

他老婆蒸了一锅肉包子,等开锅揭开锅盖一看,满满一锅人头骨,吓得一家孩子哭老婆叫。

瞎子说:"大老实啊,今年是人铺地,快找个地方躲灾吧。这事儿说啥也别张罗,张罗出去你家非死一口不可。"说完,瞎子哼哼唧唧走了。

张大老实想:这事儿要不张罗出去,还不知有多少人遭难呢!拿一条命换千万条命,值得!于是,他们哥俩又把这事儿告诉了乡亲们。

人们听说要出事儿,都进山藏了起来。没几天,胡子进了大肚川,他们见家家没人,就拎了些个值钱的东西撤了。

胡子一走,人们又过上了太平日子,可张家老二又得急病死了。

哥儿四个没了仨,张大老实两口子哭了三天三夜。

又过了几年,孩子都大了,张大老实领着儿子上山种地,孩子们点籽、上粪、赶牲口,他扶犁起垄,蹚着蹚着,只见垄沟里金光一闪,他叫住牲口,扒开湿土一看,并排三个一尺多高的铜佛爷。张大老实爷儿几个乐坏了,用干粮布把铜佛爷包起来抱回了家。

从此,大肚川东沟趟子有了名,叫佛爷沟。

讲述者:赵淑琴

整理者:曲殿凯

夫妻石

　　牡丹江市三道关乡半拉窝集村北的路边上，有两块直立的石头，石头很像两个人。这就是著名的夫妻石。关于它的来历，当地人们有这样一段传说。

　　不知道是渤海国哪个朝代了，君王为防御敌人的进犯，决定在深山老林里修一道"长城"，也就是边墙岭子。"长城"东起牡丹江边的江西屯，西至三道关的半拉窝集村，长一百多里。这样大的工程，光靠兵士是不够的，官府便挨屯挨户征调民夫。

　　那时在半拉窝集有个小伙子名叫石义，他长得健壮，眉清目秀，心眼儿好，肯帮助人。这年夏天，石义也被征去修"长城"。石义干完了自己的活，总是帮助别人干，然后大家一道回家。

　　他们回家的道旁山坡上，开满了一朵朵粉白色的芍药花，美极了。这天，大家都走了，石义被一朵特别大的芍药花迷住了。那朵花就像通人性似的，一个劲地向他点头微笑。石义把它摘下来，放到了家中水瓶里。

　　第二天早上，石义还没起炕就闻到一股饭菜的香气。他爬起来，下地打开锅,惊奇地发现饭菜早好啦。他四下撒摸着,没别人啊,咋回事呢?他吃了饭,上工去了。晚上回来时,饭菜又热在锅内,石义心里纳闷。

第三天早上,石义就留心了。鸡刚叫头遍,他轻轻地穿上衣裳,悄悄地向外屋走去,只见一个俊俏的姑娘在添水、淘米、点火。石义走上前去,惊疑地问:"你是谁呀,为啥帮我做饭呢?"姑娘冲他笑了笑说:"怎么不认识了!你在道旁不总是停下来看我吗?"石义听了半信半疑,一看瓶里插的芍药花果真不见了,这才明白自己是遇上仙子啦。

仙子说:"我爱你勤快、老实,肯帮助人,愿意给你做媳妇,怎样?"石义高兴地说:"那可太好了! 不过你可不能再变回花。"仙子说:"叫我不变为花,好办,可你千万不能把我是花仙的事跟外人讲,讲出去我就变成石头啦。"石义点头说:"天知,地知,你知我知。"石义与芍药仙子成了亲。从此,夫妻俩你淘米我烧火,你上工我纺线,生活可美满啦。

过了几年,渤海君王见敌人时常进犯,决定提前修好"长城",于是下了一道圣旨:"开春'长城'必须竣工,谁完不成所分的活计,斩首!"

砌"长城"需要大量的土坯。冬天山里的水都冻成冰了,没有水怎能和泥成坯呢! 工程上不去,来年开春"长城"不能如期完工,大家都要被斩,民夫们个个愁得头不抬眼不睁。

石义回到家里,闷闷不乐地蹲在地上。芍药仙子让他喝水,他不喝,叫他吃饭,他不吃,一个劲儿唉声叹气。仙子笑了笑说:"水成冰,叫它化,男人不行,还有女人。愁什么? 吃完饭好好睡一觉,明天我去帮你们。"石义知道仙子心灵手巧,什么事也难不住她,一高兴把几顿没吃的饭一顿都吃进去了。

第二天,芍药仙子与石义一起上工去,路上仙子再三叮嘱石义,千万不可说出她是花仙,说出去她就会变成石头! 石义不住地点头。

路过往日山坡上开满芍药花的地方时,石义见妻子朝山坡一指,树就发了芽,草返了青,满坡芍药争先怒放。"长城"脚下冻得瑟瑟发抖的民夫们被突然吹来的春风吹得暖洋洋,个个称奇。

石义夫妻和大家一块和泥、垒坯、砌墙。夫妻俩来了半月,半月里"长城"脚下春暖花开。到了第十六天,"长城"修完了。

在回家的路上,天气突然变冷,紧接着北风卷着雪片刮起了大烟泡。民夫们虽然冻得够呛,仍很高兴,有说有笑。有人指着前头走的石义妻子对石义说:"你妻子是仙吧?"石义摇摇头。"不是仙?那为啥她来花就开,天就暖,她走花就谢,天气又变成数九寒冬呢?"一位老民夫见石义不作声,便说:"石义,你是我们的好邻居,我们知道你从不说假话。可明摆着是仙人挽救咱,咱们应好好感激。你有事瞒着大家,我们多憋闷啊!"石义看大家都闷闷不语,竟忘了妻子的叮嘱,说:"她是芍药仙子。"

石义刚说完,只见前面妻子走过的地方一股青烟升起,妻子不见了,一块石头立在道旁。石义冲上前去,抱着石头哭喊:"娘子——!娘子啊!我对不住你啊!娘子——!"民夫们这才明白是怎么回事,后悔不该追问石义,都悲痛地流下眼泪,跪在石头前。

芍药仙子变为石头后,石义整日地站在石头前痛哭,不论民夫们怎样劝,他就是不离开石头。天越来越冷,石义冻僵了,僵硬的身躯化为一块立着的石头,就形成了今日的二人石,也就是夫妻石。

讲述者:王全胜

整理者:黄运军

复仇的孩子

  有个小孩儿叫明哲,在学房里同学们天天骂他是没有爸爸的野孩子。为了让他少挨点骂,妈妈天天给他炒黄豆带着,到了学校,谁最爱骂人就先给谁多分点。时间一长,明哲就不耐烦了,他便问妈妈他到底有没有爸爸。开始妈妈还能哄住他,说爸爸到很远很远的地方打猎去了,等他长大才能回来,可后来明哲就不大相信了。有一天他趁妈妈炒豆不备,一下子把妈妈的手按到锅底上,说:"妈妈,今天你一定要如实地告诉我有没有爸爸,不然,我就不松手!"妈妈见他已不是不懂事的孩子了,就说:"行,我告诉你,你爸爸在你刚满一岁的时候,让山那边的魔鬼吃了。"明哲听了,一股复仇的怒火从他天真的眼睛里迸射出来。

  "我一定要给爸爸报仇,现在就去。"明哲说着,吩咐妈妈给他备干粮,自己去街市上买了一把宝剑。

  他当天就出发了。妈妈说的那座山就在他们这个镇的南边,从镇上就能望到它。可是明哲走了两天两夜,也没走到山下。第三天的中午,他走得又热又渴又饿,很想找个阴凉处坐下来休息。可是附近别说人家,连棵树都没有。他便咬着牙继续朝前走,忽然他看见前边不远的地方有一棵大树,枝叶被风吹得来回摇摆。哪来的风呢?他暗地里觉得奇怪,便加快了脚步。近前一看,原来是树底下有个人,正四仰八叉地躺着睡觉呢。他鼾声如雷,鼻孔呼出的气,吹得山摇地动。

明哲轻轻地走到那人跟前,一看,那人跟自己岁数差不多,只是长得比自己高点胖点。他费了好大劲才把那少年推醒,问他到这儿来干什么,那个少年说:"我到山那边给爸爸报仇去。""太巧了,我们是同路啊。你叫什么名字?""我叫金义。"明哲也告诉了他自己的名字。他们结伴而行,很快就到了山脚下。

山很陡,他俩正准备一口气爬上去,突然上边冲下来一股浑浊的水。怎么回事?现在也没下雨啊?他俩沿着这股水急忙爬了上去,到了半山腰,发现一个胖得可笑的少年在小便,原来那股水是他的尿啊。他俩忙上前问他来这儿干什么,少年说是来给爸爸报仇的。他们高兴极了,互相拥抱了一阵。他们又很快爬到了山顶。没想到,山那边和山这边竟是两个世界,山这边青枝绿叶,山那边却灰土蒙蒙,到处是枯枝败叶。他们三个毫不犹豫地下了山,越走越荒凉,连个人影都看不到。他们勇敢地向前走着,希望能碰到他们共同的仇敌,可是一直到天黑,什么也没碰到,他们便打算找个避风的地方过一夜。也巧,这时他们发现前方有个圆顶的小泥屋,他们很满意地走进了这个小泥屋。泥屋里面黑洞洞的,什么也看不见。只听一个如霹雳般的声音问他们:"你们到这里来干什么?"明哲机警地答道:"我们是路过这里的,天黑了想在这儿过一夜。"他没提报仇的事。"那么就通个姓名年龄吧。""我叫崔明哲,十五岁。""我叫金义,十五岁。""我叫……他们都叫我小胖子,我也十五岁了。"

那奇怪的声音哈哈大笑,又说道:"我知道你们都是来给爸爸报仇的,好,很有志气。不过想在这儿睡下可有个条件。"说到这儿,屋里忽然亮了,在他们的面前站着一个很丑陋的老头儿。他的脚底下有个很大很大的磨盘。他继续说:"谁能把这磨盘像踢毽子那样给踢起来,哪怕是一脚我也就让他在这儿睡。"说着他自己踢了起来,踢得是那样轻松。可是他们别说踢,就连抱都抱不起来。那老头儿恶狠狠地冷笑说:"这个条件不行,再给你们最后一个条件。跟我来。"

他们随着老头儿来到小屋前,那儿有一口枯井,很大。老头儿一下子横跨了过去,回头对他们说:"你们都像我这样跨过来就行了。"他们哪一个也没跨过去,都掉在井里。还好,谁也没摔坏,只觉得晕头转向。这时上边"哈哈"地大笑起来:"你们这三个孽种,今生今世也别再想报仇。实话告诉你们,我就是吃你们爸爸的魔鬼,哈哈哈。"随着笑声,"当啷"一声,魔鬼用刚才那个大磨盘把井盖上了。

这下可完了,他们三个都绝望地哭了起来。哭着哭着,明哲想出一个主意来。他碰了碰金义和小胖子俩,小声说:"咱们是男子汉,怎么能光哭?应该想个办法出去,杀了那个魔鬼,给咱们的爸爸报仇啊。"他俩带着哭腔说:"那你说有什么办法呢?"明哲说:"金义,你的鼻子不是能吹大气儿吗?你能把磨盘吹开就好办了。"金义笑了:"可不是?我真傻。"他立刻憋足了气儿,猛地一吹,磨盘"轰"地上了半天,可是待它垂直落下来时,比刚才盖得更严实了。

明哲急了:"你会不会用一个鼻孔,让它一边翘起来?"金义照他说的一吹,磨盘果然翘了起来。他们从翘起的地方看到了天上的星星。他们高兴得互相捶了起来。可是又怎么出去呢?想到这儿,金义和小胖子就灰心了。这时明哲又想出一个主意:"小胖子,你不是挺能撒尿的吗?我们可以漂上去呀。"小胖子不好意思地笑了笑,说:"我正憋得难受呢。"

他的尿使他们很快地就出去了。他们各自拔出了宝剑,蹑手蹑脚来到小泥屋。屋里是亮的,魔鬼现了原形,在炕上呼呼地睡大觉呢。明哲跟伙伴耳语道:"魔鬼不容易杀死呀。书上说,唯一能杀死魔鬼的方法就是动用草灰,我把它的头砍下来后,你们赶紧放上草灰,千万不能让它的头和身子连上,一连上,我们就完了。"

草灰准备好了,明哲用尽吃奶的力气砍了下去,魔鬼的头立刻蹦到一边去了,但又马上蹦了回来。幸亏金义和小胖子及时撒上了厚厚的草灰,魔鬼的头只蹦了十下,就再也不蹦了。

这时,一道灿烂的阳光射进屋来,他们出门一看,枯枝败叶无影无踪了,遍地是绿草和鲜花。三个孩子为爸爸报了仇。

讲述者:方正今

整理者:车英姬　周爱民

古代靺鞨族关于渤海王室人物传说三则

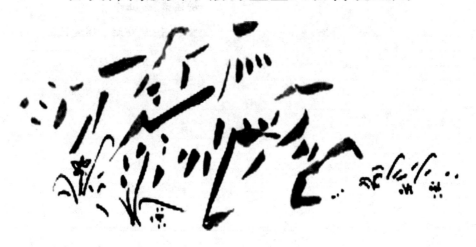

小序

在黑龙江省牡丹江市工作的一位年过古稀的农机技师太秉熙同志，收藏着由其祖辈传下来的一部《陕溪太氏族谱》。这部家谱新、旧《序言》里都明确记载：现在的太氏家族，就是我国唐五代时期建都于黑龙江省宁安市渤海镇的渤海国王大氏家族的后裔。

在我于1987年秋与他相见时，他对我说，他听他的先人对他讲过有关渤海第一代王大祚荣、大祚荣王妃和大祚荣父亲的三个神话传说。我在听他讲述了这三则传说之后，得见了他家久藏的《陕溪太氏族谱》。这三则传说故事，被极为扼要地刊载于该部《陕溪太氏族谱》卷一的《渤海国王世史略》中。现将这三段有关渤海人的神话传说故事，分别译释记录整理于下。

一、关于渤海第一代王——"高王"大祚荣的神话传说

从唐朝初年起，在咱中华大地的东北长白山下，有唐天子属下的东北地

方民族政权之一——渤海国。由于渤海国一直崇敬"天朝",经常不断地派国王子弟、文人、学士和官员去唐都长安,为唐天子"宿卫"和学习中原制度、仪章、文化,抄写经书,逐渐将渤海国发展建设成为享有盛誉的"海东盛国"。创建这个"海东盛国"的渤海第一代王姓大名祚荣,他是唐朝武则天帝所封的震国公大舍利乞乞仲象的儿子。从老辈子传下来的话说呀,这个大祚荣可是个了不起的人物,来历不一般。他母亲在娘家时,当时人们称她为时氏。他是他母亲在梦中吞食了天上北斗星的精华之后怀孕而生的。说是在大祚荣降生的时候,产房内有紫色云雾环绕,整个产房被黑光笼罩着。

这位大祚荣降生后,面黑如漆,他的左背上长着颗像太阳的红记,右背上长着颗像月亮似的黄记,后脊梁正中间长着一条斑龙记。生他的那个时辰,也正赶上粟末江(即松花江)里的神龙吐涎于空,化为七彩祥云。

等到大祚荣长大成人了,他身高九尺二寸,身材魁梧,神武英俊,能文能武,马骑得好,箭射得准,骁勇善战。

他十八岁那年,有一次到太白山(今长白山)里去打猎。在山里他遇到一位仙女,神女授给他天书三卷。他看了这三卷天书,学会了兵法,从此领兵布阵,神机妙算,智慧过人。他小时候,大祚荣全家都在契丹人松漠都督李窟哥、李尽忠的统辖下,住在营州(今辽宁省朝阳地界)。到唐武后在位时期,李尽忠等人反叛朝廷,起兵作乱,引起唐朝发来大兵征讨,形势十分危急。粟末靺鞨族的首领、大祚荣的父亲大舍利乞乞仲象与这一部族的另一首领乞四比羽,率领他们的兵马,护着家小,东渡辽河,来到太白山的东北,据守住奥娄河。武则天得知这一情况后,在平息了李尽忠等人的叛乱后,派遣朝中大将李楷固、中郎将索仇率领大军前来征讨,双方大战一个多月。

在这边走边战的过程里,大祚荣的父亲大舍利乞乞仲象和首领乞四比羽相继故去,这两支粟末靺鞨大军全由大祚荣一人统帅。

大祚荣首次只身领兵,他用神女所授天书中的策略,避开与唐军正面交战,策动三千精兵,把唐将李楷固、索仇诱引到对唐兵不利的天门岭下,更巧遇上天降大雪,唐兵装备不佳,不御严寒,粮草不济,最终大败,唐将李楷固等只好率军退去。

大祚荣看唐兵退去，遂领粟末靺鞨大军来到东牟山，建造了城池，安顿了民众。他镇抚四方，招贤下士。派出得力的干才，频去唐都长安，献上许多人参、貂皮、熊胆、虎豹皮、箭杆等地方贡品，与唐朝修好了关系。后来，大祚荣接受了唐朝天子的正式"册封"。大祚荣被唐朝封为左骁卫员外大将军、忽汗州都督、渤海郡王。大祚荣立即撤去继承其父所传下来的"震国"称号，专称渤海。这也是"渤海国"的由来。

大祚荣，也就是延续二百二十九年的渤海国的第一代王。

二、关于渤海第一代王大祚荣王妃的传说

第一代王大祚荣王妃姓仉（zhǎng），史书上记作"仉氏"或"仉王后"。

这位仉氏妃是从哪来的呢？这也有个神话传说。

早时候，在忽汗老城旁边三十多里的一个地方，有一处水源兴旺的跃龙渊，在这跃龙渊旁边住着一位六十来岁的老太太。有这么一天，这位老太太坐在跃龙渊边上观看那渊水中游动着的金翅鱼。只见那渊心处荡起了一圈水纹，那水纹的圈越荡越大。瞅着瞅着，忽然间在那水纹圈的正中心处，从水面往上升起了如线如虹的祥云，不大一会儿，那祥云扩展到漫天盖日的了。也就正在这时，在那升起祥云的水面处"哗啦"一声，水往四下分开，从那水底下冲出一个年轻美貌的姑娘。只见那姑娘全身浮上水面后，高声呼叫："老奶奶快来救我，快来救我！"

这使那位老奶奶觉得很是惊奇，她急忙把那姑娘搭救到岸上来，并把她接到自己的家里，收养了她。

在把姑娘的一切都安顿停当以后，老奶奶从容地问起了那位姑娘："你是怎么能从那水里浮出来的呢？"

那位年轻美貌的姑娘说："我是河伯的女儿，我姓仉，是奉天意到这里来给渤海王大祚荣做妃子的。"就这样，这位仉氏姑娘便被大祚荣接去做了渤海王妃。这个人，也就是渤海第二代王大武艺的母亲。

三、关于渤海第一代王大祚荣父亲的传说

在太氏家族多少辈子传下来的《陕溪太氏族谱》上记载着：大祚荣家族的祖祖辈辈都住在长白山北边，属于粟末靺鞨部。大祚荣的父亲，叫大舍利乞乞仲象，是经唐朝天子册封为"震国公"的。这个家族世代所居的地方，是我国古代周朝的肃慎旧地。这个部族，后来到汉魏时期叫挹娄，晋魏时期叫作勿吉，隋唐时期叫作靺鞨。大祚荣的父亲大舍利乞乞仲象，出生在长白山下粟末水（即松花江）的河岸上。所以他们这支靺鞨为区别于其他六地的靺鞨，而叫粟末靺鞨。

这位大舍利乞乞仲象的母亲姓葛，那时候人们就称她为葛氏。这位葛氏是在梦中吞食了天上的狗狡星而怀孕有了他。他母亲在生他的时候，产房的里里外外有一条条线一样的祥雾遮绕着。这祥雾在那产房上下前后环绕了三天三夜，他才降生到人间。他长得浓眉阔眼，花脸龟背。长大成人后，身高九尺七寸。他识文断字，为粟末靺鞨族的大首领。有一次，他独自一人行进在深山大谷中，遇到了一位白胡子老道，这位老道送给他《阴符风角》书三卷，他熟读了这些书以后，能上懂天文，下晓地理，能按兵法布阵。他就在那粟末水的岸上领人修建演兵场，在那里操练起兵马，学骑马，练射箭。经过十年耕垦，十年操练，聚集了六七千兵马。他尊崇唐朝的领导，被唐朝天子封为"震国公"，为唐朝设在东北营州的"松漠都督"李尽忠所节制。后来，契丹人李尽忠等人因故反叛唐朝，唐朝发来大兵征剿。大舍利乞乞仲象怕受牵连，率领他们队伍向东避去。就在东去的途中，大舍利乞乞仲象病重，临终前把他的兵马全都交给了他的儿子大祚荣统领。后来，大祚荣建立渤海民族地方政权所使用的武装部队，就是以他父亲留下的兵马为基础组建的。

搜集整理者：范垂正

拐棍爷爷与踢熊头

　　从前满族人有一个风俗,除夕之前,村落的穆昆达①就召集青年,将场院打扫得干干净净,准备春节期间踢熊头。

　　踢熊头这个游戏历史可挺长的,要推到满族人的祖先勿吉人那会儿。勿吉人骁勇剽悍、善渔猎。

　　当时有个扶余国②,在塞外是个挺发达的国家,有中原的文化,有按中原政治组织建立的政权,他们从君主到黎民百姓都没瞧起周围的勿吉人,经常进犯勿吉,掳来勿吉人给他们当牛做马。

　　离扶余国三百里有个高山,名叫哈达霍罗,山顶积雪终年不化。那儿住着一位老头儿,这人白胡子、白眼眉、白头发,走路还有些踮脚,拄着一根拐棍,常年住在冰窟里。人们时常见到他,问他姓名,他说是无名。问他年岁,他摇摇头笑呵呵地说:"逢十进一,十十进百,十百进千……我也记不得了。"

---

　　① 穆昆达:满族人的族长,屯子的首领。
　　② 扶余国:位于松花江流域。

人们尊称他为踔脚哩①。

他说，他根本不是什么踔脚哩，还说白头山天池是他的老家。

勿吉人多数来自白头山一带，都亲热地称他为老祖宗。他每逢听到这话，都笑呵呵地说："该当，该当。"

勿吉人有了难处，就来到他住的地方求他。勿吉人向他学说扶余国残暴不仁的种种事情。他回答说："勿吉人是一盘散沙，难保不受欺辱。"

> 尘世纷扰何时休，
>
> 尔欺我诈度春秋，
>
> 富翁庭上唤奴婢，
>
> 贫者甘当阶下囚。
>
> 勿吉勿吉人愚昧，
>
> 形如散沙被人欺，
>
> 万众一心力量大，
>
> 扶余自然把头低。

他唱完歌谣，拄着拐棍，一颠一跛地走了。

勿吉人琢磨踔脚哩的歌，渐渐省悟了他话中的意思，就号召大伙儿团结起来，万众一心，不受扶余人欺侮。

勿吉人一传十、十传百，把踔脚哩的话记在心里，大伙儿真正团结起来了。这时又发现自己缺少武艺，缺少铁打的兵器，就来找踔脚哩。

踔脚哩说："我们祖先都骁勇剽悍，勇猛无比。山中最凶的猛兽，一猪二熊三老虎，熊能直立走路，人们管它叫人熊。扶余人好比人熊，要学武艺也不难，我就先教你们踢熊头吧！"

踔脚哩从冰洞里牵出一只大熊，照脑瓜门就是一拳，大熊倒地死去。他顺手割下熊头，并且教给人们站着踢、俯身踢、卧倒踢……一十八种方式。又把熊皮挂在树上用拳打，用掌击，告诉大家要集结上万人照这样苦练三年，技艺成熟的送到他这里来。

---

① 哩：此处指满语的神。

人们乍练都吃不了苦,一曝十寒,时练时辍。有的说:"这算啥本领,练好又能有什么用呢?"

正当大伙儿泄气的时候,猛听到附近林子里传来"呛啷啷……"的清脆响声。大伙儿奔了过去,见一个白发苍苍、满脸皱纹,也看不出到底有多大年纪的老太婆,手里正拿着个铁梁在青石上就着泉水在磨呢。众人都觉得怪,问:"老奶奶,你在磨什么哪?"

"啊,我这不正在磨绣花针吗!"

"哎呀,这么粗的铁梁要磨成那么小的绣花针,那得多少年哪?"

老奶奶皱起眉头说:"哎——,只要功夫深,铁打钢梁磨绣针。像你们踢熊头那样,今天高兴就踢,明天不高兴就散,能练出什么本领来。要想不受欺侮,就得从苦中来。一曝十寒,时练时辍,是做奴隶的本色。"

大伙儿听到这儿,才知道老奶奶是个功夫很深的人,都想请老奶奶当众露上几手。

老奶奶笑笑说:"可以,你们拿个熊头来!"别看她偌大年纪,踢起熊头来可是身轻体健,而且也踢得十八种招式,招招精彩,几乎和踮脚哩教大伙儿踢熊头的招式一模一样。

老奶奶又让拿来十张熊皮挂在树上,老奶奶一掌击透十层熊皮,树枝不摇晃,树叶子纷纷落下。众人都看呆了,跪在地上,求老奶奶教大家。

老奶奶说:"你们就按踮脚哩的嘱咐苦练三年,就会踢熊头,就会一掌击透十张熊皮。"

那工夫已经集聚三四千勿吉人,老奶奶看着大伙儿从早练到晚,等练得差不多了,对众人说:"我受丈夫的重托来指点你们,想使勿吉振兴起来。现在你们团结起来,又练出了一身功夫,我也算尽到心了。要灭扶余国,单等九月九日重阳日。那天刮西北风,沙土飞扬,勿吉人要从西北进攻,顺风顺势,扶余人是顶风迎头。借天时地利,勿吉人会以一当百,勇不可当,定会一举灭掉扶余。"

老奶奶又说:"勿吉人是诚朴、忠厚、宽让的人,讲仁义,重道德,不能杀老人和孩童,不能杀手无寸铁无辜的扶余人。我们杀的是扶余人的强暴之辈,决不能欺凌弱者。你们记住这些话了吗?"

众口一声:"记住了!"

老奶奶回转身,吹了一声口哨,密林深处哒哒哒跑来一头大犴,老奶奶骑上犴背向众人招招手,一下子就不见了。

九月九日黎明,上万勿吉人集结在扶余国的西北方。霎时西北风骤起,卷起漫天风尘,刮得昏天黑地,拳头大的石头顺着西北风直往扶余国射去。这时牛角声声,勿吉人顺着风势,扑向了扶余国。

扶余国向来不把勿吉人放在眼里,听到杀声震天,这才凑了几千勇士,仗着手中大刀长矛,扬言杀死作乱的勿吉人易如反掌。双方一接阵,方知勿吉人以一当百,勇不可当。人仗风势,风助人威,喊声震天,杀声四起,扶余人顶风都睁不开眼睛,飞沙走石难躲难藏。勿吉人踢熊头练就了真功夫,杀扶余有如热汤泼雪。扶余人的武功、兵器再也不灵了,让勿吉人杀得血流成河,尸横遍野。

这场大战,从黎明杀到日落,扶余上万勇士被杀个精光,连君主、大臣也都被杀光了。这时天快黑了,扶余国剩下的老幼妇孺焚香顶礼,诚惶诚恐地跪地求饶。扶余国从此一蹶不振,后代子孙也就随了勿吉人。

人们没忘踮脚哩夫妻的恩德。满族人中午祭刀,就是从这儿来的。祭祖十二幅白绫中就有踮脚哩,后来改称其为拐棍爷爷。

踢熊头的风俗延续下来,不过踢的不是真熊头了,是用猪吹泡吹起来,然后用厚皮子包起来做成的像熊头的东西。

讲述者:常砚樵

转述者:关墨卿

整理者:潘洪君

鬼洗脸沟

　　宁安市花脸沟里,有一条西北东南走向的山沟,叫北沟岔。这条沟一到三九、四九,怎么走都是顶风,这风像刀刮似的厉害。可是这还不算最厉害的,有一个更厉害的事不妨给大家讲一讲,你保证听个没够。

　　从前这条沟边上住着一户人家,只有母子二人过日子。儿子叫五都哩,对双目失明的老妈非常孝顺,靠着狩猎维持生活。他忠厚老实,聪明伶俐,尤其是会吹桦皮口哨,能吹百鸟之音。

　　人没有十全十美的,小伙子哪样都好,可就是有个大缺陷——奇丑无比。原因是他小时候出天花,落个满脸大麻子。这还不算,十五岁那年,又被黑瞎子舔了一下,差点儿没死,治好之后,脸上的伤疤像猪肝一样,青一块紫一块。二十岁那年,他又跳进山火中救出一个小孩儿,被烫得满脸是泡,伤好了落个满脸疤痕,真是人不像人、鬼不像鬼。

　　五都哩知道自己黑白相间、坑洼不平的长相是见不得人的,只好出没在森林之中和山花野林、百兽飞禽为伍。快三十的人啦,连个老婆都找不到。老妈妈为这件事非常着急。

离五都哩家十几里远的地方，有一大户，因为家大业大，在衙门里捐个四品官。再加上能说会道，送礼请客，和衙门大小章京都有来往，上衙门像走平地似的。

他仗着官府势力，占了花脸沟大半的土地，成了数一数二的大财主：家中地连地，房连房，牛马驴骡满山坡；金银财宝无其数，长工短工更是多。虽然家财大富，不过他也和五都哩一样尊容奇丑无比，难描难画。一张蜡黄脸上长满黑斑，又像冻秋子梨，还像山狸子皮。知道的是一张脸，不知道的以为是霜打的倭瓜呢。

这个家伙，对大官什么都舍得，对穷人是一根毫毛也舍不得拔，恨不得把穷人的血，喝个干干净净才称心如意。大家给他送个外号，叫"扒皮鬼"。

扒皮鬼看中五都哩那把力气和打猎的技能，软硬兼施把人雇到手，讲明只给他打猎，别的什么都不管。扒皮鬼对别人非打即骂，大概因为尊容都是一样吧，对五都哩倒很客气，从来没打过骂过。

有一年五月当五，扒皮鬼要吃山羊肉，就吩咐五都哩进山打几只山羊尝尝鲜。小北沟是山羊最多的地方，每次去，最低也能猎回三只两只。可不知什么原因，这回去了一天连个影子都没搭上。五都哩刚要往回走，西北刮来一阵乌云，顿时下起瓢泼大雨。雨下得让人连方向都分不清，五都哩只好躲到一个空树洞里避避雨。

雨越下越大，下起来就不停。直到半夜，才雨住天晴，五都哩刚要出来往回走，只见随着西北一阵冷风来了一个狼头人身的怪物。这怪物到空洞树前铺上一张豹皮，摆好酒肉，向西嚎了三声，不一会儿，来了三个像外地人打扮的男人，一个白脸、一个黄脸、一个黑脸。三个人坐下之后，喝酒猜拳，边吃边唠。酒过三巡以后，白脸人说："今天聚会很难得，为了助酒兴，给二位献献丑。"说完他用手向空中一挥，立刻飞来九只仙鹤在空中边舞边鸣，另两个人看了招手大笑。

这时黑脸的也站起身说："既然大哥献艺，我也献点玩物。"说罢，往林子里一指，只见从林子里滚来七只大熊，来到宴前连滚带扭，也有一番趣味。黄脸人也不示弱，站起身说："我无以奉献，只有一支放在树洞里的桦皮口哨,吹起来也能助兴。"说完,就向树洞走来。

这可吓坏了五都哩。他心想:这要被这些妖怪发现,哪能有我命在?他用手一摸,果然摸到一支精致的桦皮口哨。他刚要往外扔出去,那黄脸人的手已经伸到树洞里,摸到了五都哩。只听黄脸人大喊一声:"有生人!"没容分说就把五都哩拽了出来。

三个人齐声问道:"你是什么人,胆敢躲在树洞里偷看我们行动?"五都哩只好把事实过程说了一遍。他们一听,点了点头说:"既然是巧遇,也算有缘。那就坐下一同喝酒吧。"五都哩只好坐下。黄脸人问道:"听说你桦皮口哨吹得很好,不妨吹一曲我们开开耳界!"说完把桦皮口哨交给他,他拿起口哨吹奏起来。这口哨吹得可好听了,吹散了行云露出明月,吹醒了百鸟为他唱歌,吹开了百花为他助兴,吹来了百兽为他跳舞。三个人听了不住招手叫好。

小伙子吹奏完了,三个人一合计,给点儿什么做报酬呢,黄脸人回头一看五都哩的脸,叹口气说:"人是好人,就是这张脸太不相衬了,何不给他换一张漂亮的脸呀。"大家都很赞成。只见黄脸人端出一盆水,放上几丸药,叫五都哩洗脸,五都哩一洗就觉得满脸发烧。黄脸人用手一拽,五都哩一张脸皮完全剥了下来。黄脸人又从怀里掏出一张脸皮往他脸上一贴,脸皮立刻长到五都哩脸上,他变成了英俊的年轻人。

临走时,三个人给他不少金子、银子,并嘱托他逢五逢十再来赴会。

五都哩一回去,全部落的人都觉得这件事真是稀奇古怪,尤其是扒皮鬼,把五都哩请到内室详细地问了情况。听完他眼珠一转计上心来,故意吃惊似的说:"哎呀!你千万别上当,那三个人准是妖魔鬼怪。先给你一个甜头,你要再去备不住性命难保。依我之见你赶快躲一躲。"五都哩是个老实人,信以为真,便偷偷地跑到姑姑家躲起来。

五月初十那天,扒皮鬼照着五都哩说的路子,来到空树洞子的地方,钻到里面一摸,果然有一支桦皮口哨。他心里暗暗高兴,心想真要遇见三位神仙,除了请他们给自己换个好脸外,还得多要一些金银珠宝。他越想越美,正在想的时候,那三个人来了。

当黄脸人把扒皮鬼拽出来之后，一看不是五都哩，便问道："你是何人？"扒皮鬼赶快跪下，叩首像鸡啄米似的说："五月节来的那个人，是我的徒弟，他吹的口哨是我教的。"三人一听，点点头说："那你吹几个曲子给我们听听。"

　　扒皮鬼根本不会吹，只好拿起口哨胡乱地拼命吹起来。不一会儿吹来一大帮野狼和口哨一起嚎了起来，吓得百鸟躲了起来，月亮也隐了起来，百花也躲到叶子里。三个人越听越刺耳，扒皮鬼却拼死命地吹。三个人不由大喝一声："不要吹啦！"扒皮鬼见势不妙刚要转身逃跑，黑脸人一手拽住他说："既然你费很大力气吹了，也给你一点礼物吧！"说完从怀里掏出原来五都哩那张脸皮，把扒皮鬼按倒在地上，用一盆水给他洗一阵，把脸皮往他脸上一贴，脸皮便严严实实地糊在他那张丑脸上。

　　打那以后，扒皮鬼的脸常常变换，晴天，是他那张原来的脸，阴天又变成茄子脸坑洼不平。因此扒皮鬼又得了一个"美名"：二皮脸。从此小北沟改名叫鬼洗脸沟。

讲述者：傅永利
整理者：傅英仁

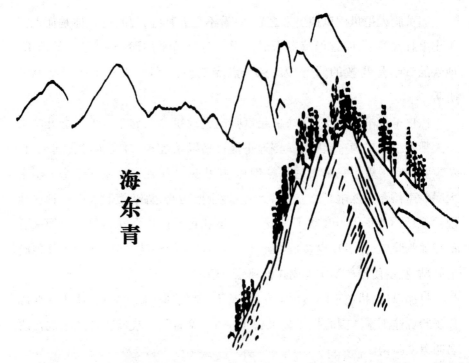

海东青

　　很久很久以前,在外兴安岭别尔罕部落有一个能骑善射的猎人。他力大无穷,徒手敢跟猛虎搏斗。阿玛临死时给他留下了一张神弓。他用这张弓能射穿岩石钻透高山。于是别尔罕部落的人们都叫他布落屯巴图鲁①。

　　别尔罕部落的葛珊达②对部落里的猎人心狠手辣,经常无故地杀害无辜的猎人。因此,别尔罕部落里的人们都叫他萨哈连音达戈③。这一年,萨哈连音达戈为了向罕王④进贡,收集了全部落里的奇珍异宝,还命令布落屯巴图鲁去打珍贵的飞龙鸟,作为给罕王进献的贡赋。

　　布落屯巴图鲁接受了命令,来到了深山老林,一连好多天都没打到一只飞龙。眼看收缴贡赋的期限已到,急得布落屯巴图鲁唉声叹气。这天,正在他焦急之时,忽然,从树林中飞出一只飞龙鸟。布落屯巴图鲁一见乐得眉开

---

① 布落屯巴图鲁:满语,指力大无穷的勇士。
② 葛珊达:满语,地方中级武官,位在佐领之下。
③ 萨哈连音达戈:满语,指黑心的人。
④ 罕王:指清朝皇帝。

眼笑,忙搭箭拽弓射去。嗖的一声,那飞出的箭矢像流星一样射中空中的飞龙鸟,飞龙鸟扑棱了几下翅膀带箭飞走了。布落屯巴图鲁见飞龙鸟逃走了,心中好懊恼,便驱马紧追不舍。说也怪,那鸟儿若见布落屯巴图鲁不追了,便停下来落在树上,他一追,鸟儿又飞走了。布落屯巴图鲁追来追去,不知不觉追出了几百里。这时,那空中的飞龙鸟突然落在前边的峡谷中不见了。布落屯巴图鲁一见,忙跳下马来追进了峡谷。

布落屯巴图鲁仔细一看,只见这地方跟别尔罕部落大不一样。山谷中,有条清清的小河哗啦啦向山谷深处流去。小河的两边,留下了采金挖掘的痕迹。布落屯巴图鲁知道已误入了旁的部落。他正思忖着是否继续寻找飞龙鸟时,忽然发现小河边的岩石上坐着一名衣衫褴褛的姑娘。布落屯巴图鲁拨开树丛望去,见那姑娘的头发像涂了油一样发亮,亮晶晶的黑眸子像河水一样清澈。满头的金银首饰在阳光下一闪闪地射出耀眼的光芒。那映在水中苗条的倩影,就像一位美丽的仙女。

布落屯巴图鲁呆呆地瞅了一会,实在忍不住心中的诧异,便拨开树丛走了过去。那坐在岩石上的姑娘,惊慌失措地站了起来,双眼流露出恐慌仇视的神色。

布落屯巴图鲁慌忙施礼道:"格格,我想打听一下这是哪个部落,你坐在这里干什么?"

姑娘见布落屯巴图鲁是个英俊魁梧、面目和善的小伙子,这才镇静下来。她低下头,面带羞涩的神色说:"我是海杜里部落里葛珊达的女儿,大伙叫我山音格格①。这里是我阿玛的金山,这地方是我们祖祖辈辈居住的地方……"

"那你们部落的人呢? 咋就你自己待在这里?"布落屯巴图鲁惊讶地问道。

山音格格流着眼泪说:"几天前,从很远的地方来了一伙吃人的罗刹,他们杀死了我阿玛,还把部落里的人们给关到阿坎山洞里了。罗刹王逼我做

---

① 山音格格:满语,指美丽的姑娘。

他的老婆，我便偷偷地逃了出来……"说完，她放声痛哭。

布落屯巴图鲁是个血气方刚的小伙子。一听罗刹占领金山，早气得咬牙切齿。他霍的一声拔出亮晃晃的腰刀怒吼道："山音格格，告诉我那吃人的罗刹在哪里，我去为你阿玛报仇！"

"不行，不行啊！那个罗刹王会使妖术，用手一指树木，树木便会变成罗刹。你一个人是打不过他们的。"山音格格慌忙拦住了布落屯巴图鲁。

布落屯巴图鲁猛地一刀挥去，将跟前一棵碗口粗细的小树斩断，粗声粗气地说："打不过他们，我也要拼个鱼死网破，不能白白让他们占了金山！"

山音格格被眼前这个英武俊美的年轻人深深地感动了。她用爱慕的神色怔怔地盯着布落屯巴图鲁，从怀里掏出一块大金石对布落屯巴图鲁说："巴图鲁，这是我们海杜里部落挖出来的最大的一块金石了。阿玛临死前，让我想法献给罕王，让罕王发兵来保卫金山。你拿着这块金石报告罕王，让罕王快点发兵来吧！我们海杜里的男女老幼永远不会忘记你的。"

布落屯巴图鲁见山音格格遍体是伤，摇摇头说："格格，我怎能让你一个人待在这里呢，待在罗刹嘴边这太危险了，我送你去见罕王吧！"说着便把山音格格抱到马背上。

山音格格双眼噙着亮晶晶的泪花，羞答答地对布落屯巴图鲁说："巴图鲁，等杀死了罗刹我就做你的妻子。"说完便把自己脖子上挂的金锁摘下来，送给了布落屯巴图鲁。

布落屯巴图鲁惊喜地接过了山音格格的订婚礼物，庄重地挂在自己的脖子上，两人骑在马上双双奔别尔罕部落而去。

再说别尔罕部落的葛珊达，萨哈连音达戈听了布落屯巴图鲁的报告，又见他驮回来一名美丽如仙女的公主，他那准备怪罪布落屯巴图鲁的满腔怒气，顿时烟消云散了。

萨哈连音达戈贪婪的贼眼紧紧盯着如花似玉的山音格格，心里暗暗地打起了鬼主意。

萨哈连音达戈眨巴着滴溜溜乱转的眼珠儿，对布落屯巴图鲁说："我的巴图鲁，你还要送格格去见罕王呢，迟交了贡赋，罕王正要治你的罪，你去这不是自投罗网吗!"说着他一下子抢过了布落屯巴图鲁手中的金石,贼眉鼠眼地对山音格格说:"格格,我去送你见罕王吧,让巴图鲁带着全部落的勇士去搭救海杜里的人们,这可是两全其美之策呀……"

山音格格厌恶地盯着萨哈连音达戈说:"老爷,罕王既然会怪罪巴图鲁迟交飞龙鸟,也会怪罪您葛珊达迟交贡赋的。不如您再派一个别人送我去见罕王,您和巴图鲁先去搭救我们部落里的人们,我们部落里的人们不会忘记您的大恩大德的……"

萨哈连音达戈正因为怕布落屯巴图鲁护送山音格格会得到罕王的重赏,所以才想出这个鬼点子,想支走巴图鲁自己落个头功。他见山音格格已爱慕布落屯巴图鲁,心中妒火便腾腾地燃烧起来了。他暗暗琢磨:如果布落屯巴图鲁赶走了罗刹,夺了头功反而对自己不好,不如借此除掉他,这金山和美女全归自己了。于是萨哈连音达戈笑眯眯地对山音格格说:"山音格格,我派人送你去见罕王,我带人去金山打罗刹,望你在罕王面前多美言几句……"

山音格格听他这样说,还以为自己错怪了萨哈连音达戈。布落屯巴图鲁也认为葛珊达在护着他,是一番好意呢。萨哈连音达戈召集全部落里的勇士,来到了海杜里部落——金山,找到了罗刹盘踞的阿坎山洞。只见一群长毛红眼的罗刹正聚在山洞外撕扯着一块块人肉。地上到处扔着人的残骸碎骨,惨不忍睹,人们看了不禁毛骨悚然。

布落屯巴图鲁恨得咬牙切齿。他见山洞已被罗刹用巨石堵得严严实实,里面隐隐地传出一阵阵呻吟声,知道海杜里部落的男女老幼正在受罗刹的折磨。布落屯巴图鲁瞪着血红的双眼,扯起神弓一箭射去。只见那箭矢闪着金光响着隆隆的声音,直奔那群罗刹而去,就像穿糖葫芦似的穿过罗刹的心脏,将他们钉在阿坎山洞的巨石上。阿坎山洞闪射出一片红光,响起了一阵震耳欲聋的霹雳,门口的巨石顿时破碎坍塌了。洞内被关押的人们呐喊着涌了出来。

洞外正在撕扯人肉的罗刹王,看到布落屯巴图鲁射开了阿坎山洞,吓得屁滚尿流,不由得勃然大怒。他张开血淋淋的大嘴疯狂地噪叫起来。随着罗刹王的嗥叫声,一阵怪风在山洞前卷起了熊熊的烈火。四周的树桩子都变成了一个个罗刹,从四面八方向别尔罕部落的勇士们扑来。

布落屯巴图鲁忙指挥勇士们奋力迎战,直杀得天昏地暗,飞沙走石,杀得罗刹的死尸躺了一地,汩汩的黑血流成了河。

罗刹王见自己的妖术打不败别尔罕的勇士们,便举起手中耀眼的弯刀向布落屯巴图鲁扑来。布落屯巴图鲁刚跟罗刹王杀了几个回合,手中的钢刀便被罗刹王的弯刀砍断了。别尔罕的勇士们见布落屯巴图鲁的钢刀折断了,都冲上前来抵挡住罗刹王,可是他们的刀枪只要碰上罗刹王的弯刀,就像木棍一样折断了。这时,躲在石头后面观战的萨哈连音达戈看到了这个情景吓得失魂落魄。他两腿哆嗦着观看勇士们跟罗刹王厮杀。

布落屯巴图鲁看到勇士们的刀枪伤不了罗刹王的半根毫毛,还死伤了不少。他从身上取下神弓,搭箭向罗刹王射去。箭矢射到罗刹王的身上迸出点点火星,痛得罗刹王举着弯刀乱蹦乱跳。布落屯巴图鲁见了勇气倍增,一连射了九箭。这九箭把罗刹王射得肢体破碎,手中的弯刀也断了几截。布落屯巴图鲁射死了罗刹王,怕罗刹王的黑血溅污了金山,一哈腰便举起了罗刹王。

这时,躲在石头后面观战的萨哈连音达戈,看到布落屯巴图鲁杀死了罗刹王,勇士们欢声四起,便偷偷地抽出一支毒箭向布落屯巴图鲁射去。布落屯巴图鲁中箭后,忍着剧痛把罗刹王向远处扔去。那罗刹王的死尸就像一块滴溜溜转的臭石头,在空中转了几天,最后落在老爷岭的一个山头上。黑血溅污了这座山,连石头都变成了黑的,后来人们都管这座山叫哈喇山了。

山音格格领来了罕王的大军,得知布落屯巴图鲁的死,心中悲痛欲绝。她守着布落屯巴图鲁的尸体一连哭了七天七夜。直哭得天昏地暗、日月无光,流出的泪水变成了滔滔的河水。

萨哈连音达戈见山音格格哭得悲伤,也装模作样地挤出几滴眼泪。他心里有鬼,怕别尔罕的勇士们识破他的阴谋诡计,忙命令手下埋葬布落屯巴图鲁。忽然,空中传来了海东青①的叫声。一群海东青遮天盖日地落了下来,将布落屯巴图鲁的尸体盖得严严实实。

别尔罕部落的勇士和海杜里部落里的男女老幼,看到这个情景都跪在地上祷告,感谢阿布凯恩都哩派神灵保佑布落屯巴图鲁。

萨哈连音达戈慌忙派兵士驱赶海东青,可是咋轰也轰不走。萨哈连音达戈急了眼,拔出箭来向群鸟射去。一连射了九箭,海东青依然围着布落屯巴图鲁叽叽嘎嘎叫个不停。

山音格格见了,心中好生奇怪,便朝布落屯巴图鲁的尸体走过去。群鸟见了,便闪开一条路来了。山音格格看到布落屯巴图鲁胸前并排摆着十支箭,十支箭一模一样,只是其中一支带着血迹,那支箭便是射死布落屯巴图鲁的箭矢。山音格格一下便明白了,原来是萨哈连音达戈害死了布落屯巴图鲁。

说也奇怪,群鸟见山音格格拿起了十支箭,便嘎嘎叫着飞走了。

这时,萨哈连音达戈见群鸟飞走了,便上前来对山音格格说:"格格,你是海杜里的月亮,连勇猛的海东青都听您的话啊!我们别尔罕有句话:骏马要配金鞍,巴图鲁得有宝刀。我是别尔罕的葛珊达,你嫁给我吧……"

山音格格盯着萨哈连音达戈说:"我是海杜里葛珊达的女儿,是不能轻易嫁人的。要娶我做妻子,得答应我两个条件!"

萨哈连音达戈见山音格格就像那春天的芍药般美丽动人,早就神魂颠倒了。他连连说:"你说,你说,我全都答应,全都答应……"

山音格格强装着笑脸说:"布落屯巴图鲁杀死罗刹王有功,得按别尔罕葛珊达一样的规格办葬礼。"

萨哈连音达戈一听心里不乐意,耷拉着脸子说:"我是罕王封的葛珊达,布落屯巴图鲁是个奴隶,那咋行呢?"

山音格格说:"你这样埋葬勇士,别尔罕的男女老少一定会受感动,打仗时会更勇敢……"

---

① 海东青:东北盛产的一种山鹰。

萨哈连音达戈一听,还以为山音格格是为他出主意呢,满心高兴地说:"行,行,行,那第二个呢?"

"这第二个条件,你要亲自在树上挂一只狼皮,我要亲自射一箭!"

"这是为啥?"萨哈连音达戈一听,又叽哩骨碌地转起了眼珠子。

山音格格说:"按海杜里的规矩,人死后,他的亲人必须按死人生前的愿望向最痛恨的恶狼射一箭,表示同样仇恨恶狼……"

萨哈连音达戈心中有鬼,可脸上却装出笑容连连答应。安葬的那天,别尔罕部落和海杜里部落的人们,把裹着虎皮、戴着顶戴花翎的布落屯巴图鲁放到阿坎山洞前,又在布落屯巴图鲁的尸体周围堆起了干柴,点起了熊熊烈火,人们都跪下来为布落屯巴图鲁祈祷。

这时,萨哈连音达戈双手捧起一只狼皮向火堆边的一棵松树走去,将狼皮挂在松树的枝丫上。山音格格猛地从皮囊里抽出了布落屯巴图鲁的神弓,一箭向萨哈连音达戈射去。萨哈连音达戈惨叫一声,便和狼皮一起钉在了树干上。在人们的惊叫声中,钉在狼皮上的萨哈连音达戈渐渐变成了一只恶狼,耷拉着长长的舌头往下滴着黑血。那棵松树也被萨哈连音达戈的黑血给染臭了。据说金山的臭松恶臭熏人,那就是萨哈连音达戈的黑血给染臭的。

山音格格呵呵狂笑起来,她双手捧着布落屯巴图鲁的神弓,两眼直呆呆地盯着大火慢慢走去。当人们想拦住她时,一切都晚了,山音格格已经跳进了大火之中。在熊熊的烈火中,一对勇猛的海东青飞了出来,展翅向空中飞去。据说一连好多年,别尔罕部落和海杜里部落都把海东青看成是阿布凯恩都哩派到人间的神鸟呢。

讲述者:刘邦金

搜集整理者:王金刚

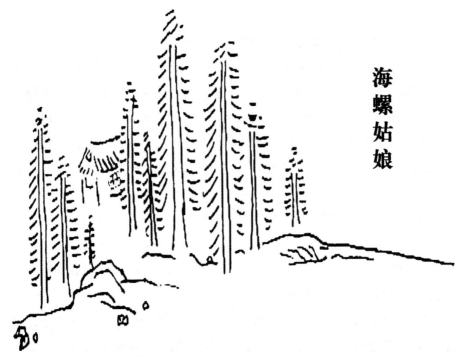

海螺姑娘

很早以前,在靠海边的地方,居住着一家母子二人。老母年迈,双目失明,儿子名叫孝俊,虽然家贫如洗,却不忘孝敬老人,为了养活老母,自己常常饿着肚子,眼看年近二十岁了,还娶不起媳妇。母亲只抱怨自己命苦,这辈子算没有希望抱孙子了。

孝俊是个有志气的青年,不甘心就这样贫穷下去。他靠自己的一身气力,在乱石坡上开了两亩地,种上了谷子,精心铲蹚,把全身的汗水洒在田地上,小苗长得绿油油,肥又壮。

有一天,孝俊又去坡上铲地,刚到坡上,就看到一个穿着红裙子、黄上衣的姑娘正在自己的地上锄草。孝俊心里好生奇怪,想着自己家里举目无亲,是谁家的姑娘来帮自己的忙呢?莫不是她走错了地方?孝俊迟疑地走上前去想问个究竟。可是,姑娘的踪影忽然不见了。

孝俊不觉惊呆了,心想可能是自己看花了眼,他迟疑地站在地头,仔细一看,小苗长得油汪汪,新锄的杂草躺在垄沟里。他蹲下身来,仔细地观察地面,只见地上留下几个模糊不清的脚印,乍看起来像人的脚印,细看又有点不太像。

不管怎样，地被人锄过了是真的，孝俊用了一小会儿工夫把剩下的几垄地铲完了，顺路割了两捆篙笆禾草就往回走。在离家不远的地方，他看到自己家的烟囱冒着白烟，一个姑娘正从泉边顶着水走进自己家门口。孝俊三步并成两步走回家门，顺着门缝朝里一看，一个如花似玉的少女正在屋里做饭。这少女跟他在地里看到的一模一样，孝俊便推门而入，刚迈进门槛，少女忽然不见了，再一看，锅里正冒着蒸气，水缸里的水满满的，米缸里的小米冒出尖来，屋子收拾得干干净净。

母亲正在炕上睡觉，孝俊急忙叫醒妈妈，问道："刚才是谁家姑娘做的好事？"母亲只说在梦中梦见一个姑娘来帮家里做活儿，她不相信这是真的。孝俊把今天的奇遇一一同母亲陈述了一遍，娘儿俩一边吃着香喷喷的饭菜，一边寻思，难道这是在做梦吗？

第二天傍晚，孝俊从山上干活回来，从门缝朝里一瞧，奇怪，又是昨天那个少女，正给老母亲洗头梳发呢！孝俊兴高采烈地走进屋里，忽然，姑娘又无影无踪了。一问母亲，还是一无所知。

第三天，孝俊早早起来，吃了点儿饭就匆匆上山了。他一想起这两天所发生的怪事情，浑身便有使不完的劲儿，不大工夫就打好了一大捆柴，日头刚卡山就到家了。他不声不响地放下柴捆，从门缝朝里一瞧，又见那个少女正在麻利地做着饭菜。这回，孝俊不急着往里闯，他想看个究竟。他在门缝里仔细地观察着。忽然，他的目光在水缸旁被吸住了：只见一个又大又亮的大海螺壳脱落在那里，他大吃一惊，差一点喊出声来，急忙用手捂住自己的嘴。他心里一下子什么都明白了。这姑娘原来是只大海螺变的。于是，趁姑娘要端着脸盆往外走的当儿，孝俊突然破门而入，一个箭步冲进屋里，赶忙拾起螺壳，紧紧地抱着不放。姑娘发现有人进来，急忙向水缸走去，可是晚了。海螺姑娘没了螺壳，再也无处藏身了。孝俊还有点不放心，一把抓住姑娘的手腕子，姑娘羞得满面通红，低着头说："松开我，松开我。"孝俊原本不是那样粗鲁的小伙子，这时也觉得自己鲁莽，便不好意思地松开了手。姑娘便羞怯地说："小伙子，请你把螺壳还给我吧。"孝俊红着脸说："螺壳还给你,可是,你肯答应跟我成亲吗?"姑娘轻轻地点了点头,然后便讲述了自己的身世:"我本是海螺公主,顺着海潮来到岸上,只因眷恋着人间不肯回去,触怒了龙王,龙王一连下了三天三夜的大雨想迫使我顺水归海,没承想,洪水把我冲到你家的深井里,正巧你提水的时候,把我提上来,又倒进你家水缸里。龙王无处可寻,只好作罢。为了报答你对我的恩情,每天趁你不在时,我就偷偷帮你干活。没想到这么快就被你识破,只好悉听尊便了。"

孝俊是个心地善良的小伙子,怎能乘人之危讨人做妻子呢?就把螺壳还给了姑娘。姑娘接过螺壳,并不归附,却走到火炉跟前,笑眯眯地把螺壳扔入火中,她被孝俊的忠诚感化了。孝俊急忙去拾,螺壳却已化为灰烬。

当天晚上,孝俊就跟海螺姑娘拜了天地,结为恩爱夫妻。又过了几天,海螺姑娘又治好了婆婆的眼疾,婆婆见到了光明。从此,孝俊一家人过着美满幸福的生活。

讲述者:姜信极

整理者:单庆友

海参崴的由来

很久很久以前,海参崴那里山清水秀,土地肥沃,这么好的光景是怎么来的呢?

相传,在海参崴的海底住着一个修炼千年的大海参,每天早上他迎着太阳在海边上练行云布雾,黄昏时他又送着晚霞练呼风唤雨。他的本领高强,被称为海参王子。他很羡慕人间的生活,常常化作人形,变成一个标致的小伙子来到村里,哪家的活多,他就帮哪家干。日子久了,他和人们的感情也就越来越亲密了。

村里有个聪明俊俏的好姑娘,名叫秀妹子,这姑娘在海岸十里八村都是数一数二的好姑娘。秀妹子家里只有祖孙俩过日子。爷爷年老体弱,家里的事全由她一个人做。海参王子见她家里的活干不过来,常常来帮她干,两人一来二去就有了感情。爷爷也稀罕他老实厚道,就把孙女许配给海参王子了。

村里自从来了这个年轻人大变了样。人们想风就刮风,想雨就下雨,下海打鱼也比从前打得多了,家家的日子更好了。人们都说是这个年轻人给带来的福分。这年风调雨顺庄稼长得格外好,家家的粮食堆满了仓。人们欢天喜地地给秀妹子和海参王子成了亲。成亲这天,村里特别热闹,男女老少都来贺喜,从早上一直到晚上,人们才散去。

在海边上还有一只大乌龟,听到了人们发自内心的欢笑声,可把它气坏了。它越听越气,觉得今天的气氛和往常不一样了,它就动了好奇心,变成了一个大胖和尚,来到村里。一打听才知道是秀妹子和海参王子在办喜事。它听了差点儿没气昏了。老乌龟的盖就是那时候气青的。直到现在,人们要是遇到过分生气的事,还要说"是龟都能气青了盖"呢。

因为老乌龟也想娶秀妹子做媳妇,见秀妹子嫁给了海参王子,它能不生气吗!它到龙宫把海参王子告了,说他做事不轨,娶了民间的女子做媳妇。龙王听了很生气,派虾兵蟹将把海参王子抓回水府处死了。

老乌龟害死了海参王子,又三番五次地纠缠秀妹子,每回都被秀妹子给顶回去了。它恼羞成怒,就带领好多水族滚动海浪发大水,想把这里的人们都淹死。不料全村人团结一心和老乌龟打起来了,整整打了三天三夜,打得波涛汹涌,杀声震天,血水把海水都染红了。老乌龟被打败了,它缩在水里再也不敢伸出头来了。一直到现在,乌龟见了人还吓得把头紧紧地缩在硬壳里呢。人们怀念海参王子,就把这里起名叫海参崴了。

讲述者:石玉清

整理者:张永世

荷花泡的传说

在祖国东北边疆虎林市内的乌苏里江畔,有一个月牙似的泡子。三千多亩水面生满了墨绿墨绿的荷莲。每当盛夏七月,荷花竞相开放,宛若一片片火红的云霞浮在水面,异常壮观。说也怪,这荷花三九严寒冻不绝,浪打水淹淹不死,成为塞外高寒地区的一大奇观,吸引着成千上万的游客。许多专家学者慕名而来,千方百计想把莲花移植到北方各地,但种种尝试都失败了,让人百思不得其解。据当地渔民说,这荷花离不开月牙泡,离开半步也要慢慢地枯黄。原来,这里有着一个动人的传说。

在很久很久以前,乌苏里江畔绿草如茵,鲜花盛开,江边住着一个叫满月的渔郎,以打鱼采药为生。有一次,这里连年干旱,乌苏里江水只剩下了涓涓细流,野草枯萎,百花凋谢,人们纷纷远走他乡。满月心急如焚,饭吃不下,觉睡不着,他不忍心舍弃这块生他养他的地方。他决心掘一条长渠,引乌苏里江水浇活这片草地。他挖呀挖,日复一日,年复一年,手磨破了,腰累弯了,头发白了,蛛网似的皱纹爬上了脸。

说也巧,这一年,荷花仙子云游来到乌苏里江边,满月的精神感化了她,她化名"荷花"来到了满月的身边,摘下头上的银簪,挥手划了一弯斜月,引来了乌苏里江水,种植了满泡的荷莲。到了盛夏七月,荷花相继开放,把乌苏里江畔点缀得分外美丽;到了九月,荷花抽出一枚枚金钟式的莲蓬。满月心花怒放,手捧着荷花姑娘采下的莲子泪流满面。说也怪,满月吃了一粒"鸡头米",白发变成了黑丝,脸上的蛛网似的皱纹也消失了,腰也挺直了,浑身上下有股使不完的劲。满月返老还童了,又变成一个身强力壮、浓眉大眼的漂亮小伙子。他惊喜若狂,猛地抓住荷花姑娘的双手,激动得说不出话来……从此,满月和荷花相依为命,一边打鱼,一边耕种着荷田。

乌苏里江畔有处美丽的荷花泡的传闻不胫而走。北海的一条蛮龙听到这一消息,立即逆水而上,当它看到这灿若云霞的荷花时,喜得龙头乱颤:"荷花、满月,你们听着,本龙限你们立即离开荷花泡,我要把它开辟为栖息游玩的乐园。"

满月顶天立地,义正词严:"这荷花泡是我和荷花姑娘用血汗掘成的,要命有一条,要摘一株荷花却是痴心妄想!"

"好小子,竟敢顶撞龙王!"蛮龙狞笑着,"我要叫你们这荷花泡化为汪洋"。蛮龙恼羞成怒,呼风唤雨,兴风作浪。刹那间天昏地暗,电闪雷鸣,大雨滂沱,乌苏里江水逆流滚滚。荷花姑娘把满头青丝化成密集的柳荫,挡住了洪水的袭击,大雨过后,荷花反而更加青翠。

蛮龙气歪了嘴巴,又张开血盆大口喷出阵阵寒气,霎时间北风呼啸,大雪纷飞,地冻三尺。荷花姑娘立即张开绿色的罗裙盖在水面,荷花泡仍是温暖如春,荷花越发显得娇艳美丽。

蛮龙气得七窍生烟,张牙舞爪向荷花扑来,他恨不得把荷花撕成碎片。满月挺身护住荷花,被蛮龙抓得遍体鳞伤,倒在江边。看到满月受伤,荷花急忙前去抢救。蛮龙乘机喷水,把千里荷塘变成了一片汪洋。荷花姑娘悲痛欲绝,在乌苏里江边与蛮龙厮杀起来,最后终于斗败蛮龙。看到倒在江边的满月和满泡的残花败叶,荷花姑娘痛不欲生,她拔出银簪,自刎身亡,滴滴鲜血洒在了泡中……

第二年,人们发现,一朵朵火红火红的荷花奇迹般地生出水面,开满了千亩荷塘……

从此,人们把荷花泡又叫月牙泡。荷花和满月心心相印,寸步不离,若离即枯。这荷花三九严寒冻不绝,浪打水淹淹不死,年年繁衍,代代相传。

采录者:田丰

赫哲人大摆鳇鱼阵

努尔哈赤领兵统一各部以后，建立了清朝。他想要把"使狗部"和"使鹿部"的赫哲人都赶到黑水边上的大森林里。他派了大将额亦都领着兵，沿松阿里乌拉①驱赶赫哲族。在那个节骨眼儿，北边的赫哲族人聚集在三姓和苏苏②一带，南边的赫哲族人聚集在北琴海③的北岸。这些赫哲人，他们的京城就在三姓。

额亦都带领两千大兵，坐着船沿着松阿里乌拉来到了三姓。这时正在早春二月，大兵围住了三姓。赫哲族的酋长集合了男女射手二百多人，和额亦都对抗。将到太阳落山时候，忽然刮起了北风，大雪下得很猛，对面不见人，额亦都下令停止进攻。酋长一看清兵很多，不能抵抗，就向苏苏撤退。

赫哲人穿上了"踏板"，滑着雪跑得很快，妇女背着孩子，带着吃的，射手们在前边，妇女在后边，就冲出去了。清兵没有踏板，追赶不上，只好让他们

---

① 松阿里乌拉：满语，指松花江。
② 苏苏：满语，指佳木斯。
③ 北琴海：满语，指兴凯湖。

跑掉。酋长领着猎人穿着踏板,跑起来像箭儿打的一样,到了苏苏,集合了身强力壮的兵士三百多人,占了苏苏的南山。

天晴了,风消了,清兵又追上来。酋长叫有孩子的妇女在前边走,都坐着狗爬犁,酋长领着猎手在后边跟着。天黑了,清兵安了宿营。赫哲酋长领着一部分人前去袭击清兵的营盘。清兵燃着了火把,齐声呐喊,双方战斗起来。另有一百多赫哲人乘势绕到后寨,找到了兵器车,射死了护车兵,每人背走一捆子雕翎箭。

当时赫哲人穿的狗皮衣服,皮板是白的,在雪地里不容易被发现。他们脚上又穿着踏板,得手后便飞快地滑着雪跑了。清兵没有踏板,雪深没腿,追赶不上。这时,在前营夜袭的赫哲人吹了一声呼哨,也退走了。

额亦都丢了一万多支雕翎箭,又没取得胜利,只得传令暂时休兵,等雪化了再战。

再说赫哲人跑到了北琴海,见到了赫哲营的首领七卡拉。七卡拉说:"不怕不怕,等他们来了,我叫他们统统葬身在鳇鱼肚子里。"

和煦的东风吹暖了大地,三月的积雪融化得很快。大湖北岸的沼泽地上,水一涨就连成一片,水小一点的,就疙里疙瘩露出地来。里边的河道弯弯曲曲,断断续续。当地人熟悉地理的,可以进入里面捕鱼。那里的鱼比湖里容易捕,可是对道路不十分熟悉的人,进去就迷住了,转不出来。因此当地人管这个地方叫"迷魂阵"。

七卡拉领着人坐着小船,把很多的鳇鱼赶进迷魂阵里。这个"迷魂阵",到了春天李子树开花的时候,鱼都到这里来咬汛。这块地方很大,鳇鱼更愿意在这个地方咬汛。七卡拉坐船把一百多条鳇鱼圈到这里,摆成一个阵,叫"鳇鱼阵"。鳇鱼都是一丈来长的大鱼,身子像个粗大的圆桶,嘴也很大,它们在鱼汛期碰着人就一口把人吞了,或者咬死。

这次清兵来撵赫哲人,七卡拉和酋长把额亦都的兵引进了迷魂阵里。额亦都眼看着只有赫哲酋长领着十几个人在前边走着,便打算用兵把赫哲人包围起来。可额亦都领着兵左转右转也出不去,转来转去,转进了鳇鱼阵。

这些鳇鱼看见来了好多人,大发脾气冲上来,向着兵将们横冲直撞,张开大口,咬死了很多人。清兵用刀乱砍乱剁,眼前就是一场大战。最终到底人战不过鳇鱼,有些人被挤到深水里淹死了,有些人被大鱼咬死了。额亦都也被一条鳇鱼撞倒,当时喝了两口泥汤才爬起来。兵将们陷在弯弯曲曲的河网里,很多被淹死了。剩下的残兵败将,由会水的领出了迷魂阵。额亦都吃了败仗,蔫头耷脑回京交令去了。

　　赫哲族酋长领着他的本部人,又回到三姓和拉哈苏苏①的森林里过起渔猎生活来。

讲述整理者:姚天葆

---

① 拉哈苏苏:今汤旺河一带。

黑　妃

　　黑妃的事儿，出在康熙年间。那时，在离宁古塔四十里的牡丹江上边，住着一户姓关的打鱼人家，是满族瓜尔佳氏族的后代。

　　这个老关家，就靠老头儿常年在外打鱼为生，日子过得并不宽裕。虽说日子不怎么样，老两口倒有一个宝贝姑娘，名叫黑妞。黑妞长到十八岁，身段苗条，眉清目秀。远近的人都说这闺女的容颜比玫瑰还艳，比芍药还鲜，够得上是宁古塔的一枝花。

　　黑妞不仅长得像个天仙儿，她还是个心灵手巧的姑娘。她绣得一手好活，撒得一手好网，养得一手好鸭子，是老两口的一个得力帮手。黑妞养的鸭子，不但又肥又大、羽毛光滑，而且还都很机灵。每天，她叫鸭子下水，鸭子就"呱呱"地答应着下江里去嬉水；她叫鸭子排着队回家，鸭子就顺从地排成"一"字形蹒跚地走回家去。姑娘对此很是得意。

　　白天，当鸭群在江里嬉水觅食时，黑妞就坐在江边的石头上，左手拿着花绷子，左手牵着妍丽的花丝线，绣身边的绿草红花，绣远处的行云流水，绣灵巧的燕子傍着江边的垂柳翻飞……对于这个，姑娘高兴极了。可如今，还有比这更让她高兴的事儿,深深地藏在她的心底。这一天,她把鸭子赶进江里后,却不再坐下来绣花了,她站在江边,望着蓝天下浮动着的云朵发呆,心好像随着白云飘走了。这时,一群鸭子爬上岸来,围着她身前身后"呱呱"地叫,似乎它们发现了主人有什么心事儿……

可不是,真叫这群机灵的鸭子给猜着了,这时的黑妞,心思确实被白阿哥牵去了。白阿哥是黑妞的姑舅哥哥,姓吴,叫白龙阿。这小伙子年方十九岁,长得四方大脸,英俊威武,还练就一手百发百中的好箭法,这些年来,白龙阿每天外出练箭,时常骑着白鬃马,挎着绣花箭袋来到姑姑家,帮姑姑干点儿零活。

开始,白龙阿和黑妞岁数都小,黑妞一见他来,就白阿哥长白阿哥短地说个不停。可是近一年来,黑妞一见白阿哥来,脸面立时像个炭火盆,又红又热。白龙阿也觉得妹妹大大变了样,常想搭个话儿,总觉难于出口。这些都被黑妞妈看在眼里了,她想,俗话说男大当婚,女大当嫁,如今女儿和外甥都长大成人了,俩人很般配,脾气又投合,成全了大事算了。于是,她暗暗下了决心。

这天一早,黑妞照样赶着鸭群向江边走去,没想到白龙阿也从后面跟上来了。黑妞一见白阿哥,心里像揣个兔子,脸"刷"地一下红了。虽说这样,到底是个大姑娘了,她还是羞怯地把早已绣好的箭袋悄悄递给了白龙阿。白龙阿见此情景,心里比喝了甘泉水还要甜,想说什么,没说出来,只是憨厚地微笑着。

说来也巧,这情景全被出门倒水的黑妞妈看见了。晚上,黑妞妈把外甥和女儿叫到跟前,说:"你们俩人都有意,这我早就知道。不用再瞒我了,我愿意给你们做主。"白龙阿一听这话,忙上前给姑姑施礼,黑妞却涨红着脸,害羞地依偎在妈妈身旁,偷偷看着白阿哥微笑着。

黑妞和白龙阿定亲的事一晃已经过去六十多天了,白龙阿从没离开过姑姑家,这兄妹俩在一块儿情深意长,如胶似漆,简直成了一个人。

再说,这年夏天,清朝皇帝康熙忽然想起要选个妃子。一天,他把亲信钦天监叫到了养心殿,说明了圣意,钦天监一听,心想:四海无涯,天下之大,叫我上哪去选呢！可又一想，如果违抗皇上旨意，轻者要丢顶戴花翎，重者要掉脑袋。想到这儿，他出了一身冷汗，于是捏着鼻子答应了。

钦天监回到住处，心里十分烦乱，无故斥责了几个宦官，心里也没平静下来。正在他无计可施的时候，宫人禀报一个叫瓜尔佳氏的下官来求见。钦天监一听是瓜尔佳氏，立即叫他入宫。

瓜尔佳氏是宁古塔人，黑妞的亲叔父。他在朝里做个小官，一贯好向上巴结。今天，他又给钦天监送银两来了。钦天监收下了银两，便把皇上的旨意向他说了，要求他务必给想个办法。瓜尔佳氏一听这事儿，心里想，这千载难逢的机缘偏偏让自己遇上了。于是，他兴致勃勃地把黑妞是宁古塔一枝花的事说了一遍。

钦天监一听，哈哈大笑，说："这件事办好了，还怕皇上看不到你！"说罢，他打发走了瓜尔佳氏，急忙到"养心殿"向皇上回旨。

钦天监叩过头，把瓜尔佳氏的话说了一遍，康熙沉吟了一会儿，问道："此贵人贵在何处？"皇上这一问，才提醒了钦天监。哪知，刚才他光顾高兴了，并没仔细过问。他支吾着回答不上来，便推说再观观星，再作回禀。

回去后，钦天监又偷偷把瓜尔佳氏叫来问个明白，第二天才又去康熙那里回禀。他说："小人夜观星相，好似这姑娘骑龙抱凤，手托玉玺。"康熙一听很中意，马上降旨说，由瓜尔佳氏协同钦天监尽速办理选妃事宜。

瓜尔佳氏接旨，受宠若惊。他马上领十几个随从先行离开北京，驰回宁古塔，把老营扎在十里长江边上。钦天监带领大批人马和接娘娘的小车子随后出发。

话说瓜尔佳氏在宁古塔立足稍稳，便穿着朝服来到四十里开外的嫂子家。他见到嫂子连忙施礼说："恭喜嫂子，您大喜临门了！"黑妞妈不知何事，惊讶地问："咱这小户人家，喜从哪来呀？"瓜尔佳氏说："皇上降旨，要选侄女进宫为妃，这还不是大喜事吗？"黑妞妈一听这话，慌忙说："她叔，这可使不得，如今黑妞已经定亲了。"这时，黑妞在一旁挨了个晴天霹雳，扭头跑进自己的屋里，呜呜咽咽地哭泣起来。瓜尔佳氏见此情景，便说："嫂子，您可要想得开，侄女入京之时，就是我们姓关的光宗耀祖之日，你我也都能大富大贵,机不可失呵!"说完,他告诉嫂子改日再来听信儿,便翻身上马,扬长而去。

隔了一天,瓜尔佳氏又去见嫂子,还是说不通,他十分恼怒,怨恨嫂子不为他着想。他想:这事若是办不成,钦天监哪里肯饶他。想到这儿,他暗暗下了狠心,又过了两天,他带上了全部随从,气势汹汹地来到嫂子家。他正色对嫂子说:"这是皇上的旨意,谁敢违抗,就要满门抄斩!"黑妞妈好半天低头不语。瓜尔佳氏说:"若是侄女已经定亲,就是杀死白龙阿,也不能违旨!"

他的话音刚落,白龙阿像猛虎扑食冲进屋来,把瓜尔佳氏一脚踢翻在地。随从们一看便蜂拥而上。白龙阿又踢倒了两个。后来,终因寡不敌众,白龙阿被拿住了。瓜尔佳氏从地上爬起来,咬牙切齿地说:"还不推出去斩首!"黑妞一听说要斩白阿哥,号哭着躺在地上,不让人出去。黑妞妈腿软手颤,跪到地上苦苦哀求。

瓜尔佳氏眼睛转了两转说:"也好,不杀他行,可你们必须答应黑妞进京!否则,我可不留情面!"黑妞娘无奈,哭着说:"让我们收拾收拾!"瓜尔佳氏一看达到了目的,便说:"好吧。我们把这畜生送回家去,你们抓紧准备,择日进京!"说罢,让随从拥着白龙阿走出屋去,上马走了。

黑妞和妈妈抱头痛哭一场,百般不愿进京,一夜也没安稳。第二天一大早,黑妞想早点做饭,吃罢饭和妈妈去找爹爹想个法子。谁料,钦天监和瓜尔佳氏连夜带马前来,天一放亮就赶到了。这时,正巧黑妞刚从隔壁借块豆腐托在左手上,想从土墙跳过来。她刚刚骑上墙,被人马惊飞的一只大公鸡又撞到她怀里,她赶紧用右手抱着。

瓜尔佳氏领着钦天监一进院,忙指着土墙上的黑妞说:"这就是娘娘。"钦天监仔细一看,果真是"骑龙抱凤,手托玉玺",慌忙施礼说:"恭喜娘娘,我们来接您进京来了。"黑妞没有理会他,跳下墙头,进屋去了。

黑妞哭成了泪人,死也不肯走,可硬是被拖到马车上,用龙凤缎一围,给拉走了。黑妞妈哭得晕了过去,让邻居扶走了。黑妞在小车子上哭啊哭啊,她的哭声感动了她心爱的鸭子,它们"呱呱"地叫个不停,她的哭声感动了江水,它呜咽着打着漩不肯离去。乡亲们看到这情景,也都低头哭泣。

时近中午,黑妞被拉到宁古塔钦天监的营地打尖,然后一起拔营回京。这时,宁古塔的昂邦章京纷纷前来送行。

再说白龙阿被押送回家,心里又气又闷,坐卧不安。他这口气说啥也咽不下去,决心豁出命来,也要保住黑妞妹妹。他见太阳已经有一竿子高了,便背上箭袋和弓,挎上腰刀,骑上白鬃马,绕上山林小道,直奔姑姑家而去。待他赶到那里一看,只见院子里空空荡荡的,屋子里一个人也没有。他想一定是黑妞被抢走了。他突然想起瓜尔佳氏说过,他的营地在宁古塔十里长江边上,便不由分说,翻身上马,直奔宁古塔而来。他一边打着马,一边猜想着黑妞遭遇的不幸,不由得流下了眼泪。

钦天监和瓜尔佳氏打过尖,即刻整顿队伍,上路回京。他们准备奔敦化城过吉林、凤凰城,然后出关入京。这队人马分为三段:前段是开路先锋,中间是小车子,钦天监和瓜尔佳氏在后段负责断后。

白龙阿追到宁古塔官兵营地时,发现队伍已经开拔,便打听他们的去向。他得到了官兵奔敦化城的消息,便尾随追赶。追了不到二十里,就发现了官兵的后队。他打马上山,从树林中穿过去,官兵就在他的眼前了。他坐在马背上搭弓放箭,只听箭镞带着风声,从马背上应声坠下一个官兵。接着又是一箭,又射中一名。第三箭把一个官兵射得一晃,箭头扎在那人大腿上,他险些落下马来。这三箭把官兵射得胆战心惊,不住地加鞭急行。好不容易,在第二天夜里,官兵进了敦化城。

钦天监和瓜尔佳氏加强了防范,把黑妞让到院子中间一个屋子里歇息,放五名官兵把守门口。夜深了,黑妞哪能睡得着,她坐在案旁昏暗的灯光下,默默思念着妈妈和白阿哥,泪水一滴一滴地滚落在衣襟上。忽然,她听到门外有人"啊"了一声便"扑通"倒下了。接着,响起了一阵兵器的撞击声,黑妞心里十分害怕。这时,不知是谁把门一脚踢开了,黑妞刚要大喊救命,她定睛一看,来人不是别人,正是白阿哥。

两个人紧紧地抱在一起,呜咽地痛哭起来。正在两人难解难分的时候,外面传来嘈杂的响声,白龙阿右手提刀,左手抱起黑妞就往外跑。谁料,此时钦天监和瓜尔佳氏已率官兵把这所房子围得水泄不通了。白龙阿放下黑妞,瞪圆眼睛,大喝一声冲出去,连连砍倒了两个官兵,他的右臂也中了一刀,腰刀被打飞了。白龙阿被捆绑上之后,钦天监不由分说,命官兵就地斩首。

黑妞得知白龙阿被杀,痛不欲生。

过了不到一个月,接娘娘的人马已回到北京城。第二天,宫女给黑妞梳洗打扮一番,换上了新衣服,送她去见皇上。康熙见她容貌超群,很是称心。但见她总是寡言少语,闷闷不乐,就问她家里的情况怎样,身体可有不适,黑妞都不答话。康熙接着问:"你有什么难事吗?"黑妞委屈地把白龙阿被杀一事说了。康熙为了取悦黑妞,当即传旨把钦天监推出午门斩首,把瓜尔佳氏贬回宁古塔。后来,康熙得知黑妞的爹爹是打鱼的,就给老关家筑起了三道渔亮子,还在宁古塔给盖了国老府。此事,在宁古塔地方,没人不知。

讲述者:傅英仁

搜集整理者:张默然

黑娘娘

　　传说,在清朝某代有个皇帝,他一登基就想找个最美的娘娘,于是就让手下的大臣四下去选,结果选了三年也没选到,皇帝为这件事很生气。有一天,钦天监向皇帝奏道:"臣夜里观星象,东北方有祥瑞之气,娘娘就在东北。从星象上看,这娘娘有二虎保驾,骑龙抱凤,手托方天印。"

　　皇帝一听很高兴,立刻就派钦差去东北选这二虎保驾、骑龙抱凤、手托方天大印的娘娘。

　　钦差千里迢迢来到东北,找了三个月也没找着,只得返回朝廷面见皇帝交旨,皇帝顿时大发雷霆,下令说:"杀掉!"

　　钦差大臣被杀掉了。就这样连着派了三拨钦差,结果是连杀了三拨。满朝的文武大臣战战兢兢,心中盘算:这二虎保驾、骑龙抱凤、手托方天大印的娘娘上哪去找呢? 这个差使可千万别落到自己的头上。

　　这第四拨钦差是个老臣,他来到东北后,选了几个月也没选到。这一天,老钦差带着随从来到了一条清亮亮的江边,见前边有个小小的渔村,老钦差带着手下的人便直奔小渔村走去。一进村,就听鞭炮声声,鼓乐齐鸣。

原来,这一天正是四月十八娘娘庙会,村子里男男女女、老老少少都在看秧歌。老钦差是个细心人,心想:这正是选娘娘的好机会,于是老钦差带着随从也混在人群中看起秧歌来了。

老钦差正随着秧歌队伍向前走,猛一抬头,见对面一家的土围墙上有一个姑娘。这姑娘长着一头黄皮疮,鼻涕拖落着,两腿骑在土围墙上,身边蹲着两只大花猫,右手高托着一块大豆腐,左手抱着一只大芦花公鸡,笑呵呵地在看秧歌。

老钦差心里一动,噢——这不正是要选的那二虎保驾、骑龙抱凤、手托方天大印的娘娘吗?他急忙分开众人,带着众随从跑了过去,嘴里高声喊着:"快围皇绳!快围皇绳!"说着跑到这姑娘跟前,"扑通"一声跪倒,冲着姑娘说:"娘娘,可算把您找到啦!"

这姑娘正看着秧歌,忽然见一群人跑到她跟前全跪倒了,觉得挺好玩,便哈哈大笑起来了。

这姑娘原来姓关,是满族人。她平时最喜欢猫,她一回到家中,两只大花猫就跟着她,她又喜欢大公鸡,每天早上一出屋就扔给大公鸡一大把米。所以,她一出屋大公鸡便跟着她咕咕叫。这一天,她正在做晌午饭,刚要往锅里打豆腐,忽听外边敲锣打鼓,便托着一块大豆腐跑了出来,两只大花猫见她往外跑,便也跟着跑出来。姑娘跷着脚也看不清楚,她一转身便跨上了土围墙,大公鸡见这黑姑娘跨上了土围墙,一扑棱翅膀也飞上来了。黑姑娘怕公鸡叨豆腐,左手就抱住了大公鸡,右手便把大豆腐高高举了起来。两只大花猫见姑娘跨上了土围墙,便纵身跳上了土围墙,一边一只蹲在这黑姑娘的身边。

话说老钦差在外面这么一闹腾,把姑娘的阿玛给惊动了,他跑出屋来急问:"怎么回事?"

黑姑娘说:"阿玛,他们给我跪下,叫我娘娘,嘿嘿,真有意思!"

老钦差一听这打鱼的老汉是黑姑娘的阿玛,便急忙上前施礼说:"老国丈,您姑娘被选中宫当娘娘了!"

关老汉惊讶地说:"钦差大人,您弄错了吧?选娘娘应该是贵门大院的小姐,我家是穷渔户,您怎么能选我这黑姑娘呢?"

老钦差上前一步,说:"老国丈,您姑娘是大命之人,她有二虎保驾,身骑土龙,怀抱金凤,手托着方天大印,这正是娘娘的命相,请你们爷俩和我一同进京吧!"

尽管黑姑娘不乐意,关老汉不答应,可是小胳膊拧不过大腿,父女俩只好跟着老钦差一起来到京城。皇帝听了老钦差的禀报,顿时大喜,立刻就要召见这新选来的娘娘。宫里的人一听着了急,赶紧来给这黑姑娘梳洗打扮。用七十七斤大黄米,泡了七十七瓢金井水,然后用这圣洁的香汤给这黑姑娘沐浴更衣。这一洗,说起来真是出新露奇。从这黑姑娘的脸上洗下一层油,只见这黑姑娘变得异常美丽,一双大眼睛毛的噜儿的,脸蛋粉白透红,比玫瑰花瓣还嫩。宫女用金梳子给她梳头,咦?头上的黄皮疮变成了金盔子,把金盔子一摘下来,嘿! 好一头乌黑乌黑的头发! 宫女要给这黑姑娘穿上宫装,姑娘不喜欢穿红,也不喜欢穿绿,就喜欢穿黑的、戴黑的,这一打扮,真像一朵香喷喷的黑牡丹。

梳洗打扮整齐,黑姑娘便上殿来见皇帝,她把长长的宫裙轻轻托起,像风摆杨柳似的来到皇帝面前拜了三拜。

皇帝一见有些不悦,问:"告诉朕,你为什么要托起长裙?"

黑姑娘说:"一丝一线应思来之不易,一粒一粟当想得来之难! 所以我要托起这名贵的长裙。"

皇帝方才生气是以为她一身小家子气,可听了她这一席话,倒高兴起来了,说:"这话讲得有理! 朕见你穿黑戴黑,体态娇艳,封你为黑娘娘! 你阿玛现在是国丈了,朕现在也要封他。告诉我,你阿玛是愿意做官,还是喜欢要金银? 如喜欢做官,我就封他高官;如喜欢要金银,我就赏给他金子和银子。说吧,喜欢什么我都答应!"

黑娘娘淡淡一笑,说:"我阿玛一不要官,二不要金银,我阿玛是个打鱼人,你就在我家旁边的牡丹江上筑三道渔亮子吧,让我阿玛回去好打鱼!"

皇帝一听哈哈大笑,说:"我答应你! 我答应你!"

就从那以后,东京城附近的牡丹江中便出现了三道铜帮铁底的渔亮子。

黑姑娘进宫以后,总是劝皇帝要爱民如子,体恤下情。因为皇帝喜欢她,所以黑姑娘劝什么他便听什么。国家治理得真是"百业兴旺、国泰民安"。老百姓都说黑姑娘好,满朝文武也都说黑姑娘贤惠。

整理者:宋德胤

红罗女和绿罗女

　　很久很久以前，西南天上有两颗亮星，一颗叫文星，一颗叫武星。据说，十二岁以下的孩子眼睛最好使，在八月中秋吃月饼的晚上，能看见文星是红色的，武星是绿色的。不知啥时候，人们开始管它们叫红罗星和绿罗星了。

　　相传，有一颗流星王，他嫌自己没有地盘，没有兵马，就把所有的流星召集起来，准备抢占西南天上的地盘。流星王怕东北天上的星兵助战，就在天上划了一道天界，又吩咐自愿归顺的星兵把守。天界分好后，流星王就发兵抢占西南天。不久，西南天的地盘儿就被占领了，只有红罗绿罗姐妹不服。眼看着就没有立足之地了，红罗想好了一个办法，她吹响神笛对绿罗说：

　　　　　　留在中天，没有家园，

　　　　　　登上九霄，清冷无边。

　　　　　　文武姐妹，携手并肩，

　　　　　　沉下人间，幸福乐然。

　　绿罗听了，点头称赞。姐妹俩牵动飘带，翻身沉下了人间。

　　她们落脚的地方，正是湄沱湖边。两人放眼一看，这里山也秀，水也清，田也肥,人也好。红罗女就对妹妹说:"这是一块吉祥宝地,咱们就在这里落身定居吧。"

绿罗女听了,同意了。

就这样,她俩变成了民女。红罗星穿一件红罗裙,绿罗女穿一件绿罗裙。红罗女看家做饭,绿罗女打猎在外。这样,她俩幸福自由地度过了一年,和方圆百里内的乡亲们来来往往,和睦相处。乡亲们都夸她俩勤劳勇敢。

说不上又过了多久,渤海国的老国王病倒了,护国大将军也病倒了。老国王打算在临死前为登基的儿子选个妃子,要求一有才,二有貌,好为没有才也没有武艺的儿子当助手。同时又召令全国武艺高强的男子比武,胜利者为护国大将军。

绿罗女在外打猎,听说了这件事,回来对红罗姐姐说:"姐姐你有一身文才,又有美貌,我送你到王宫选妃吧。"

红罗女听了,不高兴地说:"妹妹,王宫福地,我不进,妃子富贵,我不想。我情愿过一辈子凡人生活。我倒想让妹妹女扮男装去参加王宫比武。你的武艺,姐姐知道,你如果能选上护国大将军,保卫渤海国泰民安,我也就心满意足了。"

绿罗女听后说:"姐姐,百事我都依了你,唯有女扮男装去比武,我不从。我们在天上安分守己,在地上也不求功名。我愿和姐姐在民间。"

姐妹俩商定了,一个不参加选妃,一个不参加比武,永远相伴在一块儿。

可是过了不久,老国王死了,两件事只办完了一件。老国王临死前对儿子说:"你没有文才,也没有武功,一定要选个才貌双全的妃子做帮手,治理好国家。"

新国王登基后,接着派人四下选妃,可是他选妃的标准变了,不管有才没才,只要相貌是渤海国最漂亮的就行。

红罗女听说后,为治理好国家,有心想入选,转念一想,同这样的昏王生活在一起,是最大的耻辱,马上又打消了选妃的念头。从此,她开始为渤海国的命运担忧,整天价坐在湖边吹神笛,用一首首呼鱼唤鸟的曲子来解心头上的愁闷。她吹着吹着,一条条金红色的湖鲫成群结队地游到浅滩,探头静听着,一只只美丽的小鸟在天上飞着,又落在树丫上。忽然间,鸟飞了,鱼跑了,红罗女回头一看,身后林间道上,来了一帮背箭挎刀的绿衣大汉,前呼后拥着一架金顶轿子,直朝她走来。她看出是国王的轿子,吓得起身就跑,一个个绿衣大汉在后面猛撵,国王也钻出轿子,紧紧跟着,还一个劲地喊:"就是她,就是拿神笛的红罗女,抓住,给我抓住!"

红罗女一边跑,一边呼唤绿罗妹妹。她喊着跑着,前边突然出现了一道大水帘子,像从天上流下来的似的。大水帘子两边是老高老高的山崖,挡住了她的去路。她的喊声也被大水帘子的流水声淹没了。她想飞过去,可是身上的红罗飘带不知什么时候跑丢了,她使出全身力气也没飞起来。这时,她看见国王手拿红罗带,哈哈大笑着朝她逼近。她绝望了,立刻心一横,转身用神笛挑开大水帘子,钻了进去。白花花的大水帘子遮住了她的身影。国王瞪大两眼看着看着,看傻了眼,得了相思病,被卫士们抬回了王宫。

国王刚被抬走,绿罗女骑着一匹白龙马赶到了。她以为姐姐被抢走了,马上打马追去。突然间,她身后传来熟悉的笛声,她急忙调转马头,寻声找去,发现笛声是从大水帘子里传出来的。她后悔来晚了,姐姐已经再也回不到身边了。从此,她无心思打猎,整天跑到大水帘子前痛哭着,呼唤着,不管红罗女用笛声怎么劝她离去,她也不肯。

这件事后来传到了邻国新罗王的耳朵里。新罗王高兴得要命。他早就看着渤海国眼红,却由于渤海国太强大了,始终不能动手侵占。这回老国王死了,新国王又得了相思病,他看时机到了,就用了一计,把新当上的护国大将军请到新罗国,假装为他祝贺,把他软禁起来。同时,发兵攻打渤海国,没用几天,边关的将士就战死了。

边关失守的消息传到了王宫,国王才被吓好了相思病。他慌忙让法师四下寻找武艺高强的人迎战,夺回边关。还没等找到,忽报边关被夺回来了。国王不知道怎么回事,就亲临边关,一看,新罗王被活捉了,有人正拿新罗王交换护国大将军呢。一打听,原来夺回边关、活抓新罗王的是个女将。国王找到女将一看,怎么看怎么像红罗女,仔细一盘问才知道她是红罗女的妹妹绿罗女。她是奉姐姐用笛声传的命令来护国上阵的。国王听了,痛悔极了,连连向绿罗女道歉,当下表示要为红罗女修庙立碑,并封绿罗女为护国大将军。绿罗女听了,只同意为姐姐修庙立碑,不同意自己当护国大将军。说完,打马走了。

打这以后,国王开始按父王生前的嘱咐治理渤海国,让百姓过上了平安富裕的日子。老百姓每年都在中秋节吃月饼的时候,来到大水帘子下,在红罗庙前,对着石碑烧香磕头。据说,只有这天夜里才能听见红罗女的笛声,才能看见绿罗女来祭奠姐姐的身影。

讲述者:付庆双　刘恒珍

整理者:周爱民

花妮选新郎

朝鲜族人有一句俗语："芬芳的鲜花总是为勇士开放。"说起这句话,有一段流传在民间的故事。

很早以前,有亲兄弟二人,哥哥叫永洙,弟弟叫昌洙,他俩每天翻过一座大山去学堂里上学。

有一天,哥哥永洙因有事没去上学。到了放学时,天已经黑了,弟弟昌洙独自一人往回走。走到那座山的半山腰,迎面遇见一个女人。这个女人穿了一身白衣服,披头散发,舌头伸出很长,两只眼睛瞪得很吓人。昌洙一见,吓得没命往家跑。到了家,他的心还蹦蹦乱跳。接着他就病倒了,一连好几天米水不沾牙。永洙见他病得奇怪,再三问他遇见了什么,昌洙才吞吞吐吐地讲出来。永洙是个勇敢的人,他听了之后,暗暗下决心要弄个明白。

昌洙有病在家,永洙一个人去上学。一连三天,他都故意等天黑得很厉害才往家走,但是都没有遇到昌洙说的那个女人。

到了第四天晚上,满天的星星,没有月亮,永洙一个人摸黑往家走。正当他走到半山腰,突然那个全身穿白衣服、披头散发、舌头伸出老长的女人拦住了他的去路。她对永洙说："我请求你为我做一件事。如果你能做到，你今后会幸福的。如果你不去做，那么你就要倒霉了。"

永洙问她："什么事，你尽管说吧。"

女人说："我的要求并不难。在那面的悬崖峭壁下有一具尸体，在她身上插着一把刀。只要你把刀拔出来，喝尽流出来的血，我就能复活，恢复原来的面貌。"

永洙听她提出了这样的要求，心中确实有点害怕。又一想，事到如今，大不了是个死，就是死也要勇敢地去死。他横下一条心，跟着女人来到峭壁下面。果然，这里有一具死尸，样子和这女人差不多，只是肚子上插着一把刀。永洙稳住神，慢慢走到尸体旁边，弯腰将刀拔出。立刻，一股血从刀口涌出。永洙犹豫了一下，那女人在后边催他："快蹲下把血喝干了。"永洙只好蹲下把嘴凑到刀口上。他刚喝了一口，觉得很好喝，就大口大口地喝起来，很快喝光了血。他大声问这女人："你到底是人还是鬼？"他的话音刚落，这女人一把把长舌拽下扔掉——原来是假的。女人笑眯眯地问永洙："你看看我是人，还是鬼？"

永洙凑近一看，原来是个很漂亮的姑娘。姑娘笑着拉起他的手，朝山上一座房子走去。

走进屋子，她叫永洙上了炕坐下，不一会儿，就端上了一桌酒菜。姑娘亲自为永洙斟满一杯酒，说："你今天的举动叫我很佩服。你真是一个勇敢的人。请问尊姓大名？"

永洙把自己的情况一一告诉了姑娘，他问姑娘为什么要做这种事情，姑娘有些害羞了，红着脸对永洙说："我是岭山村大财主李两班①的独生女，叫花妮。只因不少富家子弟到我家求婚，为了得到我，他们甚至争吵打架，但是他们都是胆子很小的人。我父亲为此很焦急，他希望我嫁给一个能继承家业、有胆有识的小伙子。我想来想去，想出这么个办法。前几天，有一个小伙子见了我那种样子，吓得跑回家去，听说病得很重。今天见到你这么勇

---

① 两班：朝鲜王氏高丽和李朝官僚地主阶级的称谓，相当于贵族。

敢的人,我非常高兴。今晚你在这儿住一宿。明天一早,我带你去见我父亲。"

永洙听了很高兴,他又问姑娘:"你告诉我,那具尸体是什么做的,那血又是什么做的。"

姑娘说:"尸体是面做的,血是红糖水做的。"

永洙说:"我喝了那血,发现是甜的,就知道尸体也不是真的了,也就明白你不是鬼,是人了。"

第二天,永洙跟花妮来到岭山村,拜见了岳父。李两班很高兴,请来了亲朋好友、左邻右舍,大摆宴席,庆贺招了一个勇敢的女婿。

从此,永洙和花妮幸福地生活在一起。

讲述者:崔峰

翻译整理者:赵重振

桦皮篓

　　传说很早以前,有那么对小哥俩住在花脸沟一个十多户的小屯里,靠放山打猎为生。他们每次放山打猎回来,都把山货和猎物交给屯里的穆昆达,由他把这些东西平分给大家。

　　有一年,来个领兵的葛珊达,一眼看中这块地方,硬是把小屯给占了。从此,屯里人都被迫为葛珊达干活。

　　一天,那哥俩给葛珊达上山打猎。临太阳卡山,哥俩坐在树下,掏出干粮刚要吃,见林子里趔趔趄趄地走来个白胡子老头儿。老头儿背个破旧的桦皮篓,穿戴破烂,浑身冻得发抖,来到哥俩跟前就倒了。

　　哥俩慌忙上前,边喊边给他揉心口。过了一会儿,老人缓缓醒过来,吃力地睁开眼睛说:"好心的孩子,我三天三宿米水没沾牙了,你们把我救过来,没东西吃,怕还得冻死饿死啊!"

　　小哥俩二话没说,脱下身上的衣服给老人披上,把干粮送到老人手里。

老头儿也不客气,几口就把干粮吃光了。

第二天,哥俩上山打猎,碰上那白胡子老头儿。老头说儿:"孩子,救人救到底吧,行点好,再给我口吃的吧!"哥俩又掏出干粮给老人吃了。兄弟俩瞧着这个挺眼生的老头儿问:"老爷爷,你从哪来? 到这做啥呀?"

老人答道:"从很远的地方来,我是出来找儿子的。"

老人三口两口把干粮吃光,又盯着哥俩肩上的狍子和野鸡道:"孩子,我饭量大,这点干粮哪能填饱肚皮呀! 你们再给我点儿狍子肉吃吧!"

哥俩忙说:"这可不行,我们是给葛珊达老爷打猎啊,拿不回去猎物要挨鞭子的!"不过,小哥俩是热心肠,禁不住苦苦哀求,还是把猎物分给老人一半。结果,回去葛珊达见猎物少了,兄弟俩各挨了二十鞭子。

就这样,哥俩每天在山上都遇着那奇怪的白胡子老头儿来分吃干粮。直到第九天,白胡子老头儿解下背上的桦皮篓说道:"好心的孩子,我该走了。这些天我吃了你们不少东西,临走没啥报答的,就把这桦皮篓送你们吧,往后或许有点用场!"

哥俩不好推却老人的心意,磕个头,接过桦皮篓。白胡子老头儿笑眯眯地点点头,眨眼工夫没影了。

再说这哥俩几天来就没吃顿饱饭,肚子饿得咕噜噜直叫,回到家掀开米柜,见一粒粮都没了,俩人你瞅瞅我,我看着你,皱着眉头发愁。天还没黑透,哥俩把桦皮篓挂在北墙上,早早上炕睡下了。

不承想,第二天早上,哥俩没起炕就闻到一股香喷喷的饭味。起来一掀锅,真怪呀,锅里热气腾腾,又是饭又是糕,两人实在饿急了,顾不得细想,狼吞虎咽地吃个饱。

打那以后,天天锅里有饭有糕,可哥俩就是猜不透饭是哪儿来的。哥俩越想越怪,决心揭开这个谜。

这天,兄弟俩见家里烟囱又冒烟了,就悄悄溜回家,躲在窗外,把窗户纸舔个窟窿往里偷看。这一看不打紧,小哥俩都惊呆了。原来厨房里有三个仙女一样的姑娘在做饭,不一会儿饭好了,三个姑娘轻轻一跳,化成三股青气钻进桦皮篓,哥俩这才知道桦皮篓是个宝物。打这,哥俩像敬神似的供奉起那个桦皮篓。

日子一天天过去了，给葛珊达干活的人们更加吃不饱饭了。一天晚上，哥哥对弟弟说："兄弟呀，咱俩是不愁吃不愁穿了，可乡亲们还照样穷呀！咱何不祷告桦皮篓，让大家伙儿都有饭吃呢！"弟弟也喜笑颜开地说："好啊！"于是两人跪在桦皮篓下边，诚心诚意地祷告心里的愿望。

说来也怪，第二天，屯里的乡亲们果然家家锅里有饭有糕。大伙儿又惊又喜，闹不清怎么回事，只有那位穆昆达知道事情的底细，对大家讲了。众人都感激哥俩的救济，说他们兄弟做了好事，感动了神。

终究墙外有耳。不久，这事儿传到葛珊达耳里。他捻着两撇山羊胡，乐得肚皮直颤，领人来到哥俩的小马架子，说："今儿个我要宴请你们哥俩，你们为我得了宝贝，该受赏哩！"兄弟俩一听，脸都气青了，他们明白这是黄鼠狼给鸡拜年——没安好心哪！可又惹不起葛珊达，只好眼睁睁地看着桦皮篓被抢走了。

葛珊达把抢来的桦皮篓供奉在大堂上，一边叩头一边喜眉笑眼地喊：

> 桦皮篓，桦皮篓，
>
> 我不要肉不要酒，
>
> 专要金银四大篓。

约莫半袋烟工夫，想不到四篓金晃晃、亮灿灿的金银真的出现在眼前。葛珊达乐得围着金银直转磨磨。这时，他心里猛地又出了个鬼点子，嘴里高声喊道：

> 桦皮篓，桦皮篓，
>
> 三个姑娘归我有，
>
> 荣华富贵过长久。

他话音刚落，突然从桦皮篓里窜出三条红彤彤的火蛇，照着葛珊达脑瓜门飞去，转眼间大火烧红半边天，葛珊达活活给烧死了，他的家业也被烧得片瓦无存，只有那桦皮篓和四篓金银纹丝未动地保留了下来，哥俩便把金银分给穷乡亲。打这以后，大伙儿又过上了安居乐业的好日子。

传说这善良的哥俩活了好大岁数，一生受到人们的爱戴。那桦皮篓呢，也一直流传下来,受到人们的敬重。后来人们敬神祭祖都用桦皮篓装肉,盖房子还用三片桦树皮贴在正中的滴水瓦上哩!

讲述者:傅英仁

搜集整理者:傅英仁　王树本

黄狗救主

世上人人都说有个黄狗救主,老罕王就是被黄狗救过的。

有一回老罕王领兵打仗,打败了,单人跑到一个苇塘里藏起来了。老罕王养的那条黄狗也跟着他去了,给老罕王领路找到了一个小泡子,老罕王就在小泡子沿儿坐下歇息了。

老罕王因为实在太乏,躺在小泡子边的苇塘里就睡着了,黄狗就坐在老罕王的身边。

这工夫,追兵已经来到,一看前边都是草塘。怕草塘里有埋伏,追兵的大官叫小官进苇塘里去搜。小官怕老罕王骁勇不敢进,让兵卒进苇塘里去搜,兵卒更怕,谁都不敢进苇塘。

这时候有一个小官想出一个主意,他向大官说:"哪怕老罕王有多少埋伏,咱们用火把苇塘一烧,老罕王不就烧死在里边了吗?"

大官一听有理,马上叫人放起大火。苇塘火起,把半拉天都给烧红了。

天快黑了,荒火越烧越旺,眼看要烧到小泡子跟前儿了。这时候黄狗看见荒火来了,就叫老罕王醒来,老罕王睡得实在香,怎么叫他也不醒。这时候可把黄狗急坏了! 它又叫老罕王一阵儿,老罕王还没醒,黄狗一看实在叫不醒了,就跳进小泡子里沾一身水,凫上岸来到老罕王身边打滚,把苇草都湿润了,它打完滚又进小泡子里沾水上来打滚。上来下去,上来下去,不知多少回,把老罕王睡觉的地方周围的苇草都润湿了。这时候,火已经过来了,黄狗已经累死了,躺在老罕王的身边,老罕王还没醒。

天已经黑了,追兵一看大火把苇塘烧得溜光,都以为把老罕王烧死了,他们都回营去了。

第二天早上,老罕王醒来一看,苇塘都烧光了,就自己没烧着,一看黄狗也没烧着,他寻思黄狗睡觉呢。

可怎么招呼黄狗它也不醒,老罕王上跟前儿一摸,黄狗身上冰凉,还沾着水,他"哎呀"了一声,看着周围被润湿的没烧着的苇草,知道是黄狗救他累死的。

黄狗死了,老罕王心里非常难过。他含着眼泪把黄狗的尸首埋起来了。他说:"黄狗啊,黄狗啊,我没白养活你一回,你把我救了,你也累死了,你对我的恩情,我一辈子不能忘,就是我的子孙世世代代也不能让他们忘了你救我的恩情大义。"

他埋完了黄狗就走了。

后来,老罕王在盛京做了皇帝,他想起了黄狗救主的事,心想:有过功劳的人我都封官了,我的黄狗为救我死了,我怎样报答呢? 有啦! 从我这辈开始,家家都兴养狗不许杀狗,不许吃狗肉,更不许穿戴狗皮衣帽等物。他叫贝勒大臣把这些规矩传给黎民百姓,让所有的满族人永世不忘黄狗救主的恩情。

从那以后,满族就留下养狗不杀狗、不吃狗肉、不穿狗皮衣和不戴狗皮帽子的风俗习惯了。

注:关于这个风俗习惯还有一个简单的传说。

努尔哈赤自李成梁家逃归途中,藏在草堆里,追兵纵火而去,有狗以身浸水减火。努尔哈赤得免于难,满族从而对狗爱护备至,直到清末仍相沿不准杀狗、食狗、使用狗皮,并封狗为"守护神"加以供奉,以报救命之恩。

讲述者:钱玉祥

整理者:隋书金

黄花甸子的传说

完颜阿骨打征讨大辽国，一路上不知打了多少仗。可是到呼尔汗河北岸时，不见一个敌兵，也不见一个百姓、一头牲畜。更不知为啥房屋、庄稼、森林全都被烧毁，连一粒粮食、一棵青草也见不着。后方粮草运不上来，人缺粮，马断草，人马饿得直打晃，没法再作战，只得扎下了大本营。

完颜阿骨打愁得没着没落儿，正低头边走边想的时候，冷丁从对岸传来嘟噜、嘟噜的声音，抬头一看，河南岸是一片绿生生的大草甸子。草有一人高，并开着一片片像喇叭一样的黄花。在草甸子里站着一个穿一身黄衣服的格格。她一只胳膊上挎筐，一只手采黄花，嘴里嚤着桦皮树哨子，"嘟噜，嘟噜"地边吹边上了岸。

阿骨打问："这是什么花？你采它有什么用处？"格格知道他是安出虎水（今阿什河）完颜部勃极烈阿骨打，却先来个装作不认识，故意岔开一句："你是从哪来的野人？""噢，我不是野人，我是本族人，是安出虎水完颜部的阿骨打啊！"格格见阿骨打很有礼貌，就说："我知道勃极烈一定会过河来，才前去迎接。"说完也躬身还了一礼，他见格格说话声音和气，就接着问起来："格格家住哪里,可有姓名?""野鸡没名,我就在这儿住。这地方叫乜河,你叫我'乜河'吧。"

阿骨打见格格说话挺爽快,人长得也秀气,就问道:"乜河格格,你一个人采黄花不害怕吗?"她见阿骨打有点小看她,就胸脯一挺说:"怕什么?狼虫虎豹伤害不了我。我拎最厉害的猛虎都像拎小猫一样。"阿骨打问这地方怎么没有人烟,格格说:"这是大辽兵给造下的孽!实话告诉你,大辽兵见抵不过你,就想了个'瓮中捉鳖'的奸计。临撤走时,他们把这地方的房屋、庄稼、森林统统给烧毁,把人畜打入囚笼掠走,在河底压上毒草,毒死鱼鳖虾蟹。等你们被困得半死不活的时候,就返回来,好一下子把你们消灭掉。大辽兵正埋伏在背静的地方,等着呢!"阿骨打听罢,想到过去三天的情景,也真和她说的一样,这才知道中了敌人的暗算。

阿骨打见这一大甸子黄花开得又大又新鲜,清香扑鼻,就说:"乜河格格,你能不能再告诉我这黄花为什么不怕火烧,不怕毒熏呢?"她一拍胸脯说:"火呀、毒呀不敢拢我的身边,黄花菜就伤损不着。"

阿骨打见她又把话说得有点"玄"了,就说:"听你这一说,你准是河神,见河里有毒,没有可吃的,就逃到岸上来采点黄花菜度命吧!"她摇了摇头:"你说得差点尺寸。我比河神大,河神、水怪、鱼鳖虾蟹都归我管。我让它们行雨,它们不刮风。要不信,你就瞅吧!"

阿骨打从这些"玄"话里觉出这里有真情。兴许她就是阿布凯恩都哩派来的天神呢,就说:"乜河格格,我们都饿三天了,只要有人吃马用的东西,就能打仗,就一定会从这地方把大辽兵赶出去!"说罢就要下跪。

乜河格格见阿骨打一片诚心,就说:"我虽不是天神,也是奉阿布凯恩都哩之命前来帮助你的。"说罢把桦皮哨子放在嘴里,冲着天空吹了几声。随后,她用手往空中一指:"你看这就要降雨了。山火被浇灭,江河水再暴涨把毒草卷走,你们就可以捕捉野物吃了。眼下你们要猛吃这黄花菜,将养身子要紧。快把人马渡到南岸来!"阿骨打转过身来,刚要拜谢,乜河格格不见了。这时,头上起了乌云,乌云越聚越多,云雾里出现一条黄龙上下翻滚,在搅云行雨。空中一个霹雷,大雨像瓢泼一样降了下来。阿骨打急忙顶着雨回到北岸把人马都运了过来。

阿骨打在南岸把大营扎好,就下令士兵采黄花菜吃。这黄花菜生吃熟吃都行。此处遍地都是黄花,头天采了,第二天又开了,真是吃不尽、采不败。

森林大火熄灭后,雨也不下了,河水也不涨了,河里的鱼虾又都多了起来。人们有吃有喝,阿骨打就借这甸子三面环水的有利地势,派重兵将这里把守得像铁桶一样。大辽兵见反攻不成,就悄不声地溜走了。

从此这地方就叫黄花甸子(现牡丹江市)。

讲述者:关墨卿

整理者:赵君伟

黄花甸子的由来

　　很早很早的时候,两江口绿草如茵,野花盛开。岸边住着一个叫满月的渔郎,以打鱼采药为生。有一年这里特别干旱,野草枯萎,百花凋谢,人们纷纷远走他乡。满月心急如焚,饭吃不下,觉睡不着,不忍心舍弃这块生他养他的地方。他决心掘两条长渠,引牡丹江和海浪河水浇活这片草地。他挖呀挖,日复一日,手磨破了,腰累弯了,头发白了。

　　说也巧,黄花仙子云游到两江口,被满月的精神感动了。她来到满月身边,摘下头上的金银簪,挥手划了两弯斜月,引来了两江水,种植了两岸黄花。到了六月,黄花争相开放,把两江口点缀得分外美丽。满月心花怒放,手捧着黄花仙子采下的黄花菜泪流满面。

　　说也怪,满月吃了黄花菜后,白发变成了黑丝,皱纹消失了,腰也挺直了,又成为一个身强力壮、浓眉大眼的漂亮小伙子。他欣喜若狂,猛地抓住黄花仙子的双手,激动得说不出话来。从此,满月和仙子相依为命,一边打鱼一边侍弄黄花,过着幸福美满的日子。

　　两江口有黄花的消息不胫而走,镜泊湖里的两条蛮龙听到后,立即顺水而下。当它们看到满甸黄花时，喜得龙头乱颤："黄姑娘,满月,你们听着,本龙限你们立即离开黄花甸子,我俩要把这甸子开辟为游玩的乐园。"

满月和仙子当然不肯离开黄花甸子。

"我要叫你们这黄花甸子化为汪洋!"蛮龙恼羞成怒,便呼风唤雨,兴风作浪。刹那间天昏地暗,电闪雷鸣,大雨滂沱,两江水波浪滚滚。黄花仙子把满头青丝化成密集的柳枝,挡住了洪水。大雨过后,黄花更加鲜艳。

蛮龙气歪了嘴巴,张开血盆大口,喷出阵阵寒气,刹那间北风呼啸,大雪纷飞,地冻三尺。黄花仙子立即张开绿色的罗裙,盖在花草上,罗裙下温暖如春。

蛮龙气得七窍生烟,张牙舞爪地向黄花仙子扑来,恨不得将她撕得粉碎。满月挺身护住仙子,被蛮龙抓得遍体鳞伤,倒在甸子里。看到满月死去,黄花仙子从头上拔下金银簪,向两龙刺去。两龙嚎叫一声,掉落在仙子用簪子划的两条溪里。

牡丹江市的金龙溪、银龙溪因此而得名。

搜集整理者:田丰　黄运军

活 吊

嘉庆年间,宁古塔一些满汉文人想在城东南角修一座魁星阁,好保佑他们文运亨通。在修阁地的东头,住着一位满族大户喜大人,外号叫土浑,意思是最阴险的人。提起这位喜大人,全城没有不知道的。他仗着老人留下的财产和官位,才过上富裕的日子。本人要文不能文、要武不能武、肩不能挑担、手不能提篮,成天玩玩鸟、蹓蹓街,吃喝浪荡,自在逍遥。

其实修阁本来和这位喜大人没什么瓜葛,可是他却说"房西头盖个庙,不是死人就倒灶",天天骂个不停。为这件事大伙儿闹到副都统衙门,他就是不让修。一些修阁会首登门拜访,他也不松口。

正在大家没招儿的时候,包木工活的乌尔顿木匠师傅笑着说:"这有何难,我保证不出半个月,叫他登门谢罪,还得捐款修庙。"大家虽然知道这位木匠师傅道道多,又会武术,可是要想对付这位土浑喜大人恐怕未必能行。只是到了这步田地,也只好半信半疑地等候佳音。

故事从这里才算开始:土浑大人一看官司打赢了,会首们也不敢再提修庙的事儿了,心里美滋滋的。

有一天，土浑正要提着画眉笼子出外蹓蹓，就见乌尔顿打外边进来，乐呵呵地给土浑请安，口称："大人您好，小的向您问安。"土浑这个人就喜欢人家恭维他。一见乌尔顿请安，就摆出一副老爷的架子来，两手一伸，半猫着腰，斯斯文文地说："请起请起，请到屋里坐。"又招呼下人："来人，看茶！"乌尔顿赶忙低下头说："大人在此，哪有小的坐的地方。"土浑更高兴得不得了，笑眯眯地说："家礼不可常叙，坐下好谈话。"

木匠师傅告了坐，恭恭敬敬地说："大人的名望可大了，谁不知道喜大人能文能武福分大。可惜珍珠埋在土里，有光露不出来。真要请大人当宁古塔副都统，管保国泰民安，风调雨顺。"土浑一听，乐得眼睛都眯成一条缝，连连夸奖乌尔顿："你真是好样的，对事儿看得准看得透。"乌尔顿接着说："我听说一些混账东西要在您老地盘修魁星阁，真是岂有此理。说啥也不能叫他们修。这不，前几天他们找我做修庙的木工，我听说大人您老不同意，我压根没答应。"

这一番话，说得土浑乐得嘴上那七八根胡子也上下颤动起来。最后乌尔顿说："请大人放心，只要我不包这木工活，他们别想修成庙。"土浑连连点头说："好！好！往后有什么事，你听我的管保没错。"

第二天晚上，乌尔顿又来见土浑，郑重其事地和土浑说："启禀大人，听说修魁星阁改在城西南角。据说蕴大人也同意了，还捐出一块土地修庙。"土浑不太信，乌尔顿说："确有此事。原来蕴大人也不同意在他房西头修庙。可是不知怎么回事，那地方闹起鬼来了。据说是三年前在大石桥吊死的那个人，回来抓替身来了，弄得蕴大人提心吊胆，日夜不安。就在昨天晚上，蕴大人东屋一个老笔帖式也看见吊死鬼往东跑，一面跑一面说：'钟馗来了，在这儿抓不住替身了，上城东南抓去吧。'说完一溜火光往咱们这方向跑来。"土浑吓了一跳，忙问："真是这样吗？"乌尔顿说："其实我也没看见吊死鬼。我想大人一福压百祸，或许不会有什么闪失。"说完就告辞了，把土浑弄得半信半疑。

有一天晚上，土浑从西头往家走，到西胡同时，忽然吹来一阵冷风。他抬头一看，对面不远的地方出现了一个鬼，这鬼穿了一身白，披头散发，红舌头伸出有半尺多长,一蹦一跳地向土浑扑来。这可把土浑吓坏了,他哆嗦成一团,不住高喊:"救命,快打吊死鬼啊!"这一喊只见那小鬼呼啦一下不见了。打那以后,土浑吓得一黑天就不敢出门。

又过了两三天,他走到西墙根,又感到一阵冷风,那个吊死鬼又一蹦一蹦向他扑来,吓得土浑连滚带爬往屋里跑,招呼家人快打吊死鬼。就这样,全家提心吊胆,饭也吃不好,觉也睡不安。

有一天,刚吃完早饭,乌尔顿慌慌张张从外面跑进来,跪到土浑面前哀告说:"大人快救救小人的命吧。上次从您老这儿回家以后,我家天天闹吊死鬼,怎么也躲不了。我想您老福分大,一福压百祸,成全成全我,能不能在您老这地方住几天?"

土浑一听暗暗叫苦,也只好把这几天的实情一五一十和乌尔顿说了。乌尔顿一听愣住了,自言自语地说:"看来老笔帖式说的真是千真万确了。这吊死鬼不在什么地方抓一个'替身'是不能罢休的。这回,人家蕴大人有钟馗神保佑一定会平安无事了,我们可要遭瘟了。"说完直唉声叹气。

土浑小声小气地和乌尔顿说:"乌尔顿,你能不能找那些会首们商议商议,叫他们还在我房西头修钟馗庙,我也宁可舍出那块土地。"土浑说完,乌尔顿摇摇头说:"恐怕我这小人物说不了蕴大人。您老想,就是白送地皮人家也不会同意的。"又接着说,"我看还是您出马,把他们请到府上,摆上酒席,再凭您老身份,我想他们不敢不听。"土浑一听大喜,忙说:"好! 好! 一切事你就安排吧,只要能把庙修在咱这儿,怎么办都行。"

到十五天头上,土浑府上杀猪、宰羊,买酒备菜,把修庙的一些会首请到家里,大吃大喝。酒过三巡,菜过五味,乌尔顿站起来说:"诸位会首,大人发了善心,同意你们在大人府西修庙,还舍出地皮,另外还捐献五百两银子资助建庙。大人还骂我,说我不该辞退这木工活,弄得不能早日兴工。我也向大家保证,一定干好这木工活,早日修成魁星阁。"

魁星阁很快修成了。在捐献簿子里,头一名就是土浑喜大人纹银五百两。

这个闹鬼的谜,一直到土浑死后才真相大白。原来,哪里有什么吊死鬼,都是乌尔顿耍的把戏。以后这乌尔顿也有了外号,叫"活吊"。

讲述者:乌尔顿后代子孙何子恒

整理者:傅英仁

鸡尾翎

　　过去,满族人过年的时候,都要在帽筒里、掸瓶里插三五根鸡尾翎,表示避邪、吉祥的意思。为什么说鸡尾翎能够避邪呢? 这里面有个古老的故事。

　　在宁古塔的西南,镜泊湖南部的山区,有一个很小很小的部落。部落虽然小,他们的日子过得还挺好。

　　有一年,这里的老葛珊达死了,按照满族的习惯,应该他儿子库达里接任。可是他太小,才十几岁,又没爹没妈,这样葛珊达的职位就叫他叔叔给抢去了。库达里没有依靠,只好寄居在他叔叔家里。

　　他在叔叔家,就不像在他自己家了。婶娘给他气儿受,拿他不当人看,让他一天必须打出五十斤三花糕。就是一个成年男子,要打三花糕,最多也只能打三十几斤。打这三花糕要打头遍糕加点小豆,打二遍糕又加点芸豆,到第三遍,才能打出三花糕来。过去,宁古塔的满族待贵客都用大黄米打的三花糕。库达里要是一天打不出五十斤三花糕,他叔叔就得揍他,也不让他吃饭。

　　库达里的叔叔还让库达里一天得割回一百棵秌秸,他要卖秌秸子。那阵子,割一百棵秫秸可不容易,一个好小伙子一早出去,贪黑回来,一天也不过割回六七十棵。库达里要是一天割不回一百棵秫秸,他叔叔也揍他,也不让他吃饭。

小库达里实在忍不下去了,一寻思,我死了吧! 活着也没劲,干遭罪。

小库达里来到树林子里,把绳子往树上一挂,脑袋往里一伸,腿一蹬,结果,绳子断了。小库达里连着上了三次吊,绳子断了三次。

库达里心想,上吊死不了,我投河吧。他投了三次河,河水三次把他冲到岸上,还是没死了。

库达里伤心地坐在石头上哭,哭着,哭着,忽听有人说话:"小阿哥,你别哭,南山有位纳尔呼,有啥为难遭灾事,求他,他能给出路。你要想找纳尔呼,你得问问桦皮玛发,桦皮玛发在南山,南山高,有大雕,他知道纳尔呼住的地方,你赶快找他去吧!"

小库达里只听见话音不见人,他找了半天也没找着。细一看,见在南山坡上趴着一只小狍子。小狍子瞅着他乐,是它跟他说话。

库达里跟小狍子说:"狍子大哥,你能不能领着我找到桦皮玛发?"小狍子就领着库达里向前走去。

他们走啊走啊,走到了南山根,果然看到一棵大桦树。狍子说:"你问问桦皮玛发吧,他知道纳尔呼住的地方。"

纳尔呼是什么呢? 这纳尔呼,满族人都知道,就是说不出是什么模样,光知道是个赛音恩都哩,是位好神,能救苦救难。

库达里给大桦树请了安,问道:"桦皮玛发,你能告诉我纳尔呼在什么地方吗?"大桦树闷声闷气地说:"不远不远,还有九沟十八川,在安班哈达顶上,有老雕看门户。"

"安班"是大,"哈达"是砬子,安班哈达,就是大砬子。

库达里拜别了大桦树就往前走,走啊走,脚磨破了,带的干粮也吃完了。饿了,就吃些榛子;困了,在山根底下一睡。就这么着,库达里走过了九沟十八川。

这天,他到了一条大河,见这里水连天,天连水的,过不去。他寻思,豁出去了,不会水,我就投河,能过去就过去,算我命大,过不去,算我命短。他一头投到河里,就好像有人托着似的很快地过去了。

过了河,走了一程,到了安班哈达。这座山高得看不到顶,半山腰叫云彩给遮住了。库达里心想:我已经来了,拼命也得爬到山顶。

第二天一早,库达里就开始往安班哈达上爬。开头倒挺顺利,越往上越陡,他足足爬了三天三宿,忽然听见山底下桦树玛发的声音:"小阿哥,还早着呢,你才爬到山脚呀!"这时候,小库达里已经累得起不来了,他咬着牙还是往上爬。又爬了三天三宿,实在爬不动了,他心想,这回我要死在半山腰了!

正寻思时,就觉着像有人抓着他的脊梁,他忽忽悠悠地飞起来了。不大一会儿就到了山顶。库达里睁眼一看,一只老雕站在砬子上,库达里忙给老雕磕了一个头,这老雕就向山顶飞去。

库达里来到山顶上,见有五棵老松树,在老松树洞里坐着一个干巴巴的老头儿。库达里想,这就是纳尔呼了。他走上前去,跪在地上。

纳尔呼慢慢睁开眼睛,说:"小库达里,你知道吗,你们部落正在闹天花。皇上有旨意,没出过天花的人不许当兵。这可是咱满族人一个大病呀!"

库达里一听,急忙说:"纳尔呼恩都哩,您老发发慈悲,跟我一同下山,搭救搭救我们部落的人,再把我从叔叔家救出来,让我过个好日子。"

纳尔呼跟库达里说:"你叔叔不光对你不好,对谁都不好。我给你这个鸡尾翎,能护身,又能治病。你回去有什么危难事儿,这鸡尾翎会帮助你的。"

纳尔呼说完,把鸡尾翎交给了库达里,又告诉他:"鸡尾翎你要正扫,不要逆扫。它能治病除灾,你懂了吗?"库达里说:"懂了。"纳尔呼说:"那你就回部落去吧!"

库达里回到部落,果然,家家出天花。他就挨家挨户地给人治病。他用鸡尾翎在病人身上一扫,病就扫好了。不几天,库达里把全部落出天花的都给治好了。全部落的人,没有一个不尊敬他、不感谢他的。

这时,库达里的叔叔心里暗想:你库达里用鸡尾翎给人治病,分文不收,可真傻透腔了。我要能有这鸡尾翎，可就能发大财了。他朝思暮想，想把鸡尾翎整到手。

怎么整呢？一天，他对库达里说："你把鸡尾翎给叔叔吧。"库达里摇摇头说："不行，纳尔呼恩都哩告诉我了，这鸡尾翎谁也不能给。"

库达里叔叔一听，知道来硬的不行，他就使用软招儿，对库达里说："我知道明天你还要用那个鸡尾翎给大伙儿治病，这两天把你跑得够呛，我准备了好饭，你吃点吧。"谁知库达里他叔叔早就在饭里下了毒药了。

库达里刚端起饭要吃，小狍子来了，在外边招呼："库达里不要吃，饭里有毒药！"

库达里瞅瞅他叔叔，说："叔叔啊，你给我这饭，我不管怎么的，就是豁出去死也得吃，因为你是我叔叔。"

他叔叔说："你吃吧，别听外边乱吵吵。"库达里就把这碗饭吃了。库达里自个儿心里有数，他知道吃完饭以后，用鸡尾翎一扫，也就没事了。

吃完饭不一会儿，他觉着肚子烧得厉害，他就拿出鸡尾翎连扫了三下，妥了，没事儿了。

他叔叔一看，这一招还是整不来鸡尾翎，就使出最后一招，趁库达里没防备，他把鸡尾翎抢去了，又把库达里圈起来了。

库达里的叔叔把鸡尾翎抢到手，可高兴了。他可部落跑，还说："我给你们治病，保管治一个好一个，治好一个病人，三两银子。"他这就给人治开了。可是他光知道用鸡尾翎治病是往病人身上扫，不知道要顺着扫，他是一个劲儿在病人身上逆着扫，结果扫一个，死一个。

这可把他恨坏了，说："库达里，你他妈净坑我。"他把库达里撵跑了。

库达里被撵走后，他叔叔心想：怎么鸡尾翎到我手就不好使呢？这可真是个怪事儿！他琢磨着，怎么也琢磨不出道道来。

原来他是个左撇子，好左手使东西，总是从左往右扫，不习惯从右往左扫。他一边琢磨，一边用左手拿鸡尾翎在自己眼前一个劲地逆着扫，一下子把自己的眼睛扫了，先扫一下，一只眼睛瞎了，又扫一下，那只眼睛也瞎了，他变成了双眼儿瞎。

这个事儿，让山咕噜子妖知道了，它来对库达里的叔叔说："葛珊达呀，你是只知其一，不知其二呀！"库达里叔叔问："怎么回事？"山咕噜子妖说："你怎么不顺扫呢？你要顺扫，什么病都能治好。"

"是真的吗？"库达里叔叔问山咕噜子妖。

山咕噜子妖说："来来来，我教给你。"库达里的叔叔就把鸡尾翎交给了山咕噜子妖。山咕噜子妖把鸡尾翎一拿到手就跑了。跑到门外，它把葛珊达住的房子四外围上柴火，点上了火，它要烧死葛珊达。

这时候，正好库达里又回来了。他一看，叔叔的房子着了火，正想去救火，小狍子来了，说："库达里，你别管，烧死这样的人活该！"

库达里说："不，他是我叔叔，我得救他！狍子大哥，你帮我把火灭了吧！"小狍子说："唉，你真是好心！"说完，小狍子就帮着库达里把火灭了，把他叔叔也救出来了。

部落的人都来了，知道鸡尾翎丢了，库达里叔叔眼睛瞎了。人们一看库达里心眼儿这么好，就齐呼拉地推举他当了葛珊达。

库达里想找到鸡尾翎。小狍子对他说："你不用愁，我给你找去！"狍子这小东西专门吃苔条花，正好，这山咕噜子妖最怕的是苔条花。

小狍子这天到山咕噜子妖住的地方，它叼着一捆儿苔条花，山咕噜子妖一看苔条花就躲，三躲两躲没躲开，碰到苔条花上了，山咕噜子妖迷糊过去了。

山咕噜子妖一迷糊过去，准得一个时辰才能醒过来。这时候小狍子就把山咕噜子妖踢死了。小狍子找到鸡尾翎，叼着送给了库达里。

库达里拿着鸡尾翎，对他叔叔说："叔叔啊，我给你把眼睛治好了吧！"库达里说着，用鸡尾翎在他叔叔的眼前扫了三下，叔叔的眼睛就治好了。

叔叔抱着他侄儿，哭了，说："我对不起你呀，你婶儿也对不起你呀，我情愿让你当葛珊达。"库达里说："不，你眼睛好了，还是你当葛珊达吧！"

可是，部落里的人不干，说啥还得让库达里当葛珊达。库达里当上葛珊达以后，还是用鸡尾翎给大家治病。打这就流传下来野鸡翎就是吉祥如意能避邪。

　　山咕噜子妖为什么没有了呢？因为苕条花在山上开得越来越多了，山咕噜子妖不敢再出来了。从这以后，这个部落的人也都不吃狍子肉了。

讲述者:傅英仁

整理者:王士媛

机智的小白兔

东海龙王得了一场大病,请鲨鱼大夫诊断。鲨鱼大夫说是只有兔肝才能治好龙王的病。大臣们都想乘机讨好立功,都争着要为龙王讨药。

龙王见青龟老实忠厚,便派青龟前去讨药。青龟表面老实,心里却很刁滑。青龟见龙王对它这般信赖,便高高兴兴地接受了任务,游到岸边。它刚爬上一座小山顶,就看见一群兔子正朝这边跑来,青龟暗想:怎样才能抓到一只兔子呢?兔子跑得这般快,自己无论如何也没办法追上,只有用计骗来一只才是上策。于是,它便朝一只小白兔喊道:"兔小弟!你到过龙宫吗?龙宫可好玩哩,如果你愿意去,大哥愿意为你带路。"

小白兔一听说去龙宫,好奇地竖起耳朵听。那是个令人神往的地方,只有虎大王才有资格参加那里的宴会,它高兴地说:"龟大哥,我去,请你带我去吧。"

青龟一听小白兔果然中计,大喜过望,背起小白兔就进入海底。海底真是个神秘世界,五光十色,奇异的海中动物争奇斗艳。小白兔一路上高兴极了,不大一会儿,到了龙宫。这富丽堂皇的水晶龙宫,别有一番风味。宫殿里,龙王同文武大臣正等着呢。青龟上前向龙王交差,龙王一见小兔,非常高兴,要当场取小兔的心肝吃。小白兔一听,知道上当了,便急中生智地说:"龙王爷,你想吃兔肝吗?怎么不早说呢?兔肝可是个能治百病的灵丹妙药,我的兔肝还挂在树上晒着呢,如果龙王想要,我马上去取来。"龙王说:"怎么?你的肝没带来?"小白兔说:"这事儿都怪龟大哥,他不曾说明白,所以我只带来颗心,可是心却不能治病啊!"龙王一听,小兔说得非常诚恳,就相信了,喝令青龟背着小兔重新回到岸上取兔肝。

到了岸边,小兔一落地,就说:"龟大哥,你稍等一会儿,我去取肝给你。"小白兔三蹦两蹦跳到岩石上,找来两块黑石头送给青龟说:"给你,这就是你要找的兔肝。"青龟接过石头,一回头小白兔早已无影无踪了。青龟只好拿着石头去向龙王交差去了。

龙王接过黑石一看,这哪是兔肝啊!龙王勃然大怒,就把青龟杀死了。

讲述者:朴阜元

整理者:姜信极

翻译者:单庆友

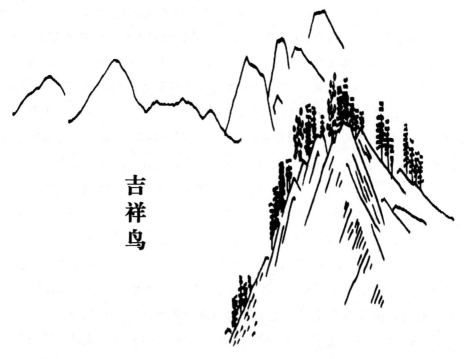

吉祥鸟

天上二十八宿中,只有牵牛星和织女星是近邻。牵牛星是一个勤劳勇敢的小伙子,织女星是一个美丽善良的姑娘,心灵手巧,会织一手好缎绢。

牵牛和织女恰好是同年同月同日生,从小就很要好,两小无猜,每天天一亮就跑到一块玩儿,直玩儿到天黑才回家。哪知道,他们的友情引起别的星宿的忌妒,背地里尽说他们的坏话,说什么他们的接触违犯了"男女七岁不同席"的天规天理。

时间就像流水般过去,转眼牵牛和织女都长大了,织女长得眉清目秀,牵牛也长得身强体壮,两个人不知不觉地产生了爱情。

有一年七月初六这天,牵牛到后山坡去放牛,快到中午时,织女端着热饭热菜送到高山坡。两人坐在草坡上一边说着知心话,一边吃着香甜可口的午饭,不承想他们的举动被犬星发现了,一个叫作鬼星的星宿报告了天王。天王一听,勃然大怒,下令将他俩分开,把织女星赶到天河对岸,牵牛和织女恋恋不舍,洒泪而别。他们隔河相望,不时流下一串串泪珠,泪珠流到人间,使汉江水涨,淹没了两岸的田地。

　　汉江岸边居住着一个九十九岁高龄的白发老人,他学识渊博,上知天文,下知地理。一天夜里,他忽然发现牵牛星身旁的织女星突然不知去向,当天夜里,天气果然发生异变,雨下不止,河水泛滥成灾。老人决心把织女星找回来。打这开始,老人每天夜里都注意观察天像,功夫不负有心人,第二年七月初六,他终于在天河对岸找到了织女星,可是织女的眼泪快哭干了,已经失去了光泽。老人立即把自己的发现报告地神王,地神王立刻下了一道命令,派喜鹊王带领所有的喜鹊在七月初七这天一同飞上天河为牵牛和织女搭桥。于是成千上万的喜鹊在七月初七这天成群结队地飞上天河为牵牛织女两星搭了厚厚的一座鹊桥。牵牛和织女喜出望外,他们收住了眼泪,双双踏上鹊桥,重新相会了。

　　这天早晨下的雨叫头脚雨,是他们在桥头流的泪水。中午下的雨叫抱头雨,是他们见面时流的泪雨。晚上下的叫恋雨,是他们惜别时流的泪水。

　　打这儿起,每年的七月初七这天都由喜鹊搭桥,牵牛和织女相会一次。从此,汉江的水灾解除了。奇怪的是喜鹊从天河归来时,头顶上都长了白色的斑点,据说,那是牵牛和织女走过鹊桥时踩下的脚印。从此,人们便把喜鹊当成吉祥鸟。

讲述者:金承斌

翻译者:单庆友

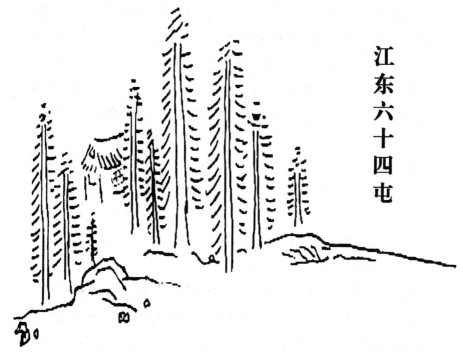

江东六十四屯

　　相传,江东六十四屯这个屯原名"豁尔勒精屯"。因为有八旗屯六十四所,故称它为"江东六十四屯"。这六十四屯在黑龙江以东,有白旗屯、红旗屯、新山屯、后山屯、都什镇,还有前东山屯、后东山屯、解家窝棚等六十四个屯子。满族八旗人民分布在这块土地上。他们以打猎为主,兼种庄稼。每次打猎,必须全屯出动,或者几个屯子同时出动,名叫出围。每次出围,按八旗纪律,和行军一样,向围场进军,把它包围起来,不让野兽走脱,当地人管打猎也叫行围。出小围是在三、六、九日,也就是三天一出围,每次出围都是男女出动,目的一是打猎,二是练兵。

　　有一次,只有白旗屯出围,其中关仝的女儿海兰也跟猎人出围,她是一个十八岁的姑娘。别看她是个姑娘,枪可打得挺准,又有胆量。这次出围正赶上个爆天,日头像火一样,贼拉拉的热,她钻进林里省得日头晒。正在走着,突然遇到一只黑瞎子。它虽然很凶,海兰姑娘却不害怕,她端起枪来就打了一枪。结果这枪打在前胸上,黑瞎子倒了又爬起来,向她扑过来。她使的枪是单子枪,只能打一枪,来不及打第二枪,就被黑熊扑倒了。黑瞎子就坐在海兰的身上使劲往下蹲了几下。海兰很有经验，是脸向下倒的，熊啃不着脸，她腿一动，黑瞎子就往她腿上咬两口。海兰心里想：这回算完了，啃完了腿，也会啃脸的。如果手再一动，它就会把手咬断。

正在紧急的关头，忽然一声枪响，黑熊一头撞在地上死了。海兰抬头一看，原来是林超哥。她喊："林超哥救救我。"林超一看她腿被咬坏，急忙拿布条子给她包扎上了。

林超是怎么来的呢？原来这个年轻猎手在林子里听见了枪声，就往枪声响起的方向走来。猎狗突然狂叫起来，向前跑了，他在后边跟着，才来到这里的。他救了海兰姑娘，包扎完了，让海兰姑娘坐着休息一会儿，他拿刀给黑瞎子开了膛，拿出来熊胆放在皮袋里。熊胆是一种贵重药材，熊死了，如果不及时拿出胆来，胆会自己消失了。

林超背起了海兰姑娘，回到屯子，姑娘的腿又流血了，他只得背到自己家。解开了布条，敷上了红伤药，止住了血，又重新包扎，让她在炕上躺着休息。林超的讷娘不让海兰姑娘走，因为林超家只是母子二人过日子，家里过得挺穷，直到现在没娶上儿子媳妇。今天见儿子背来一个姑娘，讷娘的心里乐开了花，汤一碗、药一碗地尽心侍候海兰。海兰在他家住了好几天，和林超有了深厚的感情，答应了老人家的要求，和林超订了婚。

这天海兰她爸赶着车来接她回家。老太太说明了林超和姑娘订婚的事，她爸也很同意。海兰回家以后，林超天天去给她上药，给她送去鸡蛋和肉。林哥一天不来，海兰觉得就像丢了啥似的。以后伤好了，二人定了婚期，买了些衣服和东西，准备结婚。

这年，正是八国联军进北京的时候，俄国乘机出兵占了江东六十四屯。大兵进屯之后，就奸淫烧杀，激起了村民的愤怒。正白旗的穆昆达当时集合了一千多人，和俄军作战。因为俄军进屯没纪律，分散进入各家奸污妇女，抢掠东西，被旗人零星歼灭，死的很多。战斗了一天，俄军败了，又增添俄军五千，武器又好，都是"十响毛瑟""十三出子"。旗人的枪，都是单子枪、沙枪、土枪。最后子弹打光，穆昆达用枪筒子和敌人死拼，被俄兵的马队砍倒，英勇牺牲了。

俄人的马队呼啦一下冲上来,手举马刀,像割高粱茬子似的,见人就砍,把手无寸铁的男女老幼赶到几个大房子里,钉上门窗,用火烧死。可惜江东六十四屯的老百姓,好些都被烧死了。靠江沿儿的莽奈屯、白旗屯、北列尔、哈达屯、红旗屯的人,被俄军马队赶到江里,往江里跳,就像下饺子一样。跑在后边的人被俄人的马刀把脑袋开了瓢。林超的枪还有一粒子弹,他蹲在岸上,等着俄人军官骑马来到,他一枪把俄国军官打死,然后跳下江去,浮水游到南岸。游过江的只有一百多人,余下的人都淹死在江里了。

准备要结婚的关海兰姑娘,死在战斗中了。她的嫁衣和买的物件都被俄人抢走了。林超的讷娘被烧死在屋里。林超和祁双两个人,一同过了江南沿儿,跑到杨木岗沟。当时杨木岗的沟总大人是李月苍,林超讲述时,边讲边哭,听的人也有流泪的。从此,江东六十四屯被俄国强占了。

讲述整理者:姚天葆

金厂的传说

黑龙江省东宁县西北部山区有个村庄叫金厂村。这村为啥叫金厂村呢？只因为这里盛产黄金,故得此名。有关这里金矿的开发,还有几段传奇的故事呢!

金厂

据说大约在一百三十多年前,东宁县境内就有些高丽人在这一带游居,主要靠打猎、挖人参、采药材、种大烟为生。

一年春天,有两个高丽人"放山"来到金厂村附近。两个人一个叫朴大发,另一个叫金进财,都是三十多岁的强壮汉子。

他俩从春到秋连一棵"二甲子"①也没挖着,天气渐渐凉了。

"放山"半年一无所获,家中生活可咋维持。俩人愁闷焦急,整天唉声

---

① 二甲子:指的是两年生的小人参。

叹气。

有一天，他俩来到离现在的金厂村四里路远的东南方的一个大沟膛里，只见这里古松参天，像一把把撑天的巨伞，各种树木都长得粗大挺拔，长势不一般。那时这里还没有人烟，抬头不见天日，树荫下有一条清澈见底的小河，清水潺潺，真可谓是山清水秀之地。

他俩根据多年的"放山"经验，认定这一带必然有宝。

于是，俩人就动手在朝阳坡上搭起一个小马架子住下来。可在这方圆二三里的地方转悠了三天，依然两手空空。

晚上，他俩都愁眉苦脸，唉声叹气。

金进财长叹一声："唉！放了半年山，啥也没得着，我家里上有七十多岁的老母亲，下有老婆孩子，往后的日子可怎么过！"

"我爸爸正在生病，还等着我发财呢！没法子，谁叫咱俩运气不济，依我看，这一带山水不一般，必然有宝，明天咱俩再转悠一天看看。"朴大发耷拉着脑袋说。

吃过晚饭，俩人觉得在屋里待着太闷得慌，他俩索性在门前打了一堆蚊烟，呆呆地凝视着前面十多步远的小河。

借着朦胧的月色，突然，俩人不约而同地看见小河两岸金光闪闪，就像鬼火在幽暗的河边游动。他们吓得头发一根根地立了起来，心里在说："这可能是山神爷爷或什么幽灵作怪。"

他俩吓得连大气都不敢喘，呆若木鸡，两眼直勾勾地呆视着那金光闪闪的地方。

几分钟过后，金光不见了，俩人才提心吊胆地慢慢腾腾地回到屋里。

朴大发疑惑地说："这金光可能是山神爷吓唬咱的，明天咱俩赶快离开这里吧。"

"依我看，那金光没准儿是什么宝贝发出来的，那是吉祥之兆，明早咱俩到河边看个究竟。"金进财面带喜色地说。

第二天清晨，他俩来到河边细细地查看，猛然间，俩人的眼光同时射向河边的卵石缝里那块闪闪发光的东西，这块像黄铜似的长方形东西有一寸多长,半寸多宽,二分多厚。

俩人惊喜若狂,他俩虽然谁也没亲眼见过金子究竟是个啥样,但也听别人传说过金子是啥样,确信这一定是块大金子。

金进财惊喜地说:"这儿出金子,肯定不能只这一块,咱俩再找找看。"俩人聚精会神地找啊,找啊,果然又发现在沙石中埋藏着像苞米粒一样大小的金块,他们连晌午饭也忘吃了,一气儿找到太阳要落山了,饿得肚子咕咕叫,这才满载而归。俩人把拣到的金子放到小口袋里,用手一掂,足有四斤多。他俩那高兴劲儿就没法说了。

到第三天,俩人又来到河边拣金子,可怎么也找不到金块儿了,只发现沙石中掺杂着像麦麸子一样的细碎金子,太小,用手拣不起来,怎么办?

机智的金进财沉思一会儿,恍然大悟:"咳!有办法了!有办法了!"

他俩用锯割来二尺多长的一段椴木,用斧头砍制成两头翘、中间深、四周浅的长方形工具,然后把掺杂着碎金子的沙子放在里面,借着河水像淘米一样淘起金来。金子虽小但分量重,就这样,沙子被淘走了,剩下了金光闪闪的碎金子,这办法果然又快又省力。

他俩制作的那个淘金工具就是现在淘金用的"簸子"。俩人就用这个"簸子"起早贪黑地淘金,一连干了二十多天。天气凉了,俩人的粮食也吃光了,金子也得了很多,他们高高兴兴地收拾起金子,打点好行装回家去了。一路上,他俩砍下树枝当作路标,准备过年再来。他们到城市卖了金子,小日子过得比火盆儿还红火。

他们还把淘金的地方起名叫金川,这大概就是金厂的乳名吧。

第二年春天,朴大发和金进财俩人偷偷地串联了自家的亲朋好友七八个人又来到金川淘金,生怕让别人知道了。可俗话说"没有不透风的墙",这伙淘金人每人都有自己的知心人,他们淘金发财的事一传十,十传百,到第三年春天,来金川淘金的人越来越多,此事一直传到清朝政府。

从此,清朝政府派来督办在金川开金矿,有些淘金人渐渐地在这里定居下来,清朝政府派来的都管就把这里起名叫金厂。

石门子

从前,有些闯崴子①的中国人到那里谋生,崴子那里有个叫东沟的地方,那里盛产黄金。到那里谋生的中国人当中有很多人在老毛子办的金矿当矿工,他们受尽了心狠手毒、贪财如命的矿主的压迫剥削。

在一家老毛子办的一个金矿里有二十多个中国矿工,他们在这个戒备森严、有进无出的金矿里苦干了三四年,省吃俭用积攒了点工资,准备带着回自己的家乡,不再为老毛子卖命。

这伙中国矿工中有个小头目名叫赵刚,他身材魁梧,力大无穷,有一手好拳法,能说会道,计谋也多。他暗地里组织这伙中国矿工,准备集体逃脱虎口。常言说,"家贼难防",矿工里混进了一个死心塌地为老毛子卖命的家伙。这个狗腿子把以赵刚为首的矿工准备逃走的消息偷偷地告诉了矿主。

那个贪财如命、心狠手辣的矿主,心里早就惦记着矿工手里的几个血汗钱,就像苍蝇见了血,早就有了坏心。他得到密告之后,就派了便衣警察暗地里监视着中国矿工,准备在第二天半夜把他们焚衣搜身,全部杀光。

所谓焚衣搜身,是老毛子剥削中国矿工的最后一个绝招儿,狠心的矿主把准备逃走的矿工关到一个四壁坚固的牢房里,牢门口安一口大铁锅,烧得通红。每放出一个人来先把他身上穿的衣服、行李细细地搜一遍,然后把衣服全部脱光,连同行李一起扔进大铁锅里,衣服和行李立刻化为灰烬,如果有暗藏的金子,就落在大锅里,最后矿主把一丝不挂活生生的矿工绑出来,推进深井里活活淹死。

这天夜里,矿主派来捉拿他们的警察个个手持上了刺刀的步枪,从四面八方包围了工棚。可矿工们竟啥也不知道。

小头目赵刚到外面解手,回来刚坐在铺头上抽烟,忽然,他发现门轻轻地开了,一个体格健壮的白胡子老头儿两手各挑着一只小红灯笼脚步轻盈

---

① 闯崴子,即闯海参崴。

地走了进来。

赵刚觉得奇怪，半夜三更的还有人来串门。他惊愕地跳下铺头，客客气气地说："老人家，您请坐。"

"不用坐了。"白胡子老头儿两手挑着两只小红灯笼站在地下。

"老人家，您深更半夜到寒舍一定有事情吧？您若有事尽管说，小的一定尽力而为。"赵刚有些狐疑地说。

"壮士，你们就要大祸临头，尚且不知，今晚半夜之后，矿主要对你们下毒手！"白胡子老头儿尽量压低声音焦急地说。

赵刚愤愤地说："狗娘养的！跟他们拼了！"

"壮士，你们赤手空拳和那些全副武装的恶棍相拼，岂不是以卵击石，自找苦吃。"白胡子老头儿不慌不忙地说。

"老人家，您有何高策能救救小的们？"赵刚似乎在哀求地说。

"壮士，我就是从几百里外赶来搭救你们的。你马上把他们唤醒，立即跟我走。"老头儿指着正在熟睡的矿工对他说。

"多谢老人家！"赵刚跪下给老头儿磕了三个头。

赵刚把伙计们一一唤醒，穿戴停当，打好行装，然后把事情的缘由悄悄告诉大家，众伙计一齐跪下给老人磕头。

"你们把行李背着，再把随手用的淘金家什都带上，我打着灯笼在前边领路，你们就跟着我走。"

众矿工排着长队跟在老头后面，有的人还胆怵地回头看看，只见一群警察端着步枪向他们追上来，可那些坏人像被"钉身法"钉在地上，动弹不得，只能眼睁睁地看着矿工们，扬长而去。

众矿工跟在白胡子老头儿后面，只觉两脚生风，身子腾空，好似仙人驾云，大山、森林等一切障碍物都在他们脚下。

快天亮时，他们在一条小河边停下脚步，白胡子老头儿说："你们就在这里淘金吧，发了财都回老家看望父老兄弟。"说完，老头儿不见了。

大家都觉得奇怪，可谁也不敢说。

天大亮了，他们发现眼前这条清澈见底的小河是从百步以外的东边的一个巨大的石门下流出来的,两根巨大的石门柱子上好像挂着两只灯笼。

大家惊诧不已,交头接耳地猜疑着。他们发现河边果然有人淘过金子。他们盖起工棚,在这风景秀丽、金子遍地的地方淘金。

那个石门就是现在金厂村东南方十多里处的石门子。

讲述者:李少来

整理者:丁书金

金大草帽卖鸟（外一则）

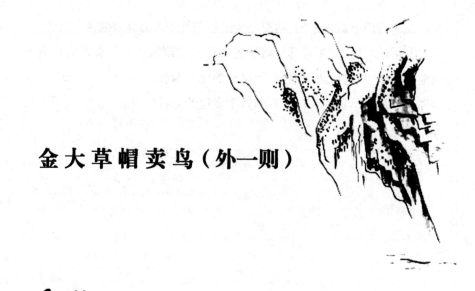

　　有一天，金大草帽赶着牛车到镇上卖葱，傍晌午的时候，老牛"哞——哞——"叫了几声，拉了一摊屎。金大草帽怕粪味熏了摆摊的人们，便摘下自己的草帽，把牛屎扣了起来。

　　过了一会儿，一个头戴礼帽、身穿高丽绸布衣裳的人倒背着手，迈着八字步走了过来。他就是地主崔大小气的侄子，有名的无赖崔二晃荡。仗着叔叔有钱有势，这家伙整天摸鸡逗狗，不务正业。

　　见崔二晃荡朝这边走来，金大草帽灵机一动，想出个好主意。他回过身，将地上的草帽合掌一捧，顺势一反手，让草帽尖朝下，口朝上。接着，一只手捏着草帽沿举过头顶，喊道："卖鸟！卖鸟！"

　　一听说卖鸟，崔二晃荡三脚两步跑了过来，问："金大草帽，卖什么鸟？快给我看看。"

　　"什么鸟？这鸟可奇巧了，我活了四十岁，还头一回看见这么漂亮的鸟哩。"金大草帽笑了笑，神秘地说："这鸟啊，就怕人多，见人多就发昏，要买，请拿来礼帽。"

崔二晃荡本来是个游手好闲的人,有这么个宝贝疙瘩开心,做梦都想。他摘下礼帽,毫不迟疑地递了过去。

金大草帽把礼帽往草帽上一扣,麻溜地给"鸟"串了窝,又把礼帽的檐放开,攥紧,递给崔二晃荡。

崔二晃荡货到手,心里也实落了,慢腾四稳地说:"金大草帽,今天兜里没揣钱,我知道,你这人很大方,以后再说吧。"说完,得意扬扬地走了。

旁边卖打糕的朴老五,气得朝崔二晃荡背后狠狠吐了两口,又埋怨说:"大草帽,你呀!看把他美的。"

金大草帽拍拍朴老五的肩膀,笑眯眯地跟他嘀咕了几句。朴老五听完,哈哈大笑,笑得腰都直不起来了。

这时,金大草帽朝着远去的崔二晃荡喊道:"喂!鸟要不好,请明天这时候再戴顶新帽子来。"

是狗吃的

一次,金大草帽和崔大小气一道出门,走到晌午又累又饿,正好碰上一户人家。

两个人进了屋,屋里没人,但锅台上放着上尖两碗冷面,面上还浇着辣椒牛肉卤子。人饿极了,哪还顾得礼貌,他们一人一碗,狼吞虎咽吃起来。

吃完面,金大草帽掏出两张票子压在碗底下,而崔大小气却嘴巴一抹,抬腿要走。

金大草帽一把拉住崔大小气:"掌柜的,舍不得留钱,留张纸说句话也行啊。"

"写个条倒可以,可要说我吃的,人家找上门要钱咋办?"

"怕人家知道是你呀,那好办。"金大草帽一本正经地说,"你就写:尊敬的主人,饭不是我吃的,是狗吃的。"

讲述者:崔东哲
整理者:曲殿凯

金牛的故事

早些年,在京城牛场这个屯没有人家,江北沿是立陡立陡的红石砬子,江南沿是杂草丛生的荒草甸子。

这年,不知道从哪儿来了个老瓜倌,在草甸子当腰搭了个瓜窝棚,刨地种起瓜来。

有一天,老瓜倌正刨地,就听草棵儿里唰唰直响,他一看,是一个野鸡脖子长虫正在撵一只小蛤蟆。老瓜倌一镐头把长虫打死,救了小蛤蟆。

就在这天晚上,老瓜倌做了一个梦,梦见一个老太太对他说:“好心的瓜倌,你救了我小儿子的命,我没有什么可报答的,我给你一个金瓜籽,你把它种上,到六十天头上能长出金牛来。”

老瓜倌醒来一看,身旁真有一个小红布包包,打开一看,是个铜钱大的西瓜籽。老瓜倌乐呵呵地把它种在地当腰了。

说也怪,别的瓜苗一出土是两个瓣,这个瓜苗一出土就长了四个叶。别的瓜秧还没开花,这个瓜秧就顶花做胎了。老瓜倌眼看它像气吹的似的,长得又粗又长,像个小牛犊,满瓜园里就它是个大瓜王。

宁古塔这地方六月天干活,热得像下火似的,老瓜倌就每天趁着月亮地儿侍弄瓜苗。

这天晚上,老瓜倌正在地里干活,就听西哈达湾的大泡子里哗哗直响,他站起来一看,水上雾蒙蒙的,一团白气里有个黑乎乎的东西,一晃就不见了。之后一连几天都是这样,老瓜倌也没放在心上。

到第五十九天的早晨,老瓜倌像平常一样,先到地当腰看看大瓜王。他看着大瓜王心里想:明天就到六十天了,看它能长出个什么样的金牛来。他一边想,一边往东头走。来到地里一看,不知是什么玩意儿把瓜地拱了一道沟,把瓜秧毁坏了大片。老瓜倌气得坐在地上吧嗒吧嗒抽烟。

晚上,老瓜倌觉也没睡,蹲在瓜窝棚前偷着往外看。到半夜时,就听西大泡子里的水又哗哗地响开了。不大一会儿,一个黑乎乎的东西爬到地边上,头朝下,尾巴朝天,又拱上了。

老瓜倌细一看,好家伙,是个大黑鱼精!老瓜倌气得直喘气。再看那个大瓜王直放金光,那个黑鱼精光在地边上拱,就是不敢到地当腰去。老瓜倌心里明白了:看来这个祸害精是怕我的金牛啊!

老瓜倌跑到地当腰,摘下大瓜王就朝黑鱼精打去。就见大瓜王变成一条金乎乎的小金牛,像只小老虎似的。这时一道金光向黑鱼精冲去,只听咔嚓一声,一溜火光奔西大泡子去了。老瓜倌跑过去一看,底边上有个东西直闪光,捡起一看,是个金牛耳朵。

金牛的故事传开了,人们都说这地方是个宝地,全搬这儿来住,一来二去这里成了屯子,后来就给这地方起名叫牛场。

讲述者:关王氏

搜集整理者:马文业

金娃娃与金川

　　穆棱是黄金万两县,百里金川就在穆棱的河西乡,自咸丰年间就有人在此开采黄金。这里的金经了千人采,总采总有金。

　　相传清朝皇帝派人在凉水泉子采金子以前,就有人发现在向阳坡,即现在河西乡向阳村的西沟里,有个金娃娃。有时候,早晨太阳一出来,就能看见一个小孩儿戴着红兜兜,满身闪着金光在玩儿。有的时候,傍晚也可看到一个满身闪着光的小孩儿在西沟里出入。

　　当时在向阳坡住着一家姓娄的,家里有两个小子。这娄老大为人忠厚老实,跟他常在一起挖金子的还有一个同村人。这个人一只眼大一只眼小,人都叫他阴阳眼。他俩都想找到那个金娃娃。

　　这一天,娄家大小子和阴阳眼在西沟竖井里采金子。到晚上快收工的时候,娄家大小子在井底下挖到白绿色的泥层。他知道,这泥层下边就快到金层了。娄家大小子又干了不一会儿,传说中的那个金娃娃露出来了,金光闪闪。他用手摸了摸,太大,他一个人掘不上来。

　　他们事先有约定,要是挖到金子就拽三下绳铃。他拽了三下,坐在吊筐里被绞上去了。娄家大小子上来一说,阴阳眼高兴坏了,只见他那只小眼睛挤咕了两下说:"我下去看看,咱们以后偷着来拿,别让外人知道。"娄家大小子一听,忙说:"不中,那金娃娃太大,光咱俩拿不上来,得回村多找几个人一齐来拿!"阴阳眼把脑袋一拨楞,说:"你傻透腔了,那可不行。那样一来,你我才分多么一点!弄不好,大伙儿就把你我砸死啦!"阴阳眼不管娄家大小子同意不同意,麻溜下到竖井里,一看那金娃娃真不小,就上来说:"黑了,先回家吧。"

他俩回了村,这阴阳眼打了二斤酒,买了些下酒菜,就把这姓娄的一家三口都请到他家去喝酒,说是庆贺庆贺。其实呢,阴阳眼在酒里下了毒药,想把娄家爷仁药死,好自个儿独吞那金娃娃。娄家爷仁喝得快醉了,阴阳眼赶紧把他们爷仁送回去。

阴阳眼就琢磨开了:找谁去一同拿金娃娃呢?老婆?不行!叔伯弟弟?更不行!这事儿,不能让第二个人知道。想定之后,阴阳眼直奔向阳坡西沟竖井……

这娄家父子三人回到家,大小子就觉得肚子里绞劲儿地疼。他爹和弟弟已经昏迷不醒。就在这时,金娃娃给老大托了梦,说:"今天晚上阴阳眼给你爷仁喝的是毒酒。他想害死你们,你赶快起来,锅台上有三碗水,你们每人喝上一碗就好了。"娄家大小子强巴火儿地爬起来,在外屋地上瞅,果然锅台上有三碗水。老大赶忙给爹和弟弟一人灌上一碗,自己也喝了一碗。躺下刚迷蒙睡着,又梦见金娃娃说:"老大,赶快起来,到西沟竖井来!阴阳眼已经朝我这儿来了!"

老大惊醒,他觉得格外清醒,直奔西沟竖井去了。

他刚到井边,这时阴阳眼已下到竖井里了,正双手抱着金娃娃要爬出竖井口,只听"轰"的一声,竖井塌陷了,阴阳眼陷在井底。

金娃娃自己也粉身碎骨散落在百里山川,让人们都能采到金子了。

讲述者:王炳文

整理者:腾永宏

镜泊湖的传说

　　从古老的渤海国上京龙泉府,往西边走几十里路,便可以看见一片茫茫的湖水。它像一面镜子闪闪发光,这就是镜泊湖。

　　传说,我国东北境内有一个古老的国家,叫渤海王国。渤海王国的最末一个国王叫艾王。大艾王即位以后,把先王的基业当作草芥,整天地和宫女、太监们鬼混,过着花天酒地、荒淫无耻的生活。那些忧国忧民的大臣纷纷进谏,但都遭到辱骂和罢免。从此,这个国家逐渐衰微,庶民百姓怨声载道。可是,那大艾王却一意孤行,横征暴敛,而且变得越来越残暴。

　　这时,在北方的契丹贵族大兵压境,乘虚而入。当契丹兵马长驱直入,逼近都城时,艾王还在御花园的花果山里饮酒作乐呢,直到一位大臣前来报告,说宁古塔已陷落,这才魂飞魄散,准备出逃。

　　据说,渤海王有一面金制的宝镜,是从先王那里传下来的,十分精美。艾王出逃之际,宁肯让出整个国家,也不愿丢弃这面宝镜。因此他扔下万贯资财,只带着这面镜子向西京仓皇逃奔。

　　当艾王一行到了那碧水茫茫的湖岸时,后面有几千名契丹官兵像疾风一样迅猛地追赶上来，把他们围得水泄不通。那些随同艾王前呼后拥的皇亲国戚，眼看无路可走，乱成了一团，跺着脚，发出绝望的哀叫。艾王只恨上天无路，入地无门，便向苍天发出长长的叹息，而后手捧宝镜，"扑通"一声跳进湖水里，慢慢地沉入几千丈深的湖底。接着皇亲国戚也一个一个地跳了下去，后来竟变成了三头六眼的鱼蟒……

也不知过了多少年，在这湖边住着一对善良的夫妻，一年四季以打鱼为生。他们两口年逾四十，还没有儿女，感到很孤独。后来妻子渐渐有了胎气，一天早上生下一个宝贝女儿。

时值阳春三月，一排排的湖岸翠柳正吐出新芽，因此，夫妻俩就给这女孩儿取名叫柳芽。

自从添了新的生命，渔夫的家里笑声不断，歌声不绝，充满了天伦之乐。柳芽长得很漂亮，而且聪明、伶俐，十分惹人喜爱。老两口非常爱她，视她为掌上明珠。

他们和从前一样，渔夫每天出船打鱼，妻子每天在头上顶着装满鲜鱼的木盆，走街串巷，扯嗓子叫卖，卖完了鱼，便换些米，换些盐和布。有时回家的时候，还买回来一些麦芽糖、小玩具、彩袖童衣，想尽办法让小女儿高兴。

老两口看着柳芽像一朵展叶挺蕾的芙蓉一样一天天长大，心里美滋滋的，一家人的日子过得像椴树蜜一样甜。左邻右舍的乡亲们，都在羡慕着这个小康人家。

冬去春来，年复一年。到柳芽六岁那年，妻子突然病倒，身子不能动弹，于是渔夫请了许许多多的名医给她切脉，让她吃了许许多多的灵丹妙药，但都无济于事，妻子的病一天比一天加重。

有一天，妻子预感到她的命数已尽，便把渔夫叫到眼前，用微弱而颤抖的声音说道："现在，我就要死了。想当初，我们在鸳鸯树下相会，结下了百年姻缘，可如今有一群恶魔嫉妒我，一心想害我。有啥办法呢？这都是命里注定的，喊冤、叹息也没有用啦……"渔夫眼看妻子就要断气了，心里像刀割一样难受，便用手抚摸着妻子半白的头发，安慰她说："你呀，别胡思乱想了，快吃药吧"。渔夫边说边慢慢把药碗送到妻子嘴边。柳芽站在一旁，一闪一闪地眨巴着那山葡萄般黑亮的眼睛，一串串晶莹的泪珠像泉水般涌了出来。

"妈妈，快喝完汤药。如果您不在世上，以后还有谁能给我买麦芽糖，买玩具呢?"说着，柳芽又"呜呜"地哭了起来……

听到柳芽悲切的哭声，她再也忍不住了，一下子把女儿拉过来紧紧贴在胸前，眼泪汪汪地回头对渔夫说:"我有一桩心事，今日想托付给你，大概你不会拒绝吧。"

渔夫说:"你尽管说吧，我一定会尽力办到。"

妻子说:"相传村前的那湖里，有一面奇异的宝镜，深藏在湖底里。如果谁能得到它，不管啥时，只要对镜子一照，里面就会出现他所想见的人。所以我想，只要你把这面镜子从湖底打捞出来，即使我死了，做了阴间的鬼，你和柳芽也总能见到我。"

听完妻子的叮嘱，渔夫想:这面镜子经常被一群三头六眼的鱼蟒用来造孽作怪，它们常把渔船翻倒，夺取渔民的生命。因此，自己早就想跳入湖底，打死那些兴妖作怪的鱼蟒，夺取宝镜，为民除害。可是湖水太深，摸不着底，要从湖底打捞镜子，好比上天摘星星。但如今听到妻子这般恳求，他发誓要把深藏在湖底的那面镜子夺到手。于是他说:"柳芽她妈，你放心吧! 我一定要想办法捞出那面镜子，让柳芽天天能见到你。"

妻子死了，渔夫他又和从前一样每天出船打鱼，卖鱼糊口。

花开花落，年复一年，柳芽转眼十六岁了。她又和当年的母亲一样，每天头上顶着装鲜鱼的木盆，到附近的村庄卖鱼，再换些米和布回来，竭尽忠诚，精心侍奉年老的父亲。每当聪明而美丽的柳芽顶着木盆出现在街头，她那美丽的脸蛋就像珍珠一样，焕发出耀眼的光彩，把每家每户照得通亮通亮，连皎洁的月光也黯然失色了。因此，村里的父老们暗地里都想娶她做儿媳妇，小伙子们也都在暗暗爱恋着这位姑娘。

渔夫决定挑选一个有勇有谋、心地善良的小伙子做女婿，想要借助于他的力量，实现自己十多年来未能夺取镜子的夙愿。消息传开，远近村庄的小伙子们争先恐后地前来应试。渔夫从无数青年中，挑选出一些有力气的留了下来。渔夫把他们领到湖边，准备去夺取镜子。小伙子们一个个摩拳擦掌,不甘示弱。可是当他们一看到可怕的三头六眼的鱼蟒呼号着冲过来,没有一个敢迎上去。接着,众人听到一声轰隆巨响,有的吓跪下了,有的昏倒了,最后连一个人也没有剩下。从此以后,前来应试的人就越来越少了。

三个年头又过去了。一天,渔夫到湖心打鱼,忽听得一位青年前来应试,便赶紧收拾渔网,掉转船尾,匆匆回家。那位青年已经等了很久,焦急地在篱笆外边踱来踱去,一见快步走来的老渔夫,便高兴地迎上前去,深深地鞠了一躬,然后说明来意,还说他也是打鱼出身。渔夫把这位青年渔郎从头到脚仔细端详了一遍,二话不说,就请他进了屋。

这位青年相貌非凡,仪表英俊,身材魁梧,眼睛炯炯有神,喊声像打雷,走步似猛虎,看上去的确力大过人。于是,渔夫暗自高兴起来,和他说几句话,就领他到湖心摆阵。

一场夺取镜子的搏斗又开始了。一群青面獠牙、三头六眼的巨大鱼蟒跳出水面,狞笑着喊杀过来。但是,青年渔郎毫无畏惧,从容迎战,勇敢拼杀。渔夫暗自想道:这个青年有胆识,有智慧,正是自己寻找多年的最理想的女婿。于是,他马上收兵回家,对青年说:"渔郎,你是个好样的!从今日起,我答应你做我的女婿啦。"就这样,渔郎和聪明而美丽的柳芽结下了百年姻缘。

白天,年老的渔夫和年轻的渔郎把船划到湖心里,不断地同鱼蟒进行交锋。可是,九个年头过去了,那面奇异的镜子依旧没有打捞起来。这时渔夫的年纪大了,气力也逐渐衰弱下去。他把女儿女婿叫到一块儿,感慨地说:"趁着我这个老头子血还热,手脚还能动弹,跟鱼蟒拼个你死我活,你们看怎么样?"

于是,三人经商议,发誓要同鱼蟒决一死战。渔夫和渔郎破开万顷波浪,飞向湖心,柳芽则爬上湖的峭壁,呐喊助威。船到湖心,天色突变,接着是闪电、雷雨、狂风,一条条青面獠牙、三头六眼的鱼蟒一口吞一个浪峰凶猛地冲杀过来。渔夫和渔郎立即迎上去,挥舞着长刀拼命厮杀。顿时,人影刀光搅成一团。经过半天的拼杀,半数以上的鱼蟒被砍死,剩余的便带着那面镜子开始逃窜。这时,渔夫把船绳解下来拴在腰间,手持利刀跃下水里,乘势追杀。

霍地,从几千丈深的湖底传来轰隆巨响,接着山崩地裂,顿时一片昏暗。渔郎使出全身的力气撑篙掌舵,保证船平稳地前进。随着风浪的冲击,拴在渔夫腰间的绳索不时激烈地晃动,可是渔郎那双有力的手稳稳当当地抓住绳索的一头。柳芽站在峭壁上,极目眺望,激动地喊着、叫着,不断地向亲人挥手致意。

渔夫和渔郎继续拼杀。刀光闪处,蟒头频频落下来,像秋天的落叶似的,在水面上漂了几圈,被旋涡卷了进去,一股股蟒血染黑了碧绿的湖水。

紧张的斗争持续了一天一夜,终于结束了。多少年来兴妖作怪的这群鱼蟒一条条被杀绝,那面金黄鲜亮的宝镜,被善良的渔夫找到了。

可是,事不凑巧,偏在渔夫举着那面金光闪闪的宝镜即将跃身上船时,他全身没了力气,抓不住船帮。年轻的渔郎用尽全力拉紧绳索,可怎么也拉不上来,骨架子像散了一样,连自己都招架不住了。这时,突然间来了一个大浪,把船翻倒了。

就这样,渔夫和渔郎都淹死在他们斩魔取镜的湖心里。柳芽站在高高的峭壁上,悲痛欲绝,向苍天呼喊起来:"啊,苍天哪! 您为什么这样无情! 我的妈妈呀! 妈妈,您的冤魂在哪里? 在哪里?"说完,她蒙上红色的罗裙,纵身一跃,投入茫茫的湖水里……

据说,在碧绿透明的那座湖里,至今还漂泊着那金光闪闪的宝镜,"镜泊湖"这个名字,从此就叫开了。

讲述者:金元基

整理者:金溶植

翻译者:金东勋

镜泊湖的由来

　　说不上是哪一年,地下魔王耶鲁哩向天宫发起进攻,展开了一场天宫大战。两方打得难分难解,不可开交。就在这时候,天上的一些猛将,也都打落在地上,他们就在地上国养伤。后来,这些猛将也就不回天上国了,而是分管地上国的各个方面。有的管部落的,成了部落神;有的管山的,成了山神;管河的叫河神。总之,地上国的各路神大都是那时下界的天神。

　　长白山上落下来八员武将,这八员武将在长白山上养好了伤,正想回天,阿布凯恩都哩已获全胜,就下旨告诉他们守卫长白山,治理长白山一带,严防耶鲁哩再次兴兵。这样,这八员武将就在长白山扎根了。

　　这八员武将,为首的是一个红脸大汉,叫绰哈恩都哩,下面的七个都是他的徒弟。因为长白山的天池水容纳不下去了,眼看要把长白山给冲了,绰哈恩都哩命令手下的七个徒弟开八条河,以便天池水从长白山流向八方。

　　他亲自动手开条河,其余的分派给七个徒弟。

派大徒弟粟末恩都哩开的河,叫粟末乌拉。

派二徒弟鸭绿恩都哩开的河,叫鸭绿乌拉。

派三徒弟豆满恩都哩开的河,叫豆满乌拉。

一直派到第六个徒弟,唯独第七个徒弟霍哈恩都哩没有派上,霍哈恩都哩有些生气了,就对师父说:"为啥六个师兄都派上了,单就我没派上呢? 是看我没能耐吗?"师父说:"不是,你呀! 在你们七个师兄弟中,数你最有能耐。正因为这样,我有一条最难开的河想要给你,但又怕你完成不了,所以我二心不定!"

霍哈恩都哩因为最小,所以血气方刚,就说:"师父,你就说开什么河吧,我准管能行!"

师父说:"这是一条从长白山向北开的河,这条河要通过托阿国,多伦国、纽活国、色其国,一直到耶鲁哩魔王的境内,到哪儿都很困难,不好开,你能完成吗?"

霍哈一听,哈哈一笑说:"行,我一定能完成这条河!"说完,霍哈就领了一些操哈①,动手开河了。

这天,开到托阿国的时候,霍哈老远就看见五座火山冒着浓烟烈火,不用说靠前,挺远就烤得你五饥六瘦。一看山上坐着五个火妖,耀武扬威地吐着火玩,河水一到山根儿,立刻被火烤干了,总是淌不过去。霍哈一看这个,心里就来气了,心里想:你不是挡着我吗? 那就别怪我不客气! 可他几次带领操哈往上冲也冲不上去,这一下子,可把霍哈造蒙了!

愁得霍哈饭也吃不下去了,觉也睡不着了。这天,他来到富察哈达上想办法。忽然,他看见五条小长虫在玩一个火团子,只见它们从火团子里钻过来,钻过去,玩得挺有意思。

霍哈感到很奇怪,就上前问它们:"我看你们五位玩得挺高兴,可是我想知道,你们为什么不怕火,还会玩火呢?"

这五条小长虫当中的一条就说了:"嘻! 你不知道,我们原先是阿布凯

---

① 操哈:满语,指兵将。

恩都哩殿前的五条护殿大蟒,因为耶鲁哩攻天的时候没有保护好宫殿,被贬到地上国,并且还把身子给缩小了。"

霍哈一听,说:"既然这样,你们五位的神通不会小了!"

蛇说:"那还用说? 别说是这个火啦,就连水,我们都不怕! 我们是水火不怕,刀枪不入。"

霍哈说:"既然你们有这么大能耐,能不能帮助我破一破火妖呢?"

蛇说:"我们早就想除掉这火妖,可是力不从心哪!"

"为什么呢?"

"因为我们现在的身量太小,再说现在的水量又不够用!"

"我到天上去求阿布凯恩都哩恢复你们的原形不行吗?"

"恢复原形倒行,可是水量不够怎么办呢?"

"是不是没办法啦?"

小蛇想了一会儿,说:"有,离这儿向南不远有个叫牡丹哈达的地方,牡丹哈达有个天泉,天泉叫一个山妖霸占着,他在泉上用一个小山压着,小山上有一棵红松,你要想办法把红松砍倒了,山妖的脑袋就能掉,小山就能倒,天泉就能淌出水来。这个小山妖是耶鲁哩的一个徒弟,能耐也不小,自从霸占了天泉,一天要吃一个活人。从前,人要有病一喝天泉水就会好,自从山妖霸占了天泉,人们也喝不到天泉水治病了。"

经小蛇详细地介绍了牡丹哈达的情况后,霍哈就说:"好,你们放心吧,我一定除掉小山妖,放出天泉水,支援你们。"说完拿着一把大斧子就要走,又被小蛇叫住了。

小蛇说:"你去砍树,一定要砍九九八十一下子,少一斧子也砍不倒,不管遇到多大的困难也要砍够数,要不树不会倒,天泉放不出来!"

霍哈说了一声"知道了",然后就走了。

霍哈先到天上对阿布凯恩都哩说了要除火妖的事。阿布凯恩都哩一听,就说:"既然你要做好事,那么,我可以把小蛇恢复原形一百天,过了一百天,我还得让它们变成五条小蛇。"

霍哈一听说只给一百天的恢复时间,觉得太少了,又哀求一阵,可是阿布凯恩都哩说啥也不答应。实逼无奈，霍哈回来，就对五条小蛇说了。五条小蛇说："行啊，一百天就一百天吧，你快去砍树，我们开始准备准备！"就这样，霍哈直接向南，奔牡丹哈达去了。

到了牡丹哈达，霍哈果然看见一个小山上孤零零长着一棵歪脖子红松树。霍哈没管三七二十一，轮起开山大斧就砍，一连砍了九下，只见天空忽然大变，顿时飞沙走石劈头盖脸刮来，使他睁不开眼睛。砍到十八下的时候，大雨泻下来，淋得他浑身上下没个好地方。他咬着牙，砍到二十七下的时候，天昏地暗，鸡蛋大的雹子专门向他身上砸。砍到三十六下的时候，大雪铺天盖地，把霍哈埋到了雪里。霍哈一直砍到七十二下的时候，就听树下有人说话了："八贝子呀，你行行好吧，咱俩讲和吧，我也没得罪你，我也没惹着你，你为啥非要我的命呢？"

霍哈说："你霸占了山，霸占了水，使诸神们没水喝，你每天还吃一个人，怎么还说没罪呢？"

山妖说："你要饶了我，你要什么我给你什么，咱们井水不犯河水，何必呢？"

霍哈说："不行！我非要除掉你这害人妖不可！"说着一口气砍完九九八十一下。这时候，天气也晴了，风也停了，一股清泉水从牡丹哈达涌出来，跟天池水汇成一流，直向五座火山奔来了。

五个火妖立刻喷出妖火来烤烧河水，不过河水比以前的水大不知多少倍了，眼瞅着河水往上涨，要淹没火山，火妖赶紧用石头往下滚，垒起一道一道的石头墙，把河水挡住，水有多高，坝有多高。

这时候，五条小蛇立刻变成五条大蟒，腾云驾雾来到火山，直向五大火妖冲来，这五大蟒不怕火，把五大火妖紧紧地缠住了，这样用蟒身的寒气，直刺火妖，不到一个时辰，五大火妖变成五座大山，趴在那儿了。火山也不冒火了，河水从石坝上流过去，就形成了今天的瀑布。

阿布凯恩都哩一看，五条蟒立功了，也不把它们变成小蛇了，留下那条小蛇看守镜泊湖，这就是镜泊湖里的小蛟龙，其余四条大蟒又都归天了。

霍哈恩都哩降服了火妖，冲过托阿国，也没休息，继续向前开河。就在开到依兰哈达的时候,他跟大师兄粟末恩都哩合到了一块儿。他们又向前开辟,以后同其他兄弟在一起开了萨哈连乌拉,这就形成了东北各个江湖。

这也是镜泊湖的来源。

讲述者:梅崇山

整理者:傅英仁

九龙口

宁古塔旧城的九龙口为啥叫九龙口呢?

传说,很久以前的一年夏天,海浪河水枯干了,露出一座山崖,崖中间有个洞。这天,来了八个道人,说洞里有八条龙崽子,要杀龙取肝,吃了龙肝能成仙。

原来洞里住着一条大母龙,生了八条小龙。它见海浪河干了,很是不安,于是把八个孩子叫到跟前说:"孩子们,咱们没水可不行啊,我去东海搬水。我走后把洞口堵上,谁来也不给开。"说完大母龙就走了。

当八个道人爬到洞口时,见一块大石头挡在门口,推也推不开,抱也抱不动,就喊:"小龙们开门呀,我们是来送水的。"小龙们谁也不开门。道人们又甜言蜜语地说:"小龙们,你妈妈捎信儿来,她在东海歇两天,怕你们渴着,先让我们来照顾两天,再不开门这水可就都淌光了。"小龙们信以为真,就把石头搬开了。这一搬不要紧,八个道人一拥而上,一人抓一个往外就拖。小龙哭号不走,最后还是被拖到八条山沟。

八个道人分别在沟里杀龙取肝。忽听远处一声巨响,顿时狂风大作。

190

他们抬头看时,只见天上蹿下来一条大龙,直冲他们飞来。八个道人吓得拔腿就跑。大龙哪里肯放过,紧紧追赶,把八个道人一个个都吞了下去。它撑得飞不动了,便从这条山沟爬到那条山沟,见八个孩子都死在八条沟口。它老泪纵横,心碎了,肝裂了,死在第九条山沟里。

不知过了多少年,九条龙的尸体变成了九条溪水,绕宁古塔旧城流淌。因溪水是从九条沟口淌出的,又是九条龙变的,人们就称这地方为九龙口。

讲述者:卜富亮

整理者:黄运军

旧街的来历

　　黑龙江省海林市里,有个叫旧街的地方。这地方为什么偏叫旧街呢?
这里边有个说道。

　　从前,这地方曾经是座古城,城墙座子还留在那儿呢!墙基有很多石
头,很长一大段城墙,有一人多高。

　　这里的老户都知道,这座古城是清朝刚开头那几十年,在国内外都出名
的宁古塔旧城。那时候,这座城池可荣耀了。清朝领兵的大将,什么梅勒章
京、昂邦章京的衙门就设在城里。到了康熙登上皇位的那年,宁古塔城的领
兵大将改称宁古塔将军。

　　古城有内外两道城墙,将军府的衙门设在内城里边。城四周驻有重兵,
城东修有一大溜粮仓,城西有工商门市和庙宇,还有打造弓箭的铁匠炉和熟
制软硬兽皮的皮铺。黑龙江、乌苏里江两岸和三江口外的赫哲、费雅喀、库
页等兄弟民族向朝廷进贡貂皮、熊掌、箭杆、鲸睛、东珠、人参、海东青鹰等贡
品,都要先送到这宁古塔城,由宁古塔大将军出面代表朝廷赐下酒宴,回赠
朝廷的赐品后,再将贡品启运送进京城。顺治、康熙年间,清政府在黑龙江

抗击沙皇俄国侵略，就是从宁古塔城发出兵马和运出粮草。这里是抗击沙俄入侵的前线大本营。

那么，老宁古塔城是从什么时候改称旧街的呢？

那是在康熙五年，也就是公元一六六六年。在这年的秋末冬初，宁古塔将军把他的衙门从老宁古塔城迁到了宁古塔新城。这新城，就是现在的宁安市。从此，老宁古塔城就改叫旧街了。

宁古塔将军为什么非得搬走呢？搬一次家那么容易吗？即使是官府大将军，搬家那也是不容易的。又是城墙，又是衙门，千军万马，男女老幼，坛坛罐罐……为啥非搬不可呢？因为受不了这里的水害。将军府所处的那个地方，正是九龙口。这里三日两头发大水，出入不便。

将军府在皇太极、顺治那两朝的几十年里不搬，怎么到了康熙五年，就非得把将军府搬走不可呢？说起这个来，在现今海林市民间，还有这么一个传说。

宁古塔将军府在旧街所处的那个地界，正处在九条大龙的龙口上。没有天子之命的人，在那里做官是做不稳的。以前那些年，之所以有好几任梅勒章京、昂邦章京大将军比较安稳地驻扎在那里，那是多亏这龙头山里有能够镇山镇水的宝器。后来，这山里的宝器叫人给盗走了，将军们在这里就再也不得安生了。

这将军府从前所在的地方处在九龙口上。这九条大龙是九座大山，从北往南有：庙山北山、洞山、密江西山、哈达南山、杨木林子南山、张明北山、蛮城南山、龙头山、岸山，不多不少，正是九座大山冈——九条龙，条条大山的山头——条条大龙的龙头大口，都正对准将军府衙门所在的那个地方。条条大龙的龙口，都有一条波涛翻滚的小河。这条条小河，有时泛滥起来，像撒欢的野牛一样，"哞哞"直叫，来势凶猛、吓人。那水，一齐涌向坐落在"九龙口"的将军府衙门。许多次，若不是大将军及时派出兵卒日夜在城下屯土守卫，恐怕那衙门早就墙倒屋塌了。

那么，从前这龙头山里镇山镇水的宝器是宗什么物件呢？就是那山里的一个小金娃娃和一匹小金马驹。

来寻宝的一个家伙，光知道它们是在这座龙头山里边，可到底在山里的哪一疙瘩，拿不准。他经过一番准备，带上镐头，带上口粮，在大地将要开化的时候，来到这龙头山下，支起一个小马架子住下了，然后，拿上镐头，到山上四处挖宝。

他东刨一阵，西刨一阵，从春到夏，从夏到秋，刨得筋疲力尽，也没挖到那宝。眼瞅着飘起了雪花，海浪河里也上了冰碴了，随身带来的吃喝用项，眼看也要用尽了，他长叹一声，扔下了手里的镐头，不得不收拾家什，丧气地离开了龙头山。他下山走出没多远，忽然想起来挖宝用的镐头失落在山上了，赶紧回头去找。

就在那山坡上，住着一户人家。在言传中，有人说这家姓吴，有人说这家姓傅，还有人说这家姓金。听那意思，像是满族，不知他们是从什么地方来的。这户人家，只有母子二人过日子。孩子不大，是个小小子，刚能走几步道，会说几句眼眉前儿的话。他家有个四条腿的小板凳，那小小子成天在屋里地上拿小板凳当马骑着玩儿。

就在那个挖宝的家伙从山下返回来找镐头那天，这个小小子也正在屋子里小板凳上骑着，骑着骑着，那小板凳倒了，那小小子也从那小板凳上翻倒在地上，起也起不来。小小子哭叽叽地喊叫他妈："快来，倒了，我跟马都倒了，快，扶我起来……"

当时，正赶上他妈妈在灶头上从烧开的锅里往出捞小米饭。那时候，海林、宁安、牡丹江这些地方满族人做饭，大多数都是做"捞饭"吃，很少有人家做"焖饭"吃。正因为这个，他妈妈忙高声对屋里的孩子说："孩子，你先等等，我正在捞饭哪……"

这边，娘俩在屋里正这么说着话，在外面正四处找镐头的家伙把这话全给听去了。他奸笑了一下说："啊，原来是在这儿呀！"他操起山坡上的那把镐头，一下子把那小金娃娃和小金马驹给刨去拿走了。

这边屋里，等妈妈捞完饭，腾出手来，从灶头赶到屋里时，已经晚了。

从这以后，这将军府可就再也坐不稳了。九条大龙汇集在九龙口的大水，成了没挡的了，时常泛滥成灾。房屋地产、人马禽畜大受水灾，日夜不宁。实在没办法了,宁古塔将军只好领着随从从旧街往东走了五十多里地,在牡丹江边的一块高地上,选中了一个地址,在那里建造了一座新的城池。这宁古塔新城,就是今天的宁安市。原来将军府驻过的老地方,就被大伙儿叫成了旧街。

讲述者:吴德鹏
整理者:范垂正

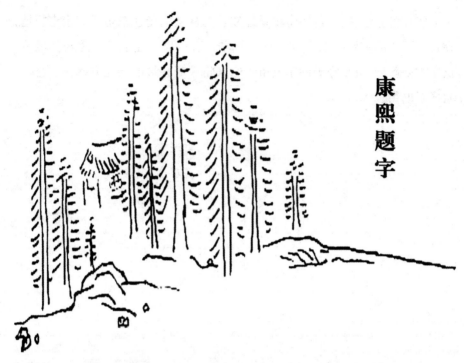

康熙题字

　　乌拉街街西,靠松花江处,有一户小饭店,专门卖鸭蛋包子。别看饭店小,店门上却挂着康熙皇帝御笔亲书的金字匾额,店主人代代相承,是四品顶戴花翎的功名。大小官员路过这里,必须文官下轿,武将下马,真比总管衙门口儿还威风三分哪!

　　据说,康熙东巡到大乌拉,查看完船场、网房、八旗军营和大小衙门后,就换上便服,带上一个戈什哈私访民情去了。

　　这一天,他换上一套褪了色的三截袜子,戴一顶瓜皮小帽,穿一双素花便鞋,带着穿得体体面面的戈什哈,信步走到乌拉街西头,到了江边一看,只见一幅酒旗高挑空中,红艳如火。酒旗下,宽不足丈的小小门面上贴着一副对联。康熙最好写字、吟诗、对对子,这副对联吸引了他,虽然肚子里并不怎么饿,他还是走了过去。只见那对子上写着:

包子虽小敢和御膳赛上下

馅儿没肉却比肉馅更三鲜

横批四个大字:迎君来仪。这副对联口气挺大,竟敢夸说比皇宫御膳房还高明！康熙看了不但不生气，反而觉得挺有意思。他笑了笑，转身刚要走，旁边那位戈什哈说话了："万岁爷，您怎么要走啊，没瞧见吗？这家包子铺贬咱们宫里的御膳房呢！看不起御膳房，就是看不起皇上您哪！您再瞧瞧，他们还弄了个横批叫'迎君来仪'，要不进去瞅瞅，大吃他一顿，也对不住这四个字儿呀！"

敢情这位戈什哈头两天闹肚子来着，一直就没敢吃什么，这会儿刚见好，闻见这包子铺的香味儿，饿劲儿泛上来了，肚里的五脏庙庙门大敞四开，一个劲儿地跟他要吃喝，你说他能舍得走吗？

叫戈什哈这么一说，康熙也动了心，他点了点头，一摆手，说了声："来呀！"

"喳！"

"冲他'迎君来仪'这四个字，我就赏这小铺儿一个面子！进去吧！"

"喳！"

戈什哈心里这个乐呀，妥！这回可该解解馋了。

康熙进了铺门一看，小屋不大，收拾得倒也干净雅致，屋里有三四个屯户老头儿正在传杯交盏地行酒令，他刚想找个地儿坐下，老板娘过来了。这老板娘也就是四十上下年纪吧，长着两条柳叶眉，一双丹凤眼，穿一身青布斜襟大布衫，显得十分的干净利索，一看就知道是个精明能干的女人。

老板娘把康熙上上下下这么一打量，又着实地盯了戈什哈两眼，顿时满脸堆出笑来，不由分说，就把这主仆二人给让到后屋去了。

这后屋可就和前屋大不一样了，墙上挂着山水画，窗台上的月季花放出阵阵幽香，一张紫梨木太师桌紧靠南窗，桌旁却只摆了一把太师椅。靠西墙的一条长桌上，大大方方地摆着几件古玩和义房四宝，一个古铜香炉里插着几炷香，袅袅生烟。

康熙觉得奇怪，一个不起眼的包子铺，怎么会有这么雅致的房间？老板娘端着一套极精制的景德镇茶具进来了。她沏上茶，把康熙让到太师椅，给戈什哈端来一个小木头凳子，笑笑说："这位老爷，委屈您对付着坐吧！"

老板娘接着又把沏好的茶摆上了桌。戈什哈扭脖儿一看，万岁爷跟前的碗里,沏的是特等上好的名茶"云蒙雀舌",自己这杯可就差了劲儿了,虽然看茶色也不赖,但肯定不是"云蒙雀舌"!戈什哈心里头纳闷:按说自己今天这身打扮,穿得比皇上还体面啊,怎么这个老板娘就偏偏对我下眼瞧呢?再看看康熙爷,正舒舒坦坦地在那儿品茶呢,也就没敢说什么,咕噜一口把自己那杯没名没气的乌吞茶给干了!

喝完了茶,老板娘又端上两盘热气腾腾的鸭蛋包子,笑吟吟地摆到桌上。戈什哈瞪眼瞅:皇上跟前儿那盘包子,皮薄、馅大、个儿小,也就有十来个;自己跟前这盘呢,却像小山似的冒尖儿堆了足有四十多。这包子咬一口,又不腻又不素,鸭蛋馅儿,说不出的鲜灵可口。把戈什哈馋得,张开大嘴,风卷残云,大吃大嚼了一顿,转眼一盘包子就见了底儿啦。再看皇上呢,十来个包子也就尝了四五个,还剩下少一半压盘子,摆谱儿呢!

其实,康熙肚里那点油水,让刚才那碗"云蒙雀舌"清茶一冲,早涮得差不多了,又让这鸭蛋包子的香味一勾,肚子也打开了小鼓。可自己是皇上,皇上就是私访也得有个皇上样,你看衣服穿得比戈什哈旧点儿可成,要让他像戈什哈那样大吃大嚼的,那他宁可饿死也不能干!

这会儿,康熙可真觉出饿来了。他看看戈什哈的空盘子,又看看自己面前留着压盘儿装体面的那几个鸭蛋包子,直劲儿咽口水,叹了口气,心说:"唉,敢情当皇上也有不如当奴才方便的时候啊!"

这时,老板娘又打外边端来一盘金丝金鳞的大菜,这盘菜做得讲究,是拿烤成金黄色的鹿肉雕成的一条金龙,龙嘴前摆着一颗煮熟去壳的飞龙蛋,龙周围摆满了黄瓜片、玉笋片和西红柿片拼成的五色彩云。看见这盘色香味俱佳的大菜,康熙更觉着饿了。这回,他再也顾不上摆皇上架子,抓起筷子就大口"造"上了,急得戈什哈在旁边直跺脚!

眼瞅着筷舞勺飞,飞龙蛋、龙头、龙爪、龙尾和五彩云霞们都纷纷飞入皇上的肚子,只剩下半截龙身子还躺在盘子里。康熙忽然醒过腔来:糟糕!这盘菜名叫"金龙戏玉珠",按规矩是只有皇上才能享用的,我今天是化装私访呀,怎么就没留神,跑惯腿儿,吃惯嘴儿地把这御用名菜给"造"了呢!怨不得戈什哈在旁边一劲儿地做鬼脸呢!不行,我得圆圆场!

想到这儿，康熙把筷子一摞，假作吃惊地说："哎呀，老板娘，你这不是害我吗？这'金龙戏玉珠'是皇上御用的菜，我一个普通百姓，吃了是要折寿的呀！你那鸭蛋馅的包子就蛮好，称得上'天下无双'，快把这盘菜撤下去，给我再来它一大盘鸭蛋包子吧！"

没承想，康熙的话刚一说完，打外屋一掀门帘儿，进来一个中年汉子，拉着老板娘就双双跪在地上了。康熙正拉架子等着再造一顿鸭蛋包子呢，冷不丁吓了一跳，连忙离座说："这，这是干什么呀？"

就听那汉子说："这'金龙戏玉珠'的菜，您要是不配享用，天底下还有谁配呢？您就别蒙我们了。我是这家包子铺的老板，从打一听说皇上要东巡来乌拉，就求人写了'迎君来仪'的对联，布置好了这间雅致的房间，净等着请您尝尝我们两口子的手艺，也表表我们对您的一片忠孝之心啊！"

康熙一听，奇怪地问："你们又不认识皇上，怎么一口咬定了我就是皇上呢？"

老板娘笑了笑，说："皇上龙眉凤目，仪态万方，您身边的这位亲随穿得比您好多了，可在您身边总是畏畏缩缩地，刚才在铺门口儿，'喳''喳'连声冲您一个劲儿打千儿。要不是皇上私访，会这样吗？皇上真是个圣明、宽厚、体贴下情的英主啊！"

康熙一听，暗暗佩服这对夫妇的眼力和见识，心中就有三分欢喜。可他嘴里还是一个劲儿地客气："哪里话，哪里话！不敢当，不敢当了！"

戈什哈一听，乐了，心说：嗨，您要不想认账，就死不承认得了，在这儿跟人家瞎客气什么呀！这会儿还瞒得住谁呀！他往前一站，大声说："起来，起来，给你们银子算账，什么皇上不皇上的，我们要走了！"

那两口子忙不迭地说："这位爷，我们决不能要您的银子！"

康熙奇怪地问："那你们要什么呢？"

"不管您是皇上不是皇上，您说了我们这儿的鸭蛋包子'天下无双'不是？"

"是呀！我是说了，怎么样呢？"

"就求您老人家把这四个字赏给我们吧！"说着，两口子起来，把笔墨纸张送过来了。

吃了人家的饭菜,总不能不给钱吧!给银子人家不稀罕,康熙一想:得,谁让我好信儿嘴馋,吃了人家的鸭蛋包子,写就写吧!

就这么着,鸭蛋包子铺的门口,从此挂上了康熙爷御笔亲书的"天下无双"四个大字。

康熙临离开乌拉时,又带着戈什哈悄悄去小铺儿吃了一顿鸭蛋包子,临了儿一高兴,重赏了聪明、会来事儿的老板一个世袭的四品顶戴花翎!那个贪吃的戈什哈呢,一想到从此再吃不着这么好吃的东西了,就瞪圆了眼睛可劲儿地造,差点儿没让鸭蛋包子给撑死!

讲述者:关寿海

整理者:傅英仁

快活林

　　快活林在镜泊湖山庄对岸,清水明沙,苍松翠柳,是一个非常幽静宜人的地方。

　　传说在很早以前,这里住着一户人家。老两口领着一个姑娘过日子。姑娘名叫珠申,长得像一朵花,可惜是一个哑巴。

　　珠申姑娘成天在林子里玩呀、跳呀,看见成群的小鸟在天空飞着,看见湖水波光粼粼,看见风吹树梢摇动,雨天看见电光闪闪。可是她听不到美妙的声音,唱不出心里的歌儿。有一只小喜鹊看到这可怜的小姑娘,不忍离去,成天和她在一起飞呀、跳呀。小珠申每天总是找小喜鹊一起玩儿,她们成了形影不离的好朋友。

　　姑娘长大了,出落得更漂亮了。可是小伙子们谁也不愿意向她求婚。老阿玛愁得吃不下饭,生了病。临咽气的时候,他还紧紧握着姑娘的手不放心。老额娘也在乌云布满天空的一天离开了人世。可怜的珠申姑娘孤零零一个人在林子里生活着。小喜鹊再也不飞不叫了,风吹到这儿也悄悄地溜走,雷也住了声音,湖水更加平静,死沉沉的林子听不到一点声音。

湖东岸有一个年轻阿哥叫穆隆阿,常到快活林打猎。他看到这孤苦伶仃的姑娘,觉得很可怜,每天打猎回来总是给她留点山鸡、野兔,还把带的干粮分一半给她。姑娘虽然说不出话,心里却很感动。

两个人就这样常来常往,感情一天比一天深了。

有一天,珠申姑娘在松树下正等着穆隆阿的时候,忽然有一只恶狼向姑娘扑来。眼看要到跟前,正好穆隆阿赶到,"嗖"的一箭射死恶狼,救出了姑娘。从此,姑娘心里暗暗地爱上了他。

从快活林流出一道小河,河里的鱼儿成群成群地向湖里游去。姑娘想:多好的鱼啊! 要是捞一些给穆隆阿吃该有多好。她回到家里想织张网,但没有线,这可怎么办? 她摸摸自己又亮又长的黑发,心里想:我何不用自己的头发织上一张网啊! 她毫不犹豫地剪下一缕青丝,织呀织,终于织成一张小巧玲珑的渔网,打了一些新鲜鱼儿。

穆隆阿吃着这鲜嫩的鱼,惊奇地用手比画着,问姑娘是怎么捕来的,姑娘笑了笑没有什么表示。打那以后,穆隆阿常常吃到姑娘给他准备的鲜鱼。可是,姑娘的头发却一天天少了。穆隆阿看见这情况,心里很纳闷,问她是怎么一回事,姑娘只是两眼湿润润地摇了摇头,又亲亲热热地指着鱼,叫穆隆阿多吃。

穆隆阿越发觉得奇怪,心想:我今天不回去,看看到底是怎么一回事。吃完了饭,他就偷偷地躲在林子里。

月亮升起来的时候,姑娘要去捕鱼。可是第八张网又使坏了,一摸自己的头发,只剩下一小缕。有心剪下来,姑娘头上没头发可怎么见人呢。又想到穆隆阿的恩情,咬了咬牙,啥也不顾,"咔嚓"一声剪下最后一缕青丝,趁着月光又织起网来。小伙子把这一切都看在眼里,感动得流下热泪。他几步跑到姑娘面前,抢过一绺黑发,紧紧地把姑娘搂在怀中。

月亮从平静的湖面渐渐升高,湖水映出一对依偎着的青年男女。

部落里的人们看到穆隆阿和一个又秃又哑的姑娘结了婚,都撇着嘴说:

"就凭这么出色的小伙子，娶这么一个叉而汗①，真是件怪事。"也有人说："哑巴姑娘是个妖怪，用妖术迷住了穆隆阿的心。"打这以后，部落人都看不起穆隆阿。可是穆隆阿不但心不变，反而更喜爱这个姑娘了。

珠申虽然不会说话，可也看出了部落人的心思。这天，她哭了半宿，心想：穆隆阿因为我被部落人看不起，我怎么能忍心呢！想到这儿，她偷偷地起来把第二天穆隆阿打猎用的工具收拾好了，把换洗的衣服也轻轻地放在炕梢，看着亲爱的丈夫，掉下了离别的热泪，悄悄地离开了这新婚之家。

她走呀，走呀，走到快活林看看原先住的小屋。

走呀，走呀，走到小河旁边，看看捕过鱼的地方。

走呀，走呀，抬头看见心爱的小喜鹊。

小喜鹊被惊醒了，一看是珠申姑娘，高兴地向她喳喳叫。

珠申姑娘哪有心思在这里停留，不停地向前走。

穆隆阿醒来一看，珠申不见了，急忙到部落里四处打听。有的人摇摇头，有的人指了指快活林，有的说："穆隆阿算了吧！走了一个又秃又哑的丑八怪是件大喜事！"

穆隆阿想起姑娘的真情厚意，想起部落人的冷言冷语，想到结婚后的甜蜜生活，心说怎能叫我的珠申姑娘为我离去。他回到家里，带上干粮，向快活林方向找去。

快活林静悄悄，风不吹树不摇。可是哪有珠申的影子啊！

穆隆阿来到他俩坐过的青石旁，看不见珠申姑娘；来到姑娘住的小屋，小屋已经破烂不堪；来到常约会的松树下，只见蛛网挂在松树梢。珠申姑娘呀！你在哪里？

就在这时，小喜鹊飞来了，在穆隆阿头上叫了三声，飞了三圈，向西飞去又飞回。穆隆阿抬头说："你是姑娘的好伙伴，求你领我找她去。"小喜鹊领着穆隆阿向西飞去，过了九架山，淌过九条河，这天来到一个清泉边。穆隆阿看见一只受伤的小鹿用这泉水洗了洗，伤口立刻好了，飞快地跑回树林。

---

① 叉而汗：满语，指妻子。

一只喉咙快要断了的百灵鸟,喝了几口泉水,又唱出美妙歌声。啊!多好的神泉水!可是穆隆阿哪有闲心在这里逗留,又和小喜鹊往前走。

走了一程又一程,在一个小山窝里,穆隆阿终于看见了珠申姑娘,她躺在一棵松树下,浑身是伤,只有一点微气。穆隆阿急忙跑到跟前,轻轻抚摸着她的伤口,眼泪滴在姑娘脸上,姑娘慢慢睁开眼睛,微微地笑了笑,偎在丈夫的怀中。

穆隆阿背起姑娘,飞快地向神泉跑去。清清泉水洗到伤口,珠申身上的伤口立刻好了,洗到头顶,满头立刻长出青丝来了。她俯身喝着清泉水,觉得浑身清凉。啊,天呀!姑娘站起身来,清脆地说:"穆隆阿,我和你永远不分离!"

湛蓝的天空白云飘动,小花鹿从林间出来欢快地跳来跳去,百灵鸟和小喜鹊唱着歌飞来飞去,珠申姑娘也唱出她心中的情歌。

快活林真的成了快活林。

讲述者:郭鹤令

搜集整理者:傅英仁

拉古的来历

　　在牡丹江市的西边，有个小车站叫拉古，这地方为啥叫拉古呢？这一带有个故事传说。

　　那是在三百多年以前，顺治皇帝坐了北京以后，选派了八旗子弟来宁古塔一带驻防。有这么一家人，姓舒穆鲁哈喇，户主名叫齐哈达，正黄旗人，是从吉林长白山迁移到宁古塔的，在巴海将军门下任职。

　　当时北方的罗刹正在黑龙江一带入侵，到处杀人抢东西，宁古塔将军就派齐哈达的三个儿子随他去瑷珲一带打罗刹。齐哈达有个孙子名叫拉古，自幼聪明过人，随父亲练习骑射，武艺高强。一天，他听说他父亲和伯父、叔父全要去上阵，他就跑去找爷爷说："祖父大人，您教育我们男儿要上阵杀敌，保卫大清朝，今日正是用人之时，请把我阿玛留下，他有病未愈，由孙儿前去杀罗刹。"

　　齐哈达说："你年龄太小，等长大了，再去披甲上阵。"

　　拉古说："罗刹杀人放火，侵我疆土，我人小可以给将军当个亲兵。"

　　拉古又跑去将军府找将军，左磨右泡说个没完，将军终于答应他当了亲兵。

巴海将军的队伍走了半个月,才到黑龙江城,那时黑龙江水还未冻,罗刹正在江北占领村落。巴海将军一看江水滔滔,大军无法过江,愁得仰天长叹。拉古随将军站在江边,他说:"黑龙江要是封了冻,就像架了桥,咱们就过去了。"巴海将军说:"这里十月才结冰,哪有九月初封江的呀?"拉古说:"将军出征深得民意,天也会助咱们。"第二天早上,大家到江边一看,果然封了江,像搭了桥一样。大军很快过了江。

罗刹见清兵来了,便把抢夺的人畜物全拉回了雅克萨城。一天巴海将军带拉古到前哨观察回来,说:"罗刹筑城很坚固,又下雪了,咱们硬攻,伤亡会大。"拉古说:"将军,我小时候经常坐狗爬犁玩,爬犁跑得又快,又没声音,咱们全坐狗爬犁披上白布,罗刹就不会发现。"

过了几天,将军率清兵分成几个爬犁队,神不知鬼不觉地围住了罗刹,打了大胜仗,把罗刹赶出了雅克萨。将军回来后,提升拉古当了亲兵头领,驻守在宁古塔东,也就是现在拉古的地方,他立了不少战功。拉古死后,后人为了纪念他,给他立了碑,坟埋在沙虎那里。从此人们管这地方就叫拉古了。

讲述者:徐荣秀
整理者:苟玉秋

蓝玉宝珠

　　清朝时候,鸭绿江边有个朝鲜族老人叫韩存泽。他从小就是个乐天派,就是苦日子再怎么难熬,也不知道愁,也不知道苦。四十几岁时,他儿子一长起来,就不让他再干任何活了,让他好好养老。他时常在吃饱喝足之后,提着板凳,扛着鱼竿到江边钓鱼。他钓鱼也是娱乐,鱼线上有根针,针上串着油炸的鱼饵。因为钩是直的,又有喷香的食物,线一甩到水里就有成群结队的鱼来吃。鱼衔得线不住颤动,水面上出现了一圈圈的波纹,他觉得好玩,眼睛笑成一条缝,心里乐得开了花。每到鱼食快没时,儿子媳妇就给他送来,他一天能用七八斤。这样清闲自在无忧无虑的生活,使他高寿到九十九岁,人们称他"快活的老寿星"。

　　皇帝虽说年岁不大,偏偏怕自己寿命短,就安排很多近臣到处给他寻觅老寿星,淘登长生不老的秘诀,于是韩存泽老人被传进皇宫。

　　老人活到九十多岁,头一次进皇宫觐见皇帝,又是朝鲜族,不懂得皇宫里的规矩,心里害怕,问他啥,他也说不明白。皇帝很生气,可又不能当面治罪,眼珠一转,计上心来,就让太监取过一个蓝玉珠子交给他,说:"你今年九十九岁了,等明年过了生日,你再来见我,说说你能活到百岁的秘方。同时,把这颗宝珠带回来。人不来,宝珠不见,都要治罪斩首。"皇帝随后就派了个会说朝鲜话的太监骑快马到鸭绿江上扮作船夫。

韩存泽老人来到鸭绿江边渡口,见只有一只小船停着。这个船家见他一上船就拔锚了。老人心想:每趟船至少要乘十几个人方能开船,怎么今天只乘他一个人就开船了呢? 他见船家紧忙划桨也不好问。船沿着江边走出十几里,路过一个大石砬子下面的深水汀时,船家边划边和老人搭话,问他多大年岁,怎么使自己长寿的。老人见他是个船家,又懂朝鲜语,就把年岁和每天无忧无虑快乐生活的情景一五一十告诉了他。然后,船家又问他从哪来,办什么事。他说从皇宫回来,觐见了皇帝,皇帝给了他一颗蓝玉宝珠。船家就把船停下,央求要看宝珠,长长见识。老人见他停船不走,又央求再三,就把宝珠递了过去。他接过宝珠刚要看,这宝珠就从他手上滑落到江里去了。老人吓得立刻哆嗦成一团,船家也吓得面无血色。原来这船家是皇帝派来往回要宝珠的。他在深宫大院哪懂得水性,往江里看了看不见宝珠踪影,又不敢下水去,就只好装作抱歉的样子把老人送到对岸。

太监失落了宝珠,怕皇帝怪罪下来,就到市上珠宝店买了一颗和蓝玉宝珠一模一样的珠子。向皇帝交差时,太监先眉飞色舞乐呵呵地禀报了韩存泽老人钓鱼长寿的秘诀,然后双手把假宝珠顶在头上。皇帝得到长寿秘诀时,早就乐得忘了一切,对假宝珠连眼皮都没抬,就让这个太监送到库房里去了。

话分两头,再说韩存泽老人到家就一头倒在炕上,愁得一病不起。儿子媳妇知道这个原因后,再三用好话安慰他也不听。儿子见老人家不吃不喝,身体日见消瘦,便偷着到江里打鱼,想给老人滋补滋补身子。儿子是个孝子,甩了两网,连片鱼鳞都没打到,就坐在岸上掉眼泪,嘴里叨叨咕咕地说:"我阿爸吉喂给鱼多少好东西,今天想给他喝口鲜鱼汤,连个鱼崽子都不见了。"他叨咕完,就见一个穿金丝金鳞衣服的姑娘对他说:"别哭,明天这时候来就能打着鱼啦!"说完用手拍了一下他的肩膀。他一打冷战,原来是个梦。抬头见日头正照在头顶,天晌午了,就回家了。

儿子到家悄悄地把梦见的事告诉了媳妇,媳妇说:"阿爸吉这么多年不钓一条鱼,还倒给鱼好东西吃,鱼神会保佑他的! 明天我也去!"

第二天,儿子把甩到河里的网一拽就觉得挺沉,捞上来一看里面有条二十多斤的大鲤子。因为这鲤子特别大,两人到家就把鱼放在水盆里拿给老人看。老人一看就火了,说道:"你怎么能去杀生害命,赶快给我放回江去。"儿子刚要端水盆,就见这鱼两眼落泪,一张嘴吐出一个蓝晶晶的大珠子。老人一看正是他掉在大江里的那颗蓝玉宝珠,就乐得从炕上跳下来,两手捧起盆子往大江跑去,儿子儿媳怕他有闪失,也跟随在后边。爷仨把鱼放到江里,鱼抬起脑袋看了看老人,顺水跑掉了。

第二年,老人过完了生日,带上蓝玉宝珠又乘船沿鸭绿江走那段水路。同船的有个穿着金丝金鳞衣服的姑娘。因为姑娘的两个大眼睛只顾盯着船家,两个人也没说上一句话。下船后,姑娘又跟在老人后头。快进皇城时,姑娘喊住老人,上前说道:"老人家,你给皇帝送宝珠还有一场灾难呢。那太监一定要说你这宝珠是假的,皇帝要信了他的话,不光你要被斩,你全家也得斩首。"老人见姑娘知道自己是去送宝珠,就知道她不是凡人,便急忙说道:"太监是皇帝的内臣,他一定要信以为真,我死了不要紧,连累我全家,我老韩家就断了香烟了。"说着老人热泪长流。姑娘用手帕给老人擦擦眼泪说:"不要为难,小女是您老人家救回的鲤鱼仙子,我有办法可免除这场灾难。"随后就把办法说了。老人刚要道谢,姑娘一晃就不见了。

皇帝见韩存泽果然在第二年生日之后,把蓝玉宝珠带了回来。想到宫中的珍珠只有一颗,而且太监早已从江上夺了回来,入了库房,便认定韩存泽老人带回来的是个假的。这是欺君之行为,他不禁大怒,下旨推出老人斩首。老人见势不好,急忙拽住皇帝的衣角泣泪禀道:"我主息怒,容小民禀诉下情,再斩不迟。"

皇帝见他拽住衣角不放,只好让他回禀带宝珠回家的经过。皇帝见他咬定这带回的珠子是真蓝玉宝珠,又叫他说说凭证。老人就把试验真假宝珠的方法说了。皇帝立即下令让一名太监到市场上买来一个假蓝玉珠子,随后传旨,让那个扮作船家的太监进宫。

皇帝当众审讯。太监到金銮殿上见韩存泽老人跪在旁边,心里一惊,定眼看去,他也没拿什么东西,这才壮起胆子来。皇帝让他禀报夺回宝珠的经过,他又谎话连篇地说了一通,并咬定如果再有第二颗蓝玉宝珠就是假的。皇帝让韩存泽老人重述回家路上失珠又得珠的经过。太监听罢,摇头不承认。皇帝命令另一名太监端出一个装满水的水晶石盆放在案上,随后又令看管宝珠库的大臣把那颗蓝玉珠子取来,放进水盆里。大家一看,这颗蓝玉珠子在水里清清楚楚。皇帝又命人把韩存泽老人带回来的蓝玉宝珠放进水里,珠子进水就不见影了,取出来后仍是一颗珠子。最后,皇帝又让人把从市场上买回来的那颗假蓝玉珠放在水里,这颗珠子在水里也是清清楚楚。皇帝勃然大怒,指着那个太监连喝道:"奴才,欺君之罪,定斩不饶,还不赶快招来!"这个太监瘫倒在地上,如实招出了整个过程。

皇帝又对韩存泽老人说道:"你找宝珠有功,还回去做寿星去吧!"

讲述者:廉昌浩

翻译者:梁恢根

整理者:赵君伟

狼洞沟

狼洞沟位于东宁县大肚川镇东边，是早些年通往苏联的交通要道。

传说曾有一群狼盘踞在这里。许多过河到苏联做小买卖或闯崴子的人都在这里丧生。

一次，一个从山东来的大汉路过这里，被狼群追得无处跑，只好爬上树。

狼不会爬树，蹲在下面往上瞅。那大汉靠到天黑，见狼群还是不走，就大着胆子坐着树杈，抱着树干睡起觉来，睡了觉就感到树有些发晃。往下一看，一群狼正忙着扒树根上的土，眼看树根要被爪子挖出来了。这可怎么办！他猛然想出一个好主意。他把树上一些干叶枯枝折下来，用鞋带捆好，把单帽子塞进去用火镰打着。等着旺了，就对准树根那堆狼扔下去。

树下的狼群正你争我抢扒土，干得挺来劲，火球一落下来，不少狼身上起了火，烧得它们东奔西跑，没着火的狼也吓得跑到远处蹲着看热闹。

山东大汉一看这招儿真管用，又点着一个大火球用棍挑着下了树，直奔狼群扑过去。狼群见火球来了，呼呼啦啦地逃跑，山东大汉一直追到一个山洞，见狼群都钻进山洞里，心想：干脆，我来个斩草除根，以绝后患。他三下五除二又抱来一大堆干草干柴扔进洞里,把火球也扔了进去,干草干柴立刻着起来,大火苗子一蹿多老高。里面的狼群哭天嚎地地叫起来,他一看时候到了,搬来石头把洞口严严实实地堵死了。见石头缝里还往外冒烟,又捧些土盖好才走了。

后来,人们就把这条沟叫狼洞沟。

讲述者:马玉山

搜集者:崔彦海

老鸹砬子

从前，镜泊湖南湖头住着个打鱼的老张头，这老头儿能使一手好船，能下一手好网，风浪再大他也敢下湖，他心想打什么鱼，就一准打上来什么鱼。远远近近的人都佩服他有本事，胆子大。

这一天，狂风卷起巨浪，一般人都不敢下湖了，老张头却偏不怕。他把船划到风浪最大的一个石砬子跟前，刚要下网，一抬头就见在这石砬子上坐着个人。这人是谁呢？风浪这样大，坐在那儿干什么呢？老张头想看个究竟，他网也不撒了，把船拢在一块石头上，爬上石砬子一看，这人穿着打扮不是本地人，坐在那儿，两眼直勾勾地瞅着眼前一块像把茶壶一样的大石头发呆。

老张头和他打招呼说："老客，发财！"

外乡人回头看了他一眼，打个招呼让他坐，老张头便坐在他身旁了。他见这个外乡人不说话，就说："老客，你瞅着这石头发什么呆呀？"

就听这外乡人说："老哥，你不知道，这镜泊湖中有宝，这石茶壶是个取宝的钥匙。"

老张头听他说得挺离奇，就问："这石茶壶怎么是取宝的钥匙呢？"

外乡人说："老哥，我告诉你吧，你没听有人这样说吗？'镜泊湖中有一宝，谁能取宝谁有福，宝贝是把金茶壶，八个壶嘴一般粗。提壶轻轻往外倒，八个壶嘴滚珍珠！'老哥，要想取出这把八个壶嘴的金茶壶，就要烧起这把石茶壶啊！"

老张头一听，就笑着说："老客，这有什么难的，满山都是干枝倒木，那咱们就点火烧呗！"

外乡人笑了，说："老哥，你不知道，这样的木头怎能烧得了？要烧这石茶壶，得用万年柴。在这石茶壶下边烧上几个时辰，才能把镜泊湖的水烧干，烧干了镜泊湖就露出了那把八个壶嘴的金茶壶，把这八个壶嘴的金茶壶取出来就发财了，倒一下那就是八颗珍珠啊！"

老张头问："老客，这万年柴是什么样的？"

外乡人说："看起来像段糟木香，点起来经久不灭。"

老张头一听，笑了，说："我当是什么难找的东西，这玩意儿我现在就能拿来。"

外乡人急忙问："哪里有？咱俩马上就去取！"

老张头说："我实对你说吧，有一年我捕鱼，来到了城墙砬子，天黑了，我在城墙砬子上打了个小宿。夜里挺冷，我想找点柴火拢点火，可是，找来找去跟前也没好柴火，就找到那么一块像糟木香又不是糟木香的烂木头，点着以后，没想到烤得我热乎乎的。烧了一宿，这木头也不见少，我离开城墙砬子以后，它还着着呢。"

外乡人听了这话，便大声说："我说老哥，这真该咱发财了，这就是万年柴啊，走吧，咱快去取来烧这石茶壶吧！"

于是两个人立刻划船到城墙砬子上去找这万年柴。也真巧，他俩来到城墙砬子一找，果真找到了这段木头，一看，还着着呢，只见红火，不见冒烟。两人赶忙把它捧到船上，划动小船直奔石砬子，到了石砬子上，就把万年柴放在石茶壶下面了。

这一放不要紧，只听"嘭"的一声，在这石茶壶下忽地蹿起了红通通的火苗来。大火越烧越旺，烧得石茶壶蒸气腾腾，这一烧，整个镜泊湖便咕嘟咕嘟冒起泡来，湖上一片雾气，面对面看不清人。

老张头看见这情景，心里有点儿怕起来，问："老客，这要把湖烧干了，没啥说道啊？"

外乡人哈哈大笑，说："你还怕钱咬手啊？把镜泊湖烧干了，咱们就去取那八个壶嘴的金茶壶，提上来金茶壶，咱们就发财了，这还有什么说道？"

这时，就见湖中的鱼被烧得噼里啪啦乱蹦乱跳，湖水唰唰地往下一个劲儿的落，转眼间就到湖底了。两人看见石碇子根底下，有一把金光四射的八个壶嘴的金茶壶。外乡人站起身来，刚要下湖，忽然听到一片水老鸹的叫声，外乡人抬头往天上一看，急忙说："不好，老哥，我现在就下湖去取这金茶壶，你在这碇子上看着这把石茶壶，可千方不要让这水老鸹落到石茶壶上！"

老张头答应了一声，就见这外乡人飞跑下湖去了。就在这时，也不知是从哪飞来的，遮天盖地的全是水老鸹，这群水老鸹飞到石碇子上就往石茶壶上落，一落下，就屙屎，屙下的屎马上就变成石头。老张头赶走这只，又飞来那只，赶走那只又飞来这只。三赶两赶，万年柴被水老鸹的屎给盖灭了，石茶壶也被水老鸹的屎给盖上了。

这时就听到一声雷响，接着就下起了瓢泼大雨，这雨足足下了一袋烟的工夫，又是一声响雷，天晴了，风住了。

老张头往湖中一看，又是满湖的清水，那八个壶嘴的金茶壶不见了，那个取宝的外乡客，再也没见回来。

老张头望了望天上的水老鸹，急忙划船回家了。把这奇事向乡亲们一讲，八个壶嘴的金茶壶的事，一下子就传开了。

从这以后，在这小石碇子上住下了成群结队的水老鸹。这个秀丽的小石碇子也就有了名，人们都叫它老鸹碇子。都说，这成群的水老鸹，是在看守着那把八个壶嘴的金茶壶呢！

讲述者：迟宝山

搜集整理者：宋德胤

立孝子碑的传说

朝鲜人讲究孝顺父母,谁家出了孝子,地方官就申请给谁家立孝子碑。朝廷见各地各方申请立孝子碑的越来越多,就派朴文洙御史到各道郡去巡察。

这天,朴御史来到一个极偏僻的山村,在一座三间草房门前,听见屋里又唱又跳,又有叹息的声音。推开门进去一看,炕上年轻的儿子敲着碗在歌唱,剪着光头的儿媳妇在翩翩起舞。饭桌上摆着一盆大米饭和四盘菜,上首坐着一位老大娘,叹息声就是老大娘发出的。儿子和媳妇见有客人进屋,就停下来热情款待。朴御史就和他们唠起家常来。

原来,这对夫妇对老母亲非常孝顺,又很勤劳。这地方年年歉收,种的水稻三年有两年籽粮还不了家。夫妇俩就用稻草编草鞋卖,稻穗上星星点点的稻粒撸下来碾成米给老母亲吃,俩人吃野菜。这天是老母亲的寿辰,盆里的米饭就是两口子用撸下来的稻粒积攒起来舂成米做的。没钱买菜,儿媳妇就把头发剪掉给卖了。此时夫妻俩正在唱呀跳呀地给老人拜寿,被朴御史一步赶上了。

朴御史见这家的儿子儿媳妇对老人这样孝顺,就问老太太为啥还叹息不止,老太太说:"孩子们有点东西都给我吃了穿了,他们老受苦,我能不着急,能不可怜他们吗?"朴御史又问主人读过什么书,他说:"读过《三字经》《千字文》《论语》和《孟子》。"御史临走时留下了几两银子,告诉他来年朝廷开考,要好好读书,准备赶考,地方可给他家立孝子碑。

第二年,这个孝子去京城赶考中了进士。殿试时,因为考题《碗歌僧舞老人叹》是他和妻子生活里经历的事,便一挥成文。皇上见他的文章文情俱佳,点他为头名状元。

朴御史第二年又去各道郡调查立孝子碑的事,这天到一家投宿。

这家的阿爸吉五十多岁,儿子儿媳妇都三十上下岁,小孙子四五岁。晚饭后,老人把儿子叫来卧在地上,用棍子狠狠地打了一下,问道:"你能孝顺我吗?"儿子说:"能孝顺。"老人就令儿子起来回屋睡觉去了。朴御史不知是怎么回事,又不能问,第二天就又来他家投宿。晚饭后,老人照打他儿子,没想到老人的棍子刚刚打在儿子身上,儿子就痛哭起来。老人问:"过去二十年天天打你一棍子,你从没哭过,这是为什么?"儿子哭着说道:"爸爸,我觉得您一点儿劲也没有了,您老人家是不是有病了?"老人点了点头,然后笑了笑说:"你回去睡觉吧,我再也不打你了。"

朴御史暗暗忖度:"这人也称得起是个孝子。"

一天,他来到一条小河边上,见一个牧童在放羊,另一个人在钓鱼。他走到牧童跟前说道:"你们这地方有孝子吗?"牧童指了指钓鱼的那个人说:"他就是我们吕代村有名的孝子。老人家去世还摆丧门①尽孝道呢。"

朴御史走到吕孝子身边,见他带着宽沿草帽正聚精会神地钓鱼,已经钓了满满一篓鱼。他心想:作为一个孝子,怎能杀生害命呢? 要到他家看看。于是他说:"吕孝子,听说你家摆丧门呢,我愿到灵前叩头敬酒。"吕孝子便把朴御史领到家里,让到炕上坐下,自己就到厨房去了,他出来时朴御史问:"吊丧还上供吗?"当时,初一、十五都要上供。这天正是六月十五,吕孝子便

---

① 摆丧门:朝鲜族给死人立灵牌进行吊丧、祭奠叫摆丧门,是民间的一种习俗。

说:"上供。"供桌上摆了油炸鱼和几盘炒菜。吊丧完了,吕孝子也没让朴御史吃饭。

朴御史见吕孝子不只钓鱼,还把鱼炸了上供,觉得这样残忍的人不配做孝子。他往回走时,又来到小河边上,便走近牧童问:"他算个什么孝子?"牧童龇牙笑了笑说:"你比老黑熊还愚蠢。你再过去看看他干什么呢。"朴御史一看,吕孝子正往河里放炸鱼呢。鱼一沾水就复活,尾巴一摆就游走了。朴御史惊奇地问:"这是怎么回事呢?"吕孝子答道:"我作为一个孝子要放生,不能杀生。供桌摆鱼只不过让父母看看。我会起死回生之术,油炸了的鱼也能复活。"朴御史感叹地说:"你真是个孝子啊,这事感动了天地。"于是,朴御史也令地方官给他立了孝子碑。

龙头山取宝

海浪河两岸自古就住着满族的诸申先民。据说最早时有地无法种五谷,飞禽走兽没法捕捉,河里有鱼鳖虾蟹也捕不到多少。诸申人没吃没穿,只好求告天神阿布凯恩都哩给想办法。

阿布凯恩都哩,他听到海浪河两岸各氏族的求助,就召集诸神商量。巡天神说:"海浪河边有座龙头山,山里有金犁、金箭、金叉。可惜开山格格因为说错了一句话,被罚到人间做哑巴格格去了。"阿布凯恩都哩听了满心喜悦,就立刻让佛陀妈妈到人间查找开山格格。

海浪河北岸萨尔虎部落,何舍哩氏果然有个哑巴格格。在格格四岁头上,从南方来位蛮子玛发说能治哑病。他看过格格之后,说到十八岁的时候再治才会说话。阿玛让哑巴格格对南蛮玛发也叫阿玛。不久阿玛死了,哑巴格格就由南蛮阿玛抚养。哑巴格格会下地玩的时候,就把南蛮玛发捕来的野鸟当凤凰骑,想往天上飞,长到十四五岁就和大人一般高了。

南蛮阿玛教给她种五谷、打猎、捕鱼。她的一双手像铁钩子一样,多硬的地一挠就是一道沟,多猛的飞禽走兽一抓管保跑不了。她两只大脚板像桦树船一样，下到多深的水里也不沉底，多狡猾的鱼也能抓住。她白天黑夜不消闲地和大家耕地、打猎、捕鱼。南蛮阿玛说："不到十八岁，长多壮也是孩子，不要干硬活了。"可怎么劝她也不听。天长日久，她的手指甲挠掉一茬换一茬，手比鹰爪还瘦，脚板磨出老茧一层盖一层，脚比桦树鞋还坚硬。

这一天，哑巴格格偷偷过了海浪河，上龙头山打猎。她来到河岸，就见河面上掀着一丈多高的大浪，一只老乌龟抬着头向龙头山喷出水雾，龙头山立刻传出阵阵声响，随后一条草龙朝乌龟扑了过去。老乌龟把脖子伸出一丈多长，张开血盆大口就咬草龙的脖子。草龙也不示弱，一扬脖子就吐出一颗碗大的珠子向老乌龟打去。老乌龟就用硬盖子搪，火红的珠子像个小球在老乌龟盖上弹来弹去……

哑巴格格虽然不能说话，耳朵可不聋。她听南蛮阿玛说过，这龙头山里有金银财宝，草龙和乌龟都想占为己有，两个家伙到一起就打。"等你长到十八岁降伏这两个家伙，把山开开，那金银财宝能搬多少有多少。"

她头一次遇到这两个家伙打仗，就当作稀罕景儿，呆呆地看了起来。太阳落山了，这两个家伙也打累了，拖着筋疲力尽的身子走了，她看不能打猎了才回家。

第二天，哑巴格格没告诉南蛮阿玛，又悄悄去了龙头山打猎。她见海浪河风平浪静，就一纵身跳进水里。她两腿一进水，就觉得好像骑在了什么东西上。游到河心，那骑着的东西冷丁往旁边一闪，啪的一声把她摔进水里。她站起来一看，原来是那只老乌龟。老乌龟张着大嘴向她胳膊咬来。她往边上一闪和乌龟厮打在一起。老乌龟口喷水雾遮挡身子，又调动虾蟹咬她的腿。她抵挡不过，跳回岸上。

老乌龟看姑娘只能和自己厮打不能说话，知道她是开山格格，心想：赶走草龙，再抓住她给开山，所有金银财宝都归自己所有。那时在海浪河修座宫殿，就有享不尽的荣华富贵了。于是它一纵身跃起一丈多高蹿到岸上，冲着姑娘一口一口喷射沙粒，把姑娘打得睁不开眼，然后用两只前爪挟起姑娘就走。这时只听林子里发出一声大喝："孽障休要伤人，快给我放下！"人没出林，一只箸咔嚓一声就穿在老乌龟的锁骨上。老乌龟疼得一抖，把姑娘扔在地上，身体也缩在岸上越缩越小了。乌龟缩到小盘子大时，从林子里走出来一位老额娘。这位老额娘就是佛陀妈妈。佛陀妈妈鹤发童颜，身后背着口石刀，走到乌龟跟前，一哈腰把小乌龟放进腰上系着的小鹿皮袋里头，说道："孽障，有工夫再教训你！"

佛陀妈妈来到哑巴跟前，见格格昏迷不醒，从小包里拿出一个药丸放进格格嘴里。不一会儿，格格肚里发出咕噜咕噜的响声，嘴里吐出一口黏痰，舒出一口长气。她睁眼一看，老乌龟没了，自己躺在一个老额娘胳肢窝里，知道这是自己的救命恩人，便趴在地上叩头。

佛陀妈妈把她扶了起来，让她张开嘴，用根石针扎了一下舌根，她就能说话了。格格告诉她头次她到龙头山打猎遇到的情景，请求佛陀妈妈除掉草龙。佛陀妈妈告诉她："明天天气要好，你还到这里来找我，我领你上山。"

格格回到家里，南蛮阿玛见她能说话了觉得挺奇怪。格格把佛陀妈妈搭救她的经过和要斩草龙的事说了。南蛮阿玛眼珠转了半天，没说什么，可心里暗暗打起了主意。

第二天，天气晴朗。格格一出门，南蛮阿玛就暗暗跟随着她。

格格来到河边，佛陀妈妈让她坐在自己身旁问道："你知道我领你上龙头山干什么吗？""除草龙，斩乌龟。"格格回答。

佛陀妈妈笑了，接着说道："你只说对了一半，我们除掉老乌龟，斩掉草龙为的是把这座山打开，取出金犁、金箭、金叉，让诸申人过上好日子！"格格半信半疑，又急忙问道："要真有金犁、金箭、金叉，能种五谷、打猎、捕鱼可好了。可是斩了草龙就能开山吗？""你是开山格格，也是开山格格钥匙，能开山能取宝。可是，斩草龙必须用我这把刀。"佛陀妈妈说完，从背后解下石刀交给格格。

佛陀妈妈和格格踩着水面走到河对岸。龙头山真像个龙头，山上一片金光。两人往山上走不远，就见半山腰盘着一条草黄色的大龙。这龙有一搂粗，不知身有多长。她俩朝龙脑袋奔了过去。草龙抬起头来一张嘴喷出一颗碗大的珠子照她二人打了过来。佛陀妈妈从腰间解下鹿皮袋，敞开口，轻轻往上一举，这珠子就掉进口袋里了。草龙见宝珠被佛陀妈妈收进鹿皮口袋里,便一头从山腰上扎了下来。佛陀妈妈右手拿起一条鹿皮筋绳向龙头扔去,只听唰的一声,龙头被捆得结结实实。草龙像戴上笼头一般,一动不敢动。佛陀妈妈挽住绳头把草龙扯住,格格举起石刀把草龙一刀斩为两段。

她们走上山腰,在一块石板跟前坐下。佛陀妈妈说:"这山在半夜子时才能开。山开之前,山要问有没有开山钥匙,你必须立即回答:我就是开山钥匙。答上话后,你手一推山,山就开了。你千万记住,进山洞后,凡是金马、金牛、金磨、金元宝你都不动,只拿金犁、金箭、金叉就赶快上来。"格格说:"您怎么说,我怎么做。"

天一入夜,两人就站在半山腰的一面石壁前,平心静气地等着。三星横梁,子时到了,果然山说话了:"山要开,必须钥匙来!"格格随即应道:"我就是钥匙,山快开!"她手一推,咯噔一声,山就裂开一条有五尺来宽的缝隙。没等格格进洞,南蛮阿玛从一个山石后头跑来,头一低就钻进洞里。格格见了,急忙喊道:"阿玛不要进。"格格不见回音,也急忙跑了进去。她进到洞里一看,靠东边有成群的金牛、金马,靠西边有数不清的金盆、金花,靠南边有一盘金磨正磨着金豆粒,靠北边是小山似的黄澄澄的元宝。

格格让南蛮阿玛光拿金箭。他厉色地训斥道:"你不要管我,我把你养到十八岁,就是让你给我开山取这元宝,不想……"格格看他不听,就用尽平生力气拔下金箭、金叉,扛起金犁就往外跑。只听里边立刻传来呼号乱叫,山乒乓响起来。她头也不回刚跑到洞外,又听咔的一声,山就合上了,跟原先一模一样。格格找不见南蛮阿玛,知道他是被关在山里了。想再把山打开进去救人,可是,山不发话了,她一屁股坐在地上就痛哭起来。佛陀妈妈扶起格格说:"这人贪心太大,已被山挤压成肉饼了,你进去也救不活了。回去只准你把金犁、金箭、金叉各使用一次,就赶快送到这里,山自然就会收回去。你可以叫老百姓仿造石犁、石箭、石叉。"格格听罢,扛起金犁,提着金箭、金叉就跟佛陀妈妈下山了。

格格回到了萨尔虎部落,就在自己家屋后用金犁耕起一条垄,这条垄果然又深又直。她从屋檐下摘下了弓搭上金箭,一下就把山鹰射了下来,这箭正射在山鹰的嗓子上。她又来到海浪河,正赶上一条大鱼游过来,她一叉扎下,就把大鱼叉了上来。她看一切都成功了,就等到半夜子时,把金犁、金箭、金叉又送回龙头山。从此人们才知道用农具、用弓箭。

讲述者:关钟泉

整理者:关墨卿　赵君伟

麻花沟

　　麻花沟是靠近牡丹江市最近的一条沟。很早的时候，这条沟杂草丛生，古树参天，野生动物很多。那么，为啥叫它麻花沟呢？这得从一只猴子说起。

　　当时，庆丰屯和丰收屯的人们要到牡丹江城里办事，得翻过沟北面的碰子山，再顺着沟底的羊肠小道走八里路，才能到牡丹江的街边子。

　　后来，不知从什么地方来了一只作恶多端的猴子，经常祸害过往的村民百姓，害得百姓们不得不绕远走八达村的大道。

　　这只猴子很大，像一匹小马，因此人们叫它马猴子。马猴子毛发蓬松，两眼紫里透红，爪子像小簸箕。遇有刮风下雨，马猴就躲在碰子山的石洞内，平常，它就弯下几根树枝搭在树杈上做成"床"，再枕几根枝条躺下，看见有人从沟里经过，它便手舞树枝，咆哮着冲上来，胆小的人立时就被它吓得倒在地上，胆大的跑不上几步就被它追上。它总是连咬带挠，直到把人捉弄得满脸血迹才住手，然后再重新隐藏起来。

　　人们恨透了这只马猴子，私下里商量如何惩治它。可是，马猴子精得要命,它要是会使用枪,就跟人没什么两样,甚至比人的心眼子还多。因而人们琢磨来琢磨去,总还是想不出啥好法子来除掉马猴。

一天,人们听说三道关里来了三个外地的打猎高手,便把他们请来。附近村屯的几位猎手带路,高手们拿着刀、枪、棍、棒,来到沟里寻找马猴。他们在沟里走了好几个时辰,也不见马猴的踪影。到了晌午,他们实在找累了,就打算在沟趟里歇一歇。

"马猴子!"一个猎手突然喊道。众猎手抬头一看,马猴正在前面不远处的草地上跳着蹦着。猎手们连忙从地上拾起枪,刚一举枪瞄准,马猴子一纵身蹿上一棵大树。它拽着树枝条,一悠一荡地玩起来。猎手们忙赶到树下,正举刀弄枪,只听"嗖"的一声,马猴又一跃,蹿到另一棵树上,逃之夭夭了。

天色将晚,猎手们拖着疲惫的身子,正准备翻过砬子山回丰收屯,忽听最后面的猎手"哎呀"一声,随后又是一声惨叫。大家赶紧围拢上来,只见猎手满脸是血,再一细看,他的一只眼珠子被马猴子抓掉了。众猎手又惊又怕,尽管听见林子里有马猴子的沙沙走动声,谁也不敢上前了。

从此,这条沟便被人们称为可怕的马猴沟,无人敢入沟口一步。后来马猴沟着了一场山火,沟两旁的树木均被火烧毁,马猴子没了栖身之地,便跑到别的地方去了。

所以,直到现在,妇女为了吓唬小孩,还常常对孩子说:"别哭了! 看,马猴子来了!"后来,人们用谐音把"马猴"称为"麻花","马猴沟"便成了"麻花沟"。

讲述者:吴彦成

整理者:黄运军

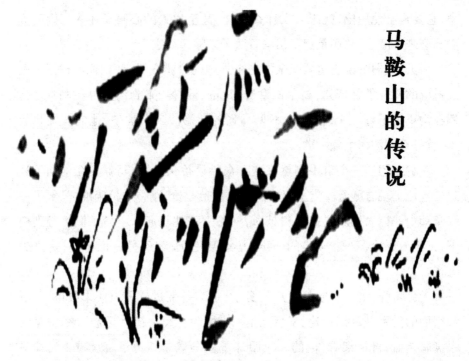

马鞍山的传说

从林口县坐上通往鸡西的汽车,一上东关大坝搭眼看见的是一座孤山,这就是马鞍山。多少年来,这儿流传着一个马鞍山的故事。

传说很久很久以前,马鞍山可不叫这个名字,围子里的人都叫它火神口。相传,里面住着火神,可邪乎了,自古以来,这一带的百姓每年都得把打下的粮食拿出一半儿投进火神口,不这样的话,火神就要发脾气,吐出上百丈高的火舌,把跟前的围子烧得片瓦不留。

有一年,庄稼眼瞅着就要熟了,可偏偏下了一场早霜,粮食比往些年少打了一半还拐弯。老百姓叫苦连天,心如火燎。眼看给火神投粮的日子快到了,可拿什么送啊?就是把打下的粮食都送到火神口也不够啊,这回火神一定要发怒降灾了。老百姓有的拖儿带女,背井离乡,出去找活路了。有的走不了,就等着被烧死了。

围子里有个姓韩的庄户人家,只有父女二人。姑娘韩妹自幼丧母,跟着父亲种地放马,还跟父亲学了一身剑术,如今年十八,长得利落标致,愣了巴恓的跟个小伙子一样。韩妹和挺远挺远的一个叫李安山的小伙子订下终身,结亲的日子就要到了。可韩妹在这火山口住,整天担惊受怕,哪有心思收拾嫁妆。她想:我一个人嫁出去了,我爹和乡亲可要遭一场大难了,我能撇下他们自己安生吗?

这时节,乡亲们发现火神口已经张开老大,滚滚黑烟遮天盖日,这时候,韩妹的婚期也到了,新郎官李安山已经启程前来接亲了,真是祸喜临门。邻居姐妹们帮助韩妹梳洗打扮,父亲也劝韩妹收拾收拾,等李郎进门赶快离开这儿吧!韩妹看着孤单的老爹,望着家乡的一切,真难舍难分。韩妹思前想后,一咬牙脱下身上的新衣,换上了平日练武时的短衣,扎了扎腿带,佩上宝剑,备好了枣红马,像出征的战士一样,站在村头冲着不知所措的乡亲们说:"父老乡亲们,为了咱围子永安太平,我要去斩了火神口。"只见那枣红马扬起四蹄,冲进火口,一股热浪扑来,火神吐出了朱红色的火舌直冲韩妹。枣红马一声长嘶,韩妹一剑劈去,顿时,火焰腾空,浓烟蔽日,火神的血浆像红泉水一样奔涌出来,立时淹没了韩妹和枣红马,只露了一个马鞍子在外面。

这当儿,娶新娘的李安山策马赶到,可已经晚了。火神呢?遇见凉气凝成了红石头,李安山悲痛万分,跪在老丈人面前,发誓要永远陪伴着韩妹。说完,他飞马奔向火神口,即刻变成一座日夜守在韩妹的正南方的大山。

打这以后,背井离乡的人们又回到了家园,过上了平安日子。每当人们看见山上马鞍形的山顶,就想起为民除害的韩妹和诚心实意的李安山。天长日久,人们都自然地管南面的这座山叫安山,北面的叫马鞍山。从此,马鞍山四周的围子也都得了好名,西面的叫永安,北面的叫太平,东面的叫合家、吉庆,南面的叫安乐,余庆。老百姓过上安居乐业的生活了。

这阵子,人们掘开了马鞍山的内脏,朱红色的火山岩成了火山灰,是合成水泥的主要原料。一些上年纪的人说:"这火山岩哪,就是火神的血呀,说不定再往深里挖,还能挖出韩妹和她的枣红马、宝剑哪!"

讲述者:刘福臣

搜集整理者:史永利

马为什么不长犄角

从前,马和牛一样长着长犄角,草原上长犄角的牛、羊、鹿都怕它三分,恨它为什么长犄角。因为它太好拼野了,动不动就要那两只角,不知有多少牛、羊、鹿被它顶死。

有一天,马看见一对羊在顶架,不分胜败。它看着看着看红了眼,说:"你俩真是笨蛋,自己斗有什么意思,咱们顶一仗。"

两只羊一听就害怕了,抬头就跑。马发火了,追上一只羊就要用角挑开膛。这时,老牛跑过来说:"那么大的个儿,欺负一只小羊算什么能耐。"

马一听老牛这么说话,更火了,说:"你不服气,咱俩顶一仗。"

老牛知道自己顶不过马,就想出了一个主意,说:"跟我顶也不算你有章程。要想比一比,咱俩就顶石碢子,看谁能顶倒。"

马摇了摇两只犄角,自信地说:"那当然我能顶倒石碢子啦。"

"好。"牛说,"你要是顶倒了,我就老实地让你吃掉。"

"一言为定!"马说着就打头朝一座石碢子走去。快到石碢子跟前了,它二话没说,猛地向石碢子顶去,只听"咔嚓"一声,马的两只角连根撅了下来,昏死在砬子下,好半天才醒过劲来,干瞪两眼看着一旁嘲笑它的牛、羊、鹿。

从此,马再就没犄角了。

讲述者:马晓明

整理者:周爱民

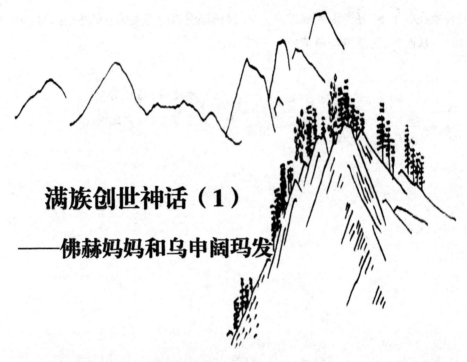

满族创世神话（1）

——佛赫妈妈和乌申阔玛发

　　老萨满讲十万年前普天下到处是洪水为灾,平地几丈深的大水,把地上生灵万物淹得一干二净。只有长白山上一株柳树和北海中一座上顶天下挂地的石矸还在水中活着。又不知过了多少年,这株柳树修炼成人形,身子两头细,腰间粗,一道深沟从头到脚像柳叶似的。石矸也变成一位高大的巨人,满头黑发、平顶、大嘴,浑身上下一般粗,两只脚像两个大石球一样。两个怪物离得太远,又有洪水隔着,谁也不认识谁。

　　柳树被风一吹,发出"拂拂"的声儿,自己起个名叫"佛赫";石矸被大水冲得发出"空空"的声音,自己起个名叫乌申阔。他俩一南一北,孤孤单单,生活没一点意思。

　　又过一两万年,洪水有些下降。有一天,这两个生灵同时在自己待的地方,发现从水中冒出一团团火球。火球到的地方,水就被烤干了,露出地面。他俩心想,要是吹动火球,到处烘烤,水少了可以自由自在到处逛逛。想到这儿,他俩使出无穷的力气,把冒出的大火球吹动起来。他俩吹呀、吹呀,吹到哪,那地方的水就被烤干,露出大地。又不知吹了多少年,两个生灵竟在中间路上碰到一起。因为都不知道对方是什么人,没容分说都用最大力量吹动火球打算烧死对方。这一下可了不得了。大火球互相碰撞,立刻生出无数小火球,落在水里水干,飞到天上天晴,这些小火球越飞越高,照亮了天空,成了今天的最小最小的星星。

第十七层天上,住着阿布凯恩都哩和他的两位徒弟。他一看天上忽然亮了许多,以为是天上众星出来散心。赶到外面往地下一看,原来是两个生灵正在你死我活地拼斗。他点点头便对大徒弟说:"有了这两个生灵,就有人类了。你神通广大,洪水前你又是人间萨满,这回派你下界,教会这两个生灵男女之情,以便滋生后代。"并把一对男女生殖器交给大徒弟,命他安在两人合适的地方。又拿出五件法宝让他传给两个生灵,做防身的武器。

大徒弟领命来到地上。一看两个生灵还是打得难解难分,便用一口法气把它们吹开。这两个生灵倒退十几步,抬头一看,是一位身穿黑熊大哈①的红脸巨人,一齐问道:"你是谁! 为啥阻拦我俩火拼?"大徒弟大喝一声:"不知礼的东西! 我奉阿布凯之命,教你俩人生之道。再说地下国的魔鬼头耶鲁哩要占领人间大地,你俩斗个不停,一旦被魔鬼治死岂不断了人间烟火?"两个生灵一听,觉得很有道理,忙蹲了一蹲,表示愿意听他教诲。

大徒弟拿出男女生殖器,端详半天,不知安在哪个地方好。有心安在头上,又怕风吹日晒,有心安在脚下,又怕路远磨损,便安在两个生灵身体的中间部位,还教给他俩男女夫妻之情。临走时给他们留下五件法宝,桑木弓、柳木箭、铜托力②、腰铃和手鼓,并教给他俩使用方法。一切办得妥妥当当,才返回十七层天上。

佛赫和乌申阔自从有了生殖器,又得到阿布凯恩都哩大弟子的真传,才懂得了人间夫妻之情。没有儿年工夫,生了四男四女,这四男四女长得完全不一样:第一对长得四肢五官都很端正;第二对是尖嘴,一身羽毛,两只翅膀;第三对只有四只脚,人头,浑身披毛;第四对没手没脚,身长头小。因为孩

---

① 大哈:满语,指光板皮袄。
② 铜托力:满语,指铜镜。

子是女人生的,什么事都是佛赫说了算。

他们除了生儿育女而外,每天练习如何使用这五件法宝,渐渐熟悉了这些法宝的妙用。真是:

> 宝弓宝箭射千里,
> 托力闪光镇群妖。
> 腰铃振动神鬼惧,
> 手鼓咚咚震八方。

有一天,地下魔王耶鲁哩想要治死这一对夫妻和四对儿女,便派他八个弟子在东大砬子顶上变成八棵梨树,结了满树大山梨。正赶上乌申阔到东山治水,一见大山梨不知是什么东西,摘下来一吃,又酸又甜,又脆又香。他一口气吃了两树。剩下六棵树的梨,他打算摘下来,让妻子和孩子们尝尝鲜,便抱住树干用力摇晃。这一晃可不要紧,顿时大砬子山崩地裂,只听轰隆一声,砬子倒塌了,把乌申阔压在了山下。八个妖怪刚要高高兴兴地向魔王交差去,佛赫妈妈闻风赶来,一看自己丈夫压在大石头山下,气得两眼发红,刚要举起托力捉拿八怪,只听空中一声吆喝:"徒儿先不必动手,待为师收服他们。"说罢,拿出一个狍皮口袋,大喝一声:"进!"只见八怪乖乖地钻入袋内。佛赫妈妈一见,原来是阿布凯恩都哩大徒弟,自己的恩师。她慌忙跪下痛哭流涕地哀求师父救出自己丈夫。她师父叹口气说:"要想救你丈夫,必须到东海取回赶山鞭不可。这鞭插在海眼里,只有你去才能拔出,用它一赶,山会搬家,你丈夫才能复活。"佛赫一听,斩钉截铁地说:"为了救出我丈夫,多大困难我也去。"

佛赫随同师父来到东海一看,真是天连水、水连天,一望无边,天地昏昏,日月无光。一个大海眼,冒出黑乎乎的臭水。她师父一指这海水眼说:"赶山鞭就在这里,只要你诚心,钻到海底就能取出。"佛赫看了看海眼,一狠心跳了下去,哪承想,这个大徒弟一招手搬来一座大山死死地压在上面,然后把脸一抹露出原形,原来他是魔王耶鲁哩变的。他放出八个弟子一起回到佛赫住的地方,准备抓走他们的四对儿女。刚想要走,只听空中一声吆喝:"你们这帮无耻之徒,竟敢下此毒手!"师徒九人不看则已,一看,吓得魂飞魄散,原来是阿布凯恩都哩率领两个徒弟从天而降,他们一看不好,一溜烟逃回地下国,阿布凯恩都哩把八个孤儿接到九层天,并派二徒弟镇守大地。这才引起天宫大战,八主治乾坤的故事。

满族创世神话（2）

——天宫大战

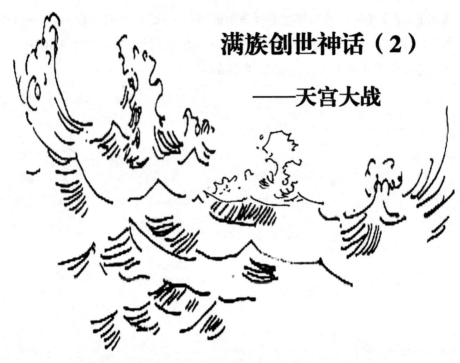

　　自从佛赫和乌申阔被压在山下之后，阿布凯恩都哩把四对男女接上天宫。这些孩子天天想念生身父母，一心要找魔王耶鲁哩为父母报仇。阿布凯再三劝导他们，说他们能力打不过魔王，只有学好武艺才能制服魔鬼。

　　打那以后，阿布凯教第一对孩子智慧和弓箭骑射的本领，教第二对孩子飞腾方法和专门通递消息的能力，教第三对孩子穿山越岭、互相搏斗之术。第四对没手没足，便教他们入地之功和医治病症之术。不知学了多少年，四对孩子个个都学得通身本领。

　　四对孩子觉得能够战胜耶鲁哩了，一心救父母，报仇心切，就在一天夜里悄悄离开天界，直向东海奔去。海水无边无岸，天连水，水连天，到哪儿找自己额娘？他们八个人一齐用足气力高喊："额娘！你在哪里？"一连喊了三九二十七天，才听见东海海眼中发出微弱的声音："我在海眼里，被石山压住了身子。"

　　原来佛赫本是柳树化身，有土有水就能活，再加上在海底里遇到个躲避洪水的僧格①,认佛赫为师。它打出一个通风洞口,才使佛赫长久地活下来了。

这四对儿女听到额娘声音是从海眼里传出来的。他们拼命地刨山挖石,挖了九九八十一个月,终于救出了生身母。他们母子九人和小刺猬,又跑到压阿玛乌申阔的大山前,一看原来的石山变成了直冲天上的大石峰。大石峰下又有两座又圆又光的小团山,和乌申阔的形象一模一样。

他们也像呼喊额娘那样,一连喊了很多天,可是连一点回声也没有。小刺猬说:"我到下面看看。"说完打了一个洞,钻了进去。

九天后,刺猬无精打采地钻了出来,悲痛地说:"师父啊!老阿玛因为是神石修炼成的,已经和山石结为一体了,再也变不出原先的样子。"十个生灵只好拜了几拜,含着眼泪回天去了。

老阿布凯一看佛赫在海眼中不但没死,反而修炼得道行更大了,便对大家说:"我执掌了三个洪水混沌②啦,下一个混沌我想让佛赫执掌天界,大徒弟昂邦玛发执掌人间。"说完带着二徒弟上到第十七层天修炼去了。

佛赫自从执掌天上之后,大家公认她是阿布凯赫赫。因为在海眼里修炼多年,她的身形长得更高了。她把四对儿女配成夫妻,教给他们夫妻生活细节,打算由昂邦玛发率领他们治理人间世界。她给他们做了五个大石罐,能避水避火,还把天上的万生泥、万生柳统统给了他们,叫他们按着自己的模样造出更多的生灵。

第一对男女按照自己的模样造出了男男女女。第二对男女按照自己的模样造出了天上飞的。第三对男女造成了地上跑的野生动物,第四对男女造出了地上爬的生物。打那以后,人间才有了生灵万物。

五个石罐装不下这么多的生灵,他们又用地上火球和地上土烧成瓦罐,仍然住在洪水里面。

有了生灵以后,昂邦玛发和四对夫妻又教给众生灵各种武艺:教给人类

---

① 僧格:满语,指刺猬。
② 洪水混沌:相传一个"洪水混沌"为十万八千年。

用弓箭专射魔鬼;教会飞在空中的生灵探听魔鬼的动静;教会走兽和魔鬼搏斗的方法;教会爬行生物打洞和治伤。从此,大家各司职守,过得倒也和睦。

人间有了生灵这件事被地下魔王知道了,他不由心中大怒,越想越生气。又一打听,佛赫成了天上首领,更是火冒三丈,便发动八十一个海河魔头、八十一个山怪头领、八十一个能飞的妖婆,点动九九八十一洞小妖向人间石罐、陶罐杀去,足足混战了二百八十多年。由于魔王人多道行大,把四对夫妻造的生灵全部杀光,只剩下昂邦玛发和四对男女。他们被赶得走投无路,只好跑上天界,拜求阿布凯赫赫。

魔王耶鲁哩领着三路妖兵一口气赶到天上。阿布凯赫赫对这些魔鬼冷冷一笑,大喝一声:"你们欺人太甚!"说罢用柳叶做成裙子,用柳木做成鼓圈,用漫天皮做成鼓面,用铁树枝做成腰铃,升上年息香,打起鼓来,甩动腰铃,请九层天上诸星、诸神。其中有从十六层的众星中请出的南斗六星、北斗七星、造天三星、黑虎五星、白狼星、天狗星、千星、万星,有从十三层、十二层佛恩都哩天上请来八大主神、三十六部贝色神。又请来三百六十五位玛发恩都哩和十一层天的七十二位妈妈恩都哩,还有十层天的神兽:虎神、豹神、水獭神、蛇神、鹰神……这帮妖魔鬼怪哪是各层星神、天神、天母的对手。一连打了一百单三天,天上一天是地上一年,也就是打了一百单三年。魔鬼死伤大半,一部分逃回地下,一部分乖乖投降。投降的有九河十八江的水魔,阿布凯赫赫封他们为各个河口的神主。其中有松阿里①恩都哩、萨哈连②恩都哩、呼尔汗恩都哩、乌苏里恩都哩。还有三十六座大小山头的妖头,封他们为各山山主。一些受了伤的天宫男女诸神落到人间,他们养好伤后,没有回到天上,在人间治理着各地,成了各氏族、各部落的祖先神。

一场神妖之间的天宫大战终于结束了。

---

① 松阿里:满语,指松花江。
② 萨哈连:满语,黑色,此处指黑龙江。

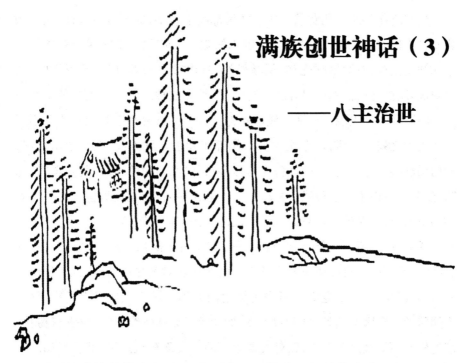

满族创世神话（3）

——八主治世

　　自从天宫大战结束之后，耶鲁哩魔王的势力已经挫伤大半，再也没有能力兴妖作怪了。各层天的星宿——恩都哩、动物神，奉阿布凯赫赫的指令留在人间，协助阿布凯大弟子昂邦玛发和阿布凯赫赫四对儿女治理人间。

　　阿布凯赫赫用了很长时间，教会了她的四对子女和各路神仙，以及动物诸神如何行夫妻之道，从此才繁育出生灵万物。

　　可是这洪水之灾也不能减少生灵，越生越多，石罐、陶罐再也容纳不了这些万物。大家只好向阿布凯赫赫求救，阿布凯赫赫一狠心把天上一棵生长万物的大神树砍倒，扔在大地洪水中。树遇到洪水，不住地生长壮大，生灵才从石罐、陶罐中爬出来，在大树枝干上生存下去。以后，生物越来越多。他们沿着树枝、树丫分散开，才有了各种各类生物，才有各个氏族的分支。

　　人类没有动物繁殖快。人和人婚配达到非常不易的程度，这时佛赫和四对兄妹商量，施行人和动物通婚，这才出现过第三代怪神恩都哩：人面豹身的恩都哩、鹰头人身的额多哩妈妈、通身是鳞的突忽烈玛发、人头鱼身蛇尾的松阿里恩都哩……

阿布凯赫赫四对儿女成了夫妻之后都起了名字,成了八位大神,成了满族及其先民的始祖神。据瓜尔佳、伊尔根觉罗、乌苏里、富察四个家族的神本和神谕记载,有纳尔呼先初、佛赫妈妈、乌申阔恩都哩、塔斯哈恩都哩、钠丹威虎哩、僧格恩都哩。另外还有鹰神、豹神和蛇神。以后老七星的女儿被贬,来到人间,又出现一位纳丹代珲女神。其中僧格恩都哩和纳丹代珲不属于八大神之列。以后,阿布凯大徒弟昂邦玛发也来到人间,在长白山定居,专门操练兵马,成了各族的武备神。挫合占爷,又名超哈占爷、超哈珲发、超哈恩都哩,白山主。这位武备神教会了人们拉弓射箭,流传后世。这些古老的始祖大神,都有他们自身的神话传说,在这里不再多说了。

树大分枝,不可能哪个地方都一样,有的占据的树枝好一些,他们有吃有喝,生活安康。有些树枝要啥没啥。虽然是四对亲兄弟姊妹,也为争树枝闹过多次争斗。结果老大一对夫妻繁殖的人类占了上风。兽类其次,只有带翅膀的一支因为到处飞,和没有落脚的那一支只往地下钻,没占着树枝。就这样又不知经过多少年,四对夫妻留下的后代逐渐疏远了,甚至互相成了仇敌。尤其是老二夫妻的野兽群,本身因不聪明,内部分成很多动物群,互相残杀无止无休。

老大夫妻繁育的人类也为了争好树枝,各个部落互相残害无止无休。从此,人间才有了部落和哈拉。

满族剃头开脸的传说

　　满族男人都剃掉半圈头发,脑后梳成一条辫子。女人都用线把脸上的汗毛绞光,叫作开脸。可是满族先人肃慎、挹娄、乌吉达、女真人并不是这样。为什么后来剃头、开脸了呢? 这里有一个传说。

　　居住在海浪河、镜泊湖一带的女真人有的被辽兵掠到辽河一带去当奴隶,有些人躲避起来,成群结伙逃进深山老林,又过起了捕鱼打猎的游牧生活。

　　有一天,辽兵从马纪岭①、斡朵里和恤品河②包围成一个大圈子,要对剩下的满族人来个一网打尽。包围圈越缩越紧,逃难的人们被抓的抓,被杀的杀,只剩下一千多人。

　　这些人被赶到白头山天池附近,就走投无路了。只要辽兵再缩紧包围圈,就可能把他们全部消灭。逃难的人群中有个彪形大汉叫乌林搭布,乌林

---

　　① 马纪岭即今老爷岭。
　　② 恤品河即今绥芬河。

搭布是一个血气方刚的汉子。他一想到这些人都要死的死、当奴隶的当奴隶,心中就像火烧一样难受。他用刀割断头发,站到人们面前,大声喊道:"不愿意当奴隶的就削断头发,跟着我同辽兵拼了吧!"乌林搭布一见人们个个宁死不当奴隶,心中很高兴,当晚就带领人们跟敌人死战。逃难的人早已不再想别的了,人人拼死杀敌,如同虎狼闯进羊群,只杀得辽兵心惊胆战,人头滚滚,尸体遍山,残兵败将连滚带爬逃下山去。

虽然逃难的女真人暂时取得了胜利,但接连的灾难还是使人难以活命。

当时正是六月盛夏,有时倾盆大雨浇得人们难忍难换。有些人受了重伤,躺着的、卧着的,谁也不愿再动一动。他们的头发削断后披散着,天热出汗,长时期顾不上洗,头上生了密密麻麻的红疙瘩。这红疙瘩足有黄豆粒那么大,不挠破痒得钻心,一挠破就流血化脓,烂成一片。他们简直看不到一点活路。乌林搭布想:如果辽兵再来进犯,这些人只有束手就擒了。他又一寻思,让敌人抓去杀死,还不如自己先死,也算部落有一点骨气。他把自己的想法对大家讲明,众人异口同声赞同。

伤势轻点儿的拣来干草、枯枝,伤势重点儿的爬着把干草、枯枝堆成一圈,伤势太重的,也想法子往一块儿凑合。到了天黑时,一道绕在人群外边的干柴高墙堆好了。一切准备停当,男人们握紧拳头,女人们低声哭泣着,乌林搭布拿起火种把干柴点着。顿时,火光冲天,烈焰腾空,干柴烧得噼噼直响。这时人群中有人哭出了声,紧接着人们全都哭喊起来。乌林搭布仰面大声喊道:"天汗恩都哩①,你为什么不救救我们呀!"一时间哭声喊声惊天动地,眼看所有的人都要同归于尽了。

突然,天空中乌云密布,接下来就电闪雷鸣,下起了倾盆大雨,天和地连成白茫茫一片,火很快被浇灭了。地上的雨水流成了一道道小河,把满山遍野的尸体全都冲走。

大雨过后,天空万里无云,鲜红的太阳照在头顶,晒干了地面,晒干了人们身上的衣服和头发。乌林搭布一见这情景,捶首顿足大哭:"连死都死不

---

① 天汗恩都哩是满族人信仰的最高神。

成,难道部落人就得当奴隶吗?"他一边哭,一边抽出刀放到脖子上要自刎。就在这时,忽听空中有人大喝:"切莫轻生!"只见空中瑞气缭绕,祥云霭霭,一群女恩都哩自天徐徐而落。为首的是一位白发苍苍的老太婆。她佝偻着身体,两眼突出,脑门宽大,毛茸的刀条脸上长了一个大下颏儿。这位女恩都哩叫斑格格,本是白头山天池旁的人。她脸上原来长了一脸疙瘩,遇到阴雨天便疼痛发痒。后来她把脸上的汗毛拔去,用清水洗净。她的头上也长了疙瘩,头发拔不掉,她就用刀把头发剃光,也用清水洗,脸上、头上的疙瘩才渐渐消失。怎奈她相貌丑陋,到了三十岁还嫁不出去,她觉得活着没意思,找了棵老树要上吊。天汗恩都哩算到她今后有造化,便化成一位老太婆把她救下,点化她修炼成女恩都哩。

斑格格让女恩都哩们捧来装满清水的水盆,放了些嫩桦树皮在里边。她走到受伤的人跟前,先给他们洗净血污,敷上桦树皮,又给他们拽拽胳膊拉拉腿。说也真神,无论伤重的,还是折胳膊断腿的全好了,都不疼不痒了。他们精气神十足,就跟好人一样。逃难的人们像是死后复生,高兴地狂呼起来,一齐跪倒在地上,恳求女恩都哩们留在人间,帮助他们击退辽兵。

乌林搭布说:"斑格格留下救我们吧! 我们受人侵犯无力抵抗,只能成为奴隶了。"斑格格摇摇头说:"没有天汗恩都哩的旨意,我们不敢。"人们听了,哭得眼里流出血。

呼啦啦天空飞来一只大鹃鹰,弯钩嘴里叼着一个桦皮囊。大鹃鹰把桦支囊放到斑格格面前,展翅飞走了。斑格格打开桦皮囊一看,对众人说:"不要哭了,天汗恩都哩降旨让我们留在人间,传给你们驯虎、豹、熊、毒蛇的本领,教给你们以少胜多的战法。"斑格格把桦皮囊里的一张字柬给乌林搭布看,说:"你看,这上面全有了。"乌林搭布只见上面弯弯曲曲画着像蚯蚓爬出的道道。他不解其意,问斑格格:"这上面是什么?"斑格格笑着念道:

用刀剃去一圈发,
夏戴苇莲罩脑瓜,
树皮永远当伤药,
虎伤熊咬也不怕。

人们听了全跪倒，口呼："天汗恩都哩，天汗恩都哩！"

斑格格让女恩都哩们用刀给男人们剃去一圈头发，脑后的头发梳成一条辫子。女人们不剃头，只用线扯掉脸上的汗毛。一传十，十传百，渐渐反辽的人都这么做。人们尊称斑格格为"萨满"，说她是满族开天辟地神祖佛赫妈妈的后代。乌林搭布的声望从此大振，反辽的人们慕名来投奔。乌林搭布使驻兵在马纪岭下，树起抗辽大旗。女真族人的力量越来越强大，辽兵都司几次又来侵犯，都被女真人杀退。金朝只得封乌林搭布为女真总酋长，并不敢再来侵犯。

从此，满族人留下了剃头、开脸的习俗，剃完头之后也拽拽胳膊拉拉腿。还传下了苇莲坡帽，苇莲上有个红顶，有雉鸡尾都是以后改的。此外，还留下了斑刀子①桦树皮刀伤药，以及敬萨满神的习俗。

讲述者：关明禄

转述者：关墨卿

搜集整理者：李晓彦

---

① 斑刀子即剃头刀。

满族跳家神为啥要闭灯

满族人到腊月二十三，就在院里立起一根索罗杆子，有茶杯这么粗，四五米高，顶上有个托盘。这个索罗杆子是怎么个来历呢？

古时候，有个李总兵。李总兵手下有一个小罕子。李总兵脚底有五个黑痣，小罕子脚底有七个黑痣。李总兵心里想：小罕子比我多两个黑痣，将来这天下肯定就是他的了，我不如赶早杀了他！他就下定了决心，一定把脚底长着七个黑痣的小罕子杀掉。

李总兵的妾知道了，很同情小罕子，就偷偷地跟小罕子说："总兵要杀你，你快逃走吧，我放你走。"

小罕子说："那我怎么感谢你呢？"

"你要是将来得了天下，你别忘了我，封我个什么就行了。"

晚间，李总兵喝酒喝多了。她就告诉小罕子："我给你一匹好马，你从后花园走吧。"

就这么的，她就把小罕子放走了。

李总兵第二天早晨起来一看，小罕子走了，就对他的妾说："小罕子怎么走了？我说的话，没有别人知道，就你知道，跑不了你告的密！"李总兵就把妾剥光衣服，吊起来拷打。

小妾说："我就把他放了！"李总兵一看拷打也没办法了，人也放走了，李总兵就把他的妾活活打死了。

他的妾死后，李总兵就又下令追拿小罕子。

小罕子半夜里骑马跑了，李总兵就派兵马追。追到一片林子里头，追兵们一看，这林子有没有人呢？兴许没有人。为啥说没有人呢？这喜鹊、乌鸦都在这块落着，没有一个飞起来的。追兵就判断，这林子里肯定是没有人。所以，李总兵的兵就"哒哒哒"地从这儿过了。过了以后，没有发现小罕子藏在林子里，实际上小罕子在林子里呢，要不说罕子得天时呢！

还有一只狗，叼他的衣襟，给他指方向，叫他往哪哪跑。

满族人跳家神的时候，不论跳得多欢乐，总有一段闭灯的时间。闭灯是咋个意思呢？当初不是有个妾吗？不是叫李总兵打得浑身上下没有一点衣服吗？不是不能见人吗？所以要闭一会灯，是为了怀念她。

满族人为啥要在院子里立一根杆子呢？意思是喜鹊、乌鸦古时候救过小罕子（即努尔哈赤），满族人忘不了它们的救命之恩。立这根索罗杆子，是为了叫过往的喜鹊、乌鸦在托盘上落落，歇歇脚，吃点东西。

讲述者：庄殿存

搜集整理者：王朝阳

牪牛河子的来历

牡丹江市南郊十五公里处,有一条不大的河流,它从乜河分出,蜿蜒流向牡丹峰。这条河一遇雨季,水势凶猛吼声如牛。

这条河为什么会有牛的吼叫声呢?

据传说,在一千多年前,在牡丹峰下的石缝沟屯,住有一个外号叫车剥皮的大财主。他家有个十九岁的小放羊的,叫李虎。李虎跟屯里一个叫阿秀的姑娘非常要好。他俩青梅竹马,情投意合。李虎每天放羊回来,他们就在屯外的一棵柳树下相聚,风雨不误。

阿秀十八岁,生得俊俏。车剥皮早就起了邪心,要寻机害死李虎,把阿秀弄到手。一天,李虎放羊回来贪了黑,刚进屯就远远地看见车剥皮打着灯笼等在羊圈门口。羊进了圈后,车剥皮硬说少了四只羊,不容分说,立刻命令打手把李虎按倒在地。

阿秀在柳树下等了许久不见李虎到来,正寻思着,忽听羊圈那边传来李虎的呼救和车剥皮嘶着嗓子的喊声:"打!给我往死里打!"阿秀急忙跑过去,扑在李虎身上,车剥皮一把将李虎从地上拽起来,恶狠狠地骂道:"这小子把我的羊给弄丢了，今夜如不把羊找回来，明早就宰了他！"说完，甩着袖子回屋睡觉去了。

半夜，李虎拖着遍体鳞伤的身子，在阿秀的搀扶下，摸着黑，一瘸一拐地向远处逃去。他们走到天亮，来到了一条河边，坐下休息，见这里河水清澈，四周又有不见边际的树林子，便决定在这里安家。于是他俩用大泥、木杆盖起了一间草房，又在山坡开了一块庄稼地。

一天早晨，李虎拿着水桶到河里提水，看见一头小黄牛被一条大蟒蛇盘着，蟒蛇缠绕着小黄牛，越勒越紧，小黄牛已奄奄一息，快要没气了。李虎举起水桶，连连向蟒蛇头部砸去。蟒蛇吃痛不过，松开小黄牛，爬上一棵大树。李虎放下水桶，抱起小黄牛回到家里。阿秀煮了小米粥，一口一口地喂它。不久，小黄牛就能在地上跑动了。又过了些天，小黄牛头上长出了弯弯的小犄角，满身金黄黄，滚瓜溜圆，实在喜人。

一年后，小黄牛已成为一头健壮能干活的大黄牛了。一天，李虎牵着大黄牛在山坡上耕地，突然大黄牛甩掉绳套，向河边猛跑。李虎不知怎么回事，顺着黄牛跑的方向追去。原来车剥皮闲着无事，带着一帮打手拿着刀叉到此游山玩水，打猎取乐，正赶上阿秀在河边洗衣裳。车剥皮一见是阿秀，乐得不得了："哈哈哈，真是走遍天涯无处寻，得来全不费功夫。伙计们，给我把这丫头拖上马，回屯有赏！"打手们刚要动手，只听"哞"的一声牛吼，大黄牛风似的蹿来。牛头冲着打手们猛地一撞，咔嚓一声，尖尖的双角戳进了一个打手的胸膛。牛头又一摆，刺啦一声又挑开了另一个打手的肚皮。车剥皮和众打手吓得呆若木鸡，半天不知所措。李虎乘机拉着阿秀跑进了密林深处。车剥皮见阿秀跑了，又失了两个打手，气得眼珠通红，抽出宝剑，众打手举刀舞棒围住了大黄牛……

李虎和阿秀躲在一个山洞里，想念大黄牛，呜呜地哭了一天。到天黑时，他们才迷迷糊糊地睡着了，忽然眼前一片金光，那大黄牛从洞口走了进来。它站在李虎和阿秀面前，一边伸舌头舐鼻子，一边甩尾巴，眼泪汪汪地竟说起话来："李虎啊李虎，昨天我没能斗过车剥皮一伙，被他们杀了，肉被他们煮着吃了，骨头和皮他们没法吃，都扔到河边。你们把它们拿回来，放到河里,只要我的皮不干,骨头不烂,往后有用处。"大黄牛说完,回身就走。李虎急着跟上去,滑了一跤。醒来一看,洞里黑黑的,原来是个梦。

天亮后,李虎和阿秀来到河边,果真看到大黄牛的皮和一堆牛骨头。牛皮金黄黄,鲜血淋淋,骨头白花花。李虎和阿秀一难受,"哇"的又哭了起来。然后,他俩把大黄牛的骨头放到皮上卷起来,外面又套上一个布袋,袋里再放上几块石头,便沉入河水中。

第二天,车剥皮又领着那帮打手来抓阿秀,他们刚蹚到河中间,突然,水面哗啦哗啦地像锅开水一样翻滚起来,一头大牤牛破水而出,它昂着头,挺起双角,转动着圆溜溜的眼睛,冲着车剥皮一伙大吼一声,像是晴天霹雳,吓得车剥皮面色如土,转身欲上岸逃走,那牤牛从口中吐出白花花的大水注,直冲他们喷去,一下把他们全卷到巨浪中淹死了。

除掉车剥皮,李虎和阿秀从此过上了幸福安稳的日子,这条河也就叫了牤牛河子。

讲述者:张广正

整理者:黄运军

牡丹江的传说

　　秀丽多姿的牡丹江,像一条碧绿的彩带,飘在山间、平原。江水闪着银亮亮的光,在野花的簇拥下唱着好听的歌儿,欢快地奔流着。可你知道吗,牡丹江是怎样来的呢?

　　传说,在很多年以前,有一条大长虫居住在长白山山巅。它长得像盛水的大缸那么粗,身子长得头尾都见不到。走路卷起狂风,能把树木刮倒、庄稼刮平、人和牲畜抛上蓝天。更恨人的是,它把长白山上的水独占了,拼命地喝呀,使劲地洗,用不完就用长长的身子把水圈住。

　　山下没了水,树木枯黄了,庄稼瞎了,鸟雀飞走了,牲畜渴死在田边。从此,年年闹旱灾,真是万里一片焦土,人们没吃没喝,在苦难中熬煎。大家昼夜盼望天池里的水能流下来,好灌溉山下的万亩良田。可是那条万恶的、凶狠的长虫守在天池边。多少好汉去跟它搏斗争水,都被它吞进肚子里面,从那以后再没人敢靠前,山下更加干旱。

　　在长白山脚下,有个柳树屯,屯里有个姑娘名叫水仙。她聪明伶俐、沉着勇敢,从小就经受了干旱年头的苦难,那个害人的长虫,她也听老人们讲了无数遍。小水仙暗暗下了决心，一定要练一身本事，长大了好去杀长虫，把天池里的水放下来，让山下的人免遭苦难。

小水仙练本事吃得了苦，舍得力气。不论是炎热的夏天，还是数九寒天，她每天都要顶着星星起来，在石壁上练铁拳、迎风练射箭。老阿妈为了鼓励她继续苦练，把水仙的名字改为"牡丹"。"牡丹"两个字，在当地民族的语言中是"曲折"的意思，老阿妈想以此告诫水仙要经受住曲折的考验。姑娘发誓不辜负阿妈的期望，一定要练出真本事，为乡亲们除害报仇。

大雁飞走了十次，又飞来十次，姑娘从没有间断练习过一天。达子香花开了十次，又谢了十次，姑娘的武艺练得又神又奇，挥拳能击碎石壁，开弓能射断空中的细线，双脚一踩就能窜上九天。可是她不满足，还继续练……

就在牡丹十七岁那年，长白山更加干旱，天池不往下流水，老天也不把雨露降在人间，毒辣辣的太阳烤得大地冒烟，干燥的热风吹得庄稼、树木沾火就燃。牡丹下决心要上山去斗恶魔，把天池里的水引到山下来，解决干旱。

人们听说牡丹要去战凶恶的长虫，都为她洒酒祭天，愿她早日凯旋。阿妈给她做了双千层底鞋，一百九十九岁的老爷爷给了她一把祖传的斩妖宝剑，乡亲们嘱咐的话说了一遍又一遍，送来的礼物一件又一件。牡丹含泪告别了乡亲，把父老的话都牢记在心间。她暗暗发下誓：不消灭长虫，夺下天池里的水，就永不回来。

牡丹身背宝剑，一直走向长白山顶。长白山高入云霄，长白山的树密不见天。长白山路程远，要走七七四十九天。牡丹走得脚起了泡，牡丹走得腿疼腰儿酸。可是她不泄劲，乡亲们嘱咐的话一直响在耳边。长白山的浓雾大，看不见路，牡丹跟前有明灯一盏，为乡亲们造福，是她的坚定信念。长白山上的雨多，衣服总也不得干，牡丹心中有烈火一团，为引天池里的水，她不惧火海刀山！长白山上的毒蛇猛兽多，经常出来把路拦，牡丹浑身是胆，因为她身上背着老人给的斩妖剑！

走了一天又一天，牡丹终于到达了长白山顶端，一眼就望见长虫卧在天池旁边。它饮着清凉的水，尾巴也泡在水里边，那样子实在清闲。它身旁堆堆白骨，到处扔着生锈的戈矛、刀剑。牡丹见到仇敌，怒火冲天，都是这恶魔霸占着天池里的水，制造了一个又一个干旱年，荒芜了多少土地，饿死了多少老人孩子！我为了除掉你，风风雨雨苦练了多少年！今天见到了你，不把你消灭，我绝不回还！

牡丹姑娘躲在岩石后面，从身上取下弓箭，瞄准长虫的左眼，长虫突然一声怪叫，张开的大口像两座门扇，呲到外面的大牙像钢叉一般，那嗓子眼儿犹如一眼枯井，从里面喷出河水一样多的毒涎。原来它嗅到了有人来到身边。

牡丹心没灰、身没颤，心中充满了仇恨，一心要除掉这个恶魔，这害人的坏蛋。她牙一咬，心一横，"嗖"的射出一箭。这一箭不偏不歪，正好射穿了长虫的左眼。长虫疼得在地上打滚，真如倒下来的一架小山。周围的树木全被它滚倒，岩石也四处飞溅。长虫忽然纵身跃起，凶猛地扑向牡丹。牡丹双脚一跺，跳到了对面的山巅。长虫吼叫着飞过来，张开大嘴，要把牡丹姑娘吞进肚里边。姑娘灵巧地闪到一边，就势向上一跳，跳到长虫的脑袋上面，拔出老人送给她的斩妖宝剑，挥剑猛砍。长虫又蹦又跳，又摆头又甩尾，要把牡丹姑娘摔下山涧。牡丹姑娘牢牢地站在长虫头上，拼着力气挥动宝剑猛砍，一剑接着一剑，长虫的鲜血涌如喷泉。

就这样从山上杀到山下，从这山杀到那山，只杀得树倒山颤，虎狼都跑了，鸟雀飞得远远的。杀了七天七夜，直杀得天昏地暗。牡丹姑娘没喝一口水，没吃一粒饭，可是她想起山下人民的苦难，勇气倍增，继续奋战。

后来她想出了一个绝招儿，又大胆又冒险，当长虫张开大嘴向她扑来时，她手握宝剑，"嗖"的一下子钻进长虫的嘴里面。长虫高兴得发疯，心想：这回我又胜了，霎时让你在肚里变成粪便！

牡丹姑娘从长虫嘴里钻到肚里面，感到又闷又热。她把手中宝剑猛地往下一插，宝剑插进长虫肚皮，剑尖儿钻进地里面。长虫疼得猛向前一窜，锋利的宝剑"刷"的一声，把长虫的肚子全剖开了，长虫哀叫几声死去了，牡丹姑娘从长虫肚里跳到了外面。

见长虫死了，她高兴得真想放声高喊，可是眼前一黑，昏倒在了山坡上。

她又累又乏,浑身上下血迹斑斑,再也站不起来了……

百鸟飞来为她哀唱,山风吹来为她把血迹擦干,百花为她盛开。天池里的水,欢蹦乱跳地流下了山。

为了纪念这位勇敢的姑娘,人们便把这条溪水唤作牡丹江。

搜集者:张万林

穆棱河的故事

　　传说在很久很久以前,穆棱河很宽很宽,那时叫穆棱江。穆棱江像一条弯弯曲曲的长蛇,有九十九道弯。江两岸散散落落地住着九百九十九户人家。这些人家都以打鱼为生。

　　在靠近三十三道弯的江岸上,住着一对姓王的老两口,他俩无依无靠,生活得很贫困。老两口住在一个又矮又小的马架子里。王老汉每天出去打鱼,王老太婆在家做饭。

　　王老汉已经是九天没有打回一条鱼了,这天,王老太婆好不高兴地对王老汉说:"老头子,明天你再打不回鱼来,就别回家了!"

　　王老汉听了老太婆的话十分生气,第二天天不亮就带着渔网走了。

　　他划着小船顺流直下,过了六十六道弯也没打着一条鱼,他很着急,心中闷闷不乐。他正想划船去七十七道弯,忽然发现船边出现一道旋涡,就立即将渔网抛下江去,然后用力往上拉渔网。他觉得渔网很沉很沉,心中暗自高兴。可当他把渔网拉上来时,心中却凉了半截。原来网里只打上来一条不太大的青鱼,这条青鱼活蹦乱跳,青色的鳞片非常美丽。王老汉心想,这

252

小鱼倒很漂亮,可就一条鱼有什么用呢。他很灰心地把渔网搁到船舱上,拿来一个小鱼缸,放上水,准备把小青鱼装进去带回家里炸鱼酱吃。

忽然,小青鱼嘴里吐出一口白泡,化作一道白烟,眨眼间这道白烟又变成一位十分英俊的公子。王老汉被吓昏了。这位公子不慌不忙地跪在老汉面前,对着王老汉的左耳吹了三口仙气,老汉很快就醒过来了。公子慢慢地挽起王老汉,十分客气地说:"王大伯,别害怕,我是来帮助你的。"

"你是什么人?"王老汉半信半疑地问。

"我是龙王的儿子,排行老三,你就叫我龙三公子吧。"

王老汉心神不定,又疑惑地问:"龙三公子,请问一事,我们这条江里原来鱼很多,可是我九天也没打出一条鱼,是怎么回事呢?"

龙三公子笑着说:"王大伯,这几天全江之鱼都在我父亲的龙王大厅里聚会,它们不出来,你当然一条鱼也捞不着了。"

"打不着鱼,我们的生活可怎么办呢?"王老汉很茫然地说。

"王大伯,你别着急,我知道你心地善良,为人厚道,我一定帮你的忙。"说着,龙三公子又从口里吐出一颗珍珠,捧到老汉面前:"大伯,这个珍珠是无价之宝,送给你,你需要什么时,对着珍珠吹三口气,把珠子滚三滚,你需要的东西就出来了。"

"真的吗?"王老汉又惊又喜。

"不妨先试试看!"只见龙三公子把珍珠放在手心先吹了三口气,又滚了三滚,然后问王老汉:"你现在需要什么?"

王老汉忙说:"我肚子饿,需要点儿吃的。"

龙三公子把手往船头一指说:"看,饭来了!"

王老汉一看,真的,船头放着一张桌子,桌上热气腾腾,白牛牛的两碗大米饭,还有六盘香气扑鼻的炒菜。龙三公子指着饭桌说:"王大伯,你先饱餐一顿吧。"

王老汉早就饿了,端起饭碗就大口吃了起来。老汉吃完饭,问三公子:"这张桌子怎么办哪?"

只见龙三公子用右手食指指着桌子说了一声"收!"眼前便升起一股仙

气，睁眼看时，桌子已经不见了。龙三公子怕王老汉不相信，把珍珠放到王老汉手中说："大伯，你试试看。"

王老汉把珍珠放在手心吹了三口气，滚了三滚，说："我要一挂新渔网！"只见珍珠一闪光，船头马上出现一挂崭新的渔网。老汉高兴极了，忙说："谢谢龙三公子。"

龙三公子微微一笑说："大伯，这颗珍珠就送给你了，要好好保存，千万不能对外人讲，珍珠落到坏人手里，就会有祸事了。你一定要记住！"说完龙三公子化作一股白烟不见了。

王老汉望着浩渺的江面好半天说不出话来。这时，西边的太阳就要落山了。他想起了老伴的话，打不回鱼来，就别回家了。他稍微沉思了一下，把那颗珍珠拿在手心，先吹了三口气，又滚了三滚，然后说："我需要一网鱼！"只见船头金光一闪，立刻出现了满满登登的一大网鱼，最小的也有一尺多长。王老汉乐得嘴都合不上，他收藏好了珍珠，划船回家了。

老太婆见老头子背着大鱼篓回来了，脸上的愁眉也展开了，笑嘻嘻地说："老头子，你很辛苦啊！很累吧？"

王老汉一边放下鱼篓一边说："没什么，干活习惯了。"

老太婆收拾来饭菜说："老头子，吃点儿吧！"

王老汉刚想说"吃过了"，又立刻想到龙三公子不让他泄露秘密的话，就立即说："好，好！"于是王老汉勉强地吃了一点东西之后，就躺下睡觉了。

从此以后，王老汉每天都带回来很多很多的鱼，老太婆就拿着鱼去卖，换回来很多很多的钱，他们的生活逐渐地富裕起来。可是王老汉每天睡觉都不脱下他那贴身的小白褂子。时间一长，引起了老太婆的怀疑。一天晚上临睡时，老太婆扯着王老汉说道："老头子，你把小白褂子脱下来洗洗吧。"

老汉忙说："不用洗，褂子不太脏。"

老太婆扯着王老汉的袖子狠劲一拽，把他拽倒了，珍珠从小白褂里滚落出来。

"珍珠，珍珠！"老太婆脱口叫道，"怪不得你总也不脱小白褂，原来是藏着宝贝呀！"

王老汉一下子愣住了。这时老太婆又哭又闹说："和我分心眼儿，藏着珍珠都不告诉我，这是哪里来的呀！"说着还要厮打老汉。王老汉被闹得实在没法儿，只得把遇见三公子的事一五一十地说了出来。

"哈，哈……"老太婆顿时大笑着说，"傻老头子，有这样的宝贝，你为什么不要大瓦房，大院套，金盆、金碗呢？"

"咱们是贫苦人家，要瓦房、院套、金盆金碗有啥用！"王老汉憨厚地说。

"你就是有福不享，乐意去打你那臭鱼！我叫你要啥你就要好了！"老太婆贪婪地说道。

王老汉无可奈何，只得把珍珠放在手心上吹了三口气，滚了三滚，并说："我要大瓦房、大院套，金盆、金碗！"他刚说完，两人眼前立时金光一闪，小马架子前面立起一座大院套，里面有三间大瓦房，青堂瓦舍，闪闪发亮。

王老汉和老太婆进了大院套，又进了大瓦房。房屋里，家具样样齐全。老太婆忙去打开碗架一看，金光耀眼，里面尽是金盆、金碗，顿时乐得合不拢嘴，眼睛眯成了一条缝。

接着，王老汉又在老太婆的指使下要了一桌子酒席宴菜，老两口高兴地吃了起来。

一天，住在三十九道弯的财主张大赖和仆人骑着马路过三十三道弯，一看大院套、大瓦房就愣住了，忙问仆人："这是谁家的漂亮房子？快去打听一下！"

仆人赶忙前去敲门。门开了，王老汉走了出来，一见是财主张大赖，马上拱手道："张大老爷，请进屋喝茶。"

张大赖一见是王老汉就大骂起来："他妈的穷骨头还住上大瓦房了，你哪弄这么多钱，欠我的债还没还清呢！"张大赖对仆人一递眼色，说了声："带走！"

财主的仆人立即把王老汉用绳子绑上，拴在马后边。

到了财主张大赖家之后，王老汉被推进一个牛棚里。这里又脏又臭，王老汉被熏得张不开嘴，睁不开眼。

晚上，王老汉被押上堂来。张大赖恶狠狠地问："快说，你哪里弄来的那么多钱盖大瓦房?"王老汉不张口,张大赖就举起鞭子狠打狠抽。一顿鞭子下来,王老汉被打得皮开肉绽,血肉模糊,还是一言不发。张大赖累得满头大汗,也没得到回答。

次日,张大赖骑着马带领两名打手来到王老汉家,只见老太婆正拿着金碗吃饭。张大赖一见金碗,分外眼红,马上挤眉弄眼地狞笑着说:"老太婆,王老头子已掉江里淹死了,你快跟我走吧,有你的好日子过。"

老太婆一见张大赖亲自来请她,心想和老财主享点福也好,而且老头子也淹死了,就说:"张大老爷,能行吗?"

"我就是特意来请你的,不过你得答应我一件事。"张大赖坐到老太婆跟前说道。

老太婆笑呵呵地问:"什么事,只要我能办到的……"

张大赖指着瓦房的墙壁说:"就是你这个大瓦房是怎么来的,你家是怎么富起来的?"

"呵,你问这个,我告诉你!"老太婆就把王老汉得到珍珠的事对张大赖说了。

张大赖贼眼一转,忙问:"那颗珍珠呢?"

老太婆回答:"恐怕已经找不到了,你不说王老头已淹死了吗,可惜珍珠带在老头子的贴身白褂子上。"

张大赖听说那颗珍珠还在王老汉身上,心中暗自高兴,忙对两名打手说:"快请老太婆上马,把金盆、金碗都带上,一起回去。"老太婆也就和张大赖一块儿去了。

这天晚上,张大赖叫两名打手把王老汉拉了出来。张大赖狠狠喊道:"老死头子,快把珍珠交出来!"

王老汉一声不吭。

"把他的衣服扒下来,给我狠狠地打!"张大赖像野兽一样地叫喊。

两名打手刚要扒老汉贴身的小白褂,想要把那颗珍珠拿到手。说时迟,那时快,只见老汉猛一低头,"咕噜"一声,那颗珍珠被王老汉吞到肚子里去了。

张大赖气得全身发抖,脸色发青,他又挥手叫两名打手把王老汉塞进马槽子里,用绳子绑上,并狠毒地说:"一不做,二不休,干脆用刀豁开他的肚子,把珍珠拿出来。"

那两名野兽一样的打手取来了尖刀,竟然豁开了王老汉的肚子,"嘭"的一声,鲜血溅满了墙壁,那颗珍珠从老汉的胃里跳了出来。张大赖和两名打手扑了过去,拾起珍珠狂笑着说:"穷骨头想吃天鹅肉,死到临头还不交珍珠,真是自找苦吃!"张大赖说着把珍珠揣进了自己的怀里,又指挥两名打手把王老汉的尸体连同马槽子一起扔到后院的小河里去了。

张大赖回到自己的屋里,按着老太婆的话对珍珠吹了三口气,又滚了三下,说:"我要金银财宝!"可是等了半天也没得到一点东西。张大赖又反复这样做了十次,二十次,都快要亮天了,还是什么也没变出来。他气急败坏地把珍珠摔在地上,用斧子砸得粉碎。

忽然那颗被砸碎的珍珠升起一道白光,紧接着张大赖的院子里涨起了大水,很快就淹没了屋顶。张大赖和他的打手及老太婆一起在狂叫中被淹死了。这时只听"轰隆"一声,穆棱江上跃起一条大龙,腾云驾雾,向天上飞去。

那个装着王老汉的马槽子被大水漂了起来。又一道白光闪过,好像一个什么东西钻进了王老汉的肚皮里,顿时王老汉那被豁开的肚皮迅速地合上了。他渐渐地醒过来了。

王老汉觉得自己好像是做了一场噩梦,他发现自己躺在一个马槽子里,周围都是大水,很奇怪。他打了个哈欠,觉得肚子里"咕噜咕噜"乱叫,他狠劲一咳嗽,那颗珍珠就被咳出来了。

那珍珠金光一闪,化作龙三公子出现在王老汉面前。

龙三公子心里很难过地说道:"王大伯,我和父王就要搬到东海去了,这颗珍珠已不起作用了,但你以后再遇到什么困难,只要朝东海方向拜三拜,喊一声'龙三公子',我还会派人来帮助你的。"

老汉伤心地说:"现在四周是水,房子被冲,我也无处安身了。"

龙三公子说:"不要紧,你的房子和那九百多户人家的房子都毫无损坏,那些狠毒的人都受到了应有的惩罚，一会儿你就可以回家去了。"龙三公子一挥右手，说了声："撤!"那浩荡的大水很快就撤没了。

"王大伯，你现在可以回去了，请您老多加保重!"龙三公子说完，化作一道白光向东方飞去。

王老汉站在那里看呆了，想说点什么，已来不及了，只得独自回到原来住的地方，果然房子还完整无缺，经大水一冲，房子反而干净了许多。他就在这里继续住下去，愉快地度过了晚年。

自从那龙主搬走后，穆棱江就越来越窄了，水也越来越浅了，于是人们把穆棱江改名为穆棱河。

搜集者:朱英杰

整理者:李岩中

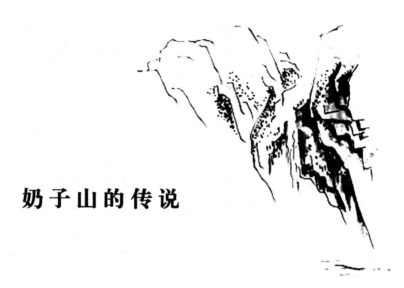

奶子山的传说

　　相传在开天辟地时候,阿布凯恩都哩造出来很多山,像顶天立地的昆仑山、有五个平台的五台山、像美女眼眉的峨眉山,好多好多。阿布凯恩都哩一看,各种类型的山造了不老少,但世界是生人育人的地方,没有奶子是育不活人的,他想造一对奶子山,来哺育千千万万的民族。

　　他打定主意之后,就要开始造山了,造在什么地方好呢? 恩都哩想了想,有了,太阳是从东边出来的,就把山造在东边吧。

　　山造成了,站在远处一看,一对高高的山峰真好像青年妇女的两个饱满的奶子,好看极了,这就是有名的奶子山。

　　阿布凯恩都哩把山造完之后,那山的奶水就像喷泉一样往外喷发,成天成夜地流着。不知经过多少万年以后,奶水向洼地流淌,汇到一起,成了一个大湖。这个湖要在云里往下一看,就像乳汁盛在大汤盘里一样。

　　从打奶水流成了大湖,说也奇怪,就在这个湖岸上,生出些个人来。有肃慎族、勿吉族、靺鞨族,后来又有女真族和赫哲族,也都被它哺育着,在湖岸上生息繁衍。以后人越来越多了,奶子山的乳汁不断往外流来,到末了快要流完了,最后一点奶水淌在山下。这点水当初很多,后来经过风吹日晒,逐渐少了,就成了一道弯弯曲曲的水泡子,到现在仍然存在着。

　　传说早年在奶子山脚下,住着一家姓瓜尔佳的两口子,女人生了好几个孩子,因为妈妈的奶水不够吃,孩子站不住,都死了。这回又生了个孩子,奶水还是不够,她想到奶子山上找点东西吃,也许能生出奶水来。偏巧生这个孩子的时候,又是春天,找不到什么可吃的。她为了这孩子的小小生命,不怕千辛万苦,攀着荆条,扯着蔓子,终于爬上了奶子山的最高峰。她在奶子峰顶四下寻找,没有可吃的东西,山托盘、高丽果都没结,山葡萄没发芽,她找来找去,找到一片"干提喽"①。她一看是绿色的,就揪下来几片叶尝尝,挺好吃,就采了一大把拿回去,打荷包鸡蛋时,把"干提喽"放里煮熟了,吃了几回,奶水下来了。从这以后,谁家生孩子奶水不足,就到奶子山采"干提喽"打荷包鸡蛋吃了,就好使。

讲述整理者:姚天葆

---

① 干提喽:绿色,形如菊花瓣,生在石砬子上,不怕干旱。

南大庙的传说

在宁安市渤海镇西南角,有个省文物管理所,老名叫南大庙,是国家一级文物保护单位。这南大庙好大的面积,差不多有近万平方米,四周有砖砌的围墙围着,里面有四层大殿,现在早已做了古代文化展览大厅了。最后一层殿里至今还保留着那尊大佛,前殿门前立着雕刻得精巧、玲珑剔透的高大的石灯塔。整个大庙青砖绿瓦、红柱飞檐,辉煌壮观,垣墙内外树木葱茏,景色宜人。中外游客长年不断,是往来镜泊湖的必经之地,远近驰名的旅游胜地。

说起这南大庙当年是怎样修建的、怎么建成的,现在知道的人已经不多了。听当地老人讲,它是这么修建起来的:

听说早些年,从关里来了个跑腿子,叫孙晴。孙晴从关里到关外,这儿跑那儿颠,觉得哪儿也没有东京城镜泊湖这地方好,这里真山真水,地灵人杰,准是个发财的好地方。所以来到这儿他就不走了,一个人在北湖头安下了网房子,靠打鱼为生,把每天打来的鱼,用车拉到城里去卖。

冬去春来,年复一年,孙晴也算靠他自己能服得起辛苦,日子混得还算不错。可他总是不满足，总想发点大财。有这么几天，他一连打上来很多金翅金鳞的最好的湖鲫，把他高兴坏了。

这天他把鱼装了满满一车，半夜出发，想早点拉到东京城里去卖个好价钱。他顶着星星月亮，赶着老牛车，吱吱嘎嘎地响着，翻山越岭，走啊走啊，到天蒙蒙亮时，刚好走到南小庙附近。可是没想到，一到这儿，车突然打误，一步也走不动了，他狠打了两下老牛，老牛使劲往前拉，车还是纹丝不动，像被钉子钉在道上了似的。他围着车左看右看，什么毛病也没有，路上也没有坑没有包，更没陷下去。咋回事儿呢？他挺奇怪，往常走到这儿还挺顺当，今天这是咋回事儿呢？这时他冷丁发现，车上原来拉的不是鱼，是一块大石头，他怎么看怎么是块大石头，用手一摸冰凉梆硬，这下可把他吓坏了，明明装上了一车鱼，怎么变成了一块石头呢？他拿眼一搭路边的小庙，猛地想起，这是老佛爷显圣吧？想到这儿，他对着小庙趴在地下就磕头，嘴里还一边叨咕着："哎呀老佛爷，您老人家行行好吧！我孙晴从关里到关外不容易，有个一差二错您得高高手，您若能放我过去保佑我发财，我就给您修个大庙，再给您修个大石佛，一辈子也忘不了您……"他一边许愿一边使劲地磕头，磕了一阵起来一看，车上的石头没有了，原来还是那车鱼，他一打老牛，老牛没费劲就把车拉走了。他一边走一边叨咕："这老佛爷可真灵啊——"

这天他进了东京城，一车鱼卖了好大价钱，吃过午饭，他乐颠颠地回家了。

打那以后，他的日子真的一天比一天好，财也越发越大，没几年，就发了个"喊咻咕喳"，向老佛爷许愿的事，他早忘得一干二净了。

有这么一年，孙晴突然得了一场大病。这病也怪，是全身起水泡，没一块好地方，水泡铮明瓦亮地，钻心疼，贼拉刺挠，坐也不是躺也不是，整天哼哼呀呀直叫唤，请了多少大夫，花了多少银子也没治好。

这天，他家邻居有个老头儿来看他，提醒他说："孙晴啊，你仔细琢磨琢磨，从前你对神佛许过什么愿没有？"孙晴略一想，忙说："哎呀，对啦，我确实许过愿——""那么你许的愿后来还了没有？""没有，没还。"老人说："就是啊，你这病是不是不还愿老佛爷怪罪你啦？"一句话提醒了他，他恍然大悟,扑通一声就跪在地上,冲着南天门磕起头来,起誓发愿地说:"哎呀老佛爷,都是小人的不是,您保佑我的病快好吧!病好了我一定修,再不修让我不得好死。"你说也奇怪,他这么一起誓,身上立刻就不疼了,水泡也一点一点消去了,没几天,好得利利索索。他心想:"这老佛爷咋这么灵呢——"

这回他下决心说话算数,不能忘了老佛爷的好处,再也不敢马虎了。

孙晴就要修庙还愿了。可他一计算,建成一座大庙,工钱料钱得花老鼻子银子了,这些银子都他自己拿,家底都花上也不够,不修吧又怕再受老佛爷惩罚,他一寻思,干脆,大伙一块儿修吧。于是他就前街后街地跑,边跑边讲:"许愿还愿,说到做到,有钱出钱,有人出人,齐心合力修大庙,身上不起大水泡啊!"

经他这么一"忽悠",这镜泊湖湖北湖南,谁敢不出力?他又张罗着请来城里最好的木匠瓦匠,叮叮当当,不到一年的工夫,大庙修上了,石佛立上了。原来的南小庙就这样变成了南大庙。

讲述者:马文业

整理者:兰妮

年息花①

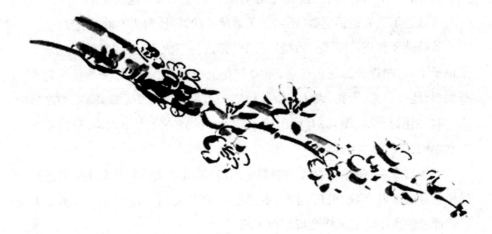

　　清朝初年,宁古塔瓜尔佳氏②有个青年叫唐阿里③。小伙子为人憨厚,长得虎头虎脑,能骑善射。一年,他随顺治入关,开到湖南一带,大军屯扎在一个山脚下。山坡上开满了通红通红的杜鹃花。唐阿里稍有空暇,就溜出营房登山看花。

　　一天,唐阿里又去杜鹃山,刚进山,就听有人呼喊救命。他顺着声音跑去,只见一只斑斓猛虎正张牙舞爪地向一个老头儿扑去。唐阿里急忙搭弓射箭,一箭正中老虎额顶,老虎翻了几翻,一蹬腿断了气。老头儿见一个小伙子救了他,一时不知怎么感谢才好,好一会儿才问:"救命恩人呐,请问你的尊姓大名,家住哪里?"

　　唐阿里说:"我叫唐阿里,家住关外宁古塔,是随军打仗来这儿的,就驻扎在山下的军营里。"

────────────

① 年息花:又名满山红、达子香。
② 宁古塔瓜尔佳氏:宁安老关家。
③ 唐阿里:人名,快乐的意思。

老头儿寻思了一下说:"那好吧,咱爷俩来日相逢。"

第二天,老头儿果然到军营来请唐阿里。唐阿里向统领告了假,跟随老头儿拐了一个山包又一个山包,来到一个山湾里。就见有三间小草房,房后是一片竹林,房前有条清澈的小河,房子四周开满杜鹃花。

进屋后,老头儿重新谢过救命之恩,又向内屋呼唤女儿出来与恩人相见。老头儿话音刚落,就见从后屋走出一个如花似玉的姑娘。这姑娘身材苗条,衣着朴素,看上去顶多十七八岁的样子。面对这仙女一样的姑娘,唐阿里两眼都看直了。那姑娘微笑着,大大方方地来到唐阿里面前拜了几拜,就回后屋端酒菜去了。

不一会儿,丰盛的酒席宴菜摆满了一桌。酒过三巡,一老一少都喝红了脸。老头儿试探着说:"我也是满族啊,在第一次入关后,因不忍杀生,逃出兵营隐居在此。我见你勇敢善良,是个好后生,老夫无以相报救命之恩,愿将小女年息委以终身,不知足下尊意如何?"

唐阿里一听,正中心意,乐得不知怎么办才好,一桩亲事就这样订下了。

末了,老头儿又说:"不过眼下你们不能成亲,要等你返回故里,带一根杜鹃花根回去,栽在你家的山坡上,等杜鹃花一开,我就把姑娘给你送去。"

唐阿里听了,半信半疑,又不好多问,只得带着疑虑的心情回营。回到军营,一夜翻来覆去睡不着觉,总是放心不下。

第二天太阳还没冒红,他就顺原路往杜鹃山跑去,真怪呀,满山遍野连个房子影都不见,他只得闷闷不乐地回来了。

不久,唐阿里解甲回乡,他东找西寻,选了棵大杜鹃花挖起来,精心地带回家里。他把花根栽到了家门口的小山坡上。春天刚到,花根就出芽了,那嫩生生的花茎眼看着长高了,很快地开出了一朵娇艳的杜鹃花。

这天,唐阿里打猎归来,老远就闻到扑鼻的香味。进屋一看,老头儿和年息姑娘正坐在屋子里呢。

唐阿里乐坏了,赶忙要点火沏茶。老头儿说:"不用了,我老汉不负前言,把姑娘给你送来了。"唐阿里听了,乐得不知怎么办才好,紧接着却愁容满面。老头儿看出他的心思,说:"不用愁,新房我已在西山北边给你们预备好了,明天早上你准时去就行了。"

第二天一大早,唐阿里收拾一下东西,换了身新衣裳就去了。到那儿一看,果然有座雅致、敞亮的三间草房,一明两暗。西屋的北炕梢放着描金大柜,南炕大躺箱上叠着新被新褥,条桌上面摆着一对掸瓶,中间摆着镜子,一切家什应有尽有。

唐阿里和年息姑娘在老人的主持下,欢天喜地地把喜事办了。

成亲之后,老人对唐阿里语重心长地说:"我就这么一个女儿,今已和你成亲,我无牵无挂了。自此之后,我要云游天下,你俩好好过日子吧!"唐阿里百般挽留不住,老人飘然而去。

成亲之后,小两口互敬互爱,日子过得十分美满。姑娘会给人治病,凡是有喉喽气喘的、眼睛不好的,经她手一治,很快就好。因此远近都慕名而来找她治病。

一年之后的一个夏秋之际,有一天雹子神从此路过,看到年息长得真是天上难找,地下难寻,这个邪神顿时起了坏心,他凶相毕露地逼迫年息姑娘跟他走,姑娘死不从命。气得雹子神把姑娘打倒在地,狠狠地打了一顿。

唐阿里在打猎回来的道上,看见妻子被打得奄奄一息,不禁放声痛哭。年息姑娘说:"你别哭,我死了之后别埋,每天喂我三勺苏子油、三块苏子饼,切记别喂肉和面,把我放在有阳光的地方,我还能活过来。"说完之后就咽气了。唐阿里照媳妇的话,每天按时喂苏子油、苏子饼。

说也奇怪,人虽然死了,喂油、喂饼都能咽下去。过了三七二十一天,姑娘竟真的醒过来了,在唐阿里的精心调理下,没多久就复原了,小两口又甜甜蜜蜜地过上了日子。

又过了一年,来到阴历五月初,火神从此路过,看到年息姑娘长得好看,也起了邪心,非要和年息姑娘成亲不可,年息姑娘至死不从。唐阿里挥刀就砍,惹得火神大怒,他先用火把唐阿里烧死,接着又用火把年息姑娘烧焦,还把俩人的骨灰撒得满山遍野都是,生怕年息姑娘再活过来。

想不到第二年春天,满山遍野都长满了红艳艳的杜鹃花,人们都说这是年息姑娘的魂托生的,为纪念年息姑娘便取名年息花。每年五月节,人们都成群结队前往西山用年息花的露水洗眼睛,采摘年息花治气管炎。这种习俗一直延续到今天。

讲述者:傅英仁

整理者:郑亚民

牛拱塔

很早以前,海浪河一带是女真人乌林答部,归契丹汗管辖,常常受契丹大官欺压、勒索,生活很不安定。

提起这地方,水草方便,森林成片,狩猎放牧都是好地方。

契丹汗手下二王子看中了这块地方,打算强占它。可是,乌林答部人拼死拼活抵抗。二王子一看靠动武拿不到手,就找来契丹大法师商量。大法师说:"启禀王子,乌林答人勇敢不怕死,因为他们有九龙口和通地泉,人畜才能兴旺。要是在通地泉上修一座宝塔,一可以压住泉眼,让他们得不到水,二可以镇住九龙口,乌林答人再也不能有勇敢巴图鲁,可以不费一兵一卒就消灭干净。"二王子一听大喜,立刻派兵守住通地泉,派民夫运石运砖,没出两个月的时间,就在泉眼上修成座十三层宝塔。

这一下,可苦了乌林答人,人畜眼巴巴喝不到水,被逼无奈背井离乡四下逃亡了,而二王子可以从塔下取水。自从修了这座塔,肥了二王子,苦了乌林答人。

有位给二王子放牛的老黑头将这一切看到眼里恨在心上。他每天想法儿偷出两三头牛送给乌林答人。日子一长,被二王子知道了。没容分说,活活打死在宝塔前。

说也怪,打那以后,在牛群里冷丁出现一头金角、金蹄、金尾巴的大黑牛,横冲直撞,见人顶人、见牛顶牛,弄得牛群不安,人心惶惶。这还不说,每天总有七八头牛不知去向。

二王子听说这件事以后,心里琢磨,这一定是一头神牛,我要得到它,不用说别的,就是两只金角、四只金蹄,一条金尾巴也够我一生享用。要是把它献给汗兄,说不定能得一片最大领地的赏赐,我会成为一人之下万人之上的昂邦巴颜①了。二王子越想越美,就好像自己真成了昂邦巴颜似的。

他立刻命令,要想尽一切办法抓住那头金牛。真是命令如山倒,几千兵马不顾一切地白天黑夜抓金牛。结果不但没抓住金牛,反被那头神牛顶得乱了套,死的死伤的伤。二王子急得团团转,光着急没办法。

那位大法师又来献计:"我看这是一头神牛,用凡夫俗子的力量难以抓到,依我的看法,不如用软招把它套住。"

二王爷急忙问:"有什么高见,快快说与本王。"法师慢条斯理地说:"可以摆上供品,好草好料献给神牛,表示愿意拜它为祖先神,它一上钩,立刻打木笼囚车送往京城,罕王一定能想办法降服住它。"二王子没办法,只好按着法师的主意去办。

七月十五那天,二王子摆上三牲大祭,摆上草料、点着香、倒满酒,领着全家人跪在供桌前祷告说:"神牛在上,请你息怒,如果你能保佑我牲畜兴旺,我愿意把你当作祖先供俸。"

说也真怪,当夜二王子做了个梦,梦见一位头顶金盔、身穿黑甲的大力神说:"念你真心实意,八月十五在塔前行拜祖之礼,到时我一定赴宴。"

就在同时,女真人的逃荒队伍中的穆昆达也做了一个梦,梦见放牛的老黑头高兴地说:"我给咱们女真人出气,八月十五那天千万集合全族,夺回牧场重整家园。"说完一溜金光不见了。

---

① 昂邦巴颜:满语,指大富翁或大财主。

八月十五那天,二王子带着全家打着鼓,吹着号筒,抬着礼品到塔前祭神牛。果然,那头神牛在塔前老老实实地卧着不动,两只大犄角、四只大蹄子、一条大尾巴、金光闪闪。二王子一看眼就红了,啥也不顾,一个箭步扑向神牛。哪承想,这神牛哞的一声,三头两角把塔拱倒,活活压死了二王子全家,撞乱了全部兵马。就在这时,乌林答部人像猛虎下山似的,围攻上来打败了二王子的兵马。紧接着,女真汗发兵打败了契丹汗。从那以后,乌林答部女真人才过上安定的日子。

为了纪念神牛,乌林答部修塔的地方就叫"牛拱塔"①。

讲述者:关墨卿等老人

整理者:傅英仁

---

① 牛拱塔是宁古塔的音变。宁古塔是满语,意思是六个,究竟是六个人(六王)还是六个居址(六座城)说法不一,大多数人认为是六座城。

爬犁和牛

很早以前，在长白山的西北侧的呼尔汗河头，有个叫巴哈利的小孩儿。他幼年父母双亡，和哥嫂在一起过日子。哥嫂对他不算太好，所以这孩子从小多病，都十五六的人了，个头还没有十一二岁的孩子高。每天一早哥哥上山打猎，嫂子就把斧子和绳子往巴哈利面前一扔，叫他上山砍柴。

别看巴哈利长得个头小，他的心眼儿可挺好使，不论谁家有了急难事儿，他都尽力去帮忙，大伙儿都很喜欢他，管他叫小巴利。他由于身小、力薄，再加上新砍的柴火又湿又沉，所以每次把柴火扛到家，总是累得通身冒汗，上气不接下气。

一天，鸡刚叫，三星还没打横，小巴利就到山上去砍柴了。太阳一冒红，他已砍了一大堆。他刚要背起柴火往回走，一头牛从树林里向他跑来。那时候，人们只知道养猪、养马，不养牛，牛还像虎狼一样生活在长白山的老林子里。小巴利一看牛来了，吓得"妈呀"一声，赶紧握住斧子。牛走得挺快，眨眼工夫到了跟前。这牛身上扎着好几支箭，还撞掉了一个犄角，脑门直淌血。牛来到小巴利跟前，扑通一声就跪下了，还吧嗒吧嗒地掉眼泪。小巴利看它挺可怜的,就放下斧子,上前为它拔去了箭,又把乡亲们给他的刀口药给牛涂上,然后对牛说:"这就行了,你走吧。"

老牛点点头,表示感谢,可是它站着不动。小巴利背起柴火说:"你不走我可要走了,耽误了弄柴火,嫂子会生气的。"小巴利刚一迈步,就被老牛给拦住了,小巴利问:"你还有什么事儿要我帮忙吗?"

老牛用那单犄角把柴火捆挑起来甩到脊背上,小巴利明白了,高兴地把柴火拴在一起,搭在牛背上。打这儿,老牛成了小巴利的好朋友,每天跟他上山驮柴火。

后来,小巴利看到老牛的背脊叫柴火给磨破了,很心疼。他宁可自己背,也不叫老牛驮了。可老牛不干,小巴利背起来柴火,就用犄角给挑下来。这可怎么办呢?小巴利左思右想,到底想出个办法。他砍了两根木杆子,用两块横木一绑,再把柴火往牛背上一搭,还轻快,又不磨老牛的脊背。

巴哈利活了一百多岁,老牛一直陪伴他到死。巴哈利死的时候,人们为了纪念他,把他做的拉柴火的工具起名为巴利。年代久了,人们叫来叫去,就叫成"爬犁"了。

讲述整理者:杜桂清

泼雪泉

宁古塔城西住着一户人家,母子俩,儿子名叫吴龙阿,二十几岁了还没成亲,他娘又着急又发愁。

一天,吴龙阿上山砍柴,正准备砍倒一棵树,听见树上小喜鹊叽叽喳喳地叫了起来。他抬头一看,原来树杈上有个喜鹊窝,窝里有四个没出飞儿的小喜鹊。他想:要砍倒树,小喜鹊不都得摔死吗? 他心软了,放下了斧头。

第二天,他又来看小喜鹊,正瞧着,忽然从远方飞来一只老鹞鹰,打了几个旋儿,直扑喜鹊窝而来,小喜鹊吓得叽喳乱叫,好像在说:"吴龙阿,快救我! 吴龙阿,快救我!"眼看小喜鹊就要被老鹞鹰叼走,吴龙阿手疾眼快,一箭把老鹞鹰射死了。

第三大,天气晴朗,吴龙阿又来到大树下看喜鹊。小喜鹊看见吴龙阿来了,欢快地叫着,好像在说"吴龙阿,谢谢你!""吴龙阿,谢谢你!"吴龙阿乐呵呵地看着,忽然刮起了大风,顿时天昏地暗,沙石横飞,树枝被风刮得咔咔直响,喜鹊窝眼看要被风掀下来。吴龙阿奋不顾身爬上树去,用绳子把喜鹊窝牢牢地绑好。大风过去了,小喜鹊又得救了。

就这样,吴龙阿天天如此,风雨不误地一直看护到小喜鹊能飞出去为止。

冬天到了,雪下得可大了。吴龙阿不但不能进山打柴,连家门也出不去,母子俩生活得很艰难。一天,屋门忽然哗啦一下开了,走进来四个长相差不多、年龄差不多的小孩儿。他们带来许多吃食,进屋不由分说,跪下给老太太和吴龙阿连磕了几个头,接着就生火的生火,做饭的做饭。转眼之间,饭菜做好了,屋子烧暖了,他们也就走了。

从这天起,天天如此。到时候他们就来,做完饭干完活儿他们就走。吴龙阿娘俩又惊奇又感激,问他们也不回话,留他们也留不住。就这样,四个小孩儿帮娘俩度过了严冬。

春天到了,吴龙阿还是天天上山砍柴。一天,他又走到那棵喜鹊窝树下,迎面过来一个老太太。老太太说:"小阿哥,你在哪住啊?姓什么?叫什么?"吴龙阿一一做了回答。老太太扶着吴龙阿的双肩,十分感激地说:"小阿哥,你是好心人哪,你救了我们全家的命,我们感恩不尽哪。"

吴龙阿摸不着头脑,就说:"老额娘,您认错人了,我没救过人,我只是天天上山打柴。"

老太太笑了笑说:"是你救了我们全家,我没认错,实在感激不尽,没有别的,我送你件东西——温凉盏。用它盛面吃不完,装油用不尽,夏天装肉不坏,冬天装果不冻。"

吴龙阿半信半疑地道了谢,双手捧过温凉盏,刚想说什么,一抬头,老太太不见了。只见在一片飞云中,有只大喜鹊带着四只小喜鹊飞走了。吴龙阿望着飞去的喜鹊,又望了望树杈上的喜鹊窝,才想到:原来它们就是我救过的那窝喜鹊。

吴龙阿捧着温凉盏高兴地回了家。果真像老太太说的那样,这温凉盏装啥都吃不完,用不尽,不冻、不坏。

从那以后,娘俩日子越过越好。日子长了,事情传开了,宁古塔昂邦章京知道温凉盏是个宝贝,黑夜白日地惦念着总想把它弄到手。吴龙阿知道后,就把温凉盏埋在西山脚下。一天他刚回到家,昂邦章京就带人来了,进屋就翻了个遍,可连个温凉盏的影子也没见着。昂邦章京先是甜言蜜语,连哄带诓,后来是恼羞成怒,酷刑拷打,直到吴龙阿被活活打死,也没打听到温凉盏的下落。

吴龙阿死后,西山脚下喷出了一个泉子,这泉子的水清净甘甜,冬暖夏凉,泉水顺流直泻,翻起朵朵雪花,这就是温凉盏里淌出来的泉水——泼雪泉。

今天,每当宁古塔的人饮用泼雪泉水的时候,都会说起吴龙阿好心救喜鹊的故事。

讲述者:傅英仁
整理者:王风江

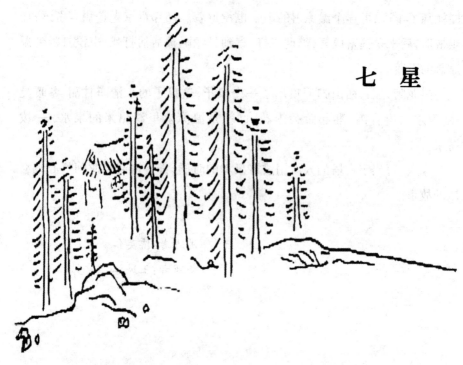

七 星

很久很久以前，那时候还没有月亮和星星。

在崇山峻岭里住着一位两班。有一天他的妻子暴病身亡。因为是九岁时迎进门的结发妻子，所以这位两班十分怀念妻子，每天痛哭不止，不肯离开妻子的墓地一步。

他有七个儿子，儿子们不忍心看着父亲每天因为思念母亲而悲伤得死去活来，就一起商量，决定各自周游三国，寻找长得酷似自己母亲的女人。结果，历尽千辛万苦，他们终于找到了一位这样的女人，并把她领回了家。

从此，父亲的忧愁消失了，与后妻十分恩爱，愿生死相依，白头偕老。

继母来的时候带了个与前夫所生的女儿，她心里想：这里弟兄七个，如果要分家的话，轮到自己女儿就没有什么东西了。她十分担心，整天苦思苦想，绞尽脑汁，最后决定去找巫婆。继母给了巫婆很多钱，告诉巫婆自己回到家里要装作难受得死去活来，然后请巫婆看病。到那时候，巫婆就告诉她丈夫，说是只有吃了七兄弟的肝，病才能好。

于是，从那天开始，继母就整天又哭又闹，好像真是难受得要死要活。

丈夫没办法,只好请来了巫婆。

巫婆摆上供品,样子令人难以琢磨。丈夫十分着急,以焦灼不安的心情问巫婆这到底是怎么回事。巫婆顺势说道:"话有点儿不好出口,不过我还是告诉您,您妻子的病只有吃了七兄弟的肝才会好……"

丈夫一听,事情实在难办。要救活妻子就得害死七个儿子,不这样做,妻子就死掉,真叫人为难。

他实在想不出万全之策,只好把兄弟七个叫到跟前,对他们说:"你们的母亲有病,说是只有吃了你们哥七个的肝才能好。你们看怎么办好?"

听了父亲这番话,七兄弟全都缄口不语了。过了一会儿,老三对父亲说:"您说只有吃了我们的肝,母亲的病才会好。那么为了父亲的幸福,我们甘愿摘下我们弟兄七个的肝。不过,我们只有一个要求,那就是我们七兄弟想到生母的坟上,每人再培一把土。"

"那就这么办吧!"

得到父亲的同意,七兄弟跪在亲生母亲的坟前,拜祭过后,大放悲声。

正在这时,跑来一只花鹿,问他们:"你们为什么在这儿哭啊?"

七兄弟把事情的原委讲给花鹿听。"巫婆说我们的继母只有吃了我们七兄弟的肝,病才能好。这可怎么办呢?"

"不用担心,我自有办法。你们弟兄七个每人拍我屁股一下,我就可以下出一块和肝一样的血块来。把这些血块放在这儿,你们再爬到那棵树上对天施礼,就会大吉大利。"

听了花鹿的话,七兄弟每人拍了一下花鹿的屁股,花鹿果然就生下来七堆和人肝一样的血疙瘩。七弟兄把这些血块放在母亲坟前,然后脱掉鞋,一字儿摆好,就爬上树朝天上虔诚地行大礼。

大礼行完,忽然从天上吊下一只大篮子,七兄弟坐进篮子升上天去了。

继母在家等啊等啊,一直不见七兄弟回来,就催促丈夫到坟上去看个究竟。丈夫禁不住后老婆的催促,就到前妻坟上去了。只见兄弟七人的鞋依次放在那儿,前面堆着七副人肝。

"这些孩子真孝顺啊!看来是从大到小依次摘下来,然后最小的老七亲手摘下自己的肝,最后不知都死到哪里去了!"两班感叹不已,把七副人肝带回家放在后妻面前,后妻趁丈夫不注意时把肝藏到席子底下,然后说是吃了,病好了。

七弟兄上天以后,从头到尾向玉皇大帝讲述了他们的遭遇。玉皇大帝十分感动,册封七兄弟为银河七星,永远追随着大地转动,监督那些愚昧糊涂的父亲和贪得无厌的继母。

玉皇大帝又向人间降下了圣旨,赦命愚蠢糊涂的父亲变成牛、贪得无厌的继母变成猪。

从此,人世间才有了牛和猪,它们代代相传至今仍在世上生存繁衍。

讲述者:方圣国

整理者:陈玲

翻译者:尚玉河

恰喀拉的金凤凰

恰喀拉部落离东海部落很近,部落里的姑娘媳妇和男人一样,每天都到东海去捕牲。

穆尼珠是恰喀拉部落最美的姑娘。油黑的头发,红黑的脸膛,水灵灵的两只大眼睛像秋天的明月,清亮洁净。要说拉弓射箭,她能走一步射灭一个香头;要说下海捕牲,她能一头扎到海底捞月。她每天领着八个姑娘出海捕牲。

一年四季,恰喀拉人凭着大雁飞来,断定是春天,听池塘里朱瓦利开声叫了,断定是夏天,看晴朗朗的天空,断定是秋天,见收皮子的商人来了,断定是冬天。

每年大雁来了之后,清明时节是黄花鱼和敏子鱼汛。这天,穆尼珠又带着八个姑娘驾着船出海了。九个姑娘渡过大海湾,在一个浅湾子里撒下围网,这一网就捕了个鱼满舱。

她们装上船,高高兴兴地刚往回走,就看远处有两只大帆船奔她们来了。穆尼珠站在船尾手搭凉棚细看,那两只船上是一群穿着黄袍子的撒克

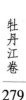

达妈妈。穆尼珠知道这是从虾夷岛上来的女海盗。她们脸上抹着黄色,身上穿着黄袍,恰喀拉人都管她们叫黄脸婆子。

姑娘们吓得急忙扬帆摇桨往回跑。可是穆尼珠却是不慌不忙地站在船尾上,等贼船快撵上来了,她搭上弓腾腾两箭就把贼船上的帆绳射断了,贼船上的布帆啪啦落下去了。贼船当时就跑不动了。姑娘们的船则像射出去的箭翎,乘风破浪回到了海边。她们赶紧套车把鱼拉回去了。

回到部落,穆尼珠九姐妹把这事跟萨拉卡妈妈说了。萨拉卡妈妈说:"那帮黄脸婆子在海上横行霸道,咱们恰喀拉人不知道被她们抢了多少次。这几天部落里的男人都到尼满去交皮子去了,我现在就派人去把他们找回来,防备她们摸上来。"萨拉卡妈妈当时就找了两个半大小子骑上快马,连夜奔尼满去了。

部落北面就是恰喀拉山,山那边住的是萨哈连窝集的撒克碾和浩路敦两个部落,这两个部落也派人来送信,说黄脸婆子已经摸进恰克拉山里了,叫他们多加小心。

萨拉卡妈妈和穆尼珠一合计,穆尼珠带着八个姑娘爬上了恰喀拉山。这小山上有他们的祖先为了防御海盗,顺着山脊梁修的一道石墙,像城墙似的。穆尼珠就把姑娘们分散开,防备黄脸婆子摸上来。又叫姑娘们准备上三堆干柴,黄脸婆子真要是来了就点着火堆,部落里的老少族亲,好跑到山里去躲躲。

就是这天夜里,六十多个黄脸婆子真的摸上了恰喀拉山。姑娘们点起烽火,穆尼珠一声令下乱箭齐发,把敌人射回去了。后来敌人手里个个拿着个大盾牌,猫在盾牌后边往上冲。穆尼珠叫姑娘们专射敌人的脚,又把敌人射回去了。又待了老半天,敌人又上来了。敌人比先前少了。姑娘们又射箭,射着射着,箭射没有了。穆尼珠叫姑娘们拿扎枪和腰刀跟敌人砍杀起来。正杀着,山下部落出事了,孩子哭,额娘叫,哭天嚎地。穆尼珠知道是敌人从别的地方溜进了部落。救人要紧,穆尼珠喊着:"你们几个顶住,我去救人。"说完就跑下山,有两个姑娘也跟着下山了。

穆尼珠三人刚下山,正赶上二十多个黄脸婆子追杀部族亲人。几个老阿玛和妇女拿着鱼叉、猎叉护着亲人，一边跑一边跟敌人厮杀。穆尼珠三人红了眼，冲进敌人群里猛杀猛砍，杀死了几个敌人。

可是，因为这些黄脸婆子都是四五十岁的老亡命泼妇，下生就当海盗，杀杀砍砍都有两下子，部落的几个小姑娘、老玛发能杀过人家吗？最后，穆尼珠三个姑娘都战死了。

这时，部落的男人们也都回来了，一扬马刀，像砍大萝卜似的，砍死了十来个。剩下几个都被男人们抓住了，把她们吊在山上的大树上，风干死了。

萨卡拉妈妈领着部落人，把九个姑娘都葬在恰喀拉山上的最高峰。

不知过了多少年，在恰喀拉山上长出九个山头。每年大雁飞来的时候，全恰喀拉部族的人都来到恰喀拉山上祭祀九位姑娘。就是这天夜晚，人们都聚集在山下燃起篝火。不管是大人还是孩子，都得守着火堆过夜。在这朦朦胧胧的夜晚，人们就会看见恰喀拉山峰上的九个山头上蹲着九只凤凰。人们世世代代唱着：

> 在恰喀拉山上，
> 葬着九个姑娘。
> 九个山头上
> 蹲着九只凤凰。
> 恰喀拉儿女不要忘记，
> 这是老祖先留下的九只金凤凰。

讲述者：穆尔查·烨骏

整理者：马文业

萨布素驯牛的传说

　　康熙年间,宁古塔南六十里有片大草甸子叫马场南沟,是八旗兵放牧的地方。

　　有一年,镇守宁古塔的巴海将军,从蒙古弄来一百多头又野又凶的牛。马场那些八旗兵,眼看着这群乱顶乱跳的野牛,都怕放牧这群野牛的差事落到自己头上。

　　这时,有个长得虎头虎脑的孩子,从容地上来参见章京,要领下这桩别人不敢干的差事。这个孩子就是萨布素①。萨布素那年才十五岁,跟随父亲在南沟放牲口,他平常对人有大有小,为人正直,大家都很喜欢他。因为萨布素一再请求,章京才把这群牛交给他和另一个孩子巴扎祜去放牧。

　　章京笑着问萨布素:"你小小年纪,不怕放不好牛要吃罪吗?"

　　萨布素说:"这块甸子水甜草肥,只要下力气,什么牲口都能养肥。"

　　章京答应了他们的请求,让两个孩子各领六十头牛,说谁放得好,将来

---

　　①　萨布素:清满族正黄旗人,富察氏。康熙时曾任宁古塔副统领,黑龙江将军,抗俄名将。

有赏。

三个月一晃过去了。谁也没想到,萨布素把这群牛驯得服服帖帖,个顶个膘满肉肥,溜光水滑。大伙儿都伸大拇指,夸萨布素是个有出息的孩子。再看巴扎祜那群牛,却个顶个骨瘦如柴,走道直打晃。巴扎祜是个又滑又懒的嘎小子,见状要在萨布素身上出口气。

这天,巴扎祜听说章京要来巡查,就在头天夜里把自己放的那群牛悄悄地赶到萨布素的牛群里,当着章京的面,硬说肥牛是自己的,瘦牛是萨布素的。

萨布素不急不火,笑着说:"谁驯的牛听谁的。你说肥牛是你驯的,你能把它们吆喝出来跟你走吗?"

巴扎祜卡巴卡巴眼睛,摇了摇脑袋。章京好奇地问:"萨布素,你能把你的牛喊出来吗?"

萨布素上前回话:"小的能!"只见他跑到一个山坡呜呜地吹起"布拉"。也真怪,那些牛听到布拉声,三五成群地都出来了。头前走的三头大牛是前哨伊里布,后跟十二头是昆布丹,剩下那些牛都七八个一帮,整整齐齐跟着走,最后有五头是领催。六十头牛像列队的西丹,萨布素像演习阵法的将军,把章京和大伙儿的眼睛都看直了。巴扎祜傻眼了,章京气冲冲地抽他几鞭子。巴扎祜一边哭一边叨咕,硬说萨布素的牛原先就肥,不信就换换。萨布素表示同意。

三个月又过去了。萨布素换放的那六十头瘦牛,又个顶个膘满肉肥,巴扎祜放的那群肥牛,反倒变瘦了。章京非常生气,要重重地处罚巴扎祜。

萨布素看巴扎祜要挨打,故意把过错揽过来,忙上前对章京说:"大人您饶了他吧! 这可也不能怪他,是他放牧的那块草甸子不好。依我看不如把两帮牛合在一块儿,由我俩一块儿看管。"

章京狠狠瞪巴扎祜一眼说:"要不是萨布素说情,非教训教训你不可!"

巴扎祜想不到萨布素心眼儿这么好,心里一热,两眼哗哗地淌下了泪来。打这起,两个孩子就形影不离地在一块儿放牛了。

再说萨布素有个叫赛虎的牤子,是个领头的牛。牛群有它,什么山牲口都不敢靠前。

可是这两天，赛虎忽然不合群也不吃草，眼睛通红瞪得溜圆，一到早晨就跳出牛群往山里跑。萨布素很纳闷，就悄悄地跟着它来到南山沟。只见一头斑斓猛虎在山坡蹲着。牛和虎一见面，就斗了起来。这真是场恶斗，一来一往，又扑又顶，把一大片草地都给压平了。直到天黑，牛和虎都累得通身是汗才罢休。

萨布素心想，我得想个办法，叫赛虎斗过老虎。第二天，没等牛出圈，他把两把锋利的尖刀紧紧绑在牛角上，并约巴扎祜一道去看牛虎斗。巴扎祜不信，来到南山沟一看，见赛虎角上的两把刀满是血，一头被挑死的老虎躺在地上。他俩高高兴兴地把虎抬了回来。

第二天，萨布素把收拾好的虎骨虎肉装好，上宁古塔的集布去卖。巴扎祜怕虎皮烂了，把虎皮毛朝外蒙在石头上。哪知道，赛虎一看虎皮以为老虎又来了，狠命地一冲，一头撞在石头上，撞碎头骨，死了。萨布素回来一看心爱的牛死了，哭得好不伤心。

他对巴扎祜办的这件蠢事也没太抱怨。从此，巴扎祜对萨布素更加敬重了，两人还结拜了干兄弟，成了最好的朋友。后来萨布素领兵抗罗刹入侵时，巴扎祜成了他得力的助手，两人立了许多显赫战功。

讲述者:傅英仁

搜集整理者:傅英仁

三姑娘和黑太子的故事

从前有这么一对老两口，到了五十岁上才得一子老两口。生出来一看，你说是什么？浑身漆黑，满身是鳞的蟒。因为他长得黑，就给他取了个名，叫黑太子。

黑太子出生后三天就会说话了，开口就让阿妈妮①到前院提亲。阿妈妮就想了："我的傻儿子，自己长得啥样还不知道，前院三个姑娘一个个长得如花似玉，哪一个肯嫁给你呢？"可她想归想，还得去。为啥？就这一个儿子。

阿妈妮来到前院，进屋坐好。咋提这话呢？她心里想着，手就一个劲扯人家炕席，把炕席都扯坏了。姑娘的家里人就问："大嫂，你有什么事吗？"这一问，老太婆的脸红了，说："我儿子让我来提亲。"姑娘的阿爸吉说："那有什么不好意思的，男大当婚，女大当嫁。孩子们，你们谁去看一看？"

大姑娘说："我去。"

大姑娘来到黑太子家一看就烦了："哟，养了个丑八怪，还好意思到我家

---

① 阿妈妮：朝鲜语，指妈妈。

提亲。"扭身就回来了。接着二姑娘也来了,一看也烦了:"哟,黑小子是癞蛤蟆想吃天鹅肉,也不撒泡尿照一照。"一撇嘴就走了。

黑太子问阿妈妮为什么三姑娘没来。

过去,有钱人都兴三房四妾,大姑娘二姑娘都是大老婆生的,三姑娘是妾生的,等她一落地,她的亲妈就死了。大姐二姐总是欺负她,两个姐姐整天对着镜子梳妆打扮,家里的一大堆活都推给三妹干,也不许她出来。

黑太子说:"阿妈妮,你再去提亲,指名要三姑娘,她会来的。"

阿妈妮又来到姑娘家,跟姑娘的阿爸吉说:"就把你的三姑娘嫁给我儿子吧。"

大姑娘和二姑娘一听,就出坏主意说:"是呀,那小伙子长得又漂亮又结实,像车轴似的,就把三妹嫁给他吧。"

阿爸吉想,也好,把三姑娘嫁出去,以后再不受两个姐姐的气,就说:"三姑娘,你就嫁给他吧。"

在早先,朝鲜族姑娘的裙子都是用三幅半布做成的。三姑娘在裙子上扯下半幅布说:"给他做件衣服穿吧。"婚事就这样定了。

结婚这天,三姑娘进了家门一看,站在面前的是一位漂亮的小伙子,心里甜滋滋的。阿妈妮愣住了。黑太子说:"阿妈妮,我原来是龙王最小的儿子,父王准备在龙宫里给我选亲,但我看三姑娘勤劳、美丽又善良,就来到凡间和姑娘结百年之好。"阿妈妮听了高兴得不得了。

结婚之后,一家人和和美美,两个人恩恩爱爱。黑太子把自己的蟒皮衣服送给三姑娘让她保管好,告诉她弄坏了衣服自己就只好在水里,而不能再回陆地了。

三姑娘心想,放在哪里好呢?朝鲜族姑娘穿的裙子,上衣领口都有一道宽大的白边,用朝鲜话说叫"董赠",三姑娘就把黑太子的衣服缝在"董赠"里了。

两个姐姐看三妹找了这么一个漂亮的主,心里嫉妒死了。黑太子给三姑娘蟒皮衣服的事,让她们知道了。大姐出了个馊主意,跟二姐说:"蟒皮衣服在三妹的'董赠'里,咱们把它烧了,黑太子再也回不来,让三妹守一辈子空房。"二姐同意了。

大姐二姐把三姑娘找来,假意说:"三妹,你结婚我们都没帮你什么忙,让我们帮你洗洗头吧。"说着说着就强拉硬拽地给三姑娘脱衣服,三姑娘哪能挡得住呀。大姐说:"三妹的衣服太破,我们给你换件好的吧。"两个姐姐硬是把她的衣服脱下来,扔到炉子里给烧了。

到了晚上,已经很晚很晚了,黑太子还没有回来,三姑娘走出家门,找啊,找啊,一天,两天,还是不见黑太子的影子。三姑娘想起了黑太子的话,心想他是不是回龙宫了? 可是大海在哪儿? 龙宫在哪儿? 三姑娘哭了,哭得小鸟不叫了,哭得月亮不明了,哭得星星也落泪。

这天,三姑娘来到一座山上,碰见了一个砍柴的老头儿,就问他看见一个叫黑太子的人从这里走过没有,砍柴老头儿说:"姑娘,你给我打柴,要打九九八十一天,打出九九八十一担,我就告诉你。"

三姑娘一狠心,打了整整九九八十一天,砍了整整九九八十一担柴,手磨出了血,腿划破了皮,昏倒在山坡上。老头儿叫醒了三姑娘,告诉她:"翻过九九八十一座山头,再走九九八十一天,就会看见一个老太婆,你再问她。"

三姑娘照老头儿说的方向一直走了下去,翻过九九八十一座山头,又走了九九八十一天。

这天到了一条河边,见有位洗衣服的老太婆,三姑娘就问她看见一个叫黑太子的人从这里走过了吗,老太婆说:"你要先给我洗衣服,要洗九九八十一天,洗出九九八十一件,黑衣服洗白了,白衣服洗黑了,我就告诉你。"

三姑娘一一照办了。这时,老太婆给了她一个洗衣服的铜盆,告诉她:"翻过九九八十一座山头,再走九九八十一天路,就看到了人海,你坐着我的铜盆,就能找到黑太子。"

三姑娘又翻过九九八十一座山,走了九九八十一天路,她来到大海边,坐进铜盆,铜盆载着她进大海,三姑娘来到了龙宫。

龙宫里,龙王正为黑太子选亲呢。黑太子心里想着三姑娘,心事重重地坐在上面,下面有一群姑娘,这些人都是等着被选的。黑太子一抬头看见了三姑娘,心里非常高兴,可是父王就在身边,怎么办呢？黑太子想起一个办法,就说:"我有三件事,谁能做得到,我就娶谁为妻。"仙姑们都急着问第一件事是什么。黑太子说:"谁能舂出七七四十九担面,就娶她为妻。"舂面是穷人家干的活,仙姑们哪干得了这个,舂着舂着就都累得干不动了。只有三姑娘越舂越有劲,七七四十九担面舂出来了。

仙姑们急着问第二件事,黑太子说:"谁能顶回七七四十九坛水,我就娶她为妻。"顶水是穷人家干的活,仙姑们根本干不了这个,有的把脚崴了,有的把脖子扭了,有的把坛子摔碎了。只有三姑娘越干越有劲,七七四十九坛水顶回来了。

老龙王早看出三姑娘不是仙界的人,就有意刁难她,说出了第三件事:"谁能拿来三根虎须,我儿就娶她为妻。"这可难坏了三姑娘。

仙姑们又都去想办法,有的拔来猫须子,有的拔来马须子,没有一个拿来真正的虎须的。

三姑娘走过了一山又一山,路过一个小屋,看见从小屋里走出来一个穿着花袄的老太婆。三姑娘就问她:"老婆婆,您知道哪里有老虎吗？"老太婆问她干什么,三姑娘就把事情的经过说给老太婆听。老太婆听完被感动了,说:"姑娘,你是好样的,我来帮你。不过,我要试试你的胆量。我这里有三台纺车,你要送到三座虎山上,无论发生什么事也不能把纺车扔掉。那时,我给你三根虎须。"

三姑娘二话没说,拿起纺车来到第一座虎山。忽然,一条大蟒蛇爬了过来,一下把三姑娘盘住了。它越勒越紧,勒得三姑娘喘不过气来。三姑娘抓住车就是不放手。一会儿,大蟒变成了一堆藤条。

三姑娘又来到第二座虎山。她走着走着,忽然一脚踩在刺猬身上,哎呀,一阵钻心的疼,可她怎么甩也甩不掉刺猬。三姑娘抓住纺车就是不放手,过了一会儿,大刺猬变成了石头。

三姑娘又来到第三座虎山。哎呀,前面有一条深不见底、两丈多宽的沟。三姑娘心想这下可完了,不能和黑太子团聚了,见不到黑太子就只有一死。三姑娘闭上眼向对岸跳去。嘿,一下就让她跳过去了。

穿花袄的老太婆来了,送给三姑娘三根虎须,说:"姑娘,去吧,去见你的黑太子吧!"原来穿花袄的老太婆是老虎仙。

三姑娘告别了老太婆,来到了龙宫,把虎须献给老龙王。

老龙王再也没办法阻止他们。三姑娘终于又和黑太子团聚了。他们在龙宫里过起了幸福美满的日子。

讲述者:金玉凤

整理者:杜国成

三音贝子

牛祜录哈拉供一位蛮尼①,脚踩着七个冒火苗子的口头,手里拿着一根五彩大绳,传说他是当年套日大神三音贝子。

当年阿布凯恩都哩造出人类以后,把他们送到地上生活。那时大地没有光、没有热,黑洞洞、冷森森,人们没法活。这时,阿布凯恩都哩又派四徒弟给地上的人们造几个太阳。这四徒弟做事总是粗心大意,办事不加考虑,总怕造少了光和热不够用,一口气造了九个太阳挂在天上。他嘱咐这九个太阳说:"每个太阳要轮班照射,谁也不许偷懒。谁发的光最亮、发的热最多,我可以保奏天神封官加禄。"他也没给排好班次,就匆匆忙忙地到另一处天地造新的太阳去了。

四徒弟一走,这九个太阳一个不让一个,都争先恐后地早早出来,晚晚回去,用最大的力量发光发热。这一来,可把大地晒坏了。九州十八川七十二道河,晒得干干巴巴。山上林子晒焦了,飞禽走兽晒死不少,人们眼看要

① 蛮尼:满语,此处指祖先神。

渴死饿死,晒得没处藏没处躲。

窝集部有一位年轻阿哥,说是长白山主的大儿子,因为祭天时喝醉了酒碰洒了祭天的米酒坛子,阿布凯恩都哩一气之下,把他打到人间,出生在一个猎户家里。

这孩子生下来三天就能走路,一个月就能举起一百斤重的石块。三个月能拉满三百石硬弓,不到一年,就身高一丈开外。他一顿能吃三只狍子两只熊,三斗米的饭,几口就吞个干干净净。他喝一次水,河落三尺,湖干一半。说起力气来更大得惊人,一拳能击碎卧牛石,一脚能踢倒一架小山峰,喘一口粗气能吹散满天云,大喊一声,震得河水浪高三尺。他虽然力大无穷,可是为人忠厚,从来不和乡亲打架,部落人都叫他"神力阿哥"。后来听他是白山主的儿子,又尊敬地称他为"三音贝子"。

九个太阳烤大地,气坏了三音贝子。他一口气跑到长白山顶高声喊道:"九个太阳听真,你们不许一同出来照天地。赶快滚回去八个,留下一个足以够用。要不听我的话,把你摘下来扔进万丈深渊,叫你们永世不能出来。"九个太阳往下一看,是个身高力大的小伙子,都哈哈大笑说:"我们是天神生、天神造,只管发光和发热,谁也管不了。"说完照样发光发热,气得三音贝子一个箭步跳到空中,举起大刀向太阳砍去。可是太阳往后退了几步,发出更强烈的热,烫得三音贝子双手起泡、浑身发烧。三音贝子只好到长白山父王面前,恳求除掉祸害。

白山主看到三音贝子浑身是烫伤,赶紧命他到天池去洗,天池水是神水,三音贝子一洗全身,顿时烫伤痊愈,精神更加充沛了。他二番来到父王面前。白山主说:"要想制服这九个太阳,那可不容易。一要有九江八河水。"三音贝子问:"要那么多水做什么?""好给你解热解渴。二要有百里长万丈深的沟和五岭三山土。"

"要那么多土做什么?"

"好埋葬太阳。三要有九百九十石粮。"

"要那么多粮食做什么?"

"给你做粮食。"

三音贝子发愁了,到哪里能找到这些东西呢?白山主笑吟吟地说:"孩子,只要有决心,这些东西会有人送给你,你到山外找帮兵去吧。"说完拿出一条五彩天绳交给三音贝子,告诉他:"这些五色天丝拧的绳子,可以套日,可以搬山。"又拿出一葫芦水交给三音贝子说,"这是天池神泉水,喝上它,不管多热的太阳也能靠近"。三音贝子辞别了父王,向长白山下走去。

这一天,三音贝子来到额木索,渴得嘴里冒烟,汗流如水。一看江是干的,也没有泉水,找不到一滴水可以解渴。正在这时,忽听轰隆一声,八条巨蟒奔向三音贝子。三音贝子刚要搭弓射蟒,却见八条怪蟒伏在地上说:"三音贝子别放箭,我们八个是帮助你打仗来的。听说你要制服太阳没有水,我们有九九八十一个蟒弟兄,可以运来九江八河水供你使用。"三音贝子一听大喜,赶忙放下弓箭,深深请个安说:"蟒大哥,好心肠,多谢能帮我的忙。"八条蟒捧出清凉泉水,三音贝子喝了个足,并和它们定下套太阳的日子,又向前走去。

三音贝子来到一个大沟,往下一看,这沟深不见底。他心里暗想,这里正好埋葬套下的太阳。又一想,没有三山五岭土,太阳落到沟里还是会照样作怪。正在发愁时,管土地的神从这里路过,看了看三音贝子,问道:"你是要套下太阳的三音贝子吧?"三音贝子点点头。土地神又说:"三音贝子不用愁,五岭三山在我手,你什么时候用,什么时候有。"三音贝子一听,高兴得跪在地上给土地神磕头。三音贝子把套太阳的日子告诉了土地神,又往前走。

三音贝子回到窝集部,部落人知道他要制服太阳,把储存的粮食、肉干通通献了出来,给他做制服太阳的口粮。

就在树叶黄的一天,三音贝子拿着强弓硬箭、砍山刀、五彩天绳、天池神泉水,向着太阳升起的方向走去。正好第九个太阳从他头上走过来,三音贝子把五彩天绳拧成套索,紧紧拴在箭头上,弓开满月,嗖的一声射了出去,只听一声巨响,山崩地裂似的,一团熊熊烈火从天上落了下来。三音贝子赶快喝一口仙泉神水,顿时全身清凉。

三音贝子把套下的这个太阳,拖到万丈沟,土地神运来座大山把第九个太阳紧紧压住。八条大蟒送来三江水,部族人送来百石粮。三音贝子吃喝完了,又奔向第八个太阳。就这样,他一连套下了六个太阳。套下第六个太阳以后,剩下的三个都跑到大海里躲了起来。天顿时黑了,真是对面不见人,伸手不见掌。三音贝子纵有天大的本领也没法下海去捉住太阳啊!

剩下的三个太阳自从躲到海里以后,吓得连头也不敢露。第一个太阳是九个太阳中最忠厚的太阳,他和第二、第三个太阳商量怎么办。第三个太阳气愤地说:"一个凡夫俗子竟有这么大的能力,依我看咱们三个齐心合力把这家伙活活晒死,省得他跟咱们作对。"第一个太阳摇摇头说:"不对呀,三弟,你想,咱们几个一齐放热发光,地上的人能受得了吗? 我看不如咱们三个和三音贝子讲和,从以后咱们每天由一个值班,三天一换班。"二太阳低头不语,唉声叹气。三太阳愤愤地说:"咱们六个弟兄都被埋在深沟,咱们应该替他们报仇。如果你们不同意,我一个人和他拼到底。"说完跳出海面,升到天空,把全部热和光通通照向三音贝子。

光和热一集中,三音贝子虽然喝了大量的天池泉水,也受不了。他射了三次绳套,也没套住,足足套了三天也没拽下来。到第四天,三音贝子吃足了饭,喝足了水,刚要出门,只见从长白山方向飞来铺天盖地的喜鹊和乌鸦,叼起五彩天绳向太阳飞去。又见白山主率领水兵下起倾盆大雨,太阳虽然发出全部热力,也没把几万只飞鸟全部烤死。于是,第三个太阳被结结实实地套住了。

第一个太阳一见不好,从海里偷偷溜出,逃到了天边,再也不敢靠近地面,只有每天早晚才在很远很远的地方看看二弟和三弟。

再说三音贝子一看第三个太阳被套住,刚要往下拽时,只见阿布凯恩都哩从天上下来,高声喊道:"三音贝子住手,不要拽下来,留下一个光照人间!"三音贝子急忙撒开手,太阳又回到原来的位置上。为了管住这个太阳,阿布凯恩都哩把五色天绳交给三音贝子,封他为值日恩都哩,专管日出日入的大事。一旦太阳发了怪脾气,就用五彩天绳套住。

直到今天,我们有时还能看到太阳四周有一圈彩虹,据说,那就是三音贝子的那条五彩天绳。

第二个太阳被阿布凯恩都哩收回了热，叫他晚上出来，照一照亮，就是今天的月亮。

讲述者：宁昆璞

整理者：傅英仁

山参小伙子

  很早的时候,在一个村子里有个靠种几亩旱烟养活双亲过日子的年轻人,他家屋后就是一座大山。一天,他家里冷丁来了一个英俊的小伙子,一进屋就问:"家里有烟抽吗?"

  "有烟。"年轻人一边答话一边拿出一袋烟递给他。小伙子接过烟,二话没说,一锅接一锅地抽起来。这家的年轻人感到奇怪,问他是从哪儿来的,小伙子不吭声,只是一个劲抽烟,足足抽了三四十锅才站起来,说:"这烟真好抽,今天可过了烟瘾了。现在我该回去了,谢谢!"说着就要走。年轻人忙问:"都半夜三更了,你要卜哪儿去?留下来吧?""我自有去处。"小伙子走了。

  这可真是个奇怪的客人。

  打这以后,奇怪的客人连着好几天都是那个时间来,那个时间走,总是说那几句话。年轻人和他的双亲越想越觉得奇怪。全家人一合计,决定把事情弄个明白。

  就在第五天的晚上,那个小伙子又来抽烟时,年轻人就偷偷把准备好的蚕丝用针穿到他的衣服后面。小伙子也不知道，抽完烟和往常一样，说了几句话，就把蚕丝线头带走了。天亮时，年轻的主人就顺着蚕丝找去，一直找到深山老林中的一个山阳坡上。只见线头挂在一棵百年的老山参上。年轻的主人做了记号便回到家里。当天晚上，那个小伙子又来他家抽烟。主人问道："看来你是从山上下来的，不知你为何每天到俺家来，今天你能不能告诉我们？"

"啊！看来你们已经知道我是山参了，也知道我住在何处。那么你们怎样打算的呢？是把我挖了卖钱，还是怎么着？"

"我们不想挖你卖钱，只希望你每天晚上来我家做个伴儿就满足了。"

听了这番话，山参小伙子很受感动，他心里明白，如果他们把自己挖了卖钱，一下子就会富起来的，可自己就完了。想到这儿，他就说："你们能有这样善良的心，我会想办法让你们富起来的，请你们等我几天。"说完就走了。

几天之后，山参小伙子真又来了，他对年轻的主人说："山下那个屯子里，有个姓金的大富人家，最近要移祖坟。明天你就打扮成风水先生到他家去。他家的祖坟里没有祖宗的颅骨，要想找它，你就先找我，我站在哪儿，颅骨就在哪儿。不过你别担心。除了你，别人是看不到我的。还有，他家选新坟床时，你就选我第一次站过的地方。这两件事要是办成了，你就会得到许多好处。"他说完这些，又教年轻的主人到时候如何讲话，如何行事。

第二天，年轻人到了金家。这金家在远村近邻早就出了名，现在要移祖坟，惊动了许多人。他家把许多有名气的风水先生几乎都请到了家里，每天都是好酒好菜地款待。正在这些风水先生高谈阔论争执不休时，一位年轻的风水先生出现在他们面前。这金家和风水先生们瞪着大眼睛想了半天也没想起来这是何方高人，可这金家不管他有名没名，只要是风水先生，就热情接待。

到晌午时，风水先生们酒足饭饱后，就和这家的主人来到了祖坟跟前，只听主人说道："各位先生，今日要为我家祖宗移坟，不知选在何处为好，现在请各位先生多多指点。"话音刚落，大家就争着抢着发表自己的看法：有的说,应该送到山上去安放;有的说,应该找一个后有大山、前有河水的"明堂"安放。年轻的风水先生着急地向四周望了望,他看见山参小伙子正站在不远处,别人没发现。他径直走到那个地方一看,真是再好不过了。年轻的风水先生装作很有学问的样子,慢条斯理地说:"各位先生,你们看,这才是'明堂'所在。"

风水先生们纷纷围过来,一看,确实是个好地方。这个地方谁都走过,可就是没人注意。金家人问:"先生你说这是'明堂'所在,有何见教?"

年轻人不慌不忙,信心十足地答道:"各位先生请看,左侧立的是青壁铜墙,右边守的是山王白虎,后面挡的是雄伟的宝塔山,这是不是独一无二的'明堂'所在?只要把祖坟移到此处,不仅能保子孙兴旺,还将富上加富!"在旁边的风水先生们一个个都点头称是,表示赞同。

就这么的把坟床选好了,金家就要马上移坟。可年轻的风水先生摇摇头说:"依我看来,这事不大好办,大人家的祖坟里,别的尸骨还在,唯独没有颅骨,您看怎么办好?"那些有名的风水先生听他这么一说,马上哄嚷开了。他们走遍了各地,见过无数家移坟的,可从来没有见过,也没有听说过这样的事情。有人主张马上把坟挖开看看。大家一起动手,很快把坟挖开了。颅骨真的没有了。

真糟糕,没有颅骨,怎么能移坟呢?这下大伙儿都哑口无言了。

"这颅骨能跑到哪去呢?"金家人都急得直转磨磨。事情到了这个地步,就只能听那位年轻的风水先生的了。他能知道颅骨没有了,那也肯定知道该去什么地方找。这时,金家主人也不顾自己的身份,"扑通"跪在年轻的风水先生面前,要他给找一找祖宗的颅骨。

年轻的风水先生很有把握地说:"唉!大人这样求我,那我就献献丑吧。依我看,颅骨肯定是被地风吹走了,但不会太远,看这地势,可能在东南方向。"说着,他举起右手,挡住阳光,左右看了一看,发现山参小伙子站在百步开外的地方。

他心里很感激这位山参小伙子,但他装作没看见一样,走到山参小伙子站过的地方,用棍子划了一个圆圈,叫人挖开。不一会儿,真的挖出一个颅骨来。围观的人个个都夸奖说:"真是天下难得的风水先生!"

就这样,金家一切都按年轻的风水先生的指点,圆满地把事办完了。其他的风水先生觉得自己确实不如这个年轻人,也不好意思再待下去了,没过两天,就都离开了金家,各奔他乡了。唯独年轻的风水先生被金家强留下来,每日设宴款待。数十天后,年轻人带着金家送给他的金银财宝,回到自己家,和双亲过上了好日子。

讲述者:金勇俊

采录者:李春益 康灿华

翻译者:车英姬

整理者:李岩中

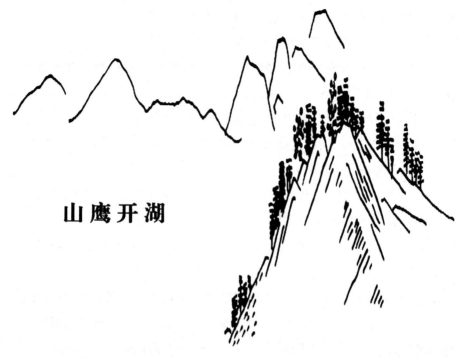

山鹰开湖

　　不知多少万年以前，外鲜卑山（今外兴安岭）南坡住着一对山鹰。雄鹰一身银白色羽毛，头上扎撒着一个红色缨珠，高高的，像一团火。雌鹰一身赤红色羽毛，上边点缀着朵朵金花，金翅金翎。它们在这里已经修炼了几千年，有千般变化，万种神功：变大时能和鲜卑山比个大小，变小时简直比沙半斤还小；上能看穿九天云路，下能望断十八层地府；利嘴一啄，金石可破，引颈长鸣，声传千里。

　　有天早晨，这对山鹰正在雪窝睡大觉，突然哗啦一声，雪窝坍塌了，雪顿时化成雪水，它们被惊醒了。外鲜卑山长年不化的积雪，冷丁融化成雪水，它们觉得是个怪事，便展翅飞上峰顶。往南一看，在呼尔汗的地面上一座大山喷吐着冲天火焰，无数只火鸽子在飞。火鸽飞到哪里，哪里就是一片火海。树木烧着了，岩石烧化了。当地的肃慎人被烧得尸横遍野，惨不忍睹。雌鹰对雄鹰说："这场山火要着大了，内外鲜卑山都得变成一片焦土。我们得想法把火扑灭！"水能灭火，可天上万里无云。远处的黑龙江、乌苏里江、松阿里江、恤品河虽然流水滚滚，却流不到呼尔汗。忽然它们几乎是同时叫起来:"啊,那喷火的山底下不就是一片汪洋大海吗!"

"可是,这火太凶,咱们也靠不了边呀!"雄鹰想到困难,对雌鹰说。

"住在黑龙江里的老黑龙有颗避火神珠,只要能借出来,就能凿破地层,使海水喷涌出来把火浇灭!"雌鹰说。

"老黑龙早就和咱们为敌,它能借给咱们吗?"

"可是别无办法,咱们还是去闯一闯,来个先礼后兵。"雌鹰给雄鹰鼓气说。这对山鹰展翅向黑龙江飞去。

黑龙江江面宽阔,黑水滔滔深不可测。山鹰来到江边,只见老黑龙瞪着血红的眼睛,抖动着满身的鳞甲,正在玩弄神珠。这神珠有拳头大小,发出红色光芒。老黑龙一会儿把它吐到外边,一会儿又含到口中,把个神珠耍弄得像流星彩练。

"好!"雄鹰看得出了神,不禁喝起彩来。老黑龙听到喝彩声,急忙把神珠吸进肚里。回头一看,是山鹰夫妇,就怒不可遏地大声叫嚷:"两只贼鹰,胆敢嘲笑老龙。我吞了你们两个!"说着,张牙舞爪向山鹰夫妇扑来。

山鹰一看,动文的不行,便双双展翅迎上前去。黑龙江上两鹰战一龙,直搅得天昏地暗,黑水漫漫,山鹰夫妇知道神珠藏在老黑龙肚子里,便兵分两路,雄鹰在老黑龙前头迎战,雌鹰绕到老黑龙侧面斗敌。老黑龙也不示弱,使出浑身解数和两只山鹰对抗。雄鹰一不小心,头上的缨珠被老黑龙须子缠住,没等它挣脱出来,整个身子就被老黑龙吞进肚里。

雌鹰见丈夫被吞,更是火冒三丈,它把利嘴伸出一丈多长,不顾一切地向老黑龙腹部扎去。雄鹰在黑龙肚里施出神术,把身子往大变,堵着老黑龙的嗓子,憋得老黑龙直翻白眼。雌鹰的利嘴已扎破老黑龙的腹部,把神珠吞到自己的肚子里。雄鹰见雌鹰得手,便缩小身躯,要往外冲,却被穷凶极恶的老黑龙活活咬死。

老黑龙因伤重,一头扎进了江底。雌鹰见雄鹰已死,不禁流下眼泪,眼望大江,"妈佛①,妈佛!"连叫三声,恋恋不舍地往回飞了。

---

① 妈佛:满语,指英雄。

雌鹰在返回的路上一直"妈佛,妈佛"呼叫不停。它为了察看火情,便绕到长白山。这大火是从一道山梁上喷出来的,喷火口有十几处,所占范围长有百里,宽有数十里。雌鹰沿着喷火的山梁往南飞,火苗老远就避开了它的身子。它知道是避火珠在保护着自己。

雌鹰在山梁南端火最旺的地方停了下来。这山底下是一处海眼。它把嘴闭得像一把钢錾,猛劲向下錾。它錾一下,长鸣一声"妈佛"。錾到第三下,只见天空聚满阴云,日月顿时无光。它錾到第五下时,大风骤起,飞沙走石打得它浑身疼痛,羽毛纷纷脱落。錾到第九下时,它浑身不住地抽搐,神珠开成两半。雌鹰吐出神珠,两半神珠各嵌进两座最高的山峰上。雌鹰没有了神珠,大火立刻包围了它。

它振作精神,用尽最后一点气力,又使劲一錾。只听咕咚一声,它的嘴下出现一道万丈深坑,海水从中喷涌而出,铺天盖地地涌向烈火。这时,雌鹰极力把烧焦的身体变大,仰起头朝黑龙江方向望去,"妈佛,妈佛"的叫声传出千里,它思念已死的丈夫。大水已把烈火浇灭,洪水灌满了喷火口,形成一片汪洋。雌鹰渐渐停止了呼吸,凝固成一座石山。

后来,肃慎人在这里重建了家园。他们称这片海为呼尔汗海,那露出水面嵌着神珠的两座石峰为珍珠门,而雌鹰变成的大山就叫鹰歌岭。至今这一带还能听到那凄惨的"妈佛,妈佛"的呼叫声,那是雌鹰在呼叫雄鹰呢!

讲述者:关墨卿

整理者:赵君伟

善良的小姐

　　有些地方的人，见到和自己最亲近的人，特别是久别重逢后，都会喊"哎咕闷东啊"。什么意思呢？就是"哎呀麻风啊"。麻风是一种最不好治的病，为什么见了亲人却喊"麻风"呢？这里有个故事。

　　那是在很早以前，有这么一对把兄弟，两家关系非常好。大哥生了个儿子，小弟养了个闺女，哥俩也为他们的孩子定了娃娃亲。那时候人到十七八岁就该结婚了，可是大哥家一直也不来提亲，小弟家挺着急，就打发家人到大哥家问问："我家小姐岁数不小了，该到出嫁的时候了，看看选个好日子就给他们成亲吧。"但是大哥老是往后推，说："再等等。"这样下去，时间长了也不行呀，到底是怎么回事呢？小弟就亲自到大哥家问。大哥没办法，只好说："咱们是把兄弟，最要好的朋友，我不瞒你说，我儿子得了麻风病，我们在山上给他盖了个房，几天给他送一次吃的，把他隔起来了。"

　　小弟没法，只好回家，把事和小姐说了，全家人都为小姐的亲事犯愁。小姐想：人们都说公子很有才气，这样死了真是太可惜了。小姐决定要见上公子一面，就瞒了阿爸吉，打了几双草鞋，女扮男装来到公子家，说："我是公子的同窗,听说他有病,特意来看看他。"公子的阿妈妮说:"你不能看,我儿子得的是麻风病,治不了只好等死,你还是回去吧。"小姐说:"公子是我的朋友,我们相好一场不容易,以后可能再也见不着了,还是让我看看他吧。"阿妈妮看"他"实在有诚意,就同意了。小姐说:"三天以内你们谁也不用来,我要照顾他三天,尽一尽朋友的情意。"

小姐来到窝棚一看,就见公子满身满脸都在流脓淌水,眼睛都睁不开了。小姐就对公子说:"公子,我是你的同窗,听说你得了病,来看看你。"公子也不知道是哪位同窗,听声音耳生,但是没办法,眼睛什么也看不见。小姐说:"我带了不少老烧酒,咱们痛饮一场,一醉方休。"公子想,反正自己也是快死的人了,喝醉就什么也不知道了,少遭多少罪。俩人就喝上了。喝着喝着,公子说:"我现在就想吃肉。"小姐一听公子想吃肉,就说:"我给你做。"她就拣来柴火点着火。可是上哪儿去弄肉呢?小姐左寻思右寻思也没法子,唉,割自己的肉吧。她就在自己的大腿上割下来两块肉,在火上烤烤给公子就酒吃了。公子喝了个大醉,一睡就没醒。

公子这一睡就是三天三夜,一觉醒来朋友不知哪去了,动一动,身上轻松多了,再一看,身上和脸上的脓呀水呀都干巴巴地结上了疤,自己的病好了。

公子高兴极了,爬起就朝家里跑,阿爸吉和阿妈妮看见儿子回来了,病也好了,就喊了起来:"哎咕闷东啊,你怎么回来了。"公子把怎么怎么回来的告诉了阿爸吉和阿妈妮,阿爸吉和阿妈妮说:"以后要能碰见恩人,一定重重地感谢他。"

公子的病一好,就向小姐提亲,两家很快定了日子为他们成了亲。可是拜完天地进了洞房之后,小姐在床的中间放了一碗水,对公子说:"谁也不准碰洒这碗水。"公子一想,可能是小姐害羞,那就等些日子吧。可是过了好长时间两人还是隔着一碗水睡觉,公子就生气了,跟阿妈妮说不要这个媳妇。阿妈妮心里犯嘀咕,小姐过门之后啥活都干,挺贤惠,全家人没有一个说小姐不好的,这是怎么回事呢?

这天阿妈妮叫上媳妇一起去洗温泉澡,打算顺便问个明白。到了泉子边上,阿妈妮就看见儿媳妇的大腿上有好几个大坑都没有肉。阿妈妮就问:"孩子,你腿上是怎么回事呢?"小姐想瞒也瞒不住了,就说:"公子不要我的原因就是从这儿来的。"之后就把自己如何如何割肉从头到尾说了一遍。阿妈妮一听,原来儿媳妇就是儿子的救命恩人,高兴得不得了,澡也不洗了,赶紧跑回家跟老头子说:"恩人找到啦!恩人找到啦!"

公子一听,原来救命恩人就是小姐,赶紧把小姐接回来,跪在地上就给小姐磕头,赔了不是,再也不嫌弃她了。后来,小姐伤好了,小两口恩恩爱爱过上了好日子。

讲述者:金玉风

整理者:杜国成

神顶峰日出的故事

传说在古时候,现在三江平原这地方,终年下雨,处处沼泽,一片洪荒,不用说猛兽害人,连蚊虻也像鹰那么大。一年到头不出太阳,人们在黑暗中度日,不见阳光,花儿不开,鸟儿不鸣,庄稼不长,眼看天要绝人活路了。

荒野里有个小屯,屯里住着哥仨,老大看到人们都在漫漫长夜里不睁眼睛地沉睡,他怎么也睡不着了。他想:总该想个办法,让太阳出来,使人们过上好日子。说也怪,这时候他就在蒙眬中做起了梦。他梦见太阳公公露了脸,并且叮嘱说,人们请他可以,就看心诚不诚。老大一觉醒来,耳边仍有声音萦绕,眼前似乎是金灿灿的。老大就推醒老二,把这件好事告诉他。没想到老二做了同样的梦。老二又把老三推醒,老三的梦也和老大、老二的梦一样。

哥仨不约而同做了一个梦,一起商量怎么办。合议结果,哥仨决定拼命攀到天上,请太阳来到人间。可是,这一带又没有山,又没有大树,怎么爬上去呀?哥仨犯了愁。这时,老大想出个主意:咱们哥仨一个踩一个肩膀,搭成人梯,上天空去请! 老大一说,老二、老三都赞成。这时,老大站在地上让老二踩自己的肩膀,让老三上最上边。可是,老二、老三都不同意。老三说,他年轻体格壮,理应在最下边,执意让大哥到最上边。哥仨争执不下。最后,还是老大到上边去请太阳。

于是,老三面朝东、背朝西,高兴地往地上一矗,像一截塔,让两个哥哥上去。老二站到老三肩上,问弟弟:"累不累?"老三挺了挺说:"不累。"老大站到老二肩上,又问两个弟弟累不累,两个弟弟咬咬牙说:"不要紧。"不一会儿,天上刮起了大风,把哥仨刮得直摇晃。

最苦的是老三,他使尽平生力气支撑着,不让老大老二掉下来,累得满身汗水淋漓。转眼间,西北又上来老云。老大的身子已经插到云层里去了。接着就下起了大雨,哥仨又淋得响透,冻得牙齿打战。老三是出汗的热身子,叫冷雨这么一激,就得了病。他浑身烧得像火炭,两眼冒金花,有点儿站不住了。这时,人梯开始摇晃,老大、老二眼看就要掉下来。危急间,老大和老二都关切地问:"三弟,你挺不住了吗?""挺不住"的话,在老三耳边一响,他马上一激灵,自己问自己:"我要垮了,太阳永远不出来了怎么活?"此时,老三把牙咬碎,把两腿死死地插进泥沼里。

风雨过后,由于大量消耗体力,最下边的老三嗓子渴得迸火星了。可是,脚下的泥泽里都是千百年浸着烂草根子的臭水,不能喝。渴得实在受不了了,他就恳求面前的小山羊。小山羊受感动了,咩咩叫着答应了,它那娇小的身子跑到东海滨,用嘴含来清水,一口一口地喂给老三。小山羊跑一来回得一个月时间,这样,它不停地跑了一年,累死在半道上了。死后,它嘴里的清水向老三挺立的方向流去,成了一条河。后人为了纪念它,就叫这条河为呢满河,呢满为满语,意为"山羊",这条河今天演化为伊曼河。小山羊累死了,老三很快就渴死了。

老三虽然死了,但他眼不闭,心不甘,还像石崖一样纹丝不动地矗立着。

转过年,老二嗓子渴得冒烟了。他求高个儿的马驹子帮忙弄点儿水喝。勤快的马驹直尥蹶子地跑。它跑到南面的大湖里喝水,又到东边的山羊河里找水,喂给老二。尽管马驹子紧忙活,还是不够老二喝的。劳累过度的马驹子在老二面前累趴下了,再也没起来。它口里的水涌出了一条江,起初人们叫它"阿里忒水",取马驹之意,以后称它乌苏里江。马驹累死了,老二也瞪着眼睛渴死了。

老二虽然死了,他也像老三一样,因为期盼的太阳还没出来,就挺挺屹立在那里不动不摇。

到了第三年,老大的嗓子渴得着火了。老大这时想:"我们哥仨就这样完了吗?"可是,老大高高地立在云端,有谁能给他水喝?在危急中,他看到了一直睡懒觉的癞猫子鸟,就想劝它送水。癞猫子鸟一向很懒惰,平时一叫它干活就"赖"个不停。谁知哥仨的一切,癞猫子鸟全都看在眼里了,它为自己的懒惰而懊悔、羞愧,就对老大说:"老大您坚持住,我到西面老龙背山根给您取水。"说着,它飞向西方,穿梭地给老大衔水。一只癞猫子衔的水不够喝,结果一群癞猫子鸟都来送水。一只癞猫子掉下去了,更多的接着送水。那场面,感动得老大直掉泪。到后来,这些癞猫子鸟也都没有生还的了,它们的遗体汇出缓缓的水流由西向东流淌,汇入老大面前的马驹河。人们洒泪叫它"癞猫子"河,满语为"齐尔虎勒"河,汉语谐音成"七虎林"河。

癞猫子鸟们送不来水了,使尽了最后力气的老大也难以再坚持,人梯开始摇晃了,老大心急如焚。危难临头,他眼前一阵发黑——恰在这时,一缕缕清风拂过,乌云如崖倒冰塌般地被瓦解、驱散。顷刻间,东方飞现出一条亮线,这亮线中间变粗、变凸,射出神奇的七彩朝霞的光芒。瞬间,吐出一轮晃得人睁不开眼的半圆形巨大光环,一个椭圆形大火球随之冒了出来!此刻,整个天地金碧辉煌,老大高兴极了,他的双眼、内脏都吸满了阳光……

由于阳光的普照,遍野鲜花开放了,鸟儿放开歌喉欢唱了,庄稼拱芽、拔节、喷香,转眼间果实累累了。人们在光明中生活,过上了美满安定的好日子。

可是,老大、老二和老三却再也见不到这民众欢腾、草木向荣的美景了。哥仨的魂灵被太阳公公请到太阳的赤金殿里去了。他们的身体化成了一道高耸雄浑的山脉。这山脉由西向东步步升高,像是登天阶梯。人们想起了哥仨的身影,满含感激的热泪称这座山为"梯子山",满语称作"完达"山,以此来纪念哥仨。

　　至今人们从这山的西部拾级而上,在东部就能到达它的最高峰——海拔831米的神顶峰。在顶峰可以心旷神怡地观赏到日出的壮观景色。神顶峰是我国东部疆土上最早看到日出的地方,每当夏至凌晨一点多钟,就可以观赏到太阳。多少年来,每当山下人们过着好日子就自然含情向完达山望去——一如既往,阴雨天,哥仁仍把身子插进浓云里搏斗,响晴天,哥仁就最早拥抱灿烂的太阳。

采录者:曲波

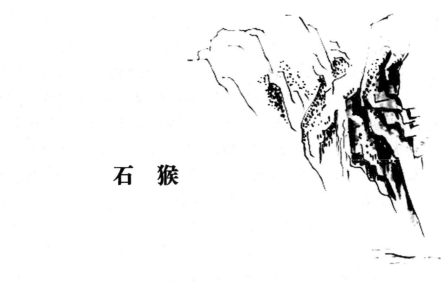

石　猴

　　牡丹江市北郊三道关乡三岔河村的南山坡上,蹲着一只满脸泪痕的石头猴子。说起来,它还有段传说哩。

　　在很早的时候,牡丹江畔有一个叫张大的人,以放山打猎为生。这天,他背起椴树皮背筐,挎上鹿皮弓、雕翎箭,离开江岸向北走去。走了大半晌,见前面有只梅花鹿,便摘下弓,扣上箭,两膀一叫力,只听"嗖"的一声,箭射在了鹿屁股上。这鹿没有立刻倒下,带着箭穿山了。

　　张大拔脚就追,追了七七四十九道沟岔子,来到了三条河流汇合的地方。那鹿一个高儿蹿了过去。张大刚要过河,突然不知被啥东西在头顶扒拉了一下。他抬头一看,是一只倒拴在树上的猴子。猴子冲树后面的柳茅子比画着,张大不知咋个事,站着没动。猴子见他不理会,便两脚一松,落地后三蹦两跳地到了柳茅子旁。猴子见张大还是站着不动,急得抓耳挠腮,吱吱喊叫。张大感到好奇,便来到了柳茅子旁。猴子这才往深处蹿去。

　　张大跟着走了一会儿,见到一个年纪二十来岁,身上衣服刮得稀烂的人躺在地上呻吟着。张大赶忙蹲下身去,双手托起他,扶到了三岔河旁的大树下。

张大从背筐内拿出一根"二甲子"，舀了半瓢小米，又从河里舀出几瓢水放到吊锅里。猴子拾来了干柴，张大点燃火，不多会儿就熬出一锅人参小米汤。小伙子喝了汤，不一会儿就肚子咕噜咕噜响，又不一会儿，他睁开了眼睛，再一会儿，能站起身来说话了。他说："我叫王二，从小死了父母，因受不了财主的气，逃进深山，在山里转来转去，闹麻达了。"正说着，忽然刮来一阵山风，接着飘来一阵腥味。猴子急忙蹿上树，从树上顺下两根藤条。张大和王二刚抓住藤条，就从柳茅子里扑来一只老虎。

张大和王二急忙拽着藤条，爬到树枝上。老虎扑了空，气得趴在树下干嚎不走。它在树下一待就是两天。这两天里，猴子从这一个树梢跃到那一个树梢，为张大和王二摘野果子吃。到了第三天，老虎见树上的两人不但没饿坏，反倒精神起来，只好耷拉着脑瓜走了。

王二为感激救命之恩，要认张大为大哥，认猴子为二弟。张大点了点头，猴子也点了点头。于是他们便在地上堆起一堆土，插上三根蒿子，磕头拜了把兄弟。哥仨在三岔河旁搭起了一座茅草屋，开了几亩地。大哥打猎，二哥种地，三弟拾柴、摘果、拣蘑菇，日子过得挺红火。

这天，哥仨唠起家常来，大哥说："老二啊，你已二十好几，该找个媳妇了。我这么大岁数，就不想那个了。"王二说："可这深山老林子，到哪去找啊！"猴子双手吊在屋梁上，一边打秋千，一边眨巴眼睛听着。

第二天一早，哥俩出去了。到了晚上，老大老二回来了，猴三弟没有回来。哥俩以为它到哪玩耍去了，没在意。之后一连三天，猴子没着家，哥俩急坏了，正要分头去找，猴子回来了。

它一进屋就嬉笑着，一手拽着大哥，一手拉着二哥，向他们挖的陷阱走去。大哥二哥以为它猎到了什么野物，来到陷阱旁往里一看，却是一个姑娘。哥俩把她拉上来，领回家盘问。姑娘说她叫小兰，家住半拉窝棚。今早进山采蘑菇，筐被猴子拿走了，她在后面追，猴子在前面跳，走走停停，停停走走，后来见自己的筐挂在一棵树丫上，刚要去取，就掉进了陷阱。

张大知道猴三弟这是给二哥找媳妇呢，就对姑娘说明了结亲的意思。

姑娘见王二长得挺漂亮,就乐意了。当天,张大操办着,王二与姑娘小兰拜了天地。

成亲后,一家人一开始倒还和睦,后来小兰就常叽闹。她说猴子是奸滑东西,咱不能称它为弟,得赶走它。王二说,那不成,它是我的救命恩人。张大知道二弟夫妻为猴子常闹翻脸,就生气地说:"猴三弟与别的猴子不一样,谁要是再说它不好,我就跟它一起出家。"从此后,小兰对张大冷漠起来,对猴子则非打即骂,还背后和土二叽咕:"你要再不把猴子赶走,咱就分开,我走!"王二没办法,只好按小兰的话办,要害死猴子。

这年冬天,小兰包了饺子。她端了一碗给猴子,猴子闻了闻,一个也没吃。张大以为它病了,就说:"三弟你病了吗?"猴子摇摇头。张大纳闷,拿起饺子掰开一闻,心里明白了,是小兰下了毒药。张大马上要找小兰算账,可猴子却拦着不让。

第二天一早,张大发现猴子不见了。再一看地上湿了一片,仔细一瞧是猴子流的泪水。这冰天雪地不把它冻坏了吗!张大赶紧去找。可是当他在一个山坡上找到猴子时,它已经冻僵了,变成了石猴。张大望着石猴脸上的一行行泪痕,寒心极了。他回到家里,收拾好自己的铺盖,背上椴树皮背筐,挎上鹿皮弓、雕翎箭走了。

王二看大哥走了,三弟死了,想到他们都是自己的救命恩人,对自己那样忠义,后悔不该听信老婆的话,起了歹心。他想着想着,一阵眩晕,昏死过去。小兰无依无靠,孤零零一人,后来被野兽吃掉了。如今,三岔河岸边的两块长石,据说就是不仁不义的王二和小兰。而南山坡上的石猴,天天得到游人的爱抚。

讲述者:王同军
整理者:黄运军

石屏格格

　　大锅盔山是密山西边的名山，山下住着一个满族农民，名叫索焕，和讷娘俩人过日子。索焕在家种地，讷娘会纺线，纺的线又细又匀，把纺出来的线打成捆，索焕拿到宁古塔去卖，娘儿俩的日子刚供嘴。

　　这年过年的三十晚上，娘儿俩包饺子，讷娘这几天大腿肿了，便坐在炕上包。忽然，娘儿俩听到外边狗叫，外屋门咣当咣当有响动，像狗扒门。过一会儿又扒，索焕就到外屋想开门看看，刚一开门钻进一个黑东西，好像一条黑狗。他吆喝了两声，它也没出去，索焕怕它在屋里吃供菜供馒头，就摸一根烧火棍打了两下子，它不出去，藏到旮旯儿里了。他看不清楚是啥，招呼讷娘来看看。讷娘端着蜡出来一照，是只黑狐狸，嘴里一股酒味。讷娘不叫打它，索焕就往外推它，推它也不走，又钻到磨盘底下去了。讷娘说："这只狐狸不知在哪里偷酒喝醉了，不敢出去，怕狗咬它，让它在屋里住一宿吧，撵出去，还不得叫狗咬死啊，救它一条小命吧。"索焕听讷娘这么说，就不再撵它了。娘儿俩上炕包饺子。等天亮一看，狐狸没了。

　　过完年，讷娘的腿病变成了疮，腿不敢动弹，脓水直往外淌，索焕给他讷娘洗疮也不方便,老人家也很为难。这天,讷娘正在炕上躺着,房门一动进来一个十七八岁的姑娘,对老太太说:"我来给讷娘治病来了,让我看看您老的疮。"

老太太一看不认得,她一想不认识也行,让她给治治吧。老人家揭开了被子,姑娘用手一摸说:"病的根子生在骨头上,必得吃药才能去掉病根,幸亏我来得早,晚了这条腿就残废了。"她从怀里拿出一粒丸药,如豆粒大小,鲜红透亮,用水给老人家吃下去,然后深深吸了一口气,慢慢向疮上吹了三次。

老太太觉得腿上发热,待一会儿脓水淌出来很多,姑娘端来一盆水给她洗净,又用药末撒在疮口上,老太太觉得轻松好受了。姑娘说:"疮的毒气很深,一次不能去根,必得连治三次才能治好,明天我再来给讷娘治病。"说着要走。

老太太拉着她的衣服问她姓名住处。姑娘说:"姓胡叫石屏,家住在大锅盔山上。"老太太听了说:"哎哟我的天啦,眼看就过晌了,这大老远的道,一个女孩子哪能来回跑! 在这里住两天,等治好了病再回去吧! 古语说得好:杀人杀个死,救人救个活。姑娘今天回去,明天要有事来不了,叫我上哪儿去请你呢? 索焕快来给石屏格格磕头,这是救命恩人。"索焕急忙来跪下给石屏格格磕头,姑娘赶紧拉他起来说:"哥哥给我磕头,折我的寿了。讷娘不叫我走,我就住几天吧,等讷娘好了再走。"

待了一会儿,石屏又说:"讷娘,我不回去一趟还是不行,我看你家只有两床被子,我回去叫人把我被褥送来。"说完了就出门走了。

眼看日头偏西了,老太太等得挺着急,怕她回来晚了道上有狼啦狗啦的。刚掌灯的时候石屏就回来了,她走进屋来,有人帮助往屋里搬东西。屋里用的东西什么也不缺了,吃的用的都齐全了。石屏对讷娘说:"我家讷娘对我说,叫我在你家不回去了,给你做儿媳妇啦。"老太太乐得合不上嘴,拉着石屏的手说:"我哪辈子烧了高香了,有你这样的好媳妇?"一家三口人都挺乐。

过些日子,老太太的疮口平复了,还是拿过纺车子来纺线。她把纺出来的线捆上,交给石屏放在下屋里,别叫耗子嗑了。眼看就要过年了,老太太在炕上坐着包饺子,忽然想起去年三十下晚的事来,说:"去年过年包饺子,来了一只狐狸喝醉了,进屋来不走啦,往外推它也不走,以后酒醒了才走的。"石屏笑着说:"讷娘你知道那是谁吗?"老太太说:"是谁可不知道,反正是狐仙,不是一般的狐狸。"石屏说:"那只狐狸如果再来,讷娘能不能害怕?""那是成仙得道的,不害人,它真来我还得问问它,为什么不敢出屋呢?"石屏笑着说:"那只黑狐就是我的娘,因为喝酒醉了,现了原形,外边有狗咬,她不敢走了。您老心眼儿好,儿子也好,讷娘叫我来给您老治病。"老太太心里乐了,在炕上往南边叩头说:"亲家母是仙人,给我治好病又做了亲戚,我得谢谢老仙家。"

　　过完了年,老太太到下屋看看纺的线,只见满满一屋子线一袋子一袋子的都顶房盖了,石屏在屋里用嘴往线堆上吹气呢。老太太问:"吹它干什么?"石屏说:"线在屋里时间长了,怕生虫子,又怕捂烂了,吹吹气就不捂了,虫子也不生了,耗子也不嗑了。"

　　村里的人都知道老太太的病是石屏格格治好的,村里的人有了病也都来找石屏给治,她治好了很多人。

　　一晃就是三年了,石屏生了一个男孩儿,老太太很乐。有一天石屏从外边回来对索焕说:"今天八仙里的李铁拐从这里路过。他说,观音大士知道我们母女给人治病,积了不少功德,许我们母女俩成仙。咱们的夫妻缘分已满,讷娘的心田好,积了德,能活到八十四岁,孩子出息了时,她还能看见。夜深了,不要惊动讷娘和孩子。"说完转身就走了。

　　索焕出屋子一看,只有朦胧的月色、唧唧的虫声,人已不见了。

讲述整理者:姚天葆

手鼓的传说

满族祭祖用手鼓,说来还有段动人的传说哩!

传说很早以前,宁古塔一带的大山上往外喷火冒烟,喷出的火碰山把山烧化,遇水把水烤干。土地干裂了,五谷烧焦了,老百姓眼看要饿死了。

一天,阿布凯恩都哩巡视周天路过这里,百姓纷纷跪在道上,哭天喊地求他解救苦难。阿布凯恩都哩说:"你们选个诚实勇敢的年轻人,到南方多伦山请多伦玛发吧! 只有他能解除你们的苦难。"说完驾起祥云去别处巡视了。

多伦山离这儿多远? 谁能敢去拜求那位多伦玛发呢? 人们正发愁,这时有个叫达木鲁的小伙子说话了:"兄弟姐妹们,请让我去吧,我就是走遍山山水水,也要找到多伦玛发!"

大家感动得流下了眼泪,就好歹凑点干粮,为达木鲁打点个小包。达木鲁给老佛爷叩个头,揣上一捧家乡的土,辞别了部落的亲人就上路了。

走啊走,不知翻了几架山,渡过了几道河,他逢人就问多伦玛发在什么地方。可是人们都回答他不知道。他拖着疲乏的脚步往前走,太阳升起又落下,又走了许多天,野荆棘划破了他的手,乱石扎坏了他的脚。他累了坐下歇口气,渴了喝口山泉水。

这天,他走进一条山间的林荫小路,看见路旁躺着位快要饿死的老人,就急忙舀了一罐山泉水,又把自己仅有的一点干粮送到老人嘴边。老人吃了干粮喝完水,站起身来,一句话没说,就头也没回地拄着拐杖走了。

第二天,达木鲁又碰见这位老人。老人说:"小伙子,救人救到底吧!我实在冻得不行了,把你的衣服脱给我穿吧!"达木鲁看老人冻得发抖,心里很难受,立刻脱下衣服给他披上。老人还是不道一个谢字,拄着拐杖走了。

到了第三天,那个蓬头垢面的老人又出现在达木鲁眼前。他挨着达木鲁坐下,慈祥地说:"你真是一个好孩子,我这么大岁数没儿没女,你能给我当儿子吧?"

小伙子心想,这老人没依没靠,我又没阿玛没讷娘,认他做我的阿玛不是两全其美吗?于是他站起身来,朝老人恭恭敬敬地磕了三个响头,亲热地叫了声"阿玛"。老人高兴地问:"儿呀,你不辞辛苦地往前走,干什么去呀?"小伙子便把请多伦玛发解救苦难的事一五一十地讲了。老人家微笑着说:"好呀,我和你一同去找找看!"

从此,达木鲁对待老人真像侍奉亲阿玛一样,过河背着,上山扶着,有东西让老人先吃。

这天,爷俩来到一座高山脚下,都已饥肠辘辘,饿得走不动。老人说:"儿呀,那边老椴树下有蘑菇,你捡回来咱煮煮吃吧。"达木鲁找了半天,好不容易才找到四棵蘑菇。实在太少了!他想:老阿玛人老体弱,吃不到东西哪能行,让他先吃吧!于是他把蘑菇煮好端给老人。老人说:"咱俩一同吃吧!"

"不,您吃吧!我在前边吃饱了。"

老人一把搂住达木鲁:"你真是善良的好孩子。我知道你没吃啊!"说着从怀里掏出个红果,放在达木鲁手心说:"孩子,把它吃下去,你就会有一身使不完的力气!"

达木鲁吃下红果,果然觉得浑身是劲。

这爷俩又往前走,走啊走,月亮升起又落下,不知又走了多久,这天来到一处山清水秀的地方,只见前面有棵歪脖子小树。这树长得怪,树梢结了两个熟透的大梨,树下是千尺深潭,朝下一看头晕目眩。老人指着梨道:"我口渴得厉害,想吃口梨,你爬上树把梨摘下来吧!"达木鲁一看,明知道爬到树梢摘梨非掉在水里不可,可又一想,为了老人我豁出命也要把梨摘下来。

达木鲁屏住气慢慢地爬上去,刚把两个大梨摘到手,就听"咔嚓"一声,他连人带梨摔下了深潭。他紧闭双眼,心想这回可完了!可是他觉得自己像落在了很软的东西上,睁开眼一看,却是落在老人怀里。手里两个梨竟变成一条柳枝和一面手鼓。老人乐呵呵地说:"你不愧是咱的好巴图鲁,我就是你要找的多伦玛发呀!好孩子回去吧,种上柳枝能发神水,浇火火灭,浇烟烟消。神鼓飞出去能盖住大山,解救一方苦难。"老人说完,化阵清风走了。

达木鲁回到宁古塔,种上柳枝果然发出神水,地上长出绿油油的庄稼。那神鼓一敲就长,越长越大,忽然腾空而起,盖住了火山。从此烟消火灭,风调雨顺,四季平安,宁古塔又变成美丽富饶的地方,人们重新过上了安居乐业的好日子。

讲述者:郭鹤令

搜集整理者:傅英仁　王树本

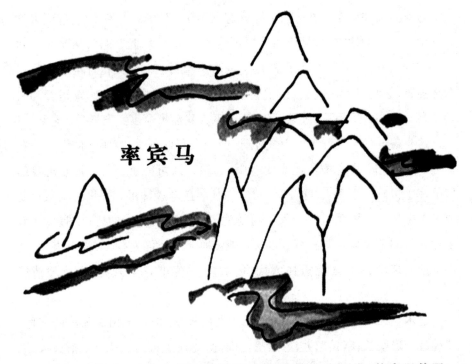

率宾马

早先，绥芬河上边有个黄窝集部落，部落里有个老玛发，他家里养了一匹马，头一窝就下了三个马驹子。拉渣是匹小黑马，吃奶抢不着，饿得半死不拉活的，老玛发就喂它肉粥。天长日久，吃奶的两匹小马死了，吃肉粥的拉渣活得活蹦乱跳，可就长不大，一两年了还没头驴大。老玛发就想搭个主卖了它。也赶巧，这时候，老马得病了，快死的时候对老玛发说了话，把老玛发吓坏了。只听老马说："老玛发，老玛发，卖了粮、卖了衣，就是别卖小黑马。"

老玛发听了老马的话，不再想卖小黑马了。等老马死了以后，老玛发就套上小黑马拉爬犁，骑着小黑马打围。别看这匹马小，它有力气，跑得快，一哈腰就像在地皮上飞似的。老玛发喜欢得逢人就夸。

有一回，老玛发又在人面前夸小黑马如何如何好，正赶上人堆里有位老萨满，他不相信一匹没驴大的马有那么大能耐，就用托力一照，小黑马立刻浑身淌汗，满地打滚，不一会儿工夫，小黑马躺在地上不动了，又过了一会儿，小黑马变成了一只黑狐狸。

围看的人都惊呆了。

这时只听萨满说:"这是黑狐狸在炼丹时,被马看见了,炼丹没炼成就投了胎,变成了小黑马。如果不除掉它,再过七七四十九天,它就要变成狐狸精,到那时部落的人就要被它吃掉。"

老玛发相信了,他把黑狐狸挖坑埋了。可他失去一匹好马,真有点伤心。

到了七七四十九天的时候,老玛发梦见了小黑马跑进门,用嘴咬掉四只蹄子摆在门口,完了就腾身飞走了。他从梦中醒来以后,到门口一看,梦见的四只蹄子变成了四个小金盆,跟马蹄的模样差不多,口小底大,里面装满了肉粥,老玛发明白了,小黑马是来报答精心喂养之恩的。

老玛发让全家人喝小金盆里的肉粥,奇怪的是粥怎么喝也喝不干。到了冬天,老玛发该犯气喘病了,奇怪的是没犯病,一连几冬都不气喘了。打这以后,部落里一有病人,老玛发就端去一盆肉粥让病人喝,病人就好了,全部落的人都说老玛发的金盆是宝盆。

部落里有个铜匠,就仿金盆的样子造了大大小小的皮鼓,发给部落里的人家,逢年过节人们就敲皮鼓,你敲我也敲,越敲越热闹。一来二去就形成一种皮鼓舞,一跳就跳一宿。

后来,老玛发就让铜匠仿照小黑马的样子造了一只铜马供奉在家里,全部落的人也都把它当作神马来拜。

又一年,率宾府下来人找宝贝,说渤海王知道黄窝集部落有个宝马像,要上贡给大唐王。老玛发没办法,只好献出宝马像。渤海王见了,问铜马叫什么名,率宾府的人说叫小黑马。渤海王觉得这名字不好听,就说:"率宾府交上来的宝物,就叫率宾马吧。"

这回铜匠可有活干了,天天造率宾马。后来铜匠死了,渤海国再没人能造出率宾马了。

整理者:周爱民

顺女的故事

　　从前有这么一户人家,就阿爸吉带着个女儿顺女过日子,阿爸吉是做买卖的,老出门,也不能总领着闺女呀,就又给顺女找了个后妈,这个后妈还领来一个女孩儿。后妈可恶毒了,对顺女一点也不好,总是鸡蛋里挑骨头,没事儿也得找事儿打她一顿,反正总瞅着顺女不顺眼。这个后妈领来的这个女孩儿呢,也不仁义,跟她妈差不多,净跟着瞎搅和,在旁添油加醋的。

　　这年冬天,后妈上顺女睡觉的屋儿来了,一进门就吵吵,说:"不死的小杂种,光在家待啊,你不怕吃饱了撑死吗?"

　　顺女说:"阿妈妮,我不是刚坐这儿吗。"

　　后妈又喊起来了,说:"我今天要吃又鲜又嫩的米那里①,今儿个就得给我采回来,要不价,我就砸巴死你。"

　　你说正是嘎巴嘎巴冷的十冬腊月天儿,上哪儿去采呀? 这不是明摆着把人朝死道儿上逼吗? 可怜见儿的小顺女,上哪儿采去呢?

---

　　① 米那里:朝鲜语,指芹菜。

顺女就沿着河沿儿找啊找啊,朝前走是白花花一片,往后看还是白花花一片,哪有啊。顺女找阿找,从大早上找到晌午头,从晌午头一直找到傍黑儿,一根草也没找到。就这么连累带饿的,昏倒在河沿上了。

再说这条河上有个河神,河神有个儿子叫金龙,这天金龙变成了个人,也到河沿上来了。他猛地就看见前边儿躺着一个姑娘,到跟前儿一看,姑娘长得挺水灵,挺招人稀罕,就从怀里摸出一粒仙丹,塞进顺女的嘴里。不一会儿,顺女就醒了,醒了就哭了,说:"你不该救我呀,让我冻死在这儿就好啦。"

金龙就问她:"你有什么事就跟我说吧,兴许我能帮你一把。"顺女一看跟前的这位恩人不像坏人,就怎么怎么回事,一五一十地向金龙说了一遍。

金龙听完之后,就说了:"前边有个山洞,你要的东西那儿有。"他说:"你别死了,恶有恶报,善有善报,不做好事不行善,没有好报应。"说完就领着顺女进了山洞。只见里面到处都是米那里,顺女这就采了。临走的时候,她问金龙:"以后我要是再来怎么找你呀?"金龙说:"你把你的绣花鞋给我一只吧,再来的时候喊三声金龙,我就来了。"

顺女拿着米那里回家了,她那后妈一看,可了不得了,冬天这玩意儿是哪儿整的,说不准这玩意是宝贝,要不咋冬天还长呢?她就问顺女米那里是在哪儿整的,顺女开始不说,可她架不住打呀,最后被打得实在受不了了,就说了。

她后妈一听乐得直蹦高,拎着筐就奔那个洞去了。老狠婆进了洞,不管三七二十一,就挣命似的薅,采了一大筐还不够,又采了好大一抱,这时洞里忽然就发起大水来了,没一会儿就把洞给灌满,把老狠婆子淹死了。

老狠婆子死了,她闺女一寻思:"顺女还有一只绣花鞋呢,要是能弄到手,说不上能和神仙一块走,去过好日子了呢。"她就糊弄顺女,说:"姐姐,我想做一双绣花鞋,不知道啥样儿好,把你的鞋给我看看吧。"顺女实在,也没多想,就把绣花鞋给她了。这个小坏丫头把绣花鞋一糊弄到手,就装成顺女的样子来到山洞,喊了三声金龙。金龙真就来了,拿出了绣花鞋说:"你把这双绣花鞋穿上吧。"

你想啊,这鞋不是她的,她穿上能合脚吗?结果她穿上鞋没走几步就摔了个大跟头,脸一下戳在沙子上,一下变成了个大麻子。

以后呢,顺女就和金龙走了。

讲述者:金玉凤

整理者:杜国成

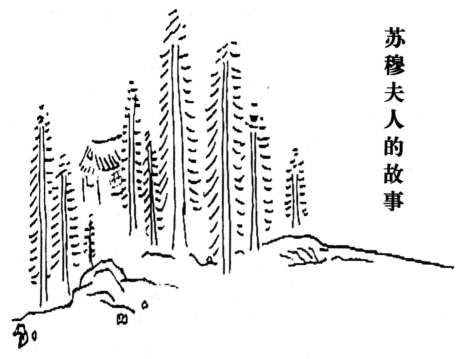

苏穆夫人的故事

三百多年前，宁古塔副都统萨布素为了扩大边防的力量，发展宁古塔的生产，从北边部落招来三百多户新满洲人。可没等安置好，萨布素就奉命出征去了。

这三百户人家由三个穆昆达领导。虽然领了房子、牲畜和土地，但不会耕种。几个穆昆达就来请示协领，这个协领叫瓜拉加哈，自萨布素走后，朝廷让他担任代理副都统职务。过去他也是一个带兵将领，但由于他当了官以后整天吃喝玩乐，花天酒地，弓也不拉了，马也不骑了，一来二去，他就文提不起笔，武拉不开弓，整天过着花天酒地的生活。几个穆昆达来问如何种地，他根本不会，又装作是个内行，随口乱说："地好种，把种子往地里一扬就行了。"

新满洲人就按着瓜拉加哈告诉的办法，把种子扔到地里了，因为没盖上土，种子都被鸟吃了。别人的地里长苗，新满洲人的地里光长草。一年到头，啥也没收到，结果是家家挨饿，户户受穷。找了几天都统衙门，根本没人过问，因为瓜拉加哈整天吃喝玩乐，早把这桩事忘了。大家怨声载道，都说是萨布素把他们糊弄来了,还不如回家乡上山打猎。几个穆昆达见此情况也没有办法,只好顺从民意决定回原来的地方。

这天,三百户人家带着弓箭、马匹,领着四百多条猎狗就上路了。

这个消息传到协领府,瓜拉加哈大怒,马上决定把逃跑的新满洲人抓回来,当私自逃跑论罪。于是他派出正蓝旗和正黄旗的佐领带二百骑兵去追赶。追了三四天,追到木伦河追上了。

新满洲人正在休息。岗哨发现追兵通过三道岗,射箭传号,传到穆昆达那里,他们知道要抓回去就没好,号召大家誓死抵抗。他们安排了两道卡子:第一道卡子,是四百条猎狗;第二道卡子,是二百人的弓箭手。布置停当,分头行动。

追兵走到埋伏圈,只见十几个人一吹口哨,四百条三尺长、二尺高的大狗蜂拥而上,汪汪乱咬,追兵被咬伤咬死的无数。败将回来报告了情况,被协领训斥了一顿,又换了两个佐领带二百骑兵又追上来了。

这次穆昆达决定派人连夜挖了陷马坑,设了绊马索。兵马追上来后,被绊马索绊倒掉到坑里的有一百多人,都被擒了。穆昆达告诉俘虏说:"你们回去告诉协领,不给我们送来牛羊马匹,就不能放你们回去。"

逃兵向协领一禀报,可把他愁坏了,整天茶饭不进,愁眉不展。一天,一个佐领向他说:"用武的办法是抓不回来了,有一人不用一兵一卒就能把新满洲人说服回来。"协领忙问是谁,手下人说:"远在天边,近在眼前,就是在江南的萨布素将军夫人——苏穆夫人。"

协领明知此人是宁古塔有名的巾帼英雄,她曾亲自教萨布素将军射箭,又是将军的得力参谋。但自萨布素走后,协领从没到将军府看望夫人,自知理亏。可是,为了保官、保命,又不能不去。他知道光自己去,也很难把夫人请出来,左思右想,想到一个人,他就是苏穆夫人的叔公,是萨布素的亲叔叔。

这老人八十多岁了,童颜鹤发,很有学问。协领去好言相求,老者为了宁古塔人民的安全,就答应了,和协领一块儿来到了将军府。自然带着很多礼物,有上等的猪羊、鸡肉,有镜泊湖打的湖鲫,还抬着食盒,装得满满的。

把门的门军一看，协领大人来了，赶忙把门开开了。协领说："门军，你回禀夫人，就说我来拜访她来了。"夫人早就对协领的做法不满，又看他骄横跋扈，就推托身体不好，拒而不见，礼物也不收。瓜拉加哈吃了个闭门羹，羞愧而归。

　　第二天，协领让苏穆夫人的叔叔先去禀报。果然畅通无阻，苏穆夫人还到门外接迎，一看还有协领，可夫人看在叔叔面上，只好接待进屋。夫人把叔公请到上座，请安问好，点烟待茶。过了一会儿，老人没说话，心想，就看你协领的了。苏穆夫人先说："协领大人有事请讲，何必惊动老人家。"协领一听，紧忙站起，羞愧地给夫人请安，慢吞吞地说出了此次请夫人出马说和新满洲人的来意。

　　苏穆夫人淡淡地一笑说："协领大人，这件事非同小可，新满洲人刚来不会种地，向你请教，你不懂装懂，他们走了，应该把他们请回来，不应该出兵追赶，损失了那么多兵将！事关重大，应该送请将军衙门知道，我管不了。"协领一听，紧忙跪下，苦苦哀求，夫人也没答应。

　　这时，夫人的叔公坐在炕上光抽烟，不吱声，装作看墙上的画，过了两袋烟工夫，老人一看，瓜拉加哈脸上都淌汗了，慢慢地说道："他嫂子，让他站起来，你就去吧！"苏穆夫人只好来个顺水推舟，表示认可。协领擦了擦汗，连连道谢。

　　苏穆夫人深知要不尽快办理，事态还要闹大，她打了一个咳声说："好吧，我去，不过有几件事，协领得替我去办。"瓜拉加哈连忙站起："夫人，别说几件，就是几十件也可以。"苏穆夫人说："你办这么几件事：一是准备三百石谷子，二是选三百头牛，三是做三百套棉衣，还要把这三百户的房子收拾好、准备三百头猪，让他们高高兴兴地回来过个年，要在明天备齐。"瓜拉加哈连忙点头。

　　协领临走时，夫人给了他一包礼物，外边用黄布包着。协领接过礼物，再三道谢，告辞而归。

　　他一到家门口就急不可待地打开了。只见黄布里面包了好几层布，一道蓝的，一道黄的，一道白的。在白布里是一件破衣服。仔细一看，这是他和萨布素一起出征时的箭袍,上边还有十几个窟窿呢!他当了官以后,把这箭袍扔了,萨布素把它拿回家来交给了苏穆夫人。

瓜拉加哈一看箭袍,想起昔日征战疆场的情景,一看今日玩物丧志,感到十分惭愧。第二天,他就吩咐人马四处准备,按夫人之命准备妥当。

第三天,苏穆夫人乔装打扮,飒爽英姿不减当年。她骑着战马,前呼后拥。前边有满文写的"萨布素"大旗开路,后面八面小旗两路分开,再后面就是牵着牛马、抬着东西的士兵。夫人一上路就快马加鞭,昼夜赶路。

这时正是三九天气,三百户人在山里已是粮草断绝,有不少人连饿带冻,病得不能走路了。好多人后悔不该出来,有心想回去,又怕被杀头。

就在这进退两难的时候,探子来禀报说追兵又来了,是萨布素将军夫人来抓我们来了。人心惶惶,新满洲人紧忙放出四百条狗。狗一到苏穆夫人跟前,她一声口哨,狗都温顺地向她表示亲近,围着苏穆夫人摇头摆尾。夫人吩咐给一些黏团子、干粮,还说:"你们都要赶快回去!"说也怪,这些狗马上就朝宁古塔方向去了。

这时,新满洲人一看狗都跑了,吓得就往回跑。苏穆夫人下令,让人高喊:"我们不是来打你们的,是来接你们回家过年的!"新满洲人根本不相信,认为这是计策,肯定有埋伏。

苏穆夫人又命令倒退四十里,埋锅造饭,把牛马、棉衣全部留下,然后就撤下去了。

新满洲人一看,第二天没人追,便派探子察看,探子回来说:"宁古塔的兵都埋伏在山沟里没回去。"这时有个老穆昆达可愁坏了,他想起了萨布素对他的好处,想起了他俩割指写血书的情景。现在萨布素将军夫人来了,应该去看看。

又过了两天,看追兵没上来,老穆昆达更是疑惑不解,他就带着几个人下山来了。黄昏时候,探子回来禀报说,光有车马,没有追兵。老穆昆达心生一计,就地安排人生了一堆火。他想,为了三百户人的生存,自己应该闯进去察看一番。

他胆战心惊地走到车马队跟前,左右一看果然无人。走着,走着,他发现了一个黄布包,打开一看,里边是两把刀,一把是北边的窄叶刀,一把是宁古塔的宽叶刀。两把刀中间用红布包缠着,还有一张毛头纸,上边印着两个用血画的十字。老穆昆达一看,知道这是当年萨布素在招抚他们的时候,两个人用血签字画押,表示要永世友好,这是同生死共患难的信物。窄刀是老头的,宽刀是将军的。见物思情,老穆昆达明白了,这是将军夫人来招抚我们回去啊!想到这儿,老人痛哭流涕,感到对不起萨布素将军。

老穆昆达擦干了眼泪,回去跟大伙儿一说,不少人也都流下了泪。当天分牛分马,饱餐一顿,走下山来,决心都回宁古塔。

半路上遇到了苏穆夫人,三个穆昆达滚鞍下马,磕头请罪。苏穆夫人也赶忙下马,扶起三位老人,用好言好语安慰一番。就这样,把新满洲人都接回来了。

这些人回到家一看,家家都有房子,房前房后木柈子成山,还分了米分了肉。协领也来向三个穆昆达赔礼道歉。苏穆夫人语重心长地劝导瓜拉加哈,今后要爱民如子,处处要体贴人民的疾苦。

从此,在满族人民中传颂着萨布素将军夫人教育瓜拉加哈的故事。

讲述者:傅英仁

整理者:谢景田

绥芬河的来历

　　过去,绥芬河这地场儿是个大水泡子,泡子里有一只王八精,一年到头兴风作浪,祸害人。放山挖参的人没敢往这儿来的,都管这地场儿叫王八湾。

　　那会儿放山挖参的人,都是些老跑腿、小光棍,走出百八里地看不见个长头发的。有一伙子山东人闯关东挖参,半路上看见一个死了爹的山东闺女,怪可怜的,大家伙儿就凑钱打发她回老家。可是闺女说,老家又没亲人。大家伙儿一听,不知咋办好。有个小山东,心肠挺好的,说:"你要看行,就跟我走吧!"

　　闺女同意了,从此就跟着小山东他们一伙人放山挖参。白天,男人们进山了,她就在窝棚里烧水、做饭。就这样,对付到秋天,大家一算账,没多大赚头,不如往年发财多,就拿小山东撒气,说他不该拣个丧门星女人,都是这个倒霉的女人使他们不走运气。

　　小山东一气之下,领着闺女走了。他们在一个屯子里停下来,结了婚。猫了冬,开春了,两人接着干挖参的营生。后来听说王八湾参多,就是没人

328

敢去，小两口合计一番，买了一面锣和几挂鞭就闯进了王八湾。

起初，王八精一连好几天都听见鞭炮响，不知道来了什么怪物，吓得不敢露头。小两口趁机挖参，发了大财。

小两口一起挖参，一起卖参。日子一长，几挂鞭放没了，他俩就在进山时敲起锣来。王八精听见"咣咣"的锣响，又不知来了什么大怪物，还是不敢露出水面。

后来日子久了，王八精听惯了，胆子也就慢慢大了。

一天，锣响的时候，王八精就把头探出水面，一看，原来是两个人哪！它"呜"的一声蹿出水泡子，朝小两口扑去。丈夫慌忙护住妻子，把锣甩上了天。王八精一看有个金光闪闪的东西飞上了天，就扑了过去，"当当"敲起锣来，直到敲碎才拉倒。等它想起吃人来，一看那两个人早跑没影了。

小两口不敢再出门了。丈夫天天想法子除掉王八精，怎么也想不出好法子。一天晚上，小两口突然梦见山神爷。只见山神爷说："王八精是个千年祸害，没人能除掉它。想除掉这个祸害，必须是心诚胆大不怕死的人。"

丈夫一听，马上说："我不怕死，请山神爷指教。"

山神爷听罢，满意地点了点头，说："我为你准备好了一根锁链，已放在泡沿上。这条锁链有九九八十一万斤的拉力，你把它套在王八精的两只前爪上，王八精就再也挣脱不了。如果王八精的力气超过了九九八十一万斤的拉力，你就趴在王八精的爪子上，我把你变成一座大山，这样才能压住王八精。不过，这一招要在迫不得已的情况下才用的。你要有可能会死的准备。"

丈夫一听，立刻表示说："男子汉大丈夫不怕死！"说着，他从梦中醒来。妻子也被一番话语惊醒了。听说丈夫明天要去除王八精，暗暗想着保护丈夫的办法。

第二天，王八精爬到岸上来晒太阳。它懒洋洋地躺在沙滩上，像死了一样。丈夫拿起锁链悄悄爬上前，小心地把锁链拴住王八精的一只前爪，刚要拴另一只前爪，王八精醒了。早已藏在暗处的妻子，猛地蹿出草棵子，双手各持一把锥子，直朝王八精的两只小豆眼扎去。王八精被扎瞎了眼，痛得光一个劲儿折腾,看不见哪儿有人,只好往泡子里钻。这时候,丈夫和妻子一同趴在王八精的两只前爪上。顿时,只听轰隆一声响,小两口真的变成了两座山,牢牢压住了王八精,它再也扑腾不了了,伸着头,翘着尾,活活困死了。

据说,现在的小南山是王八尾,小北山是王八头。后来又从王八精的两只瞎眼里流出两股水,流成了一条小河,人们管这条小河叫锥子河,满语叫绥芬河。那两座大山,一座取名叫天长山,一座取名叫地久山,当然是夫为天、妻为地,天长地久的意思了。

讲述者:刘恒珍

整理者:周爱民

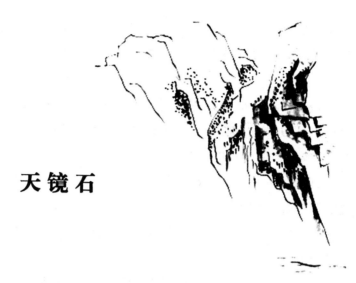

天镜石

牡丹江三道关三村的后山旁,耸立着一块大扁石头,人们叫它天境石。传说它是老天爷立的,谁站在跟前一照,老天爷就能分出好人坏人,然后给好人以幸福,给坏人以惩罚。

很久以前,这里有个山寨。一天,寨主正在帐中理事,两个年轻小伙子走进帐来。一个长得俊,俊得天下难寻。一个长得丑,丑得再难看没有了。二人来到寨主跟前拱手跪拜,要入寨谋生。寨主说:"你俩都有啥能耐?"俊俏小伙子说:"我会画画。"说着便随手画了一幅画。丑陋小伙子说:"我会唱歌。"说完便唱了起来。

寨主有个漂亮女儿,听到歌声便对丫鬟说:"你去把唱歌的叫来,他唱得太好了。"丫鬟出了屋,来到寨主帐里对丑小伙说:"哎,我们姑娘叫你到她那儿去唱唱。"丑小伙一听有人请他,挺乐,跟着丫鬟到了姑娘屋里。

姑娘一见他,"哎呀"一声,喊道:"快叫他出去,吓死人了!"这时,寨主来到女儿身边,拍着她的手说:"面丑不一定心丑,面美不一定心美。看人不能看外表,要看心啊!"

姑娘没听父亲的话，当她看见俊小伙后，就跟父亲说自己看过的小伙成百上千，就数这个小伙俊，要与他结百年之好。寨主说："日久见人心，还是再等等看。"

俊小伙早就有心要除掉寨主，立己为一寨之主，娶漂亮姑娘为妻。这天，寨主带丑小伙和俊小伙巡视边寨。来到一处陡岸时，俊小伙趁寨主不备，猛地一推，将寨主推下岸去。

回到寨后，俊小伙拿着一张画，对姑娘和人们说："丑小伙将寨主害死，这是他推寨主下岸时，我画下来的。"丑小伙说："不是我，是他！"可是不管丑小伙怎样申辩，人们都说："看你生的恶样，就知道不是好人，害死寨主的肯定是你！"

人们不由分说，将丑小伙绑在大树上，单等寻到寨主尸骨，好杀丑小伙为寨主祭天。丑小伙知道自己有口难分辩，只能让老天爷来作证。于是他唱了起来："天爷，天爷，老天爷只有你知谁歪斜。赶快显灵惩恶人，天下太平人和谐……"

丑小伙唱啊唱，唱了两天两夜。第三天早上，突然天昏地暗，狂风大作，风吹断了捆绑丑小伙的绳子，掀掉了俊小伙的屋顶。人们纷纷跑出屋外，只见天上有个大力神，背着一块大扁石。大力神瞪着圆眼，立着胡子，冲着人群说："谁好，谁坏，在这天镜石前一照就知道了！"大力神说完，把大扁石往地上一抛，"轰隆"一声，大扁石立在了山寨旁的一座山前。

人们正在惊奇地望着扁石出神，忽听有人喊叫："快来救寨主啊！"人们顺声望去，只见一个猎人背着一个满身血迹的人向这里走来。人们跑上前去，见寨主没死，赶紧把他抬到帐中，忙着洗伤上药。寨主吃力地摇了摇头，断断续续地说："我……我……我不行了，你们赶快把，把害我的人抓住。"人们急问凶手是谁，寨主指着俊小伙，再说不出话来，气绝死去。

俊小伙看事已败露，撒腿就跑。猎人正要弯弓搭箭，丑小伙说："还是抓活的，看看他的黑心吧！"丑小伙蹿上前去，抓住了俊小伙。人们把俊小伙推到天镜石前一照，只见他的心果真是黑的。丑小伙一照，心是鲜红鲜红的。寨主女儿来到丑小伙跟前，扑到他怀里，哭着说："父亲说得对，看人要看心啊!"

　　人们杀了俊小伙,为寨主报了仇。百天过后,全寨人祝贺丑小伙和寨主女儿结为百年之好。丑小伙被大家推为新寨主。

讲述者:王传胜

整理者:黄运军

突忽烈玛发

传说珲春地方在很早以前属于东海诸部落，那里有三十六个部落，都是以打猎捕鱼为生。其中有一个土伦部，这部落里有一个小阿哥叫突忽烈。

突忽烈生下来就和一般人不一样，浑身长着闪闪发光的鳞片，两只脚像鸭子爪一样。他下生三天就钻到水里不出来，部落里的人都说这是魔鬼降生，一心要害死他。

阿玛、额娘怎能舍得自己的骨肉好端端被人害死呀，他们嘱咐儿子白天千万别出来。因此，突忽烈只有在夜深人静时才偷偷上岸回家吃饭。就这样一直长到十五岁，部落里的人发现他没死，更千方百计地要害死他。

有一天，突忽烈又上岸回家吃饭，部落里的一帮小阿哥在他走的路上挖了一个很深的坑，里边装上了尖尖的石头锤子，准备扎死他。突忽烈从家出来正往海里去，一下子掉在坑里。可是他身上的鳞片比石头还硬，不但没被扎死，反把石锤压得粉碎。部落里的人一看更害怕了：要不是妖魔哪能有这么大的本事呢！

突忽烈十六岁那年，阿玛和额娘先后死了。突忽烈孤身一人，连个唠嗑儿的小伙伴都找不到,只好一个人在海里游逛,在山边走走,到父母坟上看看。

有一年七月十五,突忽烈给阿玛和额娘上坟,在坟头哭了一阵,哭得连比牙和呼什哈①都伤心得躲进云层里去了。突忽烈祭奠完了,回到二位老人生前住的那间小屋里,更感到翻肠搅肚般地难受,直到半夜才睡着。

部落里的人看到突忽烈又回来了,到了半夜,他们在小屋四处堆起了小山一般的干柴,燃起了大火。这火烧红了半边天,大伙儿很高兴,以为这下子可把魔鬼突忽烈烧死了。

第二天,葛珊达打发人去拣突忽烈的尸骨,到那儿一看。突忽烈正在那里睡觉呢,大火只把他浑身银色的鳞片烧成血红血红的红鳞,这下可把大伙儿吓坏了。

突忽烈醒来一看小屋没了,更加怀念阿玛和额娘,边哭边说:"阿玛、额娘,我没有守好家业,看守好屋子,实在是不孝。"部落里的人也假惺惺地劝他不要哭,突忽烈瞪了他们一眼说:"我一不招灾,二不惹祸,三不害人,为什么总要害死我?我也是咱部落的人哪!"说完一声不吱,又回到海里。那以后,突忽烈很少再回到岸上来。

过了三年,珲春北边的一个依兰哈达崩了,大水淹没了各部落,大小石头堵住了各条道路。人们没法出门了,愁得饭都吃不下,都怨恨突忽烈,以为是他带来的灾难。

这时,突忽烈偷偷地从海里出来,领着一群海龟,二话没说,开沟、放水、搬石头,没用三个晚上,水归位了,路平了,突忽烈领着海龟又回到大海。部落里的人看水退了,以为是天神救了这方,点起了鞑子香,选了乌黑纯毛的肥猪,祭祀了三天。

第二年大旱,庄稼眼看要旱死,大伙儿心里急得直冒烟,有人说:"这一定是咱们部落那个突忽烈魔鬼干的坏事。"这个谣言一传开,大家对突忽烈更恨啦!百十个小阿哥,站在海边上拿着石刀、石斧、石锄头,等突忽烈一出

① 比牙和呼什哈:满语,指月亮和星星。

海就要活活砸死他。

突忽烈不愿意和乡亲们去厮打,只好待在海里不出来。

可是他总是惦念着部落的旱情,心想:不管他们对我怎样,也都是我的乡亲哪,能眼看他们饿死吗?他白天没法出来,一到晚上就又带着一大群海龟偷偷地上了岸,引河水、灌田地,又给家家户户送去甜滋滋的清水,没等天亮,又赶快回到海里躲起来。

田里有水了,每家木桶里也盛满了清凉的河水。部落里的人以为这是镇住了突忽烈,阿布凯恩都哩才开恩送来了天水。那些小阿哥更来劲了,只要突忽烈在海里一冒头,就用石块狠狠砸去。突忽烈很伤心。

海鱼海虾气不公,恨恨地说:"人是最坏的,你对他们那么好,他们却以怨报德,想方设法害死你,救他们有啥用?"突忽烈也不说啥,一到天黑还是领着海龟下河运水。可是乡亲们不知这些事情,还是把他当仇人。

地下魔鬼耶鲁哩,手下有个火龙群,共有九九八十一条火龙。这些龙燃湖湖干,烧山山化,森林五谷一碰化成灰烬。有一天,他带领火龙群来到珲春海岸,看中了这块土地,立刻指挥火龙烧山、烧林、烧石、烧房,没有一天工夫,就把一片好端端的土地烧得山穷水尽,百草不生,老百姓有的被烧死,有的跑到山里躲在石洞里,有的当了耶鲁里哩的奴隶,美丽的珲春变成了人间地狱。

突忽烈在海里看到岸上的情景,掉下了同情的眼泪,下决心要替乡亲们报仇除害。一些海鱼海虾劝突忽烈说:"耶鲁哩神通广大,人们又是那样没有良心,你何苦为他们去冒这个风险呢?"突忽烈没听他们的话,又带领海龟上岸和耶鲁哩的妖兵决一胜负。

耶鲁哩一看突忽烈不像平常人,又一看,他后面带着一群大海龟,乐颠了馅。他大喝一声:"哪来的诸申,正好你家大王要尝尝海味。"说完就指挥火龙把突忽烈和海龟团团围住,要活活烤死。突忽烈东挡西杀,海龟们喷水灭火。可是火龙吐的是妖火,突忽烈哪能抵挡得了,被烧得浑身是伤,海龟们也半死不活,好不容易突破火龙群,退到海里。

怎样才能除掉这群恶魔呢?突忽烈天天寻思这件事。海龟们看突忽烈成天愁眉苦脸，都很同情他。有一头老海龟对他说："好心的突忽烈，山音阿哥，你不记人间恨，不记人间仇，你是珲春的海东青，你是诸申的巴图鲁。要想赶跑耶鲁哩，我倒有一个办法。"突忽烈赶忙问道："海龟玛发，你快说，用什么办法可以除妖魔？"海龟说："妖火不怕真冰，去求土伦布恩都哩①，心诚则灵，心诚则灵！"突忽烈又问土伦布恩都哩住在什么地方，老海龟摇摇头说："听说在海的深处，要过四个海，才能到土伦布住的地方。"

第二天，突忽烈辞别了众海龟，只身从海里去找土伦布恩都哩。突忽烈走啊走，饿了吃些海草，渴了上岸喝点清泉水，乏了躺在海菜上，困了在岩石上边睡。

这一天，他来到东海东，看见一群海鱼从南方游来。突忽烈打听土伦布住的地方，海鱼说："老远老远，从这里往南。"突忽烈又向南海游，一到南海只觉得：

> 南海水，热腾腾，
>
> 游在海里像蒸笼，
>
> 热得身无力，
>
> 热得难游行。

突忽烈咬紧牙关，心想：找不到土伦布不生还。他走到南海头，看见一群海螺从西游来。突忽烈赶忙问土伦布住的地方，海螺笑嘻嘻地说："从这儿游向西，西海最远处，你去问海狸。"

突忽烈又向西游，一到西海，只见：

> 西海风，刮不停，
>
> 刮得眼难睁，
>
> 刮得海水翻天浪，
>
> 刮得海水浑澄澄。
>
> 进三步，退两步，

---

① 土伦布恩都哩，是满族的起源神。

　　难以再游行。

　　愁坏突忽烈，

　　两眼泪盈盈。

　　正在这时，突然从远处游来一只老海狸，老海狸闷声闷气地说："好心的突忽烈，勇敢的小阿哥，不用怕不用愁，我能送你游到西海头。过了西海西，就是北海北。北海北，有冰山，土伦布住在山音冰哈达。"说完它驮起突忽烈，迎风游海，不到三天来到西海西，海狸让他找海獭。

　　突忽烈告别了海狸，又向北海游去，一进北海，只觉得：

　　北海水，冷如冰，

　　冰块拦路刮大风。

　　任你能耐有多大，

　　寸步难行。

　　突忽烈游了一会儿，就被冰团团围住，冻得人事不省。这时，从冰层里钻出一头海獭，光滑滑的毛，亮闪闪的眼睛，游到哪里哪里就冰让三尺、水开一方。海獭用身上的热气暖醒了突忽烈，同情地说："你心比火还热，志比钢还坚，必安基都哩①会保佑你的，你随我来！"说完在前边开路，说来真也奇怪，海獭身边的水不凉了，突忽烈高高兴兴地随海獭向前游。

　　走啊走，这一天来到冰山宫，只见：

　　冰山宫，冰山宫，

　　楼台屏阁水晶晶，

　　冰凌花，冰凌竹，

　　冰凌宫殿冰凌阁，

　　冰凌山上冰凌树，

　　冰凌树上冰凌果。

　　突忽烈拜别了海獭，诚心诚意地向冰凌走去。土伦布是北海大额真②，

---

①　必安基都哩，即海神。

②　大额真：满语，指主人。

专管北部冰山不许南流,是一位好心的老玛发。突忽烈见到土伦布,跪求大额真搭救一方之难。土伦布离开宝座扶起突忽烈,阿达哥①笑看小阿哥,说:"你是诸申的山鹰,珲春的巴图鲁,我教你好办法,去消灭害人精。"说完,领他到后宫,教他射箭和一些破妖的法术。突忽烈心灵手巧一学就会。土伦布给他一只千年松木桶,里面装着万年北海冰,一张镇妖弓,三支穿妖箭,还有一套避寒暑服。突忽烈千恩万谢辞别了土伦布,分开冰水,奔向西海,穿过西海,来到南海,游过南海,来到东海,真是遇寒不冷,遇热不晕。

这一天,突忽烈终于回到家乡,心里又惊又喜。抬头一看,岸上是光秃秃的山,光光秃秃的地,天旱石裂,人瘦地荒。突忽烈掉了几滴眼泪,暗下决心,一定要替乡亲们报仇。

再说珲春人,自从耶鲁哩妖兵占了这块土地以后,以为是突忽烈引来的,恨不得活吃他的肉,生剥他的皮。

突忽烈来到部落大声喊道:"乡亲们,我回来了,大家帮我一同铲除魔鬼吧!"部落里的人一听是突忽烈的声音,谁肯相信他,都躺在山洞里,一个也不出来,耶鲁哩一听有人喊要铲除魔鬼,气得七孔出火,带领火龙群喷火而出。突忽烈不慌不忙,抛出北海真冰,顿时烟消火灭一派清凉。耶鲁哩一看妖火被灭了,赶快驱赶妖兵围将上来。突忽烈拉满弓,飕!飕!飕!三箭,只见:

> 三支箭,威力大,
> 妖魔鬼怪个个怕,
> 三箭变三十,三十变三百,
> 飞箭似群蜂,
> 专射上中下。

群妖鬼哭狼嚎,死伤大半。耶鲁哩也被射瞎一只眼睛,呜嗷乱嗥,调头就往北跑。突忽烈又甩出三块真冰,立刻变成三座冰山,一直把群妖赶到北海北。他又一扬手,三座冰山紧紧压住妖将。

---

① 阿达哥:满语,指抚爱的意思。

突忽烈又率领海龟治山治水，被魔鬼破坏的家园恢复了原来的面貌。部落里的人在山洞里看到这一切，纷纷跑出来给突忽烈磕头。土伦部葛珊达拉着突忽烈的手，眼泪长淌，悔不该误把恩人当仇人。突忽烈忍不住眼泪扑簌簌掉，给大伙儿打千请安说："拜托众乡亲，看好二老坟。"说完领着众海龟回到了海里。

乡亲们留他不住，望着远去的突忽烈，点起了达子香。从此珲春家家供起了突忽烈恩都哩。以后，部落里的人在岸上再也没有见过他。据说诸申人打鱼赶海，若遇风浪落水，就被一个人轻轻托出水面，送到岸边。这个人就是突忽烈玛发。

整理者：傅英仁

兔 子 坟

老松岭的南坡有一个古老的坟地,在坟地中间有个坟包,人们都管它叫兔子坟,天长日久,别的坟都变成了平地,只有兔子坟,到现在还是那样不大不小。说起兔子坟,还有一个动人的传说哪!

据说早些年,这疙瘩住着一个叫乌都布的年轻猎人,二十五六了,还没说上媳妇,没有中意的。他有一手好枪法,可他有个脾气,什么都打,就是不打兔子,他对兔子稀罕得要命,认为猎人碰上兔子是吉祥的预兆。

有一天,乌都布打猎时,突然发现一只小白兔卡在大树杈上了,往前跑不动,往后退不下来,在那里吊着,干蹬两条腿。乌都布就把它救了下来。小白兔两眼瞅瞅乌都布,三蹦两跳地跑了。

过了一阵子,乌都布去打猎,忽然发现有只狼正在捕捉一只小白兔。乌都布眼疾手快,抽出箭一射,哪承想,那只狼挺灵气,转回身,用嘴一叼,把箭给叼住了,然后抹回身撒腿就跑。乌都布打马就追,可追来追去,一晃,狼没了。乌都布心里纳闷,自打猎来还从来没遇到过这种奇事,就顺着狼跑的道,一直追了下去。

走着走着,走到一个山根儿底下,见前面有三间小房。他追得口干舌燥,又饥又渴,想进去找点水喝,吃点干粮。进屋一看,炕上坐着一个老头儿、一个老太太,旁边坐着一个挺秀气的姑娘。他们正在吃饭,地上还站着一个女阿哈①,长得很漂亮。乌都布有些不好意思,上前请了安说:"打扰你们了,我是过路的猎人,想到你们这儿打打尖,吃点饭。"老头和老太太一听,笑呵呵地说:"过路之人,理应照顾,快撤下残汤剩饭,献茶,上饭了。"

就在喝茶的时候,老头儿和乌都布寒暄了起来。当听到乌都布家只有一老母,尚未娶妻时,他笑呵呵地说道:"你来得正好,我昨天晚上做了三次梦,梦见有个小阿哥从东而来,这个小阿哥跟我姑娘有姻缘,这不,果然你来了,如果你不嫌弃,我就把我的姑娘嫁给你,你看好不好?"

乌都布一看那姑娘长相,忙说:"既然您老愿意,受女婿一拜。"说完,就跪下磕了三个头。

这时全家三口人都挺高兴,老头儿对姑娘说:"还不快去给你爱根②做饭!"老太太说:"这新娘哪有做饭的道理,我去做饭。姑娘要好生接待新姑爷。"说着就到外屋做饭去了。

姑娘下地又是倒茶又是点烟,十分殷勤,就是一言不发。

不一会儿,就听老太太招呼阿哈来端饭倒茶,可是那个女阿哈二意思思,就是不动弹。老太太一生气,二话没说,就把阿哈打了一顿。女阿哈无奈,含着眼泪给乌都布端茶端饭。

端上来的饭是面条,菜是炒豆角,还有两壶米酒。老头儿说:"我们都已吃饭,没啥好吃的,请随便吃点面条吧,今儿先歇着,明天就让你们成亲。"

乌都布听了挺高兴,心想这家人真挺好,正赶上肚子饿,就端起米酒咕噜一口喝了进去,接着就把两碗面、两碗豆角,全都吃了进去。吃完饭,老头儿把乌都布安置在西屋睡觉。

乌都布躺了一会儿,就觉得浑身发烧,肚子胀疼,好像里边有什么东西

---

① 阿哈:满语,指家奴。
② 爱根:满语,指丈夫。

在"骨碌"。过了一会儿，肚子搅劲地疼，豆粒大的汗珠子顺脸往下淌。

就在这时，只听门"吱"的一声开了，阿哥一看，是那个女阿哈悄悄地进来了，手里还拿着一把草。她示意乌都布不要吱声，在乌都布耳边悄声说："我是被他家抓来的奴隶，这家不是人家，是狼窝。因为你射了他姑娘一箭，她把箭叼回来，变成人形要害死你，你吃的面条是毒蛇，豆角是蝎子，不到半夜非死不可。"

乌都布一听，大吃一惊，急忙问："这可咋办呢？"

女阿哈说："没关系，我来救你，你把这草泡上水喝，喝上一壶就会好的，不过你好了千万不能跑，如果你一跑，就有生命危险。"

阿哥问："那怎么办呢？"

女阿哈说："我自有办法，你赶紧按我说的做吧！"说完，她就悄悄出去了。

乌都布拿着女阿哈送来的草，泡上水整整喝了一壶，过了不到半个时辰，就觉得恶心难忍，他赶快到门外呕吐。吐出来的果然都是些毒蛇、蝎子。吐完了，身体也舒服了。到了第二天，一大早，两只老狼想可以美餐一顿了。可一看，这小子没死，就偷偷地溜了回去，假装没事似的，假情假意地招待他。老太太端来一盆水说："洗脸吧，水不太好，将就着洗吧。"

乌都布心想，大概洗脸不会发生什么事吧。结果刚洗完脸，就觉得脸和手像针扎似的疼，一点都不敢动弹了。他心想，这下可完了。他赶紧返回自己的屋子，用女阿哈给他的草水洗脸，又喝了一通，可是全不好使。就在他束手无策的时候，女阿哈又悄悄地进来了。她说："这回你又上当了，那洗脸水都是蛇蝎熬的水，过不了多长时间，你就得从头到脚慢慢地烂死。给你这种药水，你擦上它就会好的。"乌都布一擦果然灵，连忙向女阿哈道谢。女阿哈说："你不要谢我，我这儿有一些榛子、核桃仁，你把它吃了，他们给你什么东西都不要吃。"乌都布连连答应，女阿哈走后，乌都布想，我应逃出狼窝，要不然命就没了，但又想，女阿哈是我救命恩人，她还在狼窝里受难，我应想办法寻找机会和她一齐逃出去。

老太太又来让乌都布吃饭，都被他搪塞过去了。没想到，老太太向乌都布提出个要求,说要盖个小撮罗子①,请他去帮忙。

乌都布心想,说不定他们又要使什么坏招,我倒要试一试。

临走时,女阿哈送他到三岔口,说:"你要小心,可千万什么都不要吃。"乌都布答应着上了山,他干了一会儿活,累得又饥又渴,看到山上的红藕粒,馋得直流口水,心想:这东西还能有什么妖法,应该能吃。他刚想要摘,就听山下有人喊:"不能吃。"乌都布回头一看,是阿哈慌慌张张地跑来了。乌都布急忙迎了上去。阿哈呵哧带喘地说:"那东西不能吃,有毒!"乌都布一看阿哈衣服破烂,浑身是伤,急忙问:"怎么了?"阿哈把脸转给他看,只见一条一条血道子,血把衣服都染红了。女阿哈扑到乌都布身上哽咽着说:"小阿哥,你快跑吧。你会忘记我吗?"

乌都布全明白了,这一定是他们打她了,忙说:"我咋能忘记你呢?"

"那么你能带我走吗?"

"能!不为了你,我就逃走了。"

"那么我们永远在一起好不好?"

乌都布心里明白她扑在自己怀里的意思,乌都布看这姑娘漂亮又善良,又有救命之恩,他答应和姑娘成亲了。

姑娘高兴地擦干了眼泪,对乌都布说:"咱俩一起走不行,你前边走,我在后边走。你千万记住:你只管往前走,千万别回头,不管后边喊什么,喊什么都不能回头。一回头,你我就全都完了。我这把雨伞,不管天下多大雨,刮多大风,你都不能打开,你有了这把伞,别人不敢靠近你,如果你能照我的话去做,咱俩就能白头到老。"

乌都布按着姑娘的嘱咐上路了,刚走不几步就听后边老头儿老太太喊:"姑爷你回来,带着我姑娘一起走!"

乌都布记住了女阿哈的话,头也不回一直往前走。这时又传来女奴挨打的声音,疼得女阿哈直叫唤:"乌都布快来救我呀,要不然我就死了。"

乌都布听到喊声,心里难受,可他记住了女阿哈的话,咬咬牙,头不回,

---

① 撮罗子:满语,指地窝棚。

走了一阵,听后边没动静了。

又走了一阵,只见从西北上来了一片乌云,不一会儿,下起了瓢泼大雨,这雨越下越大,乌都布浇得像从水里捞出来的一样。

这时他还没打开雨伞,过路行人见了他,都笑话他是一个傻瓜,拿着伞不用伞。还有的问:"喂,你挟的是什么?"

"雨伞。"

"雨伞干啥用的呀?"

"挡雨用。"

"那你干吗不用啊?"

"我这伞就是不能用!"

说也怪,乌都布这么一说,一眨眼,这些人都不见了。乌都布心里明白了,这伙人是老狼耍的鬼,他心想,听女阿哈的话,得赶快走。

雨还是不停,又走了一阵,迎面走过来一个老太太,只见她浑身被雨打得透透的,浑身打着哆嗦,见乌都布手拿着雨伞,就哀求说:"小阿哥呀,你行行好吧,我再浇一会儿就得死了,可怜可怜我吧,送我回家吧!"

乌都布是一个心慈面软的人,平时见别人有难处,他都尽力相助,老太太淋成这样,他就忘了女阿哈的话了,打开雨伞说:"老额娘,我送你走。"话刚说完,天晴了,老太太也不见了。乌都布想这下可坏了,这时只见雨伞下冒出来一个人,打个滚,变成了小白兔。

小白兔躺在地上已奄奄一息,快断气了,只见小白兔掉了两滴眼泪说:"我就是你救的那只小白兔,我为了报答你的恩,想去找你,没承想,你被老狼捉住了,我本想和你做永久的恩爱夫妻,可是……"

乌都布紧忙问:"还有什么好办法救你吗?"小白兔叹了口气说:"我为了你,再大的痛苦也忍了。你要真诚心诚意和我好,你把我的尸体带回家,在院子里支上大锅,煮锅水,把我放里煮,不管我怎么叫,你都不能打开锅。要不,咱们就成不了夫妻了。要到我没声时再打开锅,那时我就变成人了。"说完,小白兔就断气了。

乌都布按着小白兔说的办了,当烧开锅的时候,从锅里传出小白兔的呼救声,乌都布又加了两抱劈柴棒子。这时小白兔的呼救声更惨了,乌都布刚想掀锅盖,想到小白兔的话,又放下了。

乌都布又第三次加了些干柴,火更旺了,就听小白兔说:"乌都布哥哥,我实在坚持不了,你快打开锅吧,要真把我烧死,咱俩也不能结为夫妻了。"乌都布一听也掉下眼泪,心想小白兔要是真烧死,就什么都没了。他一狠心把锅盖打开了。小白兔从里跳出来,摇身一变,变成个亭亭玉立的大姑娘,她叹了一口气说:"你太性急了,因为时辰不到,咱们只能在一起生活三年,三年后,我就得死。"听她这么说,乌都布后悔得了不得,忙说:"我再把你放锅里煮一煮吧。"姑娘说:"一切都晚了。"

就这样,小白兔姑娘和乌都布生活到三年后死去了。小兔死前给乌都布留下个小阿哥,乌都布为纪念小白兔,给孩子起了个名字叫古录荪。乌都布把小白兔埋在自家的祖坟里,他的后人还世代填土祭祀她。所以,这个坟堆总比别的坟大,现在到那个地方,还能见到那座兔子坟。

讲述者:傅英仁
整理者:谢景田

托阿恩都哩^①

老人传说,古时候的人不会用火,喝生血吃生肉,穿兽皮,冬天到山洞子里避寒。他们听说天上有真火,就是没法去取。

为了找火,人们曾到处找也找不到。

只有每年秋季,阿布凯恩都哩率领八部天神、天兵天将巡视大地时,才从天上带来火种,供大家享受玩乐一天。那一天,一堆堆天火照亮大地,一排排火把插满人间,吃着火烧的兽肉和煮熟的各种食品,人们真是载歌载舞乐在其中。可是阿布凯恩都哩一回天,就把全部火种带了回去,人们又过上了无火的生活。人们几次恳求给人间留下火种,阿布凯恩都哩都摇摇头摆摆手说:"这火可不能随便传到地上,因为你们不懂得怎么用,会把我创造的世界焚毁掉。到那时,你们的性命也保不住了,还是过着没火的生活安全些。"就这样,天神一直不把火种传下来。

---

① 托阿恩都哩:满族人供奉的火神,春秋两次祭祀。

这没火的生活不知又过了多少年。这一年，在阿布凯恩都哩下界举行天火大会的日子，部落里降生了一个小孩，额娘给他起个名叫托阿。托阿长大以后，又聪明又勇敢，练就一身好武艺。远近千八百里的弓箭手们都和他比试过，都不是他的对手。阿布凯恩都哩看中了这位年轻阿哥，就把他召到天上，掌管天火库。托阿自从到天上之后，虽然过着神仙的生活，可是总感到没有在家乡那样自由自在。尤其看到天上到处是灯笼火把，吃着各种各样的熟食美味，心想，要是我们人间有了火，该多么幸福啊！从此他每天专心学习用火的方法和做熟食的技术。

有一次，托阿随从阿布凯恩都哩下界去巡查，举行天火大会。临行以前他就下决心，一定要偷出一葫芦火种，自己也留在人间，教人们如何用火。火把大会结束以后，天上来的各路神灵都随阿布凯恩都哩回去了。托阿却偷偷地溜了出来，躲在大榆树尖上。天上的神走尽了，他跳下树，把天火拿了出来。部落里的人一看有了火，都兴高采烈地把托阿抱了起来，不住地喊道："三音托阿，巴图鲁托阿！"从此人们学会吃熟食，夜间有火可以照明，冬天有火可以取暖了。

这时，在地里有一只田鼠，天天梦想上天，就是找不到立功的机会。一看托阿偷出天火留给人间，它就悄悄地爬到最高山上喊道："阿布凯恩都哩呀！托阿偷出了您老的天火，留到人间！"连喊了三声，阿布凯恩都哩听见了，赶忙派人一查，果然是真。阿布凯恩都哩立刻发出天兵，全部收回火种，还把托阿拿到天上绑在天树尖上，头朝下悬了起来。为了奖赏田鼠的功劳，命他顶托阿的缺，掌管天火库。

自从托阿被抓走之后，部落里的人又过上了没火的生活，他们不知道托阿被抓到什么地方去了，只好向天祈祷："阿布凯恩都哩，放开我们的托阿吧！"正在大家叨念的时候，只见从南方飞来一对喜鹊，一只是黑的一只是白的。两只喜鹊向人们叫了几声说："不用担心不用怕，我俩飞上天，去找托阿。"说完一展翅飞走了。

它俩飞了九天九夜，飞到了天上。在天上四面八方地找，就不见托阿押在什么地方。这天它俩飞到南天南，飞得太累了就落在一棵百丈高的神树上休息。忽然听到树尖上有人说话："小喜鹊，你从哪里来？"两只喜鹊抬头一看，正是它们要找的托阿。它俩展翅飞到树尖，悄悄地和托阿说："托阿大哥受苦了，部落里的人叫我俩找你，他们天天盼你回到人间。"托阿说："神树梢、神树根，绑得住我的身，可绑不住我的心。"又看看两只喜鹊说，"喜鹊喜鹊来得正好，南山有棵红果树，给我偷来一粒红果，我就有办法脱开虎口，回到人间"。两只喜鹊一听，顾不得累，展开双翅就朝南飞去。

南山红果树结的是神果，想当年阿布凯恩都哩制造人类的时候，每人肚子里都放一颗红果，才有了生命。现在人的心脏，就是阿布凯恩都哩放的那颗红果。谁要吃一枚红果，能长命百岁，遇难呈祥。这两只喜鹊飞到红果树前一看，一只像小牛那么大的老雕，瞪着两只眼睛，蹲在树旁看着红果。这可愁坏了两只好心的喜鹊，想了半天，白喜鹊想出一个好办法。它俩合计，一只藏在石缝里，一只向红果树飞去，等老雕追时，藏在石缝里的喜鹊就赶快飞到红果树上，叼起红果就飞。合计完了，白喜鹊不等黑喜鹊思考就展翅飞起，回头对黑喜鹊说："黑弟弟你要藏好，动作要快。给托阿带个好，给乡亲们带个好，就说我和大家永别了。"说完向红果树扑去。老雕一看有鸟要吃果，立刻展开双翅向白喜鹊扑去。白喜鹊拼命往南飞，老雕用力追赶。黑喜鹊含泪从石缝里出来，像箭打的一样飞向红果树，叼起一枚红果就向北边的神树飞去。白喜鹊哪是老雕的对手，被老雕一口吞到肚里。老雕满以为抓住了偷果的鸟，红果万无一失，又稳稳当当地蹲在树下。

黑喜鹊把红果交给托阿，托阿吞了下去，天绳立刻自动解开。他千恩万谢地感激喜鹊，但仔细一看只有一只，忙问白喜鹊为什么没有回来。黑喜鹊把偷果的经过一五一十地一说，托阿跪在地上哭得像泪人一样，并且叨念着："白喜鹊大哥，我和乡亲们永远忘不了你，永远祭奠你。"从此两位不同种类的人和鸟，结成了生死之交。

托阿自从吃了红果以后，不但力气增大，还能稳住身形，能飞能跳。他和黑喜鹊一同飞到天火库，趁田鼠睡大觉的时候，又偷出一葫芦天火，回到人间。为了不被阿布凯恩都哩发现，他们偷偷地在山洞里使用火。人们的生活又活跃起来了。

再说看天火库的田鼠，醒来一看丢了一葫芦天火，吓得哆哆嗦嗦，回禀了阿布凯恩都哩。阿布凯恩都哩一听大怒，命令它在九天以里找到天火下落，过期找不到，就把它这无用的东西活活烧死。田鼠不敢反驳，只好回到人间查访。它到处看，到处巡风，总也看不到"火"。有心到各个山洞里看一看，又怕被人们活活打死。只好装作要冻死的样子，在洞外哀求道："好心的人们哟，发发善心吧！可怜可怜我这只要冻死的老老实实的小田鼠吧！"托阿本来是个心慈的人，一听田鼠的哀求，就把它让到洞里烧火取暖，田鼠假装千恩万谢的样子。第二天，田鼠告别托阿的时候，托阿再三嘱咐它，不要到各处去乱讲，并叫它晚间一冷就到这里来取暖。田鼠表面上满口答应着，心想，这穷山洞怎能比得上天堂。它一离开山洞，就一溜烟跑到天上报信了。

阿布凯恩都哩一听田鼠的报告，气得咬牙切齿。正在这时，看红果的老雕也来禀报说："红果被一只喜鹊偷走一枚，送给托阿吃了。"阿布凯听了更加生气，立刻下令把所有山洞里的火种全部收回，并把托阿抓来扔到呼尔汗河里，并命令天兵用天火烧化山石，把呼尔汗河严严盖住，不许托阿跑出来。人们第二次失去火种，托阿又一次被押了起来。

黑喜鹊一听说托阿又被阿布凯恩都哩抓走，又到处寻找托阿的下落。它飞遍天上地下，怎么也找不到托阿的影子。有一天，它落在呼尔汗河岸边的一棵老柳树上，自言自语地叨念说："托阿呀，托阿！你在哪儿呀？为什么看不见你的影？听不见你的声？"正在叨念时，就见从河里游来一条小鲫鱼，小声地说："喜鹊大哥别发愁，托阿被押在石棚底下西北头。"黑喜鹊一听大喜，急忙飞到石棚那个地方，放眼一看，白花花的石板棚寸草不生，一望无边，又听见石棚下面有流水的声音，黑喜鹊高声叫着："托阿大哥你在哪儿？"它边叫边飞，一直飞到西北角，就听石棚下有人答话。黑喜鹊仔细一听，正是托阿的声音，急忙落到石棚上。再一细看这石棚盖得严严实实没法进去，正在犯愁，就听石棚下托阿说："黑喜鹊弟弟不用愁，快到天桥岭去求老铁牛。"黑喜鹊一听，二话没说，直向天桥岭飞去。

老铁牛是镇守天桥岭的一位神牛，它的两只角能戳透天和地，力大无穷。黑喜鹊对它一说托阿的遭遇,老铁牛连连答应说:"我去我去。"说完随着黑喜鹊来到石棚西北角。老铁牛叫托阿闪开一点,他用双角只一戳,立刻戳出两个磨盘大的窟窿。托阿从水里钻了出来,再三感谢老铁牛救命之恩。老铁牛说:"好心的托阿,我领你上天和阿布凯恩都哩讲讲理。要是他不听,我就用双角戳破天,叫他待不成。"说完,拽着托阿到天上走去。

阿布凯恩都哩正在宝殿和群神议论天上大事,老铁牛领着托阿来到宝殿。阿布凯恩都哩素来对老铁牛有些惧怕,不敢轻易得罪。一看老铁牛领着托阿来到天上,心里就明白了八九分,急忙说:"老铁牛有什么大事?为啥把偷盗天火的托阿救了出来?"老铁牛大声说:"你不应该怪罪托阿,因为他是为人间造福。从今以后请你再不要陷害这样的好人了。"阿布凯恩都哩点头说:"好吧!看老铁牛面子,免他一死,就留在天上打石头修天宫吧。天火必须收回!"

托阿天天在石灵山打石头。他一看这石头真怪,不但能修砌宫殿,还有一些发白的石头凿个洞什么东西都能装。他心中暗暗地想,要是把天火装进石块里,扔到大地,人们就可以从石头中取火了。想到这里,他就偷偷溜出石灵山,稳住身形,偷来一葫芦天火。每天打石头的时候,他就找一些白色的石头,暗暗地把天火一点一点地装到石头里。可是怎样才能把这些石头送到人间呢?正在没办法的时候,阿布凯恩都哩派人找托阿,让他往人间送石块修行宫。这可乐坏了托阿,他借着运石头的机会,把装火的石头一同运下天去,并把石头里有火的事告诉了人们。人们拣回白石用力一磕,果然出来火星,从此人们又用起火来。托阿把空葫芦又偷偷送回天火库,田鼠丝毫没有发觉。阿布凯恩都哩看见人们又有了火,心中很纳闷,可是不知道人们是从哪弄来的火种。日子一长,又看人间用火用得很好,也就不再追究了。从此人们才过上了有火的生活,可是那位为人间送火的托阿仍然在天上做打石头的石工。

讲述者:徐郭氏

整理者:傅英仁

万鹿沟的传说

万鹿沟,这里是两山夹一沟的地方,沟长有二十余里。大沟的深处又有迥峰挺立,山顶上有只大石虎。那虎就像真的一样,乍看还不觉得怎样,仔细端详,它威风抖擞略带风声,好像随时都能扑到人身上来似的,还真吓人呢!

相传这里原是个水草丰盛、山清水秀的地方。早些年间有很多闯关东的穷苦人到这里来挖棒槌,后来在这里安了家。他们开荒种地,打猎、挖棒槌,日子过得很富裕。

一天,这里突然山鸣谷啸,从半山云雾中冲出两头风牛来。它们兴风作浪,带着波涛汹涌的滚滚洪水横冲直撞。它们到了哪里,洪水就被带到哪里,刹那间,巨浪滔天,淹没了庄稼,冲毁了房屋,夺走了不少人的生命,给人们带来了灭顶之灾。

逃出去的人个个奋勇作战,与风牛整整战了三天三夜,怎奈风牛力大无穷,箭射到身上连点皮都伤不着。风牛越发恼怒了,它们卷走了大树,毁坏了房屋,硬是把住人家的小山坡冲成了一条二十余里的大深沟。

这事惊动了小城子河南岸神仙洞里正在修行的一位神仙。他带领上万个鹿童来战风牛，他们打得天昏地暗，日月无光，总算降住了风牛。风停了，洪水退了，人们又搭起了马架子，开荒种田。人们为了感谢神仙和鹿童们，从此，把本地取名叫万鹿沟。

　　可是，这两头风牛野性难改，它们常常偷着出来兴风作浪，毁坏房屋和庄稼，闹得人们实在无法生活。这里住着个年轻的挖参好把式，他忠厚老实，心眼儿好使，他看人家孩子哭老婆叫的悲惨景象，心里总是很难过。他跋山涉水来到小城子河南岸的神仙洞，求神仙指点一个能长远镇住风牛的办法。神仙说："那两头风牛已骄横成性，难以改好，只有镇住它才能安宁。"

　　年轻人说："只要能镇住它们，叫我做啥都行。"

　　神仙拿出一粒仙丹，说："要是吃了这粒仙丹，就会变成一只石虎卧在峰顶上。那风牛就再也不敢作怪了。可是，那样你就永世是只石虎了，再也不能和亲人团聚了，年轻人你可要三思啊！"

　　小伙子坚定地说："求神仙慈悲，给我吃了那粒仙丹吧！只要乡亲们能过上太平日子，我愿意永世趴在高峰顶上。"

　　高峰上有了这只空谷石虎后，那风牛再也不敢作怪了。可它们一直不死心，每当山雨欲来时，都在山鸣谷啸，发出哞叫之声恐吓人们呢！

讲述者：石玉清

整理者：石玉清　张守晨

威虎山

　　很早以前,在海浪河畔住着挖棒槌的爷俩。有一年夏天,爷俩带上工具,到河南面的老黑山上挖参。爷俩挺顺当,不但挖了些小参,还挖了两棵六品叶。

　　傍晚,在渡船过海浪河时,爷俩挖了两棵六品叶的事被船工知道了。船工是个草寇①。船靠岸后,他找到同伙,商量要杀掉爷俩,抢走宝参。爷俩听到信儿后,连家也没敢回,连夜向北逃去。天亮时,爷俩钻进一座山里,坐在一棵倒树上,正要歇歇脚,忽然刮来一阵小风,接着飘来一阵腥味。老爹闻了闻,说道:"不好,有大山牲口!"他拽起儿子刚要跑,晚了,一只斑斓猛虎向他俩扑来。儿子吓得"妈呀"一声,瘫倒在地。老爹也有些慌神,愣愣地在那里盯着老虎。老虎离他们丈把远,也收住了脚,用两只明明晃晃的大眼盯着他俩。足有半袋烟工夫,老爹稳住神,看老虎不像要吃人的样子,就扑通一声跪下,朝老虎磕头,嘴里叨咕着:"山神爷呀,你让条路,我把宝参卖掉,用

　　① 草寇:专抢山货的恶人。

整猪整羊供奉你。"说完又磕了几个头。这时儿子也稳当一点了,也跪在旁边给老虎磕头。爷俩磕完头,看老虎还不想去,老爹又说:"山神爷呀,要是我俩命里注定是你口中食,你就吃了我吧。把我儿子留下,他还年轻。"老虎还是没动,向他俩点点头,又用爪子拍了拍自己的腮帮子。

老爹看这情景,心里明白了八九分,可能老虎有事求他,便说:"你有什么事需要我帮忙吗?"老虎点了点头,就扬起脖子,张开大嘴。老爹往嘴里一看,老虎嗓子眼儿扎着一根半尺长的铁钉子。老爹琢磨着,老虎是兽中之王,还是救救它吧;可又一想,拔出钉子来,它要把我们吃了咋办? 正捉摸不定,忽听山下传来草寇的追赶声,老爹心一横,宁做虎口食,也不做刀下鬼。于是他把手伸进虎喉咙里,刚把钉子从虎口拿出来,草寇已都围上来,正要向爷俩动手,猛见草地上站起一只猛虎,用两只明灯大眼瞪着他们。草寇正愣神,老虎一声吼啸,树叶落地,尾巴一甩,树枝折断,吓得草寇们回头就跑。

第二天,草寇们不死心,又向山旁窜来,没到近前,就见一只猛虎由山上跑下,吓得他们转身逃窜,再也不敢到这附近来了。

爷俩用木头在这座山里盖了一座房。老虎除隔三岔五地带来山禽走兽给爷俩用外,便站在山顶高处的石砬子上,观望四周。威武的虎影,使毒蛇猛兽望而生畏,恶人草寇闻风丧胆。爷俩在山上安全地过了一夏天,到了秋头,便带上宝参准备到别处去。临走时,爷俩煮了满满一锅狍子肉,留给老虎吃。老虎恋恋地望着他俩走远不见了,才穿山越涧地走了。

老虎虽然不在这座山上了,但它曾威壮地站在山顶石砬子一个夏天,这座山早已被当地人们叫成威虎山。

讲述者:宋军

整理者:黄运军

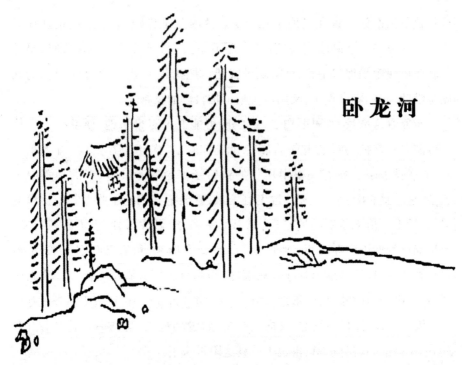

卧龙河

很久以前,在离牡丹江很远的地方有个屯子。有一年闹旱灾,一连几个月都没下一滴雨,全屯的庄稼都要旱死了。

这天,屯里一个小伙子去山里砍柴。他走着走着,忽听见"咴!咴!"的叫声,他就顺着叫声找。找啊找,找到了一个山洞,看见有一匹白马驹被铁链子锁着。白马驹见到小伙子高兴地撒欢摆尾,竟对他说起话来:"我是天上的神驹,犯了罪,被玉皇大帝锁在这里。""我把链子给你砸开吧!""不行啊!这链子是砸不开的!""那怎么才能开呢?""你能不怕苦才行。""只要能救你,我什么都不怕!""那好吧,我告诉你,你得用木头烧,烧三天三夜。"

小伙子捡了许多木头,点着了火,烧着铁链子,烧到第三天,轰的一声巨响,把小伙子给震昏了。等他醒来时,白马驹站在他的身边,说:"多亏你救了我!你想要什么我就给你什么。"小伙子说:"我什么也不要,只要我们庄子赶快下雨。"白马驹说:"让庄子下雨,我还没那么大能耐,不过我会帮你的。"说完,白马驹一抖身子,蹿出洞外,昂头长啸一声,四蹄腾空,驾云上天去了。

时间不长，白马驹回到洞里，嘴里叼着一个小瓶。小伙子拿着小瓶左看右看，问："这有啥用？"白马驹说："你拿着小瓶，用嘴吹三下，天就会下雨，不过，你可记住，千万不能多吹，吹多了，你就会变成龙，这条龙是条废龙，只能卧着，不会腾飞。"小伙子说声记住了，便骑在白马驹背上，来到了庄子里。他下了马背大喊一声："乡亲们，这回咱们的庄稼可得救了。"喊完，他嘴对小瓶吹了第一下，天上起了乌云，吹第二下起风了，吹第三下就下起雨来。

眼看土地湿润，庄稼变绿，小伙子高兴极了，竟忘了白马驹的叮嘱，使劲吹了起来。一会儿全屯下起了大雨。这时小伙子就感到嘴唇哆嗦，接着全身也哆嗦起来，从头开始，一点点变成了龙头、龙身子。乡亲们怕龙干巴了，赶紧用水浇，又向白马驹磕头求拜，让它救小伙子。白马驹也没啥办法，只好到牡丹江边，用蹄子猛刨，愣是刨出一条长沟来，把江水引到屯子里，从龙身上流过。龙靠江水养生着，天旱时口吸河水喷洒庄稼。因龙长年卧在河里，人们就叫这条河为卧龙河。

白马驹不忘小伙子的相救之恩，多年在河岸边守护着，不让龙受侵害。后来玉皇大帝知道此事后，便把白马驹点化为石。龙没了白马驹的看护，后来渐渐死去。

讲述者：于全江

整理者：黄运军

卧龙屯

那是好早以前了,镜泊湖里有一条可爱的小白龙。它一飞出湖中,就给老百姓行云布雨。由于雨水调和,这一带庄稼长得很好,老百姓都很感激他。可是这事让老龙王知道了,老龙王说他不守天规,自作主张。

一天,小白龙又飞出镜泊湖,它正吞云吐雾,想要布雨,就听一声霹雳。当他睁开眼睛细看的时候,发现自己已经掉在大地上了。

这是一座小山村的旁边,四周环山。小白龙身边一滴水也没有,他想要动一动身子都不可能了。它明白了,这是因为它没听老龙王的话,严厉的老龙王处罚它了!

"哎,我就要干死在这里了!"小白龙伤心地落泪了。

就在这时,小白龙忽然听到一片欢叫声。

"呀,快来看,这是什么呀?"

"哈,这是龙啊!"

"龙!呀,真是龙啊!"

"它怎么掉在这里啦?"

“是啊,这大热天,它掉在这里还不得干死呀!”

“别吵,别吵,老董爷爷来了!”

只见这位老董爷爷头发、胡子都白了,但他走起路来还挺精神。

“啊,这是龙啊,你们还愣着干什么? 还不快回家去拿水桶,快担水浇呀!”

老董爷爷这一说,人们才从惊异中醒过神来,都急忙跑回家去拿水桶担水,拿盆端水。很快地水运到了,清凉凉的水浇到小白龙身上,凉丝丝的,小白龙觉得好受极了!

这时老董爷爷说:“这龙啊,能兴风布雨,它是我们老百姓的好朋友,它遭了难,我们怎么能看着不管呢? 快担水,把它浑身都浇透,别把它干坏了!”

大家听了老董爷爷的话,都说:“对呀,快担水浇呀!”

小白龙听了这些话,很受感动,他心里想:人,这些勤劳的人,多好啊!

人们累得汗水直流,清凉凉的水和汗水一起落在小白龙身上,它全身有了劲。三浇两浇,小白龙的身子能动了,它把尾巴一卷,一阵大风把它身子托了起来。它吞云吐雾,曲身探爪,随着一声雷响,它腾上了天空。小白龙恋恋不舍绕着小山村转了三圈,又钻进了镜泊湖。

从此以后,小白龙对小山村一带的人很感激,不管老龙王怎么限制他,每年春季播种时,它都来到小山村这一带布一场雨。每年小苗出土时,它便前来布两场透雨,这个小山村打这以后年年风调雨顺,五谷丰登。

就这样,这个无名的小山村从此也就在宁安市里出了名,人们都叫它卧龙屯。

搜集整理者:宋德胤

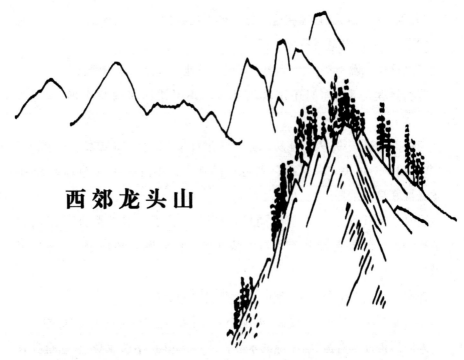

西郊龙头山

　　很久以前,在牡丹江和海浪河的汇流处住着一条青龙。鱼精水怪不敢到这儿兴风作浪,毒蛇猛兽也望而生畏。渔民百姓庆幸有龙的保护,生活过得挺好。

　　没想到这惹恼了一条毒蜈蚣。这蜈蚣不愿人们过好日子,它嘴吐毒汁,害得江水混浊、禾苗枯死、人伤畜亡,害得百姓哭天叫地。望着人们受难,那青龙突然扬首甩尾,霹雳一声腾空而起,直奔蜈蚣而去。它锋利的龙爪死死抓住蜈蚣脖颈,蜈蚣也凶狠地抱住青龙不放,毒足穿过龙鳞,扎进龙体。片刻,龙身抽搐,鳞片脱落。乡亲们见了,纷纷落泪,祷告上苍保佑青龙制伏毒蜈蚣。那喊声使蜈蚣一惊,分神去看。青龙乘机猛一摆头,扑哧一声,尖尖的龙角刺进蜈蚣的一只眼睛,蜈蚣受伤跌落在江河汇流处的南岸。它痛得满地乱滚,青龙跟上乘势又刺向它另一只眼。蜈蚣惨叫一声,并用毒尾巴猛钩一下青龙的鼻梁子,毒蜈蚣身子一挺,力尽气绝而死。这时,青龙也中毒不轻,它挣扎着爬到江河汇流处,口吸江河之水,无限怀恋地望着牡丹江和海浪河,慢慢闭上了眼睛,卧在了江河汇流处中间的土地上,并变成了今日的龙头山。山尖塌陷的地方,正是青龙被打坏的鼻梁骨。

人们为了祭奠青龙,在龙头山上修建庙宇。航行在江河的船只,每过龙头山,人们都要登岸烧香、参拜。

如今,当您乘火车过海浪大桥时,往西南望去,还能看见。那一脉蜿蜒起伏的石壁中凸出的山头,便是龙头山。

讲述者:吴德生

整理者:黄运军

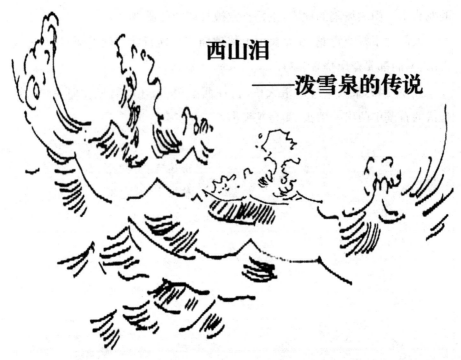

西山泪
——泼雪泉的传说

　　宁古塔城西大石桥下有一股泉水。这泉水冬暖夏凉,喝一口透心地甜。每年七月十五前后,泉水变成粉红颜色。听老辈人说,这泉水流传着一个古老的传说。

　　说早些年梅合乐户族有个老寡妇领个姑娘过日子,女儿苏哈是个心灵手巧模样俊的姑娘。苏哈有个表哥叫班达里,表兄妹俩从小在一块放风筝、弹嘎拉哈,感情很好。眼看孩子长大了,两家老人嘱咐孩子:"你们都不小了,天天在一块会让人说长道短!"自此,俩孩子就很少在一块玩了,可兄妹俩的心里还是谁也扔不下谁。班达里天天和阿玛习字练武,小苏哈也想习武念书,无奈家穷,又是女孩儿家,只好眼巴巴瞅着。

　　班达里知道了表妹的心思,就天天早晨把自己学的东西教给小苏哈。姑娘聪明绝顶,一学就会,没几年,也和表哥一样学了一身好武艺。表兄妹俩的感情比小时候更亲近了。

　　老寡妇看姑娘大了,跟她表哥又那么近乎,心想,这俩孩子倒也般配,何不找班达里的阿玛商量商量把亲做了呢? 于是,老寡妇把班达里的老阿玛请来。也巧，老兄妹俩想一块去了，没费事，两家乐乐呵呵地把亲事订了，没几天苏哈姑娘就过门当了新媳妇。

那时候顺治皇帝正扩大兵力，宁古塔八旗满洲的小伙子都挑去当西丹兵了，班达里也在册难逃，被分配在正蓝旗满都牛录下当差。苏哈姑娘连夜绣了个箭袋送给表兄，班达里也把祖传的一块玉石牌送给了苏哈。

再说宁古塔昂邦章京有个独生子叫胡苏，依仗父亲的势力称霸乡里，无恶不作，大家送他个外号"阴达呼"。

这天，阴达呼带着家奴郭什哈上西山打猎，路过班达里家门口，正碰上苏哈从娘家回来。这小子一看姑娘长得天仙一样俊，差点没真魂出窍，连猎也没心思打了，回到府上哭着喊着非要娶苏哈姑娘不可，成天茶饭不进地闹。爹娘心疼儿子，就派人去大石桥访听苏哈，知道她是一个刚结婚三天的新媳妇，丈夫应征披甲当差去了。阴达呼寻死上吊地闹，弄得章京也六神无主，愁眉不展。

章京有个贴心的笔帖式叫鄂木里，此人长相尖嘴猴腮，一肚子坏水。他见章京发愁，就笑嘻嘻地说："我有条妙计，管保能不费吹灰之力把姑娘得到手。"他附在章京耳朵上嘀咕一会，章京一听大喜："好，好！就照这主意办！"

班达里老爹自儿子走后，待儿媳妇像亲生女儿一样。媳妇孝敬公公，公公爱护媳妇，爷俩日子倒也过得下去。

一天，突然来了两个公差把班达里老阿玛带到大人府。昂邦章京皮笑肉不笑地说："皇上有旨，叫你到黑龙江跑马占荒，这可是宗美差啊！你安顿一下家小，三天内上路吧！"

老人一听慌了，忙起身哀求："启禀老爷，我已经六十开外了，儿子又出兵打仗不在身旁。家里只有我和儿媳妇，请大人另委他人吧！"

章京一听，勃然大怒，给他定了个违抗圣旨的死罪，抓进死牢，单等秋后开刀问斩。

老人被抓到狱里，气得茶饭不进。夜间章京的笔帖式偷偷溜进狱中，对老人假惺惺地说："我看你老头可怜，愿替你说说情，只要你答应件事，管保放你回家，说不准老爷一高兴还能赏你五百两白银哩！"老人问什么事，笔帖式说:"只要把你儿媳妇送上府来,不就一天的云彩都没了吗!"

老人一听,气得浑身乱颤,抡起手铐向笔帖式砸去,吓得笔帖式灰溜溜地走了。

那苏哈姑娘自从公公被带走,就回到娘家,娘俩天天痛哭,祈祷神灵保佑。这天,娘俩又在伤心掉泪,忽听有人喔喔敲门。一开门,闯进两个如狼似虎的公差,说请老太太进章京府有要事相商。没容分说,把老太太推到车上拉着就走。

家里只剩苏哈姑娘一人了,她形影相吊,无依无靠,真是叫天天不应,喊地地不语。好心的邻居们明知道这是章京存心害人,可是老百姓有什么办法呢! 大家伙凑了几两碎银,劝姑娘赶快逃命。苏哈姑娘擦干眼泪,遥望远方,咬咬牙说:"我要报仇雪恨!"说完,她带上腰刀弓箭,辞别乡亲,向死寂荒凉的西山走去。

过了一个月,西山坡出现两座新坟,一个是苏哈老额娘,一个是班达里老阿玛。奇怪的是这两座坟头上,每逢初一、十五就有新烧的纸灰,可就是不知谁烧的。那凶狠的章京四处张贴告示,悬赏捉拿苏哈,捉了一年,却连个人影也没抓到。后来,上山砍柴的人说,看见过苏哈姑娘在荒山野岭里披发光脚乱跑。再后来,又传说姑娘得道成仙,当了镇守西山的山神了。

更令人奇怪的是,自打苏哈失踪以后,章京府竟闹起鬼来了。一到晚上,就见一道白光闪过,砖飞瓦动,偌大的一座章京府被闹得鸡犬不宁,请来和尚道士降妖捉怪也无济于事。

再说那阴达呼,从见了苏哈之后成天像丢魂似的无精打采。这天晚上,他正躺在床上想入非非。忽然,房门哗啦一声开了,只见一个披头散发的女人手拿一把寒光闪闪的钢刀朝他逼来,阴达呼吓得屁滚尿流地哆嗦成一团。那女人按住阴达呼,咬牙切齿地说:"睁开你的狗眼看看吧! 我就是你要找的苏哈! 你把我们全家害得好苦啊!"说完手起刀落,阴达呼的脑袋搬了家。

第二天,章京府哭天喊地一片混乱,上上下下都吓得不敢出屋,昂邦章京连上茅房也要跟着七八个打手保驾哩!

几年以后,班达里解甲归里。他听到全家被害,跑到老阿玛和岳母坟上哭得死去活来。直哭得天昏地暗,两眼流血,那血滴在清湛湛的泉水里,染红了泉水。

就在这时,从正西面一阵风似的跑来个女人,来到坟头倒头便拜。班达里仔细一看,见她腰间挂着玉石牌子,啊!这不正是我苦命的苏哈姑娘吗!那女人一看有人,举刀便砍,班达里急忙驾住,一边扬起箭袋,大声呼唤:"苏哈,我是你的班达里啊!"

女人一看箭袋,腰刀落在地上,张开双手扑向班达里,两人紧紧地抱在一起。

乡亲们见班达里和苏哈团聚了,都乐得合不上嘴,赶快帮苏哈沐浴更衣。夫妻俩回到原来的房子,触景生情又痛哭一场。

就在当天夜里,这对患难夫妻闯进章京家宅,杀了章京全家,一把火烧了章京府。从此,在宁古塔再也没有人看见过这对夫妻。可是每年旧历七月十五,两位老人的坟头总有新烧的纸灰,这天从西山流出的泉水像殷红的鲜血。为了纪念这两家不幸的遭遇,人们便叫这个泉为"泼血泉",以后文人又改为"泼雪泉"。

至于这对患难夫妻后来落个什么下场,其说不一。有的说到船场当了官,有的说夫妻俩成了西山的恩都哩。在梅合乐家谱上,这一支人只续到班达里为止。

讲述者:傅郭氏
整理者:王树本

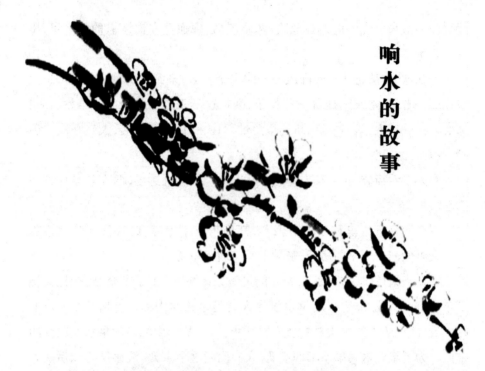

响水的故事

　　这是隋文帝杨坚死后的事。穆太妃有一爱女名叫素娥,年方十七,生得花容月貌。端午节的夜晚,她刚从母亲寝宫回来,见炀帝坐在自己房内,刚要回身出去,一只手被炀帝抓住。素娥一急眼,抓破了炀帝的脸。炀帝狠狠地照她肚子踢了一脚,并把她打入冷宫。

　　素娥被囚冷宫,小腹被踢得剧痛。突然门开了,穆太妃不顾一切地奔向女儿。母女俩抱头痛哭。哭罢多时,太妃问女儿:"如何落到冷宫?"素娥说明了原因,气得太妃破口大骂。素娥说:"骂不是你我求生之路,趁现在宫门无人,咱们还是赶快逃命去吧。"

　　夜深人静,母女俩逃出了皇城。第二天,炀帝亲率二万禁军分路追赶。太妃和公主见后面尘土飞扬,知是追兵来了。素娥急中生智,和锄地的父子俩换了衣服,女扮男装,避开了追兵,一路艰辛,向塞外奔去。

　　一天,群山环绕的牡丹江两岸,靺鞨人正在放牧牛马、下河捕鱼,见来了两个陌生的中原人,都当作奇事,互相转告,聚拢来叙话。彼此言语不通,只能打手势。靺鞨人临走时留下些鱼和兽肉,让两人食用。

日久天长,大家相处得很亲热,两方都懂得了些对方的语言,亲同家人。"父子"二人教给靺鞨人种水稻,用野麻织布。靺鞨人视这对"父子"为神仙,推选"老汉"的"儿子"为邑长,还要以"儿子"的名字为邑号。"儿子"哭起来了,边哭边说:"我叫'想隋'。"

就这样,这块地方就有了名字,叫想隋邑。各部酋长都来行礼跪拜,想隋推辞不掉,就同靺鞨人同甘共苦地种地、织布、放牧、练兵习武,过了几年,这里俨然成了中原的市镇。

一天,大酋长白乞仲象来到了想隋的屋内,要和想隋邑合兵一处扩大势力,统一靺鞨各部,硬拉想隋跪拜盟誓,还要同拜。

想隋为难了,涨红了脸,低头暗想:白乞仲象是个英雄,有志气,有作为,年纪又和自己相仿,跟他做一番事业,心愿足矣。于是她开口道出真情:"我是女的。中原人只有结婚才同拜天地。""胡说!你哪能是女的!"想隋说:"我真是女的,有守宫砂为证。"白乞仲象不懂,想隋又说:"汉人皇宫中的女子,年满十三岁,就点上守宫砂。要没有了守宫砂,就视为失去了贞操,就得被打死。女人结婚第二天,就没有了守宫砂。实话告诉你,我是隋文皇帝杨坚、穆太妃的女儿,我叫素娥。'想隋'是我想念隋朝的化名。"说着就从头至尾地讲起了前情,边讲边哭。白乞仲象陪着掉下了同情泪。

不久,靺鞨人给他们举办了结婚大礼。婚后她同丈夫共同治理郡邑。后来人们把"想隋"叫白了,就叫成了"响水"。

整理者:关墨卿 黄运军

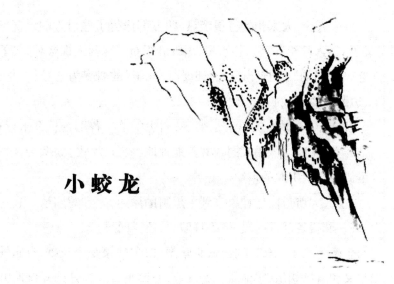

小蛟龙

　　听老人说，镜泊湖直通东洋大海，是东海龙王太子"小蛟龙"镇守的地方。

　　你别看小蛟龙是龙王爷的儿子，他可是黎民百姓有求必应的"小神仙"哩！没事他就溜溜达达走上岸，变成个棒小伙子，从南湖头到北湖头，挨屯子走门串户，问寒问苦，尽唠贴心嗑儿，尽办成全人的好事。打鱼的人要是说"这阵子鱼不上网了"，他准会告诉你明天上哪上哪打去，第二天，你按他说的地方下网，准打它个鱼红眼。庄稼人要是说"天太旱，庄稼打蔫了"，他准把大湖搅个水连天，天连水，给你不紧不慢下上三天牛毛雨。一到落雪封湖的时候，车老板子不敢跑冰，他就用犄角替你豁出一道大冰线，告诉你哪里能走车，哪里可行人。镜泊湖方圆左右，因为有小蛟龙的庇护，真是年年风调雨顺，月月车马平安。

　　单说在镜泊湖底下，有座魔王宫殿叫火龙宫，那里住着两个火蛇妖。这两个妖怪，嘴里吐火苗儿，两眼冒青烟，吃的是烧红的岩浆石，喝的是硫黄水。它俩久居地下，心闷屈得慌，老想到外边游逛游逛。于是，它俩就口吐妖火,烧呀,烧呀,烧透了地心,烧穿了镜泊湖底,末了,烧出两个冲天火口来。顿时,湖水烧干了,变成一片火海。土地烧焦了,庄稼烧死了,两岸青山变成了秃岭。岩石烧化的浆水,盖住了百里大湖,这里变成了荒无人迹的大石棚。

小蛟龙一看,自己的龙宫、老乡的房粮地产都化成了焦土,心里就跟刀绞那么难受。它运来了东海水,也浇不灭妖火。把四海龙王都请来,还是不敢靠近火蛇妖。

东海龙王劝小蛟龙:"快跟我回东海,躲开这阵妖火吧。"

小蛟龙回答父王:"孩儿不能离开这大湖,黎民正遭难哩!"

南海龙王也劝他:"太子啊,跟我回南海,给你再建一座更美的龙宫。"

小蛟龙连连摇头:"感谢大王。如今大湖变火海,黎民在火坑,我怎忍心独自建龙宫!"

西海龙王也过来劝他:"你去西海吧,我有个公主愿意招你做龙宫里的驸马。"

小蛟龙连连摆手:"多谢大王好心,我不除妖,誓不罢休!"

北海龙王过来拉住他说:"跟我上北海,那儿有吃不败的山珍海味、仙酒仙果子。"

小蛟龙起誓发愿说:"我豁出这把生灵骨,也要除尽火蛇妖。我要到三山五岳去求救,搭救这一方受深灾大难的黎民百姓!"

小蛟龙辞别龙王,告别了湖岸上的众乡亲,直奔天宫灵霄宝殿,把火蛇妖的罪过面奏给玉皇大帝。玉帝说:"我只管天庭,不管地面,你去别处搬兵求救吧!"

小蛟龙去找地藏王,请他施展法力,解救一方的大难。地藏王说:"我只管地府事,不理人间情!"

小蛟龙走啊,走啊,走到西方净土去求如来佛祖。如来说:"本佛只管极乐世界,东土事由东土管。"

小蛟龙没泄气,来到长白山。听说沃古伦圣母是镜泊湖人尊敬的祖先,便朝见圣母,把火蛇妖祸害黎民的罪孽,宗宗件件说了一遍,苦苦哀告圣母快出山,搭救子孙出苦难。圣母扶起小蛟龙,答应说:"镜泊湖人是我的子孙,你又东奔西走来求救,我不能不管,你正好随我一起出山吧。"说罢,她就带领四位弟子和小蛟龙驾着祥云,向火光冲天的镜泊湖飞去。

到湖头朝下一看,两个疯狂的火蛇妖正喷烟吐火,向四面八方烧着。圣母按住云头,高声喝道:"好个孽障!你俩不在地底潜修,竟敢到地面兴妖作怪,罪该万死!"火蛇妖并没把圣母看在眼里,大叫:"哪里来的野老太婆,多管闲事!"说着,口喷烈火,向圣母烧去。就见圣母不慌不忙,用手朝南一指,立即引来一股长白山顶的天池神水,好像天河一般,奔腾直下,不一刻,把漫天妖焰扑个火灭烟消。二火蛇一见,扭头正要逃脱,圣母口中念动真言,把两个妖怪结结实实地定在两个喷火口上。接着,圣母又向长白山一指,把那山下的一座大孤山、一座小孤山给移了过来,牢牢地压在两个火妖身上。又把神水洒向四方,水到之处妖火都随之熄了。小蛟龙叩头感谢,老百姓也在湖边烧香谢恩。这时,圣母告诉小蛟龙和众乡亲说:"莺哥岭岭北的地下,有股清泉,只要挖出来,灌湖湖满,浇树树活,洒向大地,就准保五谷丰收。"

小蛟龙率领男女老少,一起动手,挖过九九八十一天,掘进七七四十九丈,真的冒出一股珍珠泉来。这泉水流向镜泊湖,就见湖水满了;流向林子,就见枯枝焦叶都变成青枝绿叶;流到地里,庄稼长得又粗又壮。

直到今天,大孤山、小孤山还在压着那两个火蛇妖。一到数九寒天,镜泊湖湖面总出现一道长长的冰线,见到这冰线,人们就会想起有求必应、为民造福的小蛟龙和有关他的传说。

小人国村

　　八九十年前,我们海林这疙瘩有两个小人。老头儿二尺来高,老太太比老头儿矮一筷头儿。老头儿扣个瓜皮帽,帽顶系个红疙瘩球。老太太头绾疙瘩髻,髻上插个弯头簪。老头儿胡子比人高,走起道儿来双手托着胡子。老太太烟袋长过自己半截,她把烟袋锅那头搭在老头儿肩上,嘴里叼着烟袋嘴跟着老头儿走。老太太一吧嗒嘴,老头儿准知道是不透烟了,就一手托胡子,一手向后接过老太太递给他的弯头簪,往肩上的烟袋锅里扎扎,撅撅,大拇指再按按,老太太一点头,老头儿才能往前走。

　　一个小小子看着好笑,跟着他俩到了家。老头儿老太太人虽矮小,住的房子却跟别人家房子一样大,小小子就问:"你们咋也住这样大的房呢?"老头儿说:"住小的,那不成鸡窝了?"老太太打趣地说:"那不叫你连窝抬了吗?"小小子不服气地说:"你俩还用费那么大劲啊,我两胳肢窝一夹就把你们弄走了。"老头儿说:"咱打个赌吧,你抓不住我俩咋办?""赌就赌!抓不住,抓不住——抓不住我给你当儿子!"

老太太把烟袋锅往地上一磕:"这可是真的?""有啥难的!"小小子说完猛地向她抓去,老太太头一低,扛着烟袋跑到一棵树下,烟袋锅往树丫上一钩,一个滴溜就上了树。

小小子又去抓老头儿,老头儿托着胡子钻到碾子底下。小小子费了好大劲儿钻进碾底,老头儿又跑进草棵。小小子在草棵里扒拉半天也没见人影,正四下撒摸时,屋里传来喊声:"喂,小小子,进屋吃饭吧,吃完饭咱再赌。"

小小子进了屋,见不大的小木墩上放好了三个比酒盅大点儿的三碗饭,一小碟黄花菜。小小子吃了二十碗,就走了。

他再回屋时,见老两口的瓜皮帽、烟袋和衣裤都在炕上,被窝里鼓囊囊的,心里乐了,暗想这回看你们还往哪跑。他抱起被褥跑来江边,对打鱼的说:"我赢了!"渔民们哈哈大笑:"看看,你那里是啥?"小小子把被子一抖,掉出两枕头。他蔫了,原来老头儿和老太太正在江里起网哩。

小小子本来从小就死了爹娘,如今见这对小人也挺好的,就真的叫起爹娘来。

老头儿老太太祖上是医道人家,如今有了个帮手,就开起人和堂药店,老头儿摸脉,老太太开方,小小子上山采药。在这里,有钱的看病,无钱的也可看病,他们看一个好一个,远近十里八村的都来这里瞧病。

老两口和小小子没几年就挣了不少钱。这天,老两口把钱拿出来数数,准备给儿子说媳妇。这时进来个人,说要看病。老头儿边给他按脉,边对小小子说:"今儿个你就别回来了,大老远的,明早把她领回来,让爹娘看看。"

病人走了,小小子不解地问:"爹爹你说的是啥呀,事还没影儿,领谁家的姑娘啊?"老头儿轻声说:"刚才那人哪里是病人,是贼啊。他知道今晚家里就你娘和我,一定会来⋯⋯"

半夜,这个贼人果然从窗户进来,刚要动手绑人,突然从房子四周围上好多乡民,抓住了这个惯贼。

人人都说老头儿老太太善良又有智谋,从此有个大事小情的,都找他俩商量。外屯人说:"你们屯是小人当家,就叫小人国吧。"这小人国就叫开了。

牡丹江岸边的海林市柴河镇小人国村这个村名,就是那时留下的。

讲述者:李可春

整理者:黄运军

兴凯湖的由来

老辈人说，兴凯湖原本不是湖。它是一个两面有山的洼地，有树，有河，有人家。那么怎会变成湖了呢？这个事说起来还挺长咧！

不知是哪朝哪代，什么年间，在这块地方的一个村子，住着一个叫贞贞的姑娘。这姑娘长得好，性格也好，方圆左右邻里乡亲没有不夸她好的。她心灵手巧，还特别勤快。

采山货的季节到了，贞贞搭伙几个姐妹，一块儿进山采山葡萄。她们挎着篮子说说笑笑地向山里走去。山上的空气特别清爽，树林里鸟儿不断地鸣叫，山泉哗哗地流淌。山葡萄结得嘀里嘟噜，姐妹们高兴极了，她们急急忙忙地采摘起来。

贞贞只顾采摘山葡萄，忘了和姐妹们搭伴，走着走着就走单了。冷丁，看见一只熊向她走来，吓得她"妈呀"叫了一声，回过头向来的路跑去。由于跑得太快，又是下坡，脚下没拢住，她一个跟头摔在山砬子下，接着就什么也不知道了。

不知过了多长时间,她像是睡了一大觉。睁眼一看,自己却在一个茅草屋子里,躺在土炕上,炕是热的,炕头摆着吃的。她很纳闷,是谁救了我?山里怎么会有房子呢?她想起来看一看,可是浑身疼得像是被猫咬,身子抬不起来。她朝房外望了望,只见有头小牛在那里打盹,一个人影也没有。她肚子有些饿了,顾不得别的就把饭吃了。

从这以后,天天这样,吃的东西里面还有了野鸡肉、狍子肉。她更纳闷了:莫非小黑牛弄的?它是头牛怎么能办这事呢?不然是谁呢?周围一个人影也没有。她开始暗暗地注意。

一天夜里,她躺在炕上假装要睡觉。只见小黑牛悄悄地向山上走去,她爬起来暗暗跟在后面。

小黑牛走到一个僻静的地方,四下望了望,把身子一抖,脱掉了牛皮,变成一个漂亮的青年,然后,他把牛皮藏好,拿着红色的小弓箭去打猎了。姑娘看得一清二楚,这下全明白了。她偷偷地把牛皮拿回去藏了起来。

英俊的青年扛着猎物回来了,他对姑娘说:"我的事你都知道了,请把那张牛皮还给我吧!"姑娘问:"你是个人,为什么要变成牛呢?"青年说:"其实,我是天上的玉阁仙童,因为思念人间的生活,私拿了玉皇大帝的宝物牛皮来到人间。我自从见到你就爱上了,才脱掉牛皮去打猎觅食给你吃。因为我是偷着下凡的,不能暴露真相,所以才变成黑牛。"姑娘说:"你是玉阁仙童,又很知情知义,我们何不成为夫妻,享受人间的乐趣呢?"仙童低头思索了一会儿,说:"好吧,只是你一定要把牛皮收藏好,不能损坏,一旦有用时要拿出来,不然,我们会受到惩罚的。"

从此,他俩结为夫妇,互相体贴,日子过得挺甜蜜。谁想,好景不长,响晴的天一下子变得黑云滚滚,电闪雷鸣。玉皇大帝知道了他们的事,派巨灵神下凡捉拿仙童。

仙童不愿回天上去,妻子也舍不得让他离开,两人抱头大哭。巨灵神紧催不舍:"如果你不回天府,就得把玉帝的宝物交出来。"仙童忙叫妻子找出牛皮。牛皮找出来了,可它已经破损得不能再用了。巨灵神禀明玉帝,玉帝大怒,命巨灵神把天河的水倒下去,淹没仙童夫妇和这片山川大地。

水从天上倾下来,霎时间,这片美丽富饶的土地变成了浩大的湖泊,这就是现在的兴凯湖。

讲述者:卢士花
整理者:韦希曾

兴凯湖与蜜蜂山

蜜蜂山就坐落在兴凯湖的北岸,像一尊天神一样时刻注视着湖面的风浪。至于说它什么时候出现在这里的,谁也讲不清。不过,据说在这座大山还没有来到湖岸的那会儿,大湖沿岸数百里的沃野上,就到处流传着许多优美动人的故事了。

传说,一向喜好兴妖作怪的小白龙,原来住在黑龙江里,自从被秃尾巴老李打败,逃到这里之后,整天闷闷不乐,总觉得兴凯湖的水域太狭窄,待在里面太不自由了。它想:老百姓对我不闻不问,根本就不把我的到来当作一回事,不给我讲贡,也不给我敬香,好像压根就没看起我这个龙王。

一天,小白龙恶性大发,使出了翻江倒海的本领,把湖水搅得暴涨起来。湖水四溢,吞没了土地,冲倒了房屋,淹死了许多老百姓和牲畜,侥幸活命的人都跑到一个土山上避难。人们眼看着不断上涨的湖水发起愁来,有的跪在地上叩头祷告,有的咒骂老天爷不睁眼睛。

人群中"呼"地站出一个膀大腰圆的青年人,指着湖面破口大骂妖龙。他是这一带的石匠,臂力过人,名叫石镇龙。他为人正直,经常斩妖除霸,救济人民。这时他站在土山上,瞪着泛滥的洪水两眼冒火。

正在这时,湖面上飘来一群蜜蜂。为了保护蜂王,小蜜蜂们成千上万地抱在一起,托着蜂王在风浪中时起时伏,不知已经淹死了多少。蜂王的翅膀被水打湿了,飞不起来了。石镇龙见此情景,一个猛子扎进水中,将蜂王救了上来,放在小山坡上。

大伙儿都一起围了上来,看着这只昏了过去的蜂王。过了一会儿,蜂王苏醒过来了,不停地扇动着亮晶晶的翅膀,突然一扭身,变成了一位美丽多姿的年轻姑娘。蜜蜂姑娘感激地对石镇龙说:"石大哥,多亏你救了我的命,我愿意帮助你惩治妖龙,为民除害,也好替我众姐妹报仇!"

石镇龙慌乱不知所措,急忙问:"你有什么好办法?"

蜜蜂姑娘说:"离这里百里之遥的正北方,有一排连绵起伏的山岭,远远看去像一串闪光的珍珠,其中最高的一座山峰叫珠山,山上住着一位老尼姑,人称'珠山仙母'。她有一柄'绝龙剑'。若能把这柄剑借来,你就能斩杀妖龙。"

石镇龙举目眺望土山周遭的茫茫水际,心中无限焦躁。他说:"为救百姓,就是刀山火海我也敢闯,什么都豁得出去。只是眼前水面茫茫,无边无沿,珠山又那样遥远,这借剑岂不成了空谈?"说完,沮丧地蹲在了地上。

蜜蜂姑娘被他的真情感动了,上前安慰他说:"石大哥,你别愁,我有办法送你到珠山。"

石镇龙眼前一亮,看见蜜蜂姑娘把手一扬,千千万万只蜜蜂飞聚到一起,像蒲团一样铺在地上,蜜蜂姑娘说:"石大哥,请坐上吧。"

石镇龙小心翼翼地坐了上去。"蒲团"渐渐上升,托着石镇龙飞上天空。蜜蜂姑娘摇身一变,又变成了蜂王,在前边引路。

疾飞的"蒲团"终于来到珠山脚下。

蜂王又变成姑娘,对石镇龙说:"石大哥,恕我不能送你上山了,我们来到这儿,珠山仙母已经知道了,她一定要出难题,阻挡你的道路,以试你的诚意。你只要不畏艰险,勇往直前,就一定能成功。我等你的好消息。"

石镇龙拜谢了姑娘,就大步流星地朝山上走去。

他一路之上披荆斩棘,杀虎驱豹,射雕斗蟒,终于闯过道道难关,找到了珠山仙母。

仙母说:"你的诚意令人敬佩,怎奈我是出家人,不管红尘事。"

石镇龙苦苦哀求,诉说百姓的苦衷和妖龙的罪状。仙母听完后,叹了一声:"这条孽龙,几经惩治仍不改悔,这回该遭劫数了!"随即将"绝龙剑"赠给了石镇龙。

石镇龙双手接过宝剑,连忙谢恩。仙母又说:"此剑定可退那孽龙,但不可出手,剑若出手,虽能惩治孽龙,但使剑之人即化为石山。"说罢转身走了。

石镇龙躬身退出山洞,走下山来,只见蜜蜂姑娘热情相迎。石镇龙归心似箭,蜜蜂姑娘发出信号,"蒲团"又升上空中疾飞起来。

妖龙这时正在兴风作浪,得意扬扬地驱赶着浪头冲击土山。眼见就要淹没山头,人们惊恐地缩在一块。

恰在这时石镇龙赶到了,他怒不可遏地大吼一声,手持宝剑,从空中跃入水里,与那妖龙斗在一起。宝剑上下飞舞,白龙左右盘旋;宝剑寒光阵阵,白龙见势不妙,急忙掉头逃跑。石镇龙见它逃跑,想要继续追杀,可是已经来不及了。

仙母的叮咛在耳旁,为铲除妖龙,他把自己的生死安危都抛到脑后了,毅然撒手将"绝龙剑"向妖龙甩去,一道白光破雾凌空,直射妖龙,接着一声霹雳震得山摇地动,浪涌千尺。

响声过后,"绝龙剑"化作一道长堤,直贯湖中,把小白龙压在堤下,湖水被长堤拦腰截断,将湖面分为大、小两个湖。小湖风平浪静,沙明水秀,大湖虽然汹涌澎湃,但有长堤(后来人们叫作湖岗)阻挡,再也不能泛滥成灾,从此,人们就把这大、小两个湖都叫作"新开湖"。久而久之,人们就叫成了"兴凯湖"。

再说石镇龙抛出宝剑之后,身子变成了一座高山,威严屹立在湖边,镇守着长长的湖堤。

蜜蜂姑娘为了报答石镇龙的救命之恩,就带领蜜蜂终生居住在这座大山上,陪伴着石大哥的英灵,借以寄托她的情思。

由于蜜蜂群长年在山上筑巢酿蜜,每到夏季,山上蜂蜜多得直往下淌。人们为了纪念拯救他们的石镇龙和蜜蜂姑娘,便将此山取名为"蜜蜂山"。

讲述者:曹正

整理者:王洪林　李岩中

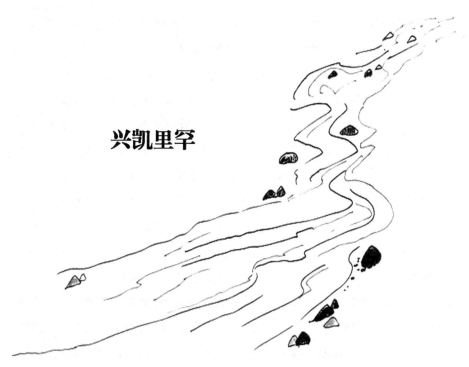

兴凯里罕

很早以前,兴凯湖畔有个年轻的巴图鲁,叫兴凯里。他力大无穷,有一手好箭法,不管飞多高的老鹰,他说打左眼就不能打在右眼上。在远近部落里,人们都知道他是个神箭手。他还有一匹宝马,能跑高山峻岭。兴凯里有个美丽的妻子叫朱坤。朱坤不但长得非常漂亮,能歌善舞,还能用桦树皮做飞禽走兽,什么獐狍野鹿啊,什么虎啊猪啊豹啊黑瞎子啊等等,就像真的一样,剪一个桦皮船扔到水里就能用。部落里的人都知道她的手艺,朱坤也是有求必应。

这一年,正当满山的达子香花开得像火一样红的时候,朱坤背着柳条筐,手拿牛角刀,一边扒着鲜嫩的桦树皮,一边唱着优美的山歌:

> 长白山好像我们鞨鞨人的山鹰,
> 兴凯湖和镜泊湖是我们鞨鞨人的眼睛,
> 乌苏里江啊是我们鞨鞨人的扎带,
> 乌尔翰是鞨鞨哥哥的飘翎。

这时,从远处跑来一匹老黑马,上面坐着一人,身背短弓,两腮瘦塌。那人下马来到朱坤身前,便鞠躬请安。这个人名叫鞨里黑,是朱坤的姑舅小叔子,在铁索落王府当差,为人奸诈狡猾,净干坏事。朱坤一见他来了,就像吃了个苍蝇那样恶心,鞨里黑说:"嫂嫂,你来这儿干啥?"朱坤很不耐烦地说:"采几张桦树皮。"她转身要走,鞨里黑忙扯住她的筐说:"我有个要紧的事和你说,嫂子,你会做那么多鸟啊鹿啊,你歌又唱得那么好听,今年七月十五日,铁索落王六十大寿,你要是去献上你的歌和你的手艺,你要啥能给你啥,你能发大财啊!"朱坤听了淡淡一笑:"我不要那个名,也不发那个财。我不是他那部落的人,部落里的人求我给做啥,我就给做,他那儿我不能去。七月十五还是你哥哥的生日呢,今年我要为他好好张罗张罗。"鞨里黑嘿嘿冷笑,板起脸说:"你不要敬酒不吃吃罚酒,你要去,要啥有啥,如果你不听我的话,可别说兄弟对不起你了。"说完,鞨里黑骑上马扬长而去。

朱坤被鞨里黑一搅,再也没有心思扒桦树皮了,忙拿起筐往回走。眼看就要到湖沿了,天上突然飘来一大片乌云,瓢泼似的大雨下了起来。朱坤忙躲到山洞里避雨。雨越下越大,下了好一阵子。刚要停时,就听湖里山崩地裂一声响,接着出现四个姑娘,她们站在水里向朱坤招手,大声呼唤:"姐姐!姐姐!"朱坤顺着声音来到湖沿,看到四个妹妹站在湖边的水里。朱坤和她们中间隔着一道沙丘,大妹妹投过一条彩带,从沙丘到湖边架起一座小桥。朱坤踏着小桥来到四个妹妹跟前。四个妹妹忙拉住她说:"大姐,你让我们找得好苦,妈妈让你回长白山呢。"

原来朱坤是长白山桦树妈妈的女儿。桦树妈妈有五个女儿,朱坤是大女儿,喜欢在陆地上游玩,四个妹妹喜欢在水中游玩。有一天,桦树妈妈和五个女儿围坐在泉边藤蔓缠绕的参天古松下,对女儿们说:"你们都长成大姑娘了,以后要学会自己生活。妈妈把心血都用在你们身上了,给你们每人做了九层桦皮衣服,这九层衣服可要珍惜啊,每层衣服都能给人间造福,但不能随便脱下,每脱一层衣服,要减五百年道行。"五个女儿齐声说:"谢谢妈妈!"

四个妹妹问姐姐:"你怎么来到这里?"朱坤向妹妹们诉说起来到兴凯湖的经过。

三年前,北风呼啸的严冬,朱坤踏着没膝深的大雪,在山中游玩,来到了兴凯湖边。那时的兴凯湖,满目凄凉,民不聊生。好心的朱坤边走边脱下桦皮衣服帮助那些穷苦百姓,已经脱下了八件衣服,就剩最后一层贴身桦皮衣服没脱了。这天,她正走在雪中,发现五十多个男女老幼赤身露体被捆绑着躺在雪地里。他们哭叫着,眼看就要冻死了。有个老太太断断续续地说:"好心的格格,行行好,快救救我们吧!我们诸申人被乌良哈人撵出来,就要冻死了。"看到这种情景,朱坤心像刀绞似的。她身上只剩最后一层桦皮衣服了。脱给他们吧,她知道这层衣服可给他们吃穿,赶走恶人,但自己就要保不住性命;不脱吧,这些人凄惨地哭叫,实在看不下去。她长叹一声,咬咬牙,把最后一层桦皮衣服脱给了他们。脱了衣服后,她觉得冷风刺骨,浑身打战,便奔东北走下去。雪越下越大,她终于支持不住,倒在雪地里。兴凯里狩猎发现了她,用皮大哈把她包起来,抱回家,他们就成了亲。朱坤向妹妹们叙述了来兴凯湖的经过后羞涩地说:"我已经在这里成了亲,不能再回长白山了。"妹妹们拿出从长白山带来的仙糕仙果,和姐姐一起吃了一阵子,玩了一阵子,就要分手了。朱坤说:"还有一事求妹妹们帮忙,今年七月十五,铁索落王过生日,让我进府给他献技,我不去,你们姐夫就得被杀。现在你们每人给我一件桦皮衣服护身,到七月十五那天拜寿时,我和铁索落王去较斗。你们赶紧回长白山。"

　　和妹妹们分手后,朱坤回到家里,愁眉不展。兴凯里看出她心里有事,连问了好几次,朱坤才说了鞨里黑让她去给铁索落王祝寿的事。兴凯里气愤地说:"我们不听他那一套。"

　　话说铁索落王是东海窝集部北端兴凯湖地区的王爷,管辖八十一个部落,势力很大。铁索落王本人也力大无穷,剽悍凶狠。在宁古塔有个昂邦贝勒,也是力大无穷的人。有一年,铁索落王推着两千斤重的大车,装着四头野猪、两只黑熊,一直推到宁古塔,把车横在贝勒府门前卖肉。大贝勒王听了把门兵士的禀报,暗暗寻思:哪来的大汉,敢在我这儿卖肉? 大贝勒王领着二十个彪形大汉出来,告诉他们:"把车推出去。"结果二十个大汉也没推动这辆车。贝勒王心想,我这儿也没有这样的力士,莫非是兴凯湖的铁索落王来了。四下一看，在一棵大树下蹲着个像铁塔似的大汉。贝勒王走到跟前，双手平伸表示致意，说："这位老巴图鲁，你是从什么地方来的？你卖肉怎么在我门口卖呢？"铁索落王说："你要嫌碍事，你就把车推走。"贝勒王甩掉皮大哈，双手扶住车辕，运足力气，回头问铁索落王："推到什么地方去？"铁索落王站起来说："推到你希望放的地方去，但是，我有个规矩，要推出百步开外。"贝勒王点头，一气就把车推出去一百三十步，气不长出，面不改色。铁索落王非常敬佩，他俩到一起唠起来。大贝勒王问："你这猪多少钱一头？"铁索落王说："我不整卖，专卖零的。"贝勒王说："好吧，我就要这头猪的后半边。"铁索落王拿出刀，正要劈下去，贝勒王说："不用！"随即他用单掌一劈，把后边砍了下来。铁索落王不禁暗暗赞叹。贝勒王问："多少钱？"铁索落王说："一吊钱就行。"贝勒王让部下把钱递给铁索落王。铁索落王接过铜钱说："你这哪是铜钱，是泥做的。"贝勒王说："买肉怎么能给假钱呢？"铁索落王说："那就对不起了，你看看吧！"说完两手指一捏，一吊铜钱变成一堆铜粉。大贝勒王竖起大拇指说："是好样的！咱俩能施个见面礼吗？"铁索落王说："那好啊！"两人各倒退三步，再左脚探出半步，两臂四下拓挥，向前三步，互相一手抱膀子，一手抱腰，双方都运足了气，相持了一阵子，结成了生死之交。大贝勒王就成了铁索落王的盟兄。

　　七月十五前一天，鞨里黑领着王府骑兵，像一群凶神恶煞，把兴凯里住的小撮罗围住了。兴凯里提起大刀要拼杀出去，朱坤忙拦住说："你不要胡来，我跟他们进府，你先远走高飞，你一定要好好活着，待我回来时，咱们再团聚。如果我真的死了，你再打进府去也不晚。"兴凯里不干，朱坤拉住兴凯里的手说："我告诉你，他们是不能把我怎么样的。我本是长白山的桦仙子，非同凡人，你千万要放心。"这时兴凯里才知道自己的媳妇是仙人。兴凯里把刀放下，同朱坤一同推开门走出来。来的骑兵马上围上来就要抢。朱坤说："等等，请客哪有大动干戈的。"鞨里黑说："嫂子，你还是去吧。"朱坤说："我换换衣服，带上工具，好给铁王献技啊。"兴凯里心中像有万把钢刀在扎，他含泪忍痛送走朱坤，目送着马队消逝在西边的山坡上。

　　铁索落王府正准备祝寿的事，悬灯结彩、鼓乐齐鸣。大厅里，铁索落王和宁古塔大贝勒王端坐正堂，其他各部落的葛珊达、勃极烈、穆昆达等等，云集满堂。各部落送来的猪羊等寿礼摆满堂前，真是好不热闹。这时鞘里黑从外面跑进来向王爷报告："王爷，奴才把朱坤请来了。"铁索落王一看，朱坤已走进大厅，朱坤的美貌超过了他所有的美女。铁索落王眉飞色舞，忙派四名侍女给朱坤盘坐，朱坤不卑不亢坐下。这时，大厅里所有的人都把目光集中到朱坤脸上。铁索落王更是垂涎三尺，目不转睛，紧紧盯着朱坤。

鞘里黑趴在铁索落王的耳边说："朱坤本是天地难寻的一个美女，她跳的舞比仙鹤还美，她唱的歌比黄雀还好听。"铁索落王听后，喜形于色。鞘里黑忙走到朱坤跟前行礼说："请嫂嫂为王爷跳舞祝寿。"

朱坤跳起了鞁鞘蟒式舞，优美的舞姿使大家都看呆了，小鸟也不飞了，风也停了，太阳也不愿走了。跳完舞，铁索落王站起来对朱坤说："听说你手技好高，会做飞禽走兽，你就剪几个给大家开开眼吧。"朱坤掏出剪刀，剪出了五只大鹰，用嘴吹了一口气，五只大鹰都扇动翅膀飞起来，整个大厅像刮起了狂风。五只大鹰把铁索落王紧紧围住。铁索落王和在座的人都吓呆了。这时，从后厅出来两位神女，手拿火把，围着铁索落王像旋风一样转起来，把五只大鹰都给烧死了，朱坤失败了。

铁索落王看朱坤要害他，就把朱坤关起来。铁索落王软硬兼施，想接近朱坤，朱坤总是不搭理他。有一天，铁索落王带着四个卫士来到朱坤跟前说："你就像我装进金丝笼子里的一只小鸟，你要是不听我的话，我就折磨你。"他把手里拿着的一串铜钱一捏，捏成粉末，说："你如果惹翻了我，叫你也像这铜钱一样。"朱坤说："我连死都不怕，还怕你那套。"铁索落王说："好吧，我给你八天时间考虑，再答复我。"

第六天头上，四个妹妹来看朱坤。妹妹说，你不听我们的话，已经走到绝路了。朱坤说："我求你们每人把第二张桦皮衣服给我。"几个妹妹都把第二件桦皮衣服给姐姐穿在身上，朱坤把大妹妹带刺的衣服穿在外边。到了第九天，铁索落王把朱坤抢入洞房，想与她成亲。他一伸手，碰到了朱坤的衣服，刺得铁索落王直叫唤，说："这是怎么回事，为什么我不能接近你呢？"朱坤说："只有兴凯里才能接近我，别人万万不能。"铁索落王又枉费心机，只好把朱坤关在洞房里,好吃好喝侍候着。

再说兴凯里到了伊兰哈达,找人给他打了一把三百斤重的大钢刀,又到摩尔根,找到一个做弓箭的名手,做了个五十石的硬弓。带着大刀硬弓,兴凯里就骑着他的宝马直奔铁索落王府去了。到了王府,他抡起大刀就砍杀起来,和铁索落王打了一天一宿,终因寡不敌众,受了重伤,逃出王府。

这时已是深秋季节,兴凯里跑到离王府几十里开外的一个地方,倒在一棵老榆树底下昏了过去。不知什么时候,他忽然觉得身上有些暖和,睁眼一看,自己躺在一个小撮罗里。有一个脸像红铜,慈眉善目的老汉正给他喂马奶。原来这老汉在深山打猎时发现了兴凯里,把他救了回来。老汉看他睁开眼,就说:"好啊!好啊!靺鞨人是死不了的。"兴凯里想起身向老人请安,老人用手按住他不让他动。老人每天给他喂奶、喂药,经过七七四十九天,兴凯里好了。老人说:"小阿哥呀,你要干啥去?"兴凯里说:"我要报仇去!"兴凯里把事情经过全部告诉了老人,又问老人:"老玛发,你看这事儿怎么办好呢?"老人说:"要报仇,光拼力气不行,要有计谋,你要信我的话,就能报仇。不过,这是一般人办不到的。"兴凯里说:"只要能报仇,就是死我也不怕。"老人说:"那好吧,你有决心,得答应我三个条件:第一,用我的泉水洗你的脸,洗完了,你的脸就变成了五颜六色,铁索落王就不认识你了。第二,你得喝我的黑灰水,改变你的声音,铁索落王就听不出是你了。第三,你要跟我学口技,我教你学百鸟之音、百兽之语,你可以到铁索落王那儿献技,接近铁索落王。这三条你能做到吗?"兴凯里说:"我的脸以后还能不能变过来呢?"老人故意沉思了一下说:"不能!我没办法变过来。"兴凯里想,我变得这样丑陋,见到妻子她能认我吗?又想,她就是不认我,能把铁索落王杀死,我也心甘情愿。想到这儿,就向老人说:"这些条件我都能做到。"老人说:"那好吧。"

老人把兴凯里领到一个山泉边,泉水冰冷刺骨,气味难闻。这时老人又问兴凯里:"你能办到吗?你要办不到,现在还来得及。"兴凯里点头道:"我能办到。"他毫不犹豫地用双手捧起水就往脸上洗去,他的脸立刻变得十分丑陋。老人赞叹地说:"好样的,你真有靺鞨人的骨气!"随后,老人把兴凯里领回撮罗,端出一木碗黑水让兴凯里喝下去。兴凯里喝下这碗黑水,声音马上变得自己都听不出来了。从这以后,老人就天天教他学百鸟之音、百兽之语。兴凯里学什么像什么,学了一冬春,他都学会了。

转眼就到了三月十六,湖边绿柳吐芽,达子香开满山坡沟塘,湖边上搭起了一个大彩台。人们从四面八方赶来参加鞑靼每年一度的口技比赛大会,从木伦路一直到北边乌龙江,从东海岸一直到西边大草原,人才都集中到兴凯湖边了。兴凯里从人群中挤过去报了名。铁索落王见他长得丑陋,不肯让他参加。兴凯里说:“你是听百鸟之歌、百兽之语呢,还是看长相?”铁索落王一听也对,就把他排在最后。

献技比赛按次序进行着,轮到兴凯里上场了。当兴凯里学起了百鸟之音、百兽之语时,天上的小鸟在会场上空飞舞,獐狍野鹿也跑到会场周围,会场上一片喝彩声,铁索落王也拍手叫好,兴凯里得了第一名。铁索落王赏给他马匹、金银,把他留在王府里学鸟叫,为铁索落王取乐。兴凯里早晨学窝鹂、喜鹊、百灵,晚上就学宿鸦、宿雁、飞鸿。府中人都爱听他的口技,在后宫住着的朱坤也听到了。

这天,兴凯里学了一半就不学了,对铁索落王说:“要能有人做出百鸟和百兽,我再配上声音,那多好啊!”铁索落王说:“我有个爱妾,让她出来,做出什么你就学什么。”兴凯里说:“好吧。”朱坤走出宫来,与兴凯里见了面。兴凯里一眼就认出了妻子,可朱坤不认识兴凯里。兴凯里心里很难过。这时朱坤做出了各种桦皮鸟兽,兴凯里就学各种鸟兽声音,铁索落王越听越高兴,闭着眼睛陶醉了。兴凯里乘机抽出腰刀,向铁索落王猛刺过去,当即把铁索落王刺死,随后又抡起大刀,把铁索落王的卫士杀死很多。兴凯里跑到朱坤身边,对朱坤说:“我就是兴凯里啊,为了报仇,我才变成了这样。”朱坤说:“我不认识你。”兴凯里很伤心,说:“你不认我,我活着还有什么意思。”说完,就往湖边跑去。

朱坤把桦皮衣服脱下,用手一挥,把王府烧光。朱坤跑回自己家一看,小撮罗倒了,人也不在,拿了两件衣服就往西走。走到摩尔根,又见到了救兴凯里的那位老人。老人问起她的情况,才知道她是兴凯里的媳妇朱坤。

老人把兴凯里如何救朱坤的事全告诉了她。朱坤痛哭流泪,心里才明白那个丑陋的人真是她丈夫兴凯里。她又急忙跑回湖边打听,大家告诉她,兴凯里已投湖了。朱坤拿出最后的桦皮衣服,送给湖边的人说:"我本想用这些衣服和兴凯里过好日子,现在,兴凯里已经走了,我也要走了,这些衣服送给你们吧。"说完,她就跳入湖中。

朱坤跳下湖去,就有一只甲鱼领着她走,来到湖里的水晶宫。宫门开着,从里面走出一位两鬓斑白的老人,这老人就是湖主白龙。白龙领她进到龙宫。朱坤到里边一看,兴凯里还像原来一样,在里边坐着。夫妇见面,悲喜交加。兴凯里告诉她,多亏湖主救了自己,鲤鱼大哥用唾液为他洗面,又喝了湖主的仙汤,他才恢复了原来的声音面貌。

白龙摆了酒宴,庆贺他们夫妻团聚,宴席中白龙说:"我救你们是要你们回去治理湖岸的老百姓,你们就是兴凯湖岸上的王。"酒席过后,龙王把他们夫妇送到湖岸,人们就把兴凯里推为王,叫兴凯里罕。从此,湖边上的人们每年五月节都祭奠湖王,年年风调雨顺,国泰民安。

讲述者:傅英仁

整理者:李庆海　王洪林

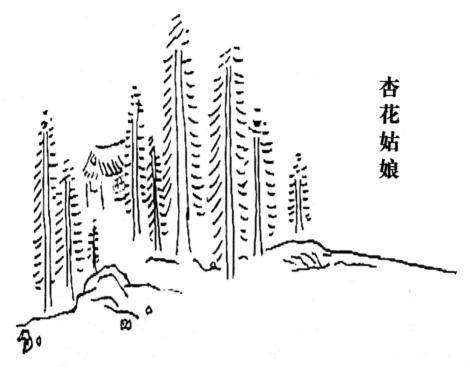

杏花姑娘

　　相传兴凯湖在很早的时候,整天整夜地下着大雨,风云不断变幻着,波浪一个接着一个,真是天连水,水连天。这个湖当初在阿布凯恩都哩造成时,本没有名,只是一片大水。经过了千百万年以后,天气渐渐地温和了,草呀,芦苇呀,鱼呀,鸟呀,人呀,才生出来。可是雨还在不住地下着。雀鸟被浇得翅膀湿了,飞不起来,花和树也都耷拉着头。

　　阿布凯恩都哩的小女儿杏花,这天要到下方游游逛逛。她脚踩祥云来到湖上,看见山都没在水里,小鸟和一大群蜂子没处飞没处落的。她想,这可怎么办呢?先得把雨停下来,她拿出"震天鼓"来,用小木槌儿敲了三下子,天上就打了三个大响雷,把黑云震开了。她又把身上带的明珠摘下来,向空中一扔,明珠就发出了万道光芒,变成一个大火球,把天空照亮了,从老厚老厚的云层里,露出了光来。

　　这时候,天上的云被这个大火球照得化了,雨也停了,但满地是水。她从头上拔下一根金簪子,站在云里,把湖水往东划了一道。那滔滔大水,滚滚向东流去,一直流到东海。三天三夜的工夫,水就见小了,露出来山峰和大岭,之后这个水道就成了一道大江。但这一群蜜蜂还围着她直转悠,没有地方落脚。杏花一想,有了,就把头上的杏花拔下来,扔在北山上。这枝花变成了千百棵杏树,开得满树是花。蜜蜂都去采花酿蜜,修造蜂房。

到了夏天,日头把石头晒热,蜂巢被石头烫化就往下流蜜,年年夏天流蜜,以后这个山就叫"蜂蜜山"。杏花姑娘也变成了一棵大杏树,站在蜂蜜山上看着湖水。

不知过了多长时间,湖岸上有了陆地,人越来越多。有一个叫尹平的小伙子,他勤俭老实,每天捕完了鱼,到晚上就坐在湖岸的沙滩上,拉起胡琴来,听了很像说话似的。小鸟听了不敢再唱歌,鸦鹊听了闭上了沙哑的嗓子,獐狍野鹿听了停止了奔跑。这一天,他拉着拉着来了一位姑娘,站在尹平的身后,听他拉胡琴。

尹平回头一看,这个姑娘长得脸像个粉团儿,白里透着红,一双水汪汪的大眼睛,像个杏核一样,穿着一件桃红色的衫子,腰上系着粉白色的裙子,身上有一种清香气味。尹平让她坐下,问她住在什么地方。姑娘说:"我是你的近邻,名叫杏花。我最爱听你拉的胡琴,有一天不听,心里也觉闷得慌。"尹平说:"咱俩在一起过吧,我天天拉胡琴给你听,好吗?"杏花低下头不说话了。尹平知道姑娘害羞,不再往下问了。

你说可也奇怪,自从杏花和尹平见面之后,山上的杏树、李树都开了花,湖里的大鲤鱼、鲫鱼、白鲢、鲇鱼,都到岸上的大河沟里咬汛。鱼在水里,就像编成辫儿似的。捕鱼的人都来捕鱼,捕的鱼堆成了山。这些渔民都富了起来。

从此以后,尹平一拉胡琴,杏花就来听,两个人天天见面,谁也离不开谁。有一天晚上,是个月黑头,伸手不见掌。尹平留杏花住下了,打这以后,两个人就在一起过日子了。

第二年,杏花生了一个小女孩儿,两口子都挺爱她,成天亲啊,吻啊。她在窗前栽一棵杏树,一有闲工夫,杏花姑娘就在窗前看杏花。这树开着红花,满院喷香,尹平也常在杏树下看花。夫妻俩相亲相爱,生活很美满。

美景不长,皇帝听说杏花姑娘长得美,是个天仙下凡,就派人来要她。

尹平死也不答应。来人板下面孔说:"给你金银你不答应,把你抓去坐牢你就答应了。真是敬酒不吃吃罚酒。"杏花一看事情不妙,就知道来人没有好下水。她说:"皇帝真想要我,得答应我三件事:第一件,得先把九千九百九十九个奴隶全部释放了;第二件事,让老百姓随便在湖里、河里打鱼;第三件,允许老百姓上山打猎。"

使臣回禀了皇帝,皇帝一想,先把奴隶放了,把杏花接进宫里,至于打鱼、打猎的事,以后再说。他打好了主意,去接杏花姑娘。杏花抱着孩子坐在一只小船上,皇帝坐着龙船来接杏花。尹平不放,拉着杏花的手,皇帝命武士把尹平锁起来。杏花说:"你先别锁,我有话说。"她用手指着皇帝说:"你当一个皇帝,有三宫六院还不满足,又想霸占民女,我叫你受报应。"说着把腰上带着的"震天鼓"用槌一敲,立时天崩地裂,湖水翻腾。皇帝坐的龙船也沉了,皇帝和大臣都淹死了。

杏花姑娘抱着孩子跳进湖里。尹平一看他心爱的杏花和孩子都跳水死了,就把胡琴往水里一扔,也纵身跳到湖里。三个人化作了三个岛立在湖心,岛上长满了杏树。尹平扔在湖里的胡琴化作一条湖岗,把水分为一个大湖,一个小湖,好像个亚腰葫芦。因此金代把这个湖叫作"北琴海"。

讲述整理者:姚天葆

腰铃的传说

　　早些年,萨满跳神只能打神鼓祭祀祖先,不会降妖驱鬼。后来有了腰铃,一些妖魔鬼怪全被镇住。说起腰铃,还有一个故事呢,不信,听我慢慢讲给你听。

　　听老人讲,早些年宁古塔北黄旗沟的西山里,不知什么时候来了个木魁大鬼。这家伙身高三丈,头如麦斗,前后左右长着八只眼睛,脊梁也有一丈多宽,青脸红发,猪嘴獠牙,站起来像面墙。它嘴里喷出的毒气人沾上人死,庄稼沾上庄稼完,狼虫虎豹、獐狍野鹿怕得都躲在老林里不敢露面。人们打不了围,种不上地,有名的萨满不知请上了多少位、最好的狍皮鼓不知打坏了多少面,也治不了它,愁得人们只能在家里藏猫猫,不敢出门。

　　黄旗沟伊喇氏族里有个叫松阿里的年轻萨满,别看他不到二十岁,要降伏木魁大鬼的信心比谁都大,他不只精通萨满法术,会治妖除灾,还是个骑马射箭的好手。他的箭法百步开外可以射掉林子里的松鼠,站在马背上穿山越岭像飞的一样,他就不信治不了这害人魔鬼。

　　一天夜里,木魁大鬼又跑进部落,用毒气熏死了五十多个人,还咬伤了三十多人。松阿里一听说,便拿着弓箭三步当两步赶来,没容分说,向木魈大鬼射了三箭。第一箭被它躲过去了,第二箭这家伙用大手一下扒拉到地上,第三箭松阿里向木魈大鬼的咽喉射去,又被它往下稍一蹲用牙咬住。那大鬼哇哇怪叫,想要用毒气喷死松阿里。松阿里一闪身跳出十几丈远,躲了过去。这大鬼也有些心慌,赶忙回头跑回洞里。

松阿里恨自己的箭法不高,打那以后怀着仇恨拜师访友,加紧练本领。他起早贪黑地练,胳膊累肿了;顶着星星月亮练,眼睛熬红了。一气练了三年,不光能射中密林中的松鼠,还能射落正在天上飞行的小鸟,原来能立在马背上打马飞行,现在可在飞行的马背上翻跟头。他想这回准能战胜木魈大鬼。

这天他收拾一下,一直向木魈大鬼山洞里走去,哪承想木魈大鬼眼睛多,早就看见了他,不等他挽弓搭箭就喷出了毒气。他急得没办法,丢了坐骑,嗖的一下窜到一棵三丈多高的老桦树顶上。木魈大鬼身大体重,毒气喷不到上面,气得嗷嗷乱叫一溜烟走了。

松阿里刚想下树,就听头顶树枝上一只喜鹊说话了:"小阿哥小阿哥,由这儿往西走,跨过三座山,蹚过一条河,有个小撮罗,一个老玛发,他能镇妖魔。"松阿里一听,高兴地问道:"好心的喜鹊,你说的是真话吗?"喜鹊点了点头。

松阿里见喜鹊往西飞,他急忙下树,骑上马随着喜鹊往西走,跨过两座山,蹚过一条河,就听树林里呼号一声大叫。松阿里一看可了不得了,那木魈大鬼从树林里喷着毒气冲了出来。松阿里刚想往回跑,就见小喜鹊在木魈大鬼头上"喳喳"叫了两声,木魈大鬼仰起脸来往上一瞅,"啪",一泡鸟屎落进嘴里,木魈大鬼觉得嗓子眼难受,呕了半天没呕出来,也顾不得喷毒气了,用大手伸进嘴里,一劲往外掏。松阿里趁这个工夫,马上加鞭就随着小喜鹊跑远了。

松阿里跟着小喜鹊跑过了第三座山一看,沟膛里真有个小撮罗子。在小撮罗子门口,两棵老桦树当中扯着一条鹿筋绳,鹿筋绳上串着一根根野猪肋条骨,被顺沟风一吹,哗啦哗啦的山响。

松阿里含着眼泪送走了小喜鹊，赶忙下马进了小撮罗子。只见一位白发苍苍的老玛发，正在火上燎野猪皮。他急忙过去见礼。刚一坐下，就听屋外呼呼一阵怪风，木魈大鬼又喷着毒气追来，松阿里刚要搭弓射箭，老玛发哈哈大笑，说道："小阿哥不要怕，你看那家伙不是跑了吗。"松阿里抬头一看，果然木魈大鬼战战兢兢地跑了。

老玛发现松阿里呆呆地发愣，笑了笑说："小阿哥，我不是什么神人，是沙克沙霍洛部落一个老打围的，哪个地方山牲口多，我就在哪儿支起撮罗子住下来，六个月以前，我听说这地方野猪多，便在这儿落了脚。木魈大鬼总想吃我，头一次，我钻进一只剥下来的野猪皮筒里，躲过去了。第二回没等我到撮罗子，木魈大鬼先钻了进去，我急忙躲进一个枯树洞里，也躲过去了。我有心要走又舍不得这块猪场。说起来也巧，有一次我把一排排野猪肋条晒在扯起的鹿筋绳上，打猎回来，见肋条上的肉都被鸟雀给啄得一干二净，只剩下一根根干干巴巴的肋条骨相互乱撞，发出哗啦哗啦的响声，听起来也挺有意思。隔了好多天，木魈大鬼又来了。这次我没有出去打围，刚想要找个地方躲躲，木魈大鬼听到这肋条骨哗啦哗啦的响声，扭头就跑。我看周围也没什么能惊动它的，寻思这恶鬼可能是怕这肋条骨的响声。可是我心里还七上八下拿不准。以后这恶鬼又来过两次，也是听到响声就跑了。我才知道这大鬼准是怕肋条骨响声。"

松阿里听到这里高兴地说："我正是为了降住大鬼来这里，多亏小喜鹊告诉我，这可真是降妖好办法。"老玛发一听他是来请教镇妖办法的，就到外面把挂着的野猪肋条骨摘下来分成两串，一串交给松阿里。这小伙子扎在腰上，还高兴地转着圈跳起来，老玛发哈哈大笑说："小阿哥，你要是位萨满把它扎在腰上，能降妖驱鬼，神通不就更大了吗？"松阿里赶忙回答："我正是萨满。"老玛发一听，高兴地说："我们俩都是萨满，更没说的了，咱给这一串串肋条骨起个名字叫'镇妖铃'吧！"随即把另一串镇妖铃扎在自己腰上。

两位萨满扎着镇妖铃，骑上马，镇妖铃的响声震动山谷，他俩平平安安地回到了自己的部落。

黄旗沟伊喇氏族部落里，人们见松阿里扎着镇妖铃回来了，不知这玩意儿有什么用处,松阿里把详情和大伙一说,部落里的人有的相信,有的摇头。

穆昆达把部落的四个萨满请在一起,让松阿里又详细地讲了沙克沙霍洛部落老猎人用野猪肋骨串成镇妖铃吓退木魁大鬼的经过。大家高兴得了不得,搜集了不少野猪肋条骨,又做出三串镇妖铃,四位萨满扎上镇腰铃,分别在部落四面镇守。

太阳刚一偏西,木魁大鬼从西面向部落走来。镇守西面的萨满甩动镇妖铃,哗啦哗啦一响,木魁大鬼转身就向北面冲去。北面镇妖铃一响,它又奔向南面,没等从南面离开,东面的镇妖铃也响了。它听四面都是镇妖铃的响声,吓得哆哆嗦嗦逃到了没人的地方。

伊喇氏族部落的人们高兴得用抬鼓、手鼓、镇妖铃跳起蟒式舞来。

打那以后,每逢祭祀,伊喇氏族部落的萨满都扎上镇妖铃,敲着狍皮手鼓进行舞蹈。一传十,十传百,不久,宁古塔各氏族萨满都用上这镇妖铃了。后来,镇妖铃换成铁制的,因一直扎在腰上,就改名叫"腰铃"了。

讲述者:关墨卿

整理者:赵君伟

药草和毒草

耶鲁哩被刺死后,他的灵魂无处可去,就造了一个地狱——八层地下国。他恨地上国的人,看到他们在太阳底下过活是那么安宁自在,就想出了一条毒计,在地上国播撒了天花、斑疹伤寒等多种瘟疫。

疾病开始在地上国蔓延,成千上万的人被瘟疫夺去了生命。开始还有人给死者火葬,后来连送葬的人也没有了,人类眼见要灭绝了!

人们哭着、喊着,向天神阿布凯恩都哩祷告:"至高无上的天神啊,您既然仁慈地造出我们,就应该保护我们啊,快来搭救我们逃出耶鲁哩的毒手吧!"

天神听到了人类的祈祷,感到震惊,赶紧把他最忠厚最诚实的弟子纳丹威虎哩叫到面前:"我所造的人类正在遭受那么大的灾难,你快去替我解救他们吧!"

纳丹威虎哩受命离开天上国,到了瘟疫流行的地上国。这位天神的肚子与他的为人一样,是通明透亮的,从外面一眼就能看到五脏六腑。为了搭救濒临灭绝的人类,他便四处采草药,尝草药。很快他就发现了治疗天花、伤寒的草药,配成了许多灵验的偏方,又收了好多徒弟,让他们为别人治病。不久,瘟疫停止蔓延了。

耶鲁哩一看纳丹威虎哩拯救了人类,非常恼怒。他又想出了一条毒计,偷偷在地上国播种下七种毒草。

忠厚诚实的纳丹威虎哩毫无防备,一天,在尝草药的时候吞吃了耶鲁哩播种的一种毒草,他马上感到一阵腹痛,低头一看,发现毒草已经破坏了他的肝脏。他知道自己活不长了,但他不能倒下去,他忍着疼痛在土地上疾走,日夜不停地奔波,拼命寻找耶鲁哩播种的毒草。一天天过去了,他找到了六种毒草,尝了六种毒草。他的肝、胆、脾、心、胃、肾,都被毒草破坏了!他走不动了,就要死去了。临终前,纳丹威虎哩把徒弟们叫到面前说:"我知道耶鲁哩播种了七种毒草,我已经找到了六样,我不行了,还剩一种,今后要在人间繁殖。"说完就死了。所以这种毒草一直留在人间。

讲述者:傅永利

整理者:傅英仁

一担二斗米砬子的传说

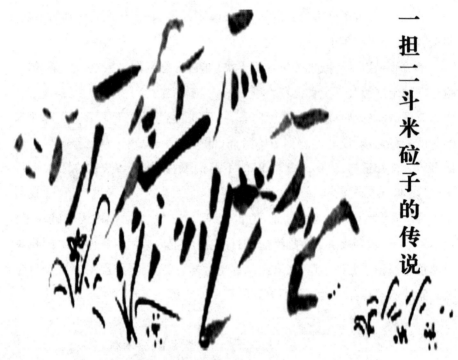

怎么叫"一担二斗米砬子"呢？这有个传说。

相传很早以前，这里没有人烟，除猎人外很少有人到这儿。一天，天夕时火烧云红透半边天，几个放山的老客背着粮米，带着行装，来到这里，看到这儿又有山又有水，正是安营扎寨的好地方，于是在这儿搭窝棚，垒锅灶。

第二天开始放山，可是一连几天他们毫无收获，都很扫兴。这天傍晚，他们攀上了鹰嘴砬子顶上，一个个汗流浃背，筋疲力尽。正要就地休息，忽然有人喊起来："棒槌！棒槌！"这时，大家的疲劳早已飞到九霄云外，都一阵风似的围了上来。果然有一大片棒槌。人们一个个都瞪大了眼睛挖了起来，不多时就装满了袋子，后来就索性把袋子里的米全倒在砬子上，全装棒槌，这才满载而归了。这些米有一担二斗多，故此，这个砬子便改称"一担二斗米砬子"了。

讲述者：杨刘氏

整理者：杨吉常

一个不如孩子的御史

从前,有一个御史叫朴文洙。这一天,他穿上普通百姓的衣服到地方上去察看民情。他走到深山沟的一个小村庄时,遇到猛烈的雷阵雨,就急忙躲在一家的屋檐下避雨。

"呀,快给我拿笤帚来!"在作坊里舂米的妇人冲对面屋子喊道。朴御史想:天下着这样大的雨,怎么好叫这时候送笤帚呢? 只见对面屋里一个小男孩一边答应着,一边把狗叫来。他把笤帚绑在狗身上,喊道:"阿妈妮,您叫一下狗吧!"就这样,小孩儿连屋都没出,就把笤帚送到了妈妈的手中。朴御史暗暗地佩服:"这孩子真聪明。"

雨过天晴,朴御史刚要离开这里,只见一个男人背着 背架烧柴回来了。那个小男孩从屋里跑出来,急切地问:"阿爸吉,您在哪儿避的雨?""海阔天空,在哪儿还避不了雨!"原来,这男子是这家的主人。他放下柴架,一转身看见在屋檐下站着的朴御史,就说:"客人为啥不进屋避雨,怎么在这儿站着?"

朴御史赶忙回答说:"我是路过这儿的,没想到遇上了大雨,好在雨已经停了。"

主人说:"既然是过客,现在天已经不早了,不如在我家住一宿再走。"

朴御史见主人这样客气,便答应留下来。

在闲聊中,朴御史知道了小孩儿才八岁,因为家境贫寒没有上过学,不识字。第二天临走时,他向主人说明了身份,并且说:"主人家,我看您的孩子很聪明,如果能让他读读书,日后他一定会成为人才,如果您不嫌弃,我可以把他带去读书,一定叫他有出息。"主人心想:能让孩子念念书,有点出息,这是件光宗耀祖的事,他要带走有啥不好,反正自己也供不起。他同意了朴御史的要求。

小男孩告别了阿爸吉、阿妈妮,和朴御史上了路。一天傍晚,他俩走到一个深山沟里,只见路旁有一个孤零零的草房,没有鸡狗的叫声,也没有车马从这儿走过。他们到这个草房敲门,要求借宿。开门的是一位青年妇女。女人把他俩让进屋里,用不到一袋烟的工夫,给他们安排了一桌饭菜,又在里屋把被褥给他们铺好。

朴御史和那个小男孩吃完饭躺下休息。女主人在下屋点着灯做针线活儿。朴御史有时也做些荒唐事。他见这家没有男人,就想和女主人开开心。他朝下屋喊:"吆包,吆包!"喊了几声,那女人没有理他,他只好作罢。

半夜,一阵丁零当啷的响声把朴御史惊醒了。他睁眼朝下屋一看,从外面进来一个高大的男人。女主人问:"怎么这么晚才回来?"那男人说:"为了打一只老虎。"原来他是这家的男主人,是个打猎的。

朴御史见那男人胳膊粗壮,身材魁梧,像个大力士的样儿,心里犯起嘀咕来:坏了,刚才的事要是被他知道,我的小命就难保了。他越想越害怕,想逃跑已经来不及,正在着急,忽听那男人说:"怎么今天的饭菜这样少?"女人说:"来了两位过客,给他们拨出来吃了。"那男人埋怨说:"来了客人应该重做才对,不应用冷饭招待。"女人觉得委屈,就把朴御史调戏她的事说了一遍。那男人一听,气得咬牙切齿,说要狠狠地收拾他们,站起来就去磨刀。

朴御史听到这里,吓得魂不附体,身子缩成一团,悔不当初,但也没办法,只好等死。小男孩睡在朴御史身旁,见到这情景,心中不住地好笑,心想:亏你还是个御史,这点小事都应付不了。他悄悄地对朴御史说:"你叫我两声'吆包',然后催我去撒尿,不就解决了吗!"朴御史也顾不得多想,只好照着小男孩的办法大声喊起来:"吆包,吆包,快起来撒尿!"

那个男主人磨完刀,把刀提在手里,向朴御史住的屋子走过来,忽听这一喊声,又见小男孩出去撒尿,就把刀放下来。他问小男孩姓什么、叫什么,小孩回答姓朴,叫朴吆包。那个男主人点点头,原来"吆包"是小男孩的名字。他放下刀,进屋来对朴御史说了很多客气话就回去睡觉了。

第二天,吃过早饭,他俩继续赶路,走在后边的小男孩心里直琢磨:堂堂的御史,遇事都不如我,我跟他去能学习什么呢? 算了吧,我们各走各的路吧! 小男孩扭回头朝自己家的方向走去。等到御史发觉,他已经走出很远很远了。

朴御史一边赶路,一边想着昨夜的事,心里像吃了耗子。想自己读了那么多的书,又当那么多年的御史,到头来,不如一个小孩子的道道多,真是一世白活了。

突然,一个披头散发的女人向他跑来,并大声喊:"救命呀,救命!"朴御史犹豫了一下,叫那女人藏到草丛中去。女人刚藏好,一个一手提大刀的壮汉追过来:"喂,没见一个女人从这儿过去吗?"朴御史着了慌,怕说假话引来杀身大祸,就把那女人躲藏的地方指给了他。那壮汉跑过去,一刀把那女人杀死。

朴御史从来没有见过杀人的事,今天这事竟发生在自己的眼皮底下,而且还是因为自己无能,使一个女子被害。他想这要是那个小男孩在场,准能救出这个可怜的女人。他呆若木鸡,久久地站在那里,一动不动。

讲述者:崔东勋

翻译者:车英姬

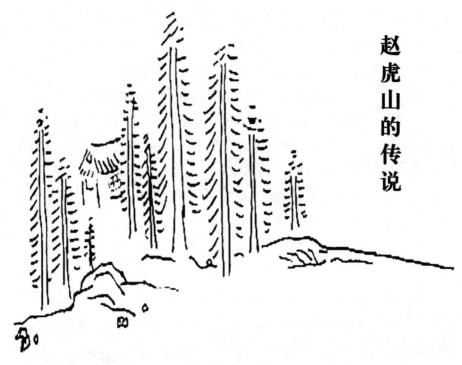

赵虎山的传说

赵虎山（即东山）在海林市的东部，它属于完达山的支脉。都知道长篇小说《林海雪原》里有个杨子荣吧，杨子荣烈士陵园就坐落在这座山上。

关于赵虎山的传说，我是小时候听海林几位老年人讲的。

说是在很早很早以前，东北人烟非常稀少。但是，东北大自然的风景非常美，当初海林这疙瘩是个花鸟之国，是盆地，花草繁茂，鸟兽成群，森林覆盖着整个大地，到处是一片美丽的自然风光，人们过着快乐幸福的生活。

也不知是哪朝哪代，从南方飞来一只凤凰。凤凰是吉祥之鸟，凤凰飞来的时候，就落在了当时的海林县这个县城。当时，人们对凤凰的飞来感到非常高兴。因为什么高兴呢？因为过去老人有个说法，就说凤凰所到之地，都是宝地，凤凰飞来，福来了，所以人们非常高兴。据讲，这只凤凰飞来，在这里待了大约有半个多月。它为什么要在这里待半个多月呢？说是路经此地，在这儿歇歇脚。当这只凤凰落在海林境内的时候，每天从日出到日落都有人观赏，愿意凤凰能在这儿多待一些日子。

据传说，它其实是天上的神被派到人间来的。过去玉皇大帝下边有很多美女,有他的姑娘、孙女、外孙女等等。从天上下凡变成的凤凰,也说不上是玉皇大帝的哪个女儿或孙女了。因为它是属神了,所以她就变成了一个美女来到民间,体验民间生活。那仙女是杨柳细腰,樱桃口、柳叶眉,白嫩的皮肤。那身段容貌有多美,你就想吧,要多美有多美,她成了天下最美的美女。她到这里落脚,给人们带来了欢乐。

再说,在很早以前,有一个蛇精由于在天宫触犯了天条,后来被玉皇大帝贬到民间来赎罪。由于蛇精本性难改,仍在民间残害民女,残害百姓,残害大自然的野生动物。它无恶不作,人们都恨透了它,可就是没有办法治住它。

蛇精听说有只金凤凰落到这里,它就踅踅摸摸地总想要把她吃掉。它为了吃掉金凤凰,就摇身一变,变成一个美貌的公子到民间来了。他利用赶民间庙会的机会在街头游逛,想招儿接近美丽的金凤凰。他看凤凰变成美丽的小姐,就变成一个美貌的公子跟在小姐后边。在民间百姓来看,两人好像是天生的一对。后来,他俩就熟了。凤凰是一个少女,思想比较单纯,她并没有想更多的事情。但是蛇精,它心里是想把金凤凰吞掉,作为一顿美餐的。所以,它就想尽各种办法,经过几天的接近以后,它就采取了一些手段,几次险些把凤凰美女吃掉。

就在这个时候,天宫有一位神将赵虎刚好路过海林这个地方。他听到了民间的一些传说,说有一个金凤凰落在此地,他非常高兴。因为天宫里的这些神将都知道,凤凰是一个女神,所以,他也想接近一下金凤凰。然后,他就变成了一个美貌的公子,到街头庙会上找机会接近金凤凰。就这样,他跟金凤凰也都相识了,互相谈得比较投机。后来他发现有一个男子始终鬼鬼祟祟地尾随着金凤凰,他感到这个事情不太妙,就拿出他的照妖镜一照,原来这男子是一个蛇精,是害群之马。因为赵虎是神,所以他能看地三尺,看透了这个男子要残害金凤凰。

为了杀死蛇精搭救金凤凰,赵虎就在有一天,在赵虎山这疙瘩,与蛇精进行了角斗。他俩各执兵器,赵虎使用的是一把宝刀,而蛇精使用的是一把宝剑。因为他俩在天宫都是神嘛,所以武艺都很高强。他俩有时在地上打,有时在天空打,经过十几天的角斗,不分上下。他们打的形式是多种多样的。他们还可以随时变成各种形态,有时变成动物,有时变成人,有时就是神,有时显了原形,打得飞沙走石。

赵虎为什么叫赵虎呢?玉皇大帝给他排了个姓,姓赵,因他是虎神,所以他叫赵虎。东北有东北虎,世界出名。为什么虎神要到海林这个地方来呢?因为海林属于山区,虎神的子子孙孙都是在山林里成长的。赵虎到这个地方来,是想和他的子子孙孙见见面,看看他们。

再说赵虎和蛇精一连打了十几天,由于赵虎在海林这个地方居住时间短,人地两生,而蛇精下凡到这里已经多少年了,它对这里的地理条件、生活习惯都已经适应了,所以,它占有这个优势。后来,在角斗中,赵虎一时不慎,被它砍掉了左臂。

赵虎在来到民间之前,在天宫他师父给了他一件宝,什么宝呢,就是一盘金磨、一头金牛。他来的目的是啥呢?是到民间造福。他左手里攥着一盘金磨和一头金牛,金牛拉金磨,金磨出金豆。金豆可以给民间百姓造福,赵虎还没等实现这个办法,就遇到这个蛇精。当他左臂被砍掉的时候,他左手里还攥着这个金牛和金磨。他的左臂被砍掉,就落在海林的东山这个位置。现在,你看东山这个形状很像一个人的左臂。你看那个拳头的那个形状,还有胳膊的小肘、大臂,离老远一看吧,这个山就是一个人的左臂。

赵虎因被砍掉左臂,不能恋战,后来就回到了天宫。

回到天宫以后,经过师父的指点,他养好了伤,又过了四十年,他就回到海林这个地方来降妖。

再说蛇精。它住在什么地方呢?就在我们海林林业局现在的二十二林场。二十二林场的西北角有一个十八公里,在十八公里那疙瘩有一个平顶山,这座山原来不是二三百米高,而是四五百米高。现在你要去,可以看到这虽然是一座山,但是山上边的平面有两三公顷这么大的面积,非常平,上面长着很多草。这座山为什么这么平呢?为什么叫平顶山呢?就是由于斩妖以后,山顶是平的了,民间给它起名叫平顶山。

这座山的山顶上有个洞,直上直下。这洞有多大呢?据民间的传说,这洞口像水缸那么粗。这蛇精也跟水缸差不多一样粗，有多长呢？一千尺长。它冬眠的时候，也就在这个洞里，平时也居住在这里。这座山当时非常尖，后来，赵虎第二次来到海林这个地方，就是为了斩妖除害。知道了蛇精的这个住处，他就到了二十二林场这座山跟前，摸清蛇精的情况。

这一天，他带着师父给他的两件宝——一件是宝刀，一件是三支毒箭，都是用来除妖的——来到了洞口。蛇在洞里是直上直下的，所以，它要出洞口的时候，必然顺着出来，往上爬。蛇精正准备出洞口，整个身子竖起来了，头部还没完全出来，就在这个节骨眼儿上，赵虎就用师父给他的宝刀，一刀从这座山的中部拦腰砍断。这样，他就把蛇也从中腰砍断了。

过去有个传说，说是蚂舌子是长虫的小舅子，蚂舌子吐出的黏液，可以把断节的长虫又接上。赵虎为了除害，为了把蛇精彻底弄死，他就对蛇精放了三支毒箭，头部一支、尾部一支、中腰一支。这蛇精就彻底死了。

从那以后，二十二林场这座山就变成了平顶山。这座山的山尖被赵虎一刀砍到哪儿去了呢？落在了什么位置呢？这个不知道。从那以后，海林这地方，民间就太平了。

赵虎的左臂被砍断以后，就落在咱们海林的东部，随着年代的增长，它也在长，现在这座山有海拔四五百米这么高吧。虽然蛇精被斩除了，但他的手臂并不能恢复。赵虎就到这儿看了一下自己遗留下来的左臂，然后就回到了天宫。赵虎归位。

金凤凰也保住了。但是，这只凤凰后来又飞到什么地方去了，这个就不知道了。

事情又过了多少年以后，山已成形，人们的生活都很美满。由赵虎的左臂形成的这座赵虎山，又给咱们山区增添了光彩。

又过了多少年以后，赵虎山拳头下坡这个地方，就是腕部这个地方，来了一个白发苍苍的老太太。这个老太太来了以后，人们并不知道，她就生活在赵虎山的腕部这疙瘩。

在腕部这疙瘩，她耕种了一分地。这里土质贼好，她在这儿种了一棵黄瓜，这棵黄瓜秧上就只长了一根黄瓜。据传说，因为赵虎拳头里有一只金牛和金磨,所以天宫派下来这个神女,她下凡以后是为了把这金牛、金磨取出来。而这棵黄瓜秧上长的这根黄瓜,就是开赵虎山这个大门的钥匙。因为赵虎山里头还有一个金牛拉金豆,它光拉拿不出来呀,民间百姓得不到金豆呀!她就是来办这个事的。

春天一到,这个老太太就在这儿独立生活,种这棵黄瓜,三个多月以后,这根黄瓜就快要成熟了。咱们种的黄瓜都是长的,挺大;她这根黄瓜长得就像小黄瓜纽似的,长得结结实实的,带点金色,样子很奇怪。因为这根黄瓜就是一把金钥匙呀。

这根黄瓜正当快要成熟的时候,从南边来了一个蛮人,这个蛮人脑子非常好使,他就发现了在咱们海林这个地方有宝。什么宝?他不知道。但他发现在东山上,每天夜间,都有一种金光闪闪的虚光笼罩在赵虎山这个拳头上,他一看金光闪闪,知道此地定有宝,后来他就来到了赵虎山下,发现这儿有个白发苍苍的老太太。他一看这个老人很不平凡,又发现这儿栽了一棵黄瓜秧,黄瓜秧上结的一根黄瓜很小,金光闪闪的。他就知道这就是赵虎山的宝贝了。但他并没有跟神女明说,而是采取了偷窃的做法。就在这一天夜间,趁神女不注意的时候,他把没有成熟的黄瓜摘了下来,摘下来一看,是一把金钥匙。但是,它很软弱,也就像过去那狐狸炼丹似的,还没有炼成,只是有这么一个形状,他就认为是得到宝物了。

玉皇大帝派下来的神女,如果不尽职尽责,不忠于职守,就要受到惩罚。神女把金钥匙丢了,玉帝就立即把她招回天宫,然后把她压到山牢里头去了。

后来,蛮人拿着这把钥匙,就找这个宝库的门和锁,就在赵虎山的拳头部位的西侧发现了金锁。因为这个小黄瓜金钥匙本来没到时候,没有成熟,所以把金钥匙插到金锁里以后,这个金钥匙就化了,金锁的锁头眼儿就被堵死了。所以,从那以后,这座宝库就封死了,玉皇大帝就授予此宝封死在民间了,谁也挖不出来了。

后来,这个蛮人也受到了惩罚,金钥匙化了以后,他呢,是从手上开始一直烂到脚。他赶到赵虎山南面,现在的泡子村这个地方,就烂成了稀泥,形成了一个泡子。因为他坏，所以玉帝把他打到十八层地狱。由于他的尸体腐臭，臭得不可闻，好好的一块平地也受到践踏，烂下去三十几尺深。后来，他变成了一只乌龟。现在，你打听一下，泡子村的民间还有这个传说：泡子里有一只多年的王八，它到处兴风作浪，过去还立过庙。现在这个泡子还有，我们还经常上那儿去钓鱼，据说那泡子里有个大动物，就是那乌龟。那乌龟到底有多大个儿，谁也没见到，这只是一个传说，这地方就叫泡子村，离海林镇十八九里地，在赵虎山的正南。

蛮人受到了应有的惩罚以后，玉皇大帝下令：保护风土，不准天上的各个神匠和民间的俗人弄走金牛、金磨，现在，金牛和金磨还在里边。

赵虎山，过去有一个天神赵虎斩妖除害的传说，现在，又有杨子荣烈士纪念碑矗立在山上，给它增添了新的光彩。

讲述者：孙宝贵

整理者：王朝阳

珍宝岛的传说

　　从前，在乌苏里江边住着娘俩，儿子叫翁宝，以打鱼为生。有一年，乌苏里江发了大水，方圆几百里白茫茫一片不见人烟，大水退后，翁宝娘俩又返回了家园。

　　有一天，太阳刚刚吐红，翁宝便去江边叉鱼。在江边的沙滩上，他发现一群野鹬缠住一个瓦盆大小的河蚌不放。这时，翁宝想起了娘给他讲的鹬蚌相争的故事。娘常对他说，鱼虾龟蚌是我们渔民的衣食父母，我们绝不能眼看着他们相斗，坐收渔利。他立即拿着鱼叉把野鹬赶走，捧起了河蚌放回了江中。可是，这河蚌不但不游走，反而张开了蚌壳，吐出一颗酒盅大的珍珠。这珍珠光芒四射，在江面滴溜溜乱转，翁宝惊得目瞪口呆，不知如何是好。河蚌轻轻地抬打着水面，向他频频点头。翁宝想，这河蚌必是感恩知报，不收珍珠恐怕它不会游走。翁宝只得捞起珍珠，河蚌这才慢慢地沉入江底。

　　翁宝喜滋滋地奔回家，把这件事告诉了娘。娘说，这珠子虽说对咱家没有什么大用场，但也是河蚌的一番心意，我们要把它保管好，说完，便把珍珠端端正正地放到了箱盖上。到了晚上，珍珠发出了耀眼的光芒，像一盏明灯，照得茅屋通亮。母子二人惊奇不止。

睡觉前，翁宝娘把珍珠放到米缸里收藏，谁料到第二天早上，黄澄澄的小米竟涨满了缸。翁宝娘又把珍珠放到盐罐里，白花花的咸盐又涨满了罐……娘俩说不出有多高兴，有了这颗珍珠，度过灾年是不愁了。

翁宝得珠的消息一传十、十传百，无人不晓、无人不知。第二年秋天，从红毛国来了一个红毛道士，听到了这件事。他以化缘为名来到翁宝家。当他看到光芒四射的珍珠时，立即红了眼，提出要用十根金条、二十个"棒槌"换这颗珍珠。翁宝一口回绝了他："你就是给我一座金山、十座银山，我也不换。"红毛道士只得灰溜溜地走了。

一晃半月过去了，一天鸡刚叫，翁宝家中便闯进一伙如狼似虎的红毛鬼子，不由分说把翁宝娘俩从被窝里揪起来，硬说翁宝偷了红毛国的无价之宝，逼迫翁宝交出珍珠便没事，要不然就叫他家破人亡。翁宝说死也不肯交，他们一阵拳打脚踢便把翁宝娘俩打得死去活来。他们翻箱倒柜，终于搜出了珍珠。

红毛道士把珍珠托在手掌上哈哈狂笑，十分得意，庆幸自己的阴谋得逞，得到了这颗无价之宝。这时，翁宝从昏迷中苏醒，看到珍珠落入红毛鬼子之手，猛地跃起，一把夺下珍珠吞入口中，向江边奔去。

红毛道士万万没想到昏死的翁宝会来这一手，一下子惊呆了。等他明白过来，翁宝已冲到了江边。红毛鬼子发疯似的蹿了出来，翁宝已被红毛鬼子折磨得遍体鳞伤，有气无力。他想，宁可自己淹死，葬身鱼腹，也不能让珍珠落入红毛鬼子手中。他一边大叫"蚌大哥，我还你珍珠来了！"一边投入滚滚的大江之中。

红毛鬼子立时傻了眼，急得团团乱转。他们终于弄到了一只小船，寻找翁宝的踪迹。红毛道士站在船头恶狠狠地说："就是翻江倒海也要找回翁宝，开膛破肚也要拿到珍珠。"他的话还没说完，小船便剧烈地晃动起来，江水一浪高似一浪，船边浮起了一只小船大小的巨蚌，张开了壳，一下子便把红毛鬼子吞到肚中，慢慢地沉入江底……

第二年,渔民们惊奇地发现,江面出现了一个蚌壳似的岛子,水下面紧紧地连着大地,水涨时,它好像镶在乌苏里江中的一颗珍珠。人们都说这小岛是翁宝和珍珠的化身,人们都亲切地叫它"珍宝岛",又叫它"翁岛"。

采录者:田丰

珍珠姑娘

　　早些年,在镜泊湖南湖头的松乙河口住着个小阿哥,名字叫阿布林。他九岁上死了阿玛、十岁上死了额娘,是个苦命人,家里就他一个人孤苦伶仃地过日子。

　　日子过得飞快,转眼间阿布林已经二十岁了,还没说上媳妇。每天下湖打鱼回来,收了船,晒了网,人家都回去享受天伦之乐了。可是他呢,一回到家,空荡荡的屋子里冷清得实在让人伤心。于是他常常拿上一支竹笛,来到松乙河口,坐在一块光溜溜的石头上吹起来。

　　他的笛子吹得实在好:吹到伤心的地方,鸟都伤心得不飞了,扑棱棱地赶忙落在树杈上;若是吹到欢快的地方,湖里的鱼都会跳出湖面,随着笛声跳起舞来。

　　有这么一天晚上,是个大月亮天,月光像水银似的,把湖面染得银白一片,阿布林坐在石头上,在月光里像个银人,他又吹起心爱的竹笛,一曲吹完了,他刚刚住手,忽听有人说:"小阿哥再吹一曲吧!"

　　这声音把阿布林吓了一跳。天这么晚了,是谁和我说话呀?他顺着声音一看,对他说话的原来是位姑娘,这姑娘穿着白衣白裙,头发乌黑乌黑的,又粗又长的大辫子根上结着一个雪白的蝴蝶结。她正笑吟吟地看着阿布林,那双水灵灵的大眼睛在月光下一闪一闪的,显得格外有神,俊得像天仙似的。

姑娘见阿布林没出声,又说:"小阿哥,你的笛子吹得真动人!"

阿布林有些不好意思了,说:"我吹得不好,你太夸我了。"

"我不是夸你,你知道吗,你每次在这里吹笛子,我都躲在旁边听呢。我多喜欢听你吹笛子啊,小阿哥,再给我吹一个吧!"

阿布林被这姑娘说得心里热乎乎的,他横起竹笛来,轻柔地、深情地吹起来了。往常他的笛音里哀愁多,今天夜里的笛音却充满了快乐,随着笛声的起落,两颗年轻的心贴在一起了。

笛声住了,两个年轻人默默地对看着。

过了好一阵子,阿布林才说:"山音格格啊,你能告诉我,你叫什么名字吗?"

"天上飞的是比翼鸟,水中开的是并蒂莲,我还有什么不能告诉你呢?小阿哥啊,我的名字叫珍珠。"

打这以后,阿布林天天晚上到松乙河口来吹笛子,珍珠呢,天天晚上来给他做伴,时间一长,两个年轻人就好起来了。

有那么一天晚上,也是个大月亮天,阿布林和珍珠并肩坐在湖边上,湖水飘散着清香,两个人觉得眼前的一切都是那么有意思,两个人唠点什么都是那么有滋有味的。

两个人正亲亲热热地说着悄悄话,突然湖里掀起一个大浪头,随着这个大浪头,从湖里走出一个拄着拐杖的老头儿来,这老头儿长得样子很吓人。

老头儿来到他俩跟前,张口就骂:"小混账,怪不得我家珍珠天天晚上不着家,原来是你给勾引的!"说着老头儿抢起拐杖就打。

珍珠先是一愣,这时她见老头儿要打阿布林,便一下跳起来,驾住老头儿的拐杖。

老头儿暴跳如雷,大声骂道:"珍珠,你个死丫头,快给我回家去,再不许你到这儿来!"说着,拉起珍珠就往湖里走。

珍珠急忙冲着阿布林喊道:"小阿哥,你一定在这里等我,三天以后我来看你!"

珍珠从此不见了,这可把阿布林想坏了,他天天来到湖边等啊等啊,三天过去了,又是三天过去了,也没见到珍珠的面。

阿布林在湖边一直等了九天,这天夜里,阿布林正站在河口的湖边望着,忽听湖里像霹雷似的响了一声。

阿布林往湖中一看,就见道士山那里蹿起了上挂天下挂地的两条大水柱,两条大水柱一落下来,整个大湖就像开了锅似的,波浪翻滚,足足有一顿饭的工夫,波平了,浪息了,湖上又静悄悄的了。

就在这时,阿布林突然看到珍珠姑娘从湖中走过来了。她这回穿了一身红衣红裙,又黑又长的大辫上打着一个红艳艳的蝴蝶结。她样子很疲惫,一上岸,就扑到阿布林的怀中,絮絮地说了起来。

原来那个样子很凶的老头儿是镜泊湖中的老龙王,珍珠原来是镜泊湖中的蛤蜊姑娘,是镜泊龙王的干女儿。

老龙王把珍珠看成掌上明珠,他本想把珍珠姑娘嫁给龙门望族,没想到珍珠却思慕人间,这可把老龙王气坏了。他把珍珠拉回水府后,狠狠地骂了一顿,满以为珍珠能回心转意,万没想到,珍珠执意要嫁给阿布林。

老龙王骂道:"孽障! 你不听劝告,一定要嫁给阿布林,我就撕下你的蚌壳,斩断你的仙缘,让你永落人间!"

"愿到人间,不恋水府! 父王,你就撕吧!"

老龙王本想吓她一吓,没想到她这样犟了一句。这可把老龙王气坏了,他伸手一拽,唰的一声,就把珍珠姑娘的两片蚌壳给撕下来了。

老龙王随手把两片蚌壳朝龙宫外一撒,就听霹雳一声响,两片蚌壳落在了湖中,变成了相对兀立的两座小山。

珍珠姑娘走出了水府,来到了人间,她嫁给了阿布林,两个人从此恩恩爱爱地过起日子来了。

打这以后,人们一看到湖中相对兀立的两座小山,就想起了珍珠姑娘。

为了纪念珍珠姑娘，人们就把这湖中的两座小山叫珍珠门。

讲述者：黄玉杰

整理者：宋德胤

珍珠门的传说

　　很久以前,在镜泊湖边住着一家渔民,只有母子二人。老妈七十多岁了,儿子夏泉对母亲非常孝顺,从来也不惹老人生气。

　　有一天,夏泉下湖去打鱼。说也怪,这天打了一天,连个鱼刺也没捞着。他心里一急,忽然想起一个地方,想到那儿去试试。他划动小船,来到湖中相对伫立的两座小山下,停下船,撒下第一网。他满心以为一定能打上鱼来,谁知拉上来一看,网里空空,没有一条鱼。他拢过网又撒下第二网,拉上来一看,网里还是空空,连个鱼影也没有。怎么今天就是打不到鱼呢?他心里感到奇怪,拢过网来又撒下第三网。这次一拉网,觉得沉甸甸的,他心里很高兴,急忙把网提到船上一看,网中有一条金翅金鳞的金鲤鱼!

　　夏泉看着这条金鲤鱼,心里想:在湖上这么多年,从来也没捕到过这样好看的鱼,赶快回家去,让妈妈看看,这鱼吃起来一定很鲜美。夏泉把金鲤鱼放好,划动小船就回了。到家他对妈妈说:"妈你快来看,我今天捕到一条非常好看的金鲤鱼!"

　　妈妈一见这条金鲤鱼非常喜欢,急忙捧出大盘子,把金鲤鱼放在里面。

这鱼很奇怪,既不蹦,也不跳,只是眨动着一双大眼睛。妈上前细细一看,原来这金鲤鱼眨动着大眼睛在那儿哭,两眼落下两颗大泪珠。

妈说:"夏泉,这金鲤鱼怪可怜的,看它哭得多难受,咱别留它了,你快把它送回湖里去吧!"

夏泉最听妈的话,他答应一声,双手捧起金鲤鱼便上了船。

这天夜里,月白风轻。夏泉披着月光,把小船又划到湖中那座小山下,双手捧起金鲤鱼,轻轻地放回到湖里。

夏泉转过身来,刚想划船往回走,忽然身后传来一声笑。他回头一看,两座小山静静地立在湖中,湖面上只有那月亮在跳荡。他想大概是听错了,回过身来又要划船。这时,就听到一阵琴声,夏泉随着琴声回头细看,还是那两座小山和平静的湖面,连个人影也没有。他觉得奇怪,转过身来急忙划船想回家,这时,就听有人叫了他一声:"夏泉,让我再坐坐你的船!"

夏泉再回头看时,湖面上的两座小山不见了,眼前是一座高大的青色门楼。只见从门里走出个姑娘,两只大眼睛水汪汪的,走路轻飘飘的,笑着向他招手。

夏泉愣住了,他在湖中从来没见过这青色的门楼,这是什么地方呢?这姑娘是从哪儿来的呢?正想问,姑娘已经走到船边。他仔细一看,这姑娘穿一身红,高高的个子,挺苗条,站在面前就像一朵盛开的莲花。

夏泉说:"要坐船就请上来吧!"

姑娘也不说话,笑盈盈地上了船,文文静静地坐在船中,看看夏泉,微微地笑了。夏泉被她看得有些不好意思,就说:"大姐,不知你要到哪里去,船往哪边划?"

姑娘说:"月亮这么好,夏泉,你就迎着月亮划吧!"

湖上连一点风丝都没有,月光下,镜泊湖像一面闪着银光的镜子,湖上静悄悄的,连一只水鸟也没有,只有船桨划水的声音,哗啦啦……哗啦啦……响着,响着,小船像片树叶,在湖面上向前飘着,飘着……也不知过了多少时间,月亮已经偏西了,夏泉抬头一看,船已经回到了那高大的门楼前。

姑娘说:"夏泉,你真是个好人!我告诉你吧,我家就住在这珍珠门,我的名字叫珍珠。以后你要想我,就在月亮圆圆的晚上来找我,我在这珍珠门弹琴等你!"说完,笑了笑,走进门去了。

夏泉记住了这些话。他快活地划着船回到了家。一到家门前,他愣住了,屋里怎么这么亮呀! 跑进屋一看,那个装鱼的盘子里有两颗闪闪发光的珍珠。他明白了,这不是那两颗泪珠吗? 原来是两颗夜明珠啊! 这金鲤鱼不就是住在珍珠门的珍珠姑娘吗?

夏泉一高兴,赶紧把妈妈叫醒,把一切都告诉了妈妈。妈妈听了也非常高兴。

第二天,消息就传开了,县官听了这件事,非常眼馋,立刻派衙役叫夏泉带着珍珠到县衙回话。

县官问:"夏泉你得到两颗夜明珠吗?"

夏泉答:"我得到两颗夜明珠。"

县官说:"拿来,我看看!"

夏泉老老实实地拿了出来。

县官一把从夏泉手里夺过夜明珠,眼珠子骨碌骨碌转几转,便使劲拍了一下惊堂木,喝道:

"好啊! 我的两颗夜明珠丢了一年了,原来是你这个贼偷去了!"

夏泉一听气坏了,他把他怎样捞到金鲤鱼、金鲤鱼怎样掉眼泪、眼泪又怎么变成了夜明珠的事说了一遍。

县官说:"你越说越对了,那金鲤鱼就是我家的,这回不单要收回你的夜明珠,你还得把金鲤鱼去给我捞回来!"

夏泉喊冤叫屈,哪里肯服,县官便命如狼似虎的衙役没轻没重地打他,越打越不服,越不服越打,就这样,夏泉被县官活活打死了。

打死了夏泉以后,县官越看这夜明珠越喜爱。他想:夏泉能在那小山下捞到金鲤鱼,我去那儿也一定能搜到。他就在一个月亮圆圆的晚上带着衙役来到了那两座小山下。说也真巧,这天晚上县官也捞上来一条金翅金鳞的金鲤鱼。

得到金鲤鱼,县官乐坏了。他想:有了金鲤鱼,让它不停地落眼泪吧,我要得到数不清的夜明珠！他立刻命人捧过来一个大瓷盘，把金鲤鱼放在盘中。就见这条鱼不蹦也不跳，静静地卧在那里。县官俯身瞪大眼睛看着这条金鲤鱼，这条鲤鱼果然哭了，落下两颗晶莹明亮的大泪珠。县官一见泪珠便伸手去抓，可是这两颗大泪珠在盘中滴溜溜乱转，抓也抓不住，三抓两抓，县官一使劲，竟把两颗大泪珠抓破了。

哗——！哗——！

泪珠变成了两个大浪头迎面打过来，县官的船被打翻了，县官和船上的人全被打沉到湖底。

从那以后，镜泊湖中的这两座相对伫立的小山就有了名，人们叫它珍珠门。在月圆风爽的夜里，乘船从珍珠门划过时，隐约能听到叮咚的琴声。人们说：这是珍珠姑娘在弹琴，她在等着夏泉呢！

搜集整理者：宋德胤

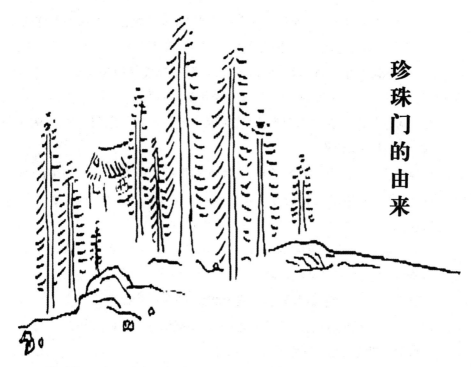

珍珠门的由来

镜泊湖里有两个门柱子似的小山,那就是珍珠门。

早先,镜泊湖里没有这么个珍珠门。传说从前这湖岸上住了个叫苏东阿的小伙子。小伙子浓眉大眼,长得虎彪彪的,是个下网打鱼的好手。几十丈深的湖,他能一个猛子扎到底。爹妈过世时,没给小伙子留下一张渔网、半块船板,就留下了一根笛子。笛子成了苏东阿的伴儿,小伙子能用它吹出各种各样的曲调。他吹的笛声能使鸟呀,鱼呀听直了神。

一天下晚,苏东阿到湖沿吹笛子。突然湖底出现了个亮东西,一下把半拉湖照了个通亮,就连湖里通绿的水草呀,红尾巴鲤鱼呀,都能看个一清二楚。满屯子打鱼人都跑来了,七嘴八舌地说是"湖灯"亮了。看看半拉镜泊湖像在日头里,大家伙儿就扛网抱桨,趁亮下湖捉鱼去了。

打这以后,天天下晚苏东阿都到湖沿吹笛子,笛子一响,"湖灯"准亮。日子长了,一吃过晚饭,大伙儿就会喊:"小阿哥吹笛子呀,咱们打鱼去喽。"渐渐大伙儿都把这当成了惯常的事儿。

后来,那"湖灯"离湖岸越来越近了。苏东阿觉得奇怪,就一边吹笛儿,一边打量"湖灯"。有一天,他到底看准了。原来,水里面有一个俊模俊样的姑娘,坐了个飘飘悠悠的小船,锃明瓦亮的"湖灯"就是她戴在头顶上的一颗大珍珠。苏东阿心里好奇,就一个猛子扎进湖里,抓住姑娘坐的小船,连人带船拽到了岸上。姑娘看到小伙子,臊得想扭头跑回湖里。

苏东阿赶紧拦住说:"你别害怕,我是这岸上打鱼的苏东阿。我没旁的心思,就是想认识认识你。"

姑娘这才稳住神说:"我叫珍珠,家就在湖里的蛤蜊城。"她又和小伙子说,自己天天下晚跑出来,就是为了听他吹笛子,若是一天不听,就饭也吃不下,觉也睡不着。

苏东阿听了,心里甜滋滋的,就说:"那咱俩一块过吧,我天天吹笛子给你听,你用珠子给打鱼的照亮下湖。"

可是姑娘叹了口气说:"小阿哥,实不相瞒,我是个蛤蜊精。"

苏东阿说:"只要你愿意,不管你是什么,我都乐意娶你!"

姑娘说:"我是水族,咱过不到一块呀!"

这下子苏东阿没招了,他眉头上拧了个大疙瘩。珍珠看他实心实意,就告诉他,要她到陆上住,得她的干爹老蛟龙用法术给她脱胎换骨。不过,老蛟龙轻易是不会答应的,除非把他的九龙夜光杯偷来。那是东海龙王赐给他的镇海宝杯,弄丢了可不是打哈哈的事,苏东阿赶紧问怎么能偷到九龙杯。珍珠说:"七月十五日是父王的生日,只有那天父王才把杯子拿出来,半夜里在湖面上摆席酒,要弄宝杯非那天下手不可。不过,弄不好说不定……"

苏东阿接过话头说:"能和你成夫妻,我豁出命也行。"两个人定下了偷杯的计策,珍珠姑娘就回去了。

转眼间,就到七月十五日了。那天下晚,苏东阿悄悄猫在湖边。半夜光景,就见那湖水翻了一阵花,四个夜叉出来巡湖了。又待了一会儿,一群蛤蜊女在湖当间摆起了八仙桌,搬来了满满一桌的山珍海味,桌上还真有盏九龙夜光杯。那宝杯闪闪发亮,就像是星星落在了桌上。这时候,一身珠光宝气的老蛟龙来了。可是没等他坐稳,苏东阿早游到湖心,一伸手把宝杯抢跑了。等到老蛟龙醒过腔来，小伙子已经没影儿了，气得他一甩袖子，宴席哗地一下子撤了，湖上冒起了白雾。不多会儿，那四个巡湖夜叉的脑袋被扔到了岸上。

老蛟龙回到蛤蜊城，进了水晶宫，就脸不是脸、鼻子不是鼻子地倚在像牙床上。珍珠姑娘明知道他准是为了九龙杯生气，却特意上前问道："父王年年吃寿席回来欢天喜地，今儿个怎么愁眉不展？"

老蛟龙连连摇头，说："别提了，别提了，一个愣头青把九龙杯偷走了。"说着找来了鳌将军、虾谋士，商量去找宝杯。可是众大臣都大眼瞪小眼，谁也弄不明白到底是谁偷了杯。

最后，还是珍珠姑娘开了腔："请父王给女儿三天工夫，容女儿去察访。"

老蛟龙又摇起了头："难啊，难啊，你个女儿家有什么道眼能找回杯来？"

珍珠说："我认识岸上一个吹笛子的小伙子，我找他帮着打听打听，说不定偷杯的人就住在湖边呢！"

老蛟龙没了办法，只好让她去试巴试巴，说："找回九龙杯的人，他要什么我给他什么。"

珍珠上了岸，苏东阿正焦急地等着她呢。两个人欢天喜地见了面，珍珠把前前后后的事诉说了一遍，然后对苏东阿说："我回去就和父王说，找到宝杯的人任你金山银岭全不要，就要我给他做媳妇。他要是答应了，把我送上岸来，你就把杯子放进湖里。要是不行，你藏好宝杯，我再来和你商量法子。"说完坐上她的蛤蜊壳小船，荡荡悠悠地回到蛤蜊城去了。

哪承想老蛟龙听了珍珠的回话，一口一个"不成"，说："那小伙子要什么都行，就这宗不行。我怎么割舍你离开我上岸与人为妻？"

姑娘说："父王有言在先，找到宝杯的人要什么你给什么，如今怎么好反悔呢？再说，没了镇湖杯，妖怪又要作乱，龙王怪罪下来也不得了。"把老蛟龙说得没了词儿，只得问："敢情你愿意嫁给这个人？"珍珠姑娘笑了，老蛟龙看这样子，又留住女儿又找回九龙杯是不成了，就说："罢了，就让你去吧。不过要到陆上住你就得脱胎换骨，那罪可不好受啊。并且从此你就只是个凡人，过去的道行也就白修炼了。"

珍珠回答："父王放心，女儿不怕受罪，甘愿做个凡人。"

老蛟龙就拿来了他炼成的"真水"朝珍珠身上喷。喷第一下子，姑娘浑身上下好似火烧火燎。喷第二下子，她身上像搁上了千把刀。喷第三下子，她疼得满地打滚，把湖水都搅起了九尺高的浪头。老蛟龙去掉了珍珠身上的蛤蜊壳，就把她推上了岸。

就这样，苏东阿送回九龙杯，娶了珍珠姑娘。成亲那天晚上，湖岸上可热闹了。珍珠姑娘头上的宝珠比一百堆劈柴桦子火还亮，照得湖上湖下那么通明瓦亮。苏东阿吹起笛子，笛声叫人听了像喝了蜂蜜水那么甜。人们像过节似的穿着花裙，成双成对地跳起舞来，一直乐呵呵到大天亮。

从此，小两口在一块儿你恩我爱地过日子，好得像一个人似的。每到下晚苏东阿就吹起笛子，珍珠姑娘擎着宝珠给打鱼的照亮。说也蹊跷，有这珠子照亮，渔民打鱼保准网网不空，百里镜泊湖穷渔户的日子，都缓过了气。

谁知好景不长，一来二去，事情传到贝勒乌拉锡奔的耳朵里。乌拉锡奔有钱有势，家财万贯，儿子在京里当着什么大官，他在镜泊湖一带说一不二，真是跺跺脚湖水也翻花呀。听说苏东阿娶了个俊媳妇，还有宝贝珍珠，穷打鱼的都快发财了，气得他又翻白眼又扯头发，立时起了霸人占宝的坏心。

这天，他派人把苏东阿找了去，说为全穆昆人丁兴旺、五谷丰登、六畜平安，要还愿跳神，珍珠姑娘必须要来，用宝珠照亮给大家跳舞。苏东阿怕乌拉锡奔不安好心，就推说珍珠姑娘不会跳舞。乌拉锡奔嘿嘿一声奸笑，捋着胡子说："你女人能歌善舞，跳神时不来，你想得罪老佛爷？"没办法，苏东阿只好气呼呼地回来了。

珍珠听苏东阿把乌拉锡奔的话学了一遍，心里七上八下直绞个儿。她心里作难，挨了好半天，才说："小阿哥，乌拉锡奔再催时，你就告诉他，要想叫珍珠来不难，他得先答应三件事：头一件，把七七四十九张牛皮文书烧了，放了买来的奴隶；二一件，把七七四十九个粮仓都打开，分给渔樵耕猎的穷人；三一件，把七七四十九个围场都交出来，让大家随便去打猎。不过那时候，咱夫妻怕也到头了。"说着，眼泪像断线的珍珠落了下来。

苏东阿一听火了："听拉拉蛄叫还不种地了,你就是不去,看他敢怎么样!"

珍珠说:"不,那样,不光保不住我,连你的性命也得搭上啊!"她擦干了眼泪,又说,"现在只有这条路好走了。我这回得狠狠惩治惩治这个黑心贼,为老百姓出口气,也给大伙儿争个好光景"。

苏东阿问:"乌拉锡奔要是答应了那三样怎么办?"

"那就告诉他,我隔天傍晚在湖心小山上等他,叫他来接吧!"

苏东阿又问:"干什么到小山那儿等他,你要干什么?"

珍珠姑娘扑到苏东阿怀里,哭着说:"别问了,我活着已是你家的人,死了是你家的鬼呀!"

第二天,乌拉锡奔又把苏东阿找去,苏东阿就把珍珠的话对他说了,黑心的乌拉锡奔一听,嘴巴差点儿咧到耳门后,心里寻思:先把漂亮的姑娘和无价的宝珠弄到手再说,奴隶、粮仓、围场怕它飞到天上去? 于是他就叫人当着苏东阿的面,把七七四十九张牛皮文书烧了,奴隶得了自由,把七七四十九个粮仓打开了,没吃的穷人随便去装。七七四十九个围场也开放了,猎户可以任意打围。苏东阿这才把珍珠让乌拉锡奔隔天傍晚去湖心小山接她的话说了。

长话短说,这天天擦黑时,珍珠划着船来到湖心的小山上。只见风卷着湖水,浪头一甩一丈多高,天上黑云彩像抹了锅底灰。这时候,乌拉锡奔驾着大船来了,他看见珍珠姑娘正在山上等着呢,乐得差点儿从船头上颠下来。不过等他爬上湖心小山,来到珍珠跟前,看见她怒气冲冲的样子,他害怕了。

珍珠指着乌拉锡奔的鼻子,骂道:"你这条白尾巴梢的老狼,整天欺男霸女,变着法祸害老百姓,今天我送你见阎王爷吧!"乌拉锡奔看看来头不对,扭头想跑,可姑娘早把那颗明光锃亮的夜光宝珠握在手里,喊了一声"小阿哥!"便朝山上摔去。只听"咔嚓嚓"一声巨响,好似天塌地陷,脚下的山裂成了两半,湖水涌上半山腰,珍珠姑娘和乌拉锡奔一起沉到湖里去了。偷偷跟来想和乌拉锡奔拼命的苏东阿也不见了。这时候,风平了,浪静了,圆圆的月亮升上了湖面,一切都和过去一样,只是湖里多出了像门柱子似的两座小山。这就是如今的珍珠门。

说起来叫人不信,直到如今,月亮圆的晚上,还能模模糊糊听到湖里有笛子声,影影绰绰看见湖上有个姑娘跳舞。大伙儿都说笛子是苏东阿吹的,跳舞的就是珍珠姑娘。

讲述者:傅明毓

整理者:傅英仁

织布格格

　　早些年,我们满族人不会织布。穿什么呢? 夏天,用鹿皮把毛去掉,做成薄薄的坎肩,做成叫窝楞装的上褂,就穿这个。顶好的人家,就在皮子边上镶点布边儿,也有镶点缎子边的,这就觉着挺好挺好了。

　　要问满族的织布手艺是怎么来的,据老人说是织布格格留下的。

　　传说,在长白山北边,离长白山约莫一百多里的地方,有一个小部落,小部落里有一个老太太。人家老太太都养活鸡儿、鸭子的,可这个老太太不养活这些,她专门爱养活喜鹊。在她的院子里,常常落些喜鹊。喜鹊见了老太太,不惊也不飞,给吃的就吃,给喝的就喝,就好像是老太太家的孩子一样。

　　日子长了,老太太给这些喜鹊起了些名儿,这只叫这个名儿,那只叫那个名儿。有两只喜鹊,是老太太最喜爱的:一只大的叫赛音伊尔哈,就是好看的花儿的意思;另一只小的叫都龙哈,就是精明伶俐的意思。

　　这小喜鹊都龙哈一天价除了吃食就是玩,那大喜鹊却不这样,它吃够了食,就到房前房后走一走,到屋里屋外看一看。老太太常对人说:"赛音伊尔哈是我的大姑娘,都龙哈是我的二姑娘。"

老太太出门的时候，就告诉两只喜鹊："我要走了，你们俩看家吧！"

这两只喜鹊就给老太太看家。老太太家里要是来了人，两只喜鹊就飞出去在空中招呼老太太。老太太看见赛音伊尔哈和都龙哈来招呼她，打心眼儿里高兴，就对人说："你看看，我的姑娘来招呼我了，我得回去了！"就这样，大喜鹊赛音伊尔哈和小喜鹊都龙哈和老太太一起过日子，过得可好了。

这一年冬天，这两只喜鹊飞走了，飞走了好长时间也没回来，老太太天天叨咕："赛音伊尔哈呀，都龙哈呀，你们怎么不回来了呢？"一晃到第二年秋天了，老太太身子骨不太硬实，行动也不方便了，心里想："我这孤身一人，没儿没女的老婆子，可怎么过呀……"

冬天了，老太太一劲儿咳嗽气喘，起不了炕，出不了屋。就在这个时候，从外头进来两个姑娘，一个高个姑娘，一个矮个姑娘。满族的姑娘没有扎围脖的。可这两个姑娘，一人扎一条白围脖。两个姑娘到老太太跟前深深地请了个安，说："老额娘，你好啊！"老太太一看，说："我不认识你们哪！"两个姑娘说："我们是从远道来的。我们的额娘说，让我们来认您老当干妈，我们找了半天，才找着您老。"说完，这两个姑娘趴在地下就磕头，认这老太太做干妈，老太太很高兴。

这两个姑娘真像到了自个儿家似的。说也怪，这大姑娘对老太太家的事儿可熟悉了。家里用的东西，吃的东西搁在哪儿，她都知道，不用老太太操心。这小姑娘呢，也像在自个儿家长大似的，整天价乐呵呵的，又跳又蹦。

大姑娘、二姑娘对院子里的这些喜鹊特别喜爱，比老太太管得还好。过去，喜鹊满部落乱飞，满街拉些喜鹊粪。自从两个姑娘一来，喜鹊们不到处乱飞了，也不到街上拉喜鹊粪了。喜鹊全听两个姑娘的话。早晨，该到什么地场落脚，晚上，该到什么地场睡觉，白天怎么玩，怎么吃食，都有一定的地场，一定的规矩。

第二年春天到了，两个姑娘把老太太的病侍候好了，就对老太太说："额娘啊，咱们的日子，这么过也过不好呀。"老太太忙问："怎么过能好？"两个姑娘说："我们俩会织布，织出来的布，除了咱们穿的，还可以到街上去卖。"老太太说："我听说人家汉人都穿布，我们不会织布，就知道穿皮。"老太太就给两个姑娘单收拾了一个屋,让她们织布。姑娘跟老太太说:"额娘,我们俩就要织布了,可有一样,我们俩织布的时候,您老可别看。我们好好织,织完了,您就去换钱去。"老太太说:"好,我不看。"姑娘们把门一关,在屋里大声说:"明个巳时,您老就去卖布吧。"

第二天巳时分,两个姑娘出来了,姑娘们累得一点劲儿也没有了。她俩织好的两匹布,纹缕又均匀又好看。姑娘们说:"您老拿出去卖一匹,咱们留一匹自己穿。"老太太高高兴兴地卖布去了。

老太太卖布的事儿,叫这地方的贝勒大人知道了。贝勒一看:"哟!这布织得好啊,比那汉人织的布强多了!你要多少钱一匹?"老太太说:"要十两银子。"贝勒说:"行。"就买下了。贝勒又问:"还有吗?"老太太说:"明个儿还有。"就这样,两个姑娘连着织了三天,织了三匹布,挣了三十两银子。

这天,两个姑娘告诉老额娘说:"您去卖布,无论谁问,您可别说是我俩织的,您就说是您织的。"头一天,老太太照这么说了,第二天,老太太也照这么说了。第三天,贝勒又来了,老太太架不住贝勒夸呀,心里想:我有两个好姑娘,为啥要藏着掖着呢?就说了实话吧。她就对贝勒说:"实不相瞒,我有两个格格。这布是我那大格格、二格格织的。"

贝勒听了,说:"好,好,我去看看去!"贝勒到那儿一看,这两个姑娘长得可真好看!贝勒就说:"明个儿把她俩送进贝勒府,到那儿给我织布去!把您老也领进去,到府里吃香的喝辣的!"

贝勒走了,两个姑娘埋怨老太太:"额娘啊,不是不让您说吗,您怎么就说了呢?"老太太也后悔了。

那时候,贝勒说一句话,谁敢不听!就这样,贝勒把娘仨逼到贝勒府去了,死逼着两个姑娘给织布,并说:"你们要给我织出三十匹布,我就把你们娘仨放回去。要是织不出来,我就不放你们!"没办法,两个姑娘你瞅瞅我,我瞅瞅你,对贝勒说:"好吧,我们给你织。"就这样,两个姑娘被留在贝勒府,天天给贝勒织布。

有一天,贝勒心想:她们俩怎么能织这么好的布呢?我下晚黑去看看去。原来俩姑娘来的那天就告诉他了:"贝勒大人,可有一样啊,我们织布不许你们看。"贝勒也答应说不看。现在,他哪管那个。

这天晚上,贝勒来到织布屋子的窗户底下。他用舌头舔开窗户纸,往里一看,哎呀!灯光下面,两个姑娘赤条净光地,一点衣裳也没穿。只见她俩你咬我的身上,我咬你的身上,就这么来回咬,咬出的根根细纱就往织布机上织。咬哇,咬哇,咬得两个姑娘直掉眼泪。

贝勒一看这两个赤身裸体的俊姑娘,就产生了邪念,心想:"我把她俩当我的老婆,有多好哇!"贝勒越看越出神,不知不觉大声喊道:"不用织了!你俩都给我当福晋吧!"这一句话,吓得两个赤身裸体的姑娘"叭"的一声就把织布梭子撂下了!两个姑娘撂下了梭子,再想穿衣服,穿不上了,当时就晕倒了。

贝勒赶紧喊:"来人哪,把她俩给我拖出来!"两个姑娘被拖出来后,还是昏迷不醒,衣裳也没穿上,浑身都是血印。贝勒一看,跟管事的说:"赶紧把她们给我将养好!"管事的把两个姑娘搁到另一个屋子里了。

俩姑娘将养了三天,到第三天头上,她们的老额娘来看她们来了。额娘一见两个姑娘这样,哭着说:"是我害了你俩了!"姑娘说:"老额娘啊,您不用哭了,我们俩不能老待在这儿,我们就要走了。我们没什么给您,请您到织布那屋去,那儿有三撮羽毛,您把那三撮羽毛拿回家。把这三撮羽毛都绑在织布机的绳子上,再用我俩织的布把三撮羽毛盖上,管保每三天给你出一匹布。老额娘啊,您别管我俩了,我俩是不行了!"老太太拽着两个姑娘哭得泪人似的,说不出一句话来。

姑娘们又说:"实不相瞒,我们两个就是您的大姑娘赛音伊尔哈和您二姑娘都龙哈。那三撮羽毛就是我们的衣裳,让混蛋贝勒这么一惊,穿不上了。我俩只好回家让阿玛、额娘再给我们穿新衣裳了。"

姑娘们刚说完,贝勒进来了,这时只见两个姑娘一拃挲手,出来一股烟儿,立时把老贝勒的眼睛呛瞎了,人也昏过去了。两个姑娘就从窗户上飞走了。老太太这才知道两个喜鹊是来报恩的。

从此,这个老额娘就留下了这个织布的手艺。

在这一带还流传着一支歌颂织布格格的歌儿:

都龙哈那么哟咿儿哟，

伊尔哈那么哟咿儿哟，

飞呀,飞呀,净身飞呀,

织出布来哟,光又滑呀!

讲述者:傅英仁

整理者:王士媛

猪嘴巴子

牡丹江畔柴河林业局猪嘴巴子林场，有一块状如猪张着大嘴的石头，它长长的嘴巴伸向江面。关于它的来历，还有这么一段故事。

从前，有个名叫秀丽的姑娘，跟着爹爹在牡丹江岸居住，以张网为生。

在渔家姑娘中，数秀丽的手艺最高。她心儿精细，眼儿敏锐，手儿灵巧，穿起梭来如鲤鱼翻身，结起网来像金凤点头。经她的手织出的网呀，网脚牢固，网眼匀称，谁看了都称赞，谁用了都叫好。姐妹们说，看秀丽织网呀，比看描龙绣凤还有趣；小伙子们说，看秀丽织网呢，比看戏还吸引人；老大爷说，看秀丽织网呀，比抽袋水烟还舒服呢。

深山里的一头野猪精闻听了秀丽姑娘，每天从岸边的树林子里探出头来张望。它不是来看秀丽织网，而是为看她的丽容。它看得出神，眼睛死死地盯着眨也不眨，舌头伸得老长，哈喇子流到江里。

一天，风和日丽，江面微波细浪，正是捕鱼的好时光。秀丽高兴地扛起大橹，唱着渔歌，送爹爹出江撒网。爹爹上了船，用力摇橹，秀丽连连挥手，直到看不见渔船踪影。她刚要转身回家，突然，从江岸跳下一个怪物，样子像猪,可它却说着人话:"秀丽姑娘,你干吗让爹爹捕鱼捉虾哩!只要你跟了我,金银财宝样样有啊。"秀丽见它一个劲儿地直往前凑,急忙后退,问:"你是谁,我咋不认得?""我是猪神哪,天下的猪都归我管,就连打鱼的都怕我,我嘴一拱船就翻,我蹄一蹬网就破,我吹口气鱼就得跑光。"

秀丽心里有数了:村里头叫个小伙子也比它强啊,我怎么会跟它呢;可不答应它,猪精兴妖作怪,渔民就得吃大亏,不如先稳住它再说。想到这儿,秀丽笑着说:"跟你能享福,那敢情好,不过,得先跟我爹说一声啊。"猪精高兴地点头称是。

傍晚,秀丽爹打鱼归来,秀丽把白天遇到猪精的事说给他听。爹爹听后,眉头紧皱,长吁短叹:"这猪精我早就听说过,可厉害着哪。秀丽,咱们还是早些逃走吧。"秀丽说:"逃走不是事儿,不如……"爹爹听后点头说:"那敢情好啦。"

第二天,猪精把头探出岸边的林子,眼巴巴地等着秀丽来。秀丽今儿穿得更漂亮。猪精见秀丽和她爹爹向这边走来,高兴得只顾直愣愣地瞅着。秀丽和爹爹站在江边,秀丽说:"我爹愿意啦,他说跟你有福享,比嫁给渔夫强多了,村里的小伙子哪能比得上你呀……"猪精越听越高兴,脖子伸出老长,嘴巴张得老大,说:"这就对啦!等我这就跳过岸去,与你——"没等猪精往下跳,村里的十多个小伙子手里的渔叉、刀、斧已经齐砍在它的背上、屁股上,猪精惨叫一声死去。它死后身子烂了,只留下了今日的猪嘴巴子石。

讲述者:李可春

整理者:黄运军

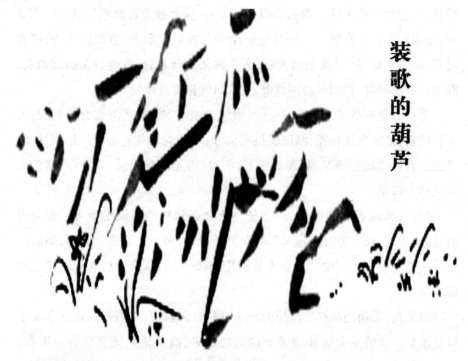

装歌的葫芦

从前有个穷人，脖子上长了一个像茄子一样的瘤子，整天疼，一到疼大发劲儿的时候，这个穷人就哼起歌来，疼劲儿就轻点儿。

这天穷人外出给财主做工，回来晚了，又赶上下雨，只好躲进路旁的一个破庙里避雨。到了半夜，庙里出来一群小鬼，又是蹦又是跳，好不热闹。忽然，一个小鬼抽抽鼻子说："不好，这里有生人气。"小鬼们围上来一看，是个人，脖子上坠着一个东西，就问这个穷人："你到这儿干什么来了？"这时，穷人脖子上的瘤正痛得厉害，就急中生智说："你们这里有蹦的有跳的，就是没有唱的，我来给你们唱歌来了。"小鬼们一听挺高兴，就一起嚷嚷说："那你给我们唱一个听听吧。"这个穷人借着疼劲儿就哼哼开了。

小鬼们头一次听人唱歌，都听得入了迷，歌唱完半天了，小鬼们一个个还傻愣在那里。好半天一个小鬼才连声说："好啊！好啊！你唱歌为什么这么好听？"

穷人想了想说："我脖子上有个装歌的葫芦，有它唱歌就好听。"小鬼们一听，都围过来看。可不是吗，他脖子上真有一个像大茄子一样的葫芦。小鬼们就说:"你把这个葫芦给我们吧。"穷人说:"不行,要是给你们我就不会唱了。"小鬼们一听说不给就急了,嘴里喊着:"你给我吧。"一把就把大瘤薅了下来,奇怪,穷人不疼也不痒,也没出血,从此就好了。

小鬼说:"明天你还要给我们唱歌。"穷人答应了下来。穷人给做工的这个财主,脖上也长个大瘤,因为这个财主看见穷人脖子上的瘤没了,就问穷人:"你那瘤咋没了?"穷人怕他的权势,把经过一五一十地给财主讲了,最后说:"小鬼还让我去给它们唱歌。"

财主想:这便宜事我何不去看看。他就跟穷人说:"你不用去了,我去!"然后财主扮作穷人的模样来到破庙,等啊,等啊,好不容易等到天黑,不大工夫,出来一群小鬼,围住那个瘤子听歌。你说那个瘤子咋能唱歌呢?

忽然,一个小鬼说:"有生人气。"小鬼们呼啦一下围了上来,说:"你的葫芦不给我们唱歌。"财主说:"唱、唱。"小鬼们说:"那你就让它给我们唱一个吧。"说完就拿起瘤子一下安在财主的脖子上,加上财主自己的那个,正好一边一个,疼得财主龇牙裂嘴哪还顾得上唱歌,捂着两个大瘤子没命地跑回家去了。

讲述者:金玉凤
整理者:杜国成

卓麻法倭伦

　　早些年，呼尔汗河下游，有个满族的伊尔根觉罗氏部落，部落里的人以打猎、捕鱼为生。男男女女都勤勤恳恳，日子过得像火炭一般红。

　　呼尔汗河从部落的南边流过，这河里有个老水猿，它不吃鱼虾，专吃岸上的野果。人们下河以前都必须采一船野果扔进水里，敬给老水猿。如不先给老水猿献这份礼，老水猿一生气就要发坏，在水底下蔫巴悄儿地，不是把船给挠破，就是给弄翻了。渔人轻则被淹，重则丧命。谁要是惹了老水猿，它还发大水，叫你倾家荡产。老水猿是这地方的一霸。

　　这一天，大家采好野果，正准备推船下河，忽然西北天空狂风骤起，从呼尔汗河上游滚来一排铺天盖地的大浪。大浪扑到眼前，只见一条足有三丈长的倒鳞鱼，张着大嘴，挓挲着钢针一样的长须，瞪着两只圆鼓鼓的大眼睛。这时，又听"哗啦啦"一声巨响，老水猿从河心里探出头来。老水猿身高四丈,臂长腰圆,伸出两只毛茸茸的小簸箕般大的掌。两个孽障刚一照面便打在一块儿。倒鳞鱼喷洒大水,用针须乱扎。水猿舞动双掌猛力回击,两个孽障都能呼风唤雨,一时间,狂风裹着暴雨,把呼尔汗河两岸搅成了一片汪洋。

部落里灌满了水,撮罗子被冲跑了。人畜有的被淹死,有的在水里挣扎。两个怪物战了三个多时辰,倒鳞鱼被老水猿抓下几片鳞甲,仓皇沿原路逃走。风雨住了,可是,大水没有撤。只能呼风唤雨却不能退去水灾的老水猿,悄悄地躲进了河心。

部落里的人没预防这场水灾。此时整个部落四处是水,要船没船,要吃的没吃的,都在水里泡着。正在大伙儿发愁的时候,忽然从呼尔汗河上游划来一只桦皮船。船上站着一位白发苍苍的老人,船到人多的地方停下来。老人笑呵呵地冲大伙儿打招呼说:"我是从长白山来的卓麻法倭伦老头儿。见倒鳞鱼和老水猿争水域,给你们带来这么大的灾难,特来救你们。大家快上船吧!"

大家听了,一看桦皮船比撮罗子还小,只能容纳几个人,便你推我让,谁也不肯上船。卓麻法倭伦老人见大家推让,知道大家是担心船小装不下,便说道:"你们有多少人只管上,这船会变大的,能装下。"说完老人用手围着船边画了个大圈,这船立刻就随着圈儿大了起来。人们这才一个一个地上了船。

老人把百十来口人都救上了船,又对大伙儿说:"大家动手,把泡在水里的斧子、镐头都捞上来,我领你们往外放水。"大伙儿照着老人的话,把斧子、镐头等家什都捞了上来。老人就把船划到没被水淹的地方,领大家挖河道,通沟渠。从呼尔汗河到呼尔汗海,一共挖出十八条河道,这才把大水全放了出去。

大河中间闪出一块长有三里、宽有半里的平地。有的人见这地方打鱼方便,就迁了进来,称这地方为河夹信子。卓麻法倭伦老人见大家又安居乐业了,就离开了这里。临走时老人对大家说:"要再有大灾大难,你们烧把达莱香,我就能赶来相救。"

再说倒鳞鱼,这孽障负了伤,逃到呼尔汗河第三道河的石洞里养起伤来，一年多光景才把伤养好。他招募了一些鱼鳖虾蟹来给它助阵，二番脚来到伊尔根觉罗氏部落附近的呼尔汗河，跟老水猿拼斗。

它和老水猿打了三天三夜没分上下，狂风暴雨也三天三夜没停。这回不论水多大，都能从十八条河道流走了，伊尔根觉罗氏部落的人畜安然无恙，人们更感激卓麻法倭伦老人了。

两个孽障打了一气又一气，一连打了一个多月。人们不能下河捕鱼不说，连山林里的野兽都得跑得挺远。眼看要进入冬季，人们缺吃少穿，可有点受不了啦。想起卓麻法倭伦老人临走时的嘱咐，就纷纷燃起达莱香，央告卓麻法倭伦老人，赶快把这两个孽障除掉。

人们正在焚香祷告，只听一阵哈哈大笑。大家抬头一看，卓麻法倭伦老人已经下了桦皮船来到面前，笑吟吟地问道："擒拿这两个孽障，你们可有什么好办法吗？"

大家都摇头，你瞅我，我瞅你，没主意可拿。这时候，葛珊达的儿子唐阿里背着弓箭从老林子里钻出来，来到人前。

这唐阿里二十刚出头，身强体壮，力大无穷。打猎，一发箭能射出一里多远，多乖巧的飞禽走兽也跑不掉；捕鱼，不用船，在水里能看出十几里，伸手可捉鱼鳖，生吞活吃。

他听了卓麻法倭伦老人的话，胸脯一挺，手抚长弓说道："用箭把它俩射死。"卓麻法倭伦老人一摆手："这两个孽障皮厚，坚硬无比，什么样的利箭也射不透。"

唐阿里腿一叉，伸出双手说："咱去生擒活捉。"老人捋捋胡须说："老水猿毛发如针，倒鳞鱼鳞如刀片，近不得身。"

唐阿里吸了口凉气，倒退了两步，低下了头。

老人见没人再言语，两手举到胸前说道："擒拿这两个孽障，必须用呼尔汗海里的两条神锁链。这神锁链是千年山火冶炼而成。山火熄灭，呼尔汗海出现两条神锁链沉到海底，由一条恶龙看守。孽障易擒，取神锁链可难哪！"

"愿听老人家吩咐，我去取神锁链！"唐阿里霹雷般地大喊一声，眼里放出祈求的目光。

卓麻法倭伦老人瞅瞅唐阿里,点了点头:"小阿哥,可要多加小心哪!呼尔汗海里有两座对立的石峰。每一座石峰下面有一个古树桩,神锁链就缠在它的上头。"说罢从腰里掏出一个托力,接着说,"你带上弓箭,乘我的桦皮船去。下到水底后,恶龙一定阻拦,你有托力护身伤不着。神锁链解不下来,要用托力照射,自然卸下。快去快回!两个孽障再战一个时辰,十八条河流容不下,洪水还要泛滥成灾"。

唐阿里拜别卓麻法倭伦老人,揣上托力,乘上桦皮船,冒着风雨奋力向上游划去。桦皮船顶水上,像箭打的一样快。三百多里路程,转眼就到了。他来到两座对立的石峰之下,两座石峰相距只几十丈远。石峰高耸入云,像海上大门似的。

他把船系在左侧石峰的椴树上,就跳入水里。他一跳到水里,就看见两座石峰下面的古木桩上缠着两条神锁链。两峰之间,横卧着一条龙,这条龙瞪着两只巨大的眼睛,不错眼珠地盯着两条锁链。他想,要解下神锁链,必须先制服恶龙。于是,趁恶龙没发现的时候,他就绕到恶龙身后,悄悄张弓搭箭。

这恶龙也十分机灵,听见身后有响动,便回过头来,见着唐阿里先是"嗷喽"一声怪叫,然后一张大嘴喷出一个拳头大的圆球,向唐阿里打来。唐阿里急忙侧身一箭向圆球射去。只听"铛"的一声,圆球和箭相击同时沉落。

唐阿里趁恶龙伸腰往前猛扑的时候,身子往前一纵,蹿到两座石峰中间,没等恶龙回过头来,就掏出托力,只见托力射出万道金光,刺得恶龙睁不开眼睛,只是一个劲儿地摇头摆尾,乱窜乱蹦。唐阿里"嗖"的又是一箭,射中恶龙左眼。恶龙一声怪叫,向后逃去。

唐阿里收起弓箭,来到左侧石峰下面,先用手解神锁链,他用尽平生力气也没解下来,便用托力一照,神锁链哗啦一声自己从树桩上脱落下来。唐阿里把神锁链缠在腰间,然后又照样把右侧石峰下面的神锁链取下缠在腰间。

这时,两个比碾盘还大的乌龟精向唐阿里扑来。唐阿里不敢恋战,手里摇动着托力,拼命往水面上游。他刚跳上桦皮船,两个乌龟就赶到了船边。唐阿里把托力挂在胸前,一次抓出两支箭搭在弦上,力挽强弓,猛力射去。两支箭不偏不歪,分别射在两个乌龟精的头上。水面又出现一群鱼鳖虾蟹时,桦皮船已经从呼尔汗海驶进了呼尔汗河。

唐阿里回到伊尔根觉罗氏部落时,老水猿和倒鳞鱼还在恶战。卓麻法倭伦老人和部族里的人们正在岸上盼望着。河水已经涨到崖顶,唐阿里腰上缠着千斤重的锁链,又力战恶龙、乌龟精怪,精疲力竭地躺在船上,昏迷不醒。

两个孽障又互相喷起大水来,河岸低的地方溢出了水。卓麻法倭伦老人一手提一条锁链向两个孽障大声喝道:"这段水域是属于伊尔根觉罗氏族部落的。你们谁也不能争,赶快住手,各回自己的水域去吧!"

两个孽障见是个白发苍苍的老头子在那儿说话,哪里肯听。不但不住手,反而打得更欢了,把水喷得遮天盖地。

卓麻法倭伦老人举起锁链,二次断喝:"两个孽障,若不赶快住手,我要祭起神锁链锁你们啦,那时后悔可来不及啦!"两个孽障转眼一看,毫不在乎,反而用水向老人喷来。

卓麻法倭伦老人气得剑眉倒竖,虎目圆睁,浑身发抖,第三次断喝:"看神锁链!"他左手的神锁链抛向老水猿,哗啦一声,就把老水猿捆到岸上。

卓麻法倭伦老人把老水猿锁在山音必拉哈达①的深井里,把倒鳞鱼锁在呼尔汗河三道河岔对面的锅云哈达②的深井里。现在这两座山上还残存着深井的痕迹。

老人对唐阿里说:"你是伊尔根觉罗氏族的阿伊莫罕③,托力带在身边吧。你可当伊尔根觉罗氏的第一代障玛搭④了。"说罢,便和众人告别,乘上桦皮船,沿着呼尔汗河向长白山方向飞快地划去。

---

① 山音必拉哈达:满语,指宁安江东的大王山。
② 锅云哈达:满语,指海林市三道河的锅盔山。
③ 阿伊莫罕:满语,指好汉或英雄。
④ 障玛搭:满语,大萨满的意思。

伊尔根觉罗氏族为了不忘掉老人的恩情,把他作为上屋神祭祀,并传下来祭祀时点燃达莱香的礼俗。

讲述者:关墨卿

整理者:赵君伟